溪州風云

舒绍平　萧旭亮◎著

中国书籍出版社
China Book Press

图书在版编目（CIP）数据

溪州风云 / 舒绍平，萧旭亮著. —北京：中国书
籍出版社，2021.5
ISBN 978-7-5068-8092-3

Ⅰ.①溪… Ⅱ.①舒…②萧… Ⅲ.①长篇小说—中
国—当代 Ⅳ.①I247.5

中国版本图书馆CIP数据核字（2020）第248730号

溪州风云

舒绍平　萧旭亮　著

责任编辑	毕　磊	
责任印制	孙马飞　马　芝	
封面设计	中尚图	
出版发行	中国书籍出版社	
地　　址	北京市丰台区三路居路 97 号（邮编：100073）	
电　　话	（010）52257143（总编室）（010）52257140（发行部）	
电子邮箱	eo@chinabp.com.cn	
经　　销	全国新华书店	
印　　刷	天津中印联印务有限公司	
开　　本	710 毫米×1000 毫米　1/16	
字　　数	410 千字	
印　　张	22.5	
版　　次	2021 年 5 月第 1 版　2021年 5 月第 1 次印刷	
书　　号	ISBN 978-7-5068-8092-3	
定　　价	68.00 元	

目录

CONTENTS

【开 篇】

唐朝经安史之乱后，逐渐衰落，大一统中央集权瓦解，走向四分五裂，地方割据，混战不已，群雄并起，天下大乱。

王仙芝、黄巢等人的起义，四方百姓游民纷纷响应，农民大起义的革命威力摧毁了唐王朝的中央集权，沉重打击了旧的藩镇割据势力。黄巢起义最后失败了。在镇压起义时的各路军阀便成了新的割据势力。他们继续割据一方，称王称霸，自立为国，中原有了『后梁、后唐、后晋、后汉、后周』等国，其他地区则有『前蜀、后蜀、吴、南唐、吴越、闽、楚、南汉、荆南、北汉』政权，历史上称为『五代十国』，这一时期战乱不止，战火不休，百姓在水深火热中痛苦煎熬。

这段历史，是中国历史上最为混乱的时期，因此也导演了不少的历史悲喜剧，在南方的五溪地区，溪州土司王就是这个时候出现的！

第1章

混乱中揭竿而起保家乡

天哭了，地流血了，灾难降临了，时光老人痛苦了。水与火，生与死，在深渊里厮杀，在拼命，天，不是这片天了；地，不是这片地了。狼烟四突，战火横飞，哀鸿遍野，生灵涂炭。世道怎么啦？天下疯了？难道人性也泯灭了，成了互相杀戮的野兽？

午饭时分，荒凉萧索的山道，死一般的沉寂。山道尽头，成群结队的百姓拖儿携女，挑着担背着包，拖着疲倦的步伐，逶迤缓慢地走来。老老少少的呻吟哭泣打破了山野宁静。这显然是不知从何处逃难来的人群，长途跋涉已经使他们疲倦不堪，在炎炎烈日下互相搀扶着走来，大部分人都是一副有气无力的样子。他们挨过了崎岖狭长的山道，来到了江西吉州庐陵赤石洞村。他们走到一个大户人家门前的大坪场，院内不少大树枝权从墙上伸出来，枝繁叶茂，浓浓绿树，勃勃生机，将坪场盖了一大半。逃难的人群从烈日下一到阴凉的树荫下，便都失去了前行的动力，纷纷坐下来想休息片刻，有的饿得昏倒在地。

战火硝烟中，大山里还幸存着一块净土。大户人家四周高墙大院，两扇沉重的大木门敞开着，门额上高悬着一块"进士第"大匾，门两边赫然一副对联：

承先启后弘扬亲睦祖德宗功家声远，
继往开来展望族辈子孝孙贤世泽长。

门边蹲着一对威严的石狮子，正瞪着大眼警惕地望着这些远道而来可怜的不速之客，两个家丁持着大刀，像关公张飞凶巴巴地站在门前，把守着大门，如临大敌，手中大刀，一股杀气，时刻都会飞出去。

几位胆大逃荒者上前，对守门家丁施礼道："可怜可怜我们吧，家乡打仗，无法过了，逃出来，人都快饿死了，请施舍一点吃食吧！"

一个家丁皱起眉头，望着坪场里几百号人立即拒绝了："滚滚滚！没有吃的，滚得远远的！"毫不客气地挥刀赶着。

一位老人拉着另一守门家丁哀求："大爷，可怜可怜，行行好吧，我们从战火里死里逃生，两天一夜没吃饭了，饿得实在不行，你看，好些人都饿得走不动了，大慈大悲，行个善，救救我们的命吧！"

家丁不理，一脚将他踢倒在地大吼着："滚！"大刀亮光一闪，差点砍到人。

一个家丁对另一个同伴说："小心驶得万年船，违了家主令，出了事，脑壳就得搬家！"

另一家丁点头："不能让他们进门！"他们像老虎一样举着亮晃晃大刀，守着大门，随时举刀杀人，大门就是鬼门关。

高墙大院内，花园草坪里，中年男子彭珹，正与儿子彭彦晞，字士愁，侄儿彭彦昭等人在练功。今天他们读了半天书，大家疲倦，便来到前院空坪里练功解乏，刀来枪往，大家正练到兴头上，门外一阵阵吵闹声让彭珹一惊，立即收了手中刀。

彭士愁也停了手中刀枪问："出了什么事？"

彦昭说："五叔，莫不是来了逃荒的人，搞不好，只怕冲进来吃大户，不能大意。"

前几天才传来消息，一些打散逃跑的兵匪，闯进了不远处一个富家，像疯子一样吃大户，还抢劫一空，把大户全家都杀了，谁个不怕？又说，一群逃难的人，路过一大户家，请大户家施舍点饭食，大户家不肯，不知怎的，这天夜里，大户人家起了大火，家室房屋烧得精打光，人要是稍微跑慢一点，都会被烧死。

彭珹皱皱眉头道："是呀，兵荒马乱年月，人命难保，什么鬼事都会发生，走，看看去！"

彭士愁立即招呼了一些人，提刀拿棒，随着父亲往大门口急急走去。

彭珹来到大门前问："什么事？"

一家丁立即报告道："五公子，这么多人要来府上讨饭吃！"

另一家丁说："我们生怕出事，正紧盯着，不准进门。"

彭珹望望坪场里黑压压一片衣衫褴褛的逃难者，心里就有些吃紧，要是这些人不要命，拼死冲进屋里打大户，后果就不堪设想。富贵思淫欲，饥寒起盗心，人都逼到绝路上，无路可走时，只有铤而走险，拼死了，狗急都还要跳墙呢。他心里咚咚地跳，暗暗说：望菩萨保佑，今天千万不能出事啊！但是，他又看见不少人骨瘦如柴，三五成堆倒在地上，有气无力的，瞪着一双双可怜巴巴的眼睛，这些人没有准备往门里冲，一股怜悯之情不禁油然而生。他走出大门，在坪场里，围着逃难人群转了一圈，不见有什么危险，悬着的心才放下，叹一声气：可怜啊！转身对士愁与彦昭吩咐："快，先提几桶水来喝，速去厨房，要他们准备饭菜送来！"

二人飞奔而去。

不一会儿，家人们提了好几桶水来，难民们争先恐后，一拥而上抢着喝。

彭玕摇头大喊着："慢点，不急，都有水喝！"

过了一阵，家人们挑来热腾腾的饭菜，摆在土坪里，逃难的乡民又争着抢饭吃，吃饱喝足以后，难民们对着彭家人千恩万谢，又踏上了逃难之路。

彭玕、彭士愁、彭彦昭等人望着逃难者远去的身影，凝神很久，都不出声。

夜晚，客厅里，彭玕与兄长彭玕默默地坐在灯下，静静地喝茶。

彭玕与彭玕是彭辅的四子、五子。彭辅是唐代懿宗朝的进士，当过金紫光禄大夫，信州刺史，他的几个儿子也都是唐朝进士出身，在外为官多年，因为唐末战乱，便辞官不做回乡，如今赋闲在家。彭玕与彭玕虽是读书人，却很爱舞枪动刀，都练就了一身武功，如今弃官归乡隐居，一边教子侄们读书，一边让他们习武。覆巢之下，岂有完卵？世上难有一块净土，远避山乡也逃不脱战火。

突然，彭玕重重地将茶碗往桌上一放，率先打破沉默："五弟呀，兄今日从吉州城得知，吴王杨行密要派兵攻打吉州来了，吉州已乱作一团！"

彭玕急了："这还得了！城门失火，殃及鱼池啊！吉州不保，我们这家也就完了！"

彭玕道："是呀，皮之不存毛将焉附？我们到哪里去活呀，也去当难民？你说，怎么办呢？"

彭玕无奈地说："四哥，咱们这个家，也是泥菩萨过河，自身难保了！"

"天下大乱，咱们区区百姓，又能有什么法呢？"彭玕怅然道。

"别无良策，总不能坐在家里等死吧？"彭玕喝了一口茶，叹了一声气，望着四哥，过了一阵才缓缓说，"我想了很久，反正是死路一条，无路可走了，如今天下群雄竞起，有刀有枪就是王，不靠天不靠地，只能靠自己，我们不能为人刀俎，任人宰割！自己救自己，兴许还能多活几天。"

彭玕一怔，大吃一惊："五弟，你是说，自己起兵？"

彭玕斩钉截铁地说："对，起兵！可能还会多活几天。"

彭玕挥挥手："坐下！"便沉默，过一阵又说，"书生造反，三年不成，难呢！"

"四哥，你说，除此之外，哪里还有生存之道？不知哪一天，匪兵杀来，我们就全完了。"

"这倒也是啊，天真要绝我们，当真无路可走了。"彭玕慢慢道，"不过，这起兵是大事，也要好好计议！"

彭瑊非常激动，一下站起来："四哥，没什么怕的，大不了砍脑壳。让逃跑路上的兵匪杀死，是死，与人相战，战死也是一死，国家纷乱，我们揭竿而起，保卫家乡，百姓一定会踊跃参加！兴许还能杀出一条活路来。这事，我深思熟虑过。是不是拼死搏一把？"

彭玕想了想道："也是，现在也没其他活路了，只能自己救自己了。那好，说干就干，事不宜迟，干脆明天就起事！"

彭瑊眼睛一亮："好！"重重地将茶杯往桌上一顿。

第二天，一杆刺着大"彭"字的红旗高高插在彭府门前土坪上，村里的彭姓人家青壮拖刀拿棒纷纷来参加保卫家乡的队伍。

彭家在当地算是大家族，彭瑊在村民中也享有很高的威望，他振臂一呼，四方响应，一下子乡民就聚集了五六百人。彭瑊在操坪里对乡民说："如今天下大乱，战火烧到了家门口，没有活路了，我们大家起事保卫自己的家，你们愿不愿？"

众人齐答："愿意！"

有人高声喊着："五公子，你领头，大家跟着你干！"

彭瑊、彭玕拿出家中银两，请来四方铁匠，在赤石洞山中摆起了大大小小的铁匠炉，日夜炉火熊熊，铸炼刀枪。又倾家中所有，添置衣甲，供兵丁食宿。

彭瑊与兄长将乡党们组成军队，不停地在村中的操坪里进行操练，彭士愁与彦昭等弟兄们也参加练武。赤石村一带百姓历来就有崇尚习武的习俗，青壮年从小就开始练武，习武之人甚多，大家都会一些拳脚与刀枪。

闻讯而来参加的乡民越来越多，在短短的两个月内，队伍迅速扩大，有了三四千人。

林子大了，什么鸟都会有。人一多，难免什么人都有，事情就复杂了。

这天早饭后，几个乡民气势汹汹跑到彭府上找彭玕告状来了。一个老头说："彭爷，你的手下在村里抢劫百姓衣物，土匪一样，你管不管？"

另一个老太太一把鼻涕一把泪诉说着："彭老爷，他们到我家翻箱倒柜，什么家什都翻了个底朝天！临走前还把我们掀翻在地，摔得我差点一口气没上来。"老人絮絮叨叨地哭诉，听着着实让人觉得可怜。

彭玕与彭珹听了，感觉脸上像有虫子在爬，羞愧得无地自容。听着手下这些斑斑劣迹，他们肺都要气炸了。他们是官宦大户人家，人过留声，雁过留名，过去几十年间，一直与乡邻们和睦友善，从未仗势欺人，如今刚才起兵，手下竟做出这种不要脸皮的丑事恶事，伤天害理啊！这不是在啪啪自己打脸吗？彭珹弯腰赔礼说："老人家，这事我们会严肃处理追查，衣物与粮食会加倍还给你们的！"

老头说："彭老爷，事情过去就算了，请不要责罚他们！日后莫再犯就行了。"

彭玕气愤地道："这不行，一定要重惩！国有国法，家有家规，如今我们拉队伍，就是保家保乡民，如果祸害百姓，成何体统？我们的队伍要有自己的规矩！"

彭珹与彭玕一商量，立即将部队集中在门前的土坪上，黑压压地站满了一大片。

彭珹很愤怒，像爆炸的火药桶，将手中的马鞭在空中猛地一挥，叭的一声，震得山响，坪场上站着的兵丁，心里扑通地跳了一下，五老爷发火了，肯定有人要倒霉了。

彭珹黑着脸，开门见山吼道："咱们明人不做暗事，昨天谁到村子里抢衣物了？谁到村子里抢粮食了？有种的就给我站出来，现在快把东西交出来！"

场上鸦雀无声，掉根针都能听分明，众人你望我，我望你，大眼瞪小眼，这还得了？队伍里有人抢百姓东西，坏了彭家几十年好名声，这不是找死吗？一个个大气不出，挺着身子，像木桩，动都不敢动。

"快些，是汉子，敢做敢当，有种的，马上站出来，可以免一死，我给他留条性命。我喊三个数，一……二……"彭珹在队伍前转着，两眼像灯笼照着兵丁们，一个个身上吓得都直起鸡皮疙瘩。

正当"三"要脱口而出是，突然，几个乡民走出队伍，扑通一下跪在彭珹面前，磕头求饶道："五老爷，我们错了！我们愿把东西退出来，您饶了我们吧。"

彭珹将手中马鞭打过去，几个乡民倒在地上哭求着："五老爷，我们错了，饶过我们吧！"

场上数千人望着，那其中有一个还是五老爷的族叔，他们在地上痛得直打滚，众人都不敢上前求情。

彭珹问大家："弟兄们，我们拉队伍起事是为了什么？"

众人吼答着："保卫家乡！保卫父老！"

彭珹马鞭指着地下几人："你们大家瞪大眼看看，他们都做了什么混账事，这是保卫家乡、保卫父老吗？"

众人回应："不是！"声音震天动地。

彭珹用鞭子指着那几个人道："你们才进队伍，就做这种祸害百姓的事，太可耻，太丢人了，众人不答应，该受到处罚！"

那几个人跪在地上痛哭流涕，磕头如像鸡啄米般："五老爷，我们错了，请饶命，我们甘愿受罚！"

彭珹大喝一声："来人，死罪免了，活罪要受，拖下去，每人打五十大板！"

彭士愁彭彦昭等人一拥上前，将犯事人拖到一旁，按在地上，狠狠地打起板子。

一声声嚎叫传来，"啪啪啪"打板子的声音，震响在人们的心头上，一个个心都爆裂了，不少人都吓得全身发抖，杀鸡给猴看，今后谁还敢？

处罚完了，彭珹对大家说："家有家规，国有国法，我们现在是保卫家乡的军队，大家进了队伍，军队就该立些军规，我宣布几条：一、坚决服从命令；二、打仗不怕死，勇敢往前冲；三、不得抢劫老百姓，抢百姓者就是抢自家，违者杀；四、不得侮辱妇女，辱妇女就是辱自己姐妹，违者杀……都听清楚了没有？"

众人齐声回答："听清了！"

彭珹说："军纪要牢记在心里，按条约做，违者将受到重处！"

众人又答："知道了！"吼声如雷。

彭玕道："我们如今是军队，肩负保卫家乡的重任，保民安民，切不能扰民、害民，害民的事我们谁也不能做！"

彭老爷严厉治军的事，很快传开，当地百姓很高兴，自觉给军队送粮送钱送物。乡民们说彭家军是一支纪律严明的军队。

不久，彭珹便带领部队将附近山上的一些土匪强盗剿灭了，使地方过上安宁日子，得到百姓称道。

第 2 章

出山受招治理永新城

彭家兄弟在赤石洞兴兵起事，队伍越拉越大，声威响起来，早就惊动了吉州府知府，有探子急慌慌进来到州府大堂报告消息："刘知州，不得了，彭家军如今有了五千多人马！"

刘知州正坐在府上，为吴王要派兵打吉州的事，弄得焦头烂额，吉州是个大山里的边远小州，地薄民穷，兵丁很少，吴王大兵一来，如滚滚洪流，他那点兵马，鸡蛋碰石头，还不够打个照面，就会淹死。怎么办呢？吴王大兵，破了阳州，知州战死；信州知州闻信，吓得连夜逃跑，有什么办法？以卵击石，自取灭亡，识时务者为俊杰，投降吗？保得一命，寄人篱下，他想得全身直冒汗，怎么办？眼看大火一天天烧过来了，他硬是没有一点办法。何况南边的楚王也陈兵在边境，虎视眈眈，随时可以打进来，取了吉州，他就是坐在火药桶上，不知哪天轰的一声响了，他就会被炸得粉身碎骨。

听了探子的报告，更如火上浇油，刘知州吓得三魂丢了七魄，内忧外患，他大惊失色，一下站起来："真的吗？"

探子拍着胸说："老爷，真的，千真万确的消息，我亲眼所见！看见彭家军确实有很多人。他们正在操练，说是要走出大山，是不是要打吉州，我还没探清楚。"

刘知州往前伸着身子，睁着眼道："怎么这样快，一两个月就有了这么多人马，我这吉州府也才三千兵马，比我还多，如何得了？"他一屁股跌落下去。

刘知州全身发热，更加坐立不安，兵荒马乱的年月，谁都可以扯旗放炮拉队伍，哪里知道，在他的地盘里，冷不防彭家父子一下就坐大了，竟然在短短时间里，拉起了这么大的队伍，有枪就是草头王，这是个严重威胁，如果哪一天，彭家兵打过来，他这个吉州府还能保得住吗？位子就被人夺了，不由得就更加心惊肉跳了。

探子又道："老爷，彭老爷他们天天训练兵丁，很能打仗，他们将远近乡间的盗匪都治理了，百姓很欢迎他们！"

刘知州摸着脑袋问："他们还得民心？"

探子："是！很得民心，我四处问了一下，百姓都拥护！"

刘知州摇头晃脑："古往今来，得民心者得天下，彭城兄弟都是读书人，在朝为官多年，懂这个理，懂得收买民心。如今他们的势力一天天大了，虎大必伤人，要是来打吉州，我怎么办呢？"

探子也急了："老爷，快想办法吧！要不赶快发兵把他们剿了。"

"剿了，谈何容易，他们的兵比我们还多，怎么剿？"刘知州望着大堂问。没有人回答。

探子抓抓头发，没办法了："老爷，总不能坐视不管，让他们越搞越大吧？"

刘知州想不出办法，挥挥手令他出去。

刘知州起身走到窗边，想让自己慌乱的心冷静下来，窗外的风吹得呜呜地叫，摇得窗子哐当地响，就像打在他的心上，肚里寻思：门外老虎无法挡，家里扑来一只狼！这真是要命啊！

身边的师爷坐在一旁正慢慢品茶.

刘知州望着他，肚子就来了气，不满地说："看看，我都急死了，要丢脑壳了，你这个师爷还四平八稳有心思喝茶，不给我出主意想办法！"

师爷哈哈笑起来。

"笑，只知道笑，生死关头，你还笑得出，就不能个计策！明天有人就要来砍你脑壳。"刘知州火了，吼起来。

"坐，坐，坐，老爷，不急，且喝口茶，慢慢打商量！"师爷将刘知州拉到太师椅上坐下，又给他新沏一杯茶奉上，"喝点茶，熄熄火！"

刘知州铁青着脸："火烧眉毛了，这茶喝得下，能熄火？"

师爷微笑着说："老爷，没事，没事，你只管稳坐你的知州太师椅就是了！"

刘知州喝了一口茶，听了师爷的话，一肚子气无出处，卟的一声将茶水喷了出来骂着："大祸临头了，你还讲得轻巧！"

师爷忙上前，给刘知州拍背："老爷，慢喝点，没好大个事，心里消消火，车到山前必有路。"

"少讲点鬼话，"刘知州直冒火，"莫哄骗人！你看看当今我们的形势，老鼠进风箱，两头受夹击，命都难保了。"

师爷笑起来："老爷，车到山前必有路！下人有一计，化险为夷，你只管稳坐钓鱼台，保证平安无事！"

刘知州半信半疑，抬眼望着："有这么高明的办法，且说来！"

师爷便将身子往前探去，对着刘知州耳边轻声说着。

"好，好，真是个妙计，足智多谋，不比三国诸葛亮差！"刘知州乐得摸着胡子夸奖。

"嘿嘿，"师爷脸上乐开花，"老爷，下人怎能与诸葛先生相比，相差十万八千里！"

"哈哈哈……也差不了多少！"

这天，彭城与彭玕在练兵场上检查着兵丁练武。

一队兵丁挥着大刀，大喊着"杀"，威武雄壮。一队士兵挥着长枪，枪枪刺得气势勇猛，还有一队骑兵，一个个挥着雪亮的砍刀，骑马飞奔，如一阵狂风卷过，任何敌人都会砍下马来。

看了一阵，二人很满意，走到一个偏僻处，彭城对彭玕说："兄长，我们就这样天天在乡间练兵？"

彭玕一愣："兄弟，你想什么？"

彭城望着远处层峦叠嶂的群山，说："我，我在想应该走出山乡！"

彭玕便惊了："走出山乡？我们起兵，不是要保卫家乡吗？"

彭城手指着正在操练的队伍，摇摇头："不，不，如今天下正乱，我们有几千人马，走出山乡可干一番大事！"

彭玕望望彭城笑起来："五弟，你的野心还真不小啊！"

"乱世出英雄，我们守着赤石洞，能有多大个出息？"

"这……五弟，说得也是，你有何高见？"

彭城蹲到地下，用手捡了几个石子摆着说："四哥，你看！"他将一颗石子摆下道，"这是阳州，吴王已破，"又摆下一颗石子，"信州也让吴王占了，很快，不出数月，吴王就会直取吉州，吉州府刘知州只有三千人马，如今已是热锅上的蚂蚁……"

彭玕恍然大悟："啊，我明白了，你是说，我们赶快趁机先取了吉州？"

彭城哈哈大笑起来："机不可失，时不再来！成就大业在此一举！"

第二天中午时分。彭城与兄长按计划在操场上阅兵点将，准备去攻打吉州府，如今他们手下已有五千人马，兵强马壮，粮草丰盈，可以一鼓作气拿下吉安州城。操坪里群情激愤，兵丁们正在进行出发前的誓师，大家高呼："夺下吉州城！"吼声如雷。

这时，三匹快马在山路上飞奔，直往赤石洞驰去。

"站住！"一些持刀持枪的兵丁在村外拦住他们。

三人跳下马，其中一人道："快，我们是吉州府知州派来的人，有重要事马上见彭大人，请快领我们前去！十万火急，万万耽误不得。"

兵丁见他们说得火急，便不敢迟延，领着他们火速来到"进士第"彭府大堂门前的操坪。彭玗与彭珹兄弟正在操坪上，给兵丁们分派攻打吉州四门的任务，约定晚饭后出发，明天夜里出其不意，半夜偷袭，四门放火，乘着烟雾攻进城去。

兵丁们老远就大喊："老爷，吉州府派人来了！"

一听守哨兵丁报告，彭玗与彭珹一下就愣住了，望着来的几个不速之客，皱起了眉头，彭珹轻声道："这个时候来人，有何事？"

一个客人道："彭老爷，我们是吉州府刘知州派来的人，这里有他亲笔书信一封！"说着便双手奉上。

彭珹接过看了又递给兄长彭玗。二人看了，吃了一惊，眉头结成了网，这个刘知州葫芦里卖的什么药？怎么来了这样一封信。

彭珹道："你家主人书信我们已收到，并看了，他在信中所言的事情，我们会好好商讨给他回信的！"

客人拜别："谢谢彭大人！"

客人走了，彭家兄弟站在操坪里愣住了。

彭珹又将来信看了看道："四哥，你看，这，刘知州……他，什么意思？"

彭玗拿过信又看，想了想说："五弟，刘知州不是蠢人，很聪明呢！"

"他聪明，怎么说？"彭珹瞪大眼。

"你看，现在吉州危在旦夕，这个时候刘知州任命我们为永新县令，有了好名声，一下又得了四五千兵马，为他守着吉州的东大门，挡着吴王取吉的大道，要我们在前方为他卖命，他不就平安了吗？"

"啊，啊！"彭珹一拍脑壳，连连点头，"对，对，看不出，这个刘知州真还有几根花花肠子，一箭双雕呢，我们不能上当！"彭珹很气愤。

彭玗挥着手中信道："他要我们守永新县城，真是一着高棋！如果我们败了，他就可以治我们的罪。"

彭珹望望操坪里整装待发的军马，果断地说："不听他的，四哥，还是发兵去取吉州城。"

彭玕沉默了，望着远山不作声了。

彭珹气哼哼道："四哥，我们不能上刘知州的当，不能去给他当炮灰，还是赶快出兵夺了吉州！"

"不行，不行！"彭玕连连摇手，"出兵使不得，千万使不得！"

彭珹大惊："有何使不得？我们发兵取了吉安城，自己当知州，何须给刘知州卖命？寄人篱下。"

彭玕依然摆手："不，不，五弟呀，不能聪明一世，糊涂一时，现在的形势你还看不清？鹬蚌相争，渔翁得利，我们如果发兵攻打吉安城，胜了，也是两败俱伤，这时吴王乘虚而来，我们如何抵挡，还能守住吉安府吗？你好好想一想，利害得失，孰轻孰重，该如何抉择？"

听了彭玕的话，彭珹不作声了，细细一想，四哥的话确实有理，是这么一个理啊！便问："那，不打吉安了？"

"不打了，去永新县城吧，一步步来，先找个立脚点！"

"好！"彭珹点头，他向操坪走去。

彭珹与彭玕率着浩浩荡荡的军队开进了永新县城，彭玕任制置史兼县令，彭珹任副史。

二人来到永新县城一看，心里凉了半截，听人说，吴王杨行密的部队刚从永新县城打劫抢掳过。他们率兵丁默默从街上走过，来到县城中心，停了马往四处一看，城很小，只有一条窄窄的青石板独街，街两边也就住着几千人，多年征战，战火频烧，抢掳的兵丁刚走，一些房子还在燃烧，冒着青烟，一些房子无人住，百姓已四处逃散，街上随处丢弃抢劫留下的物品，居民们见他们来，不少人都惶恐地关上门，街上无人做买卖，行人稀少，看那旧城墙到处垮塌，有些地方已无城墙，墙边丢着打仗的废弃刀枪，打起仗来这城墙是无法防守的。

彭珹喊了一声："快救火！"便跳下马，带头往火场奔去。

一声令下所有兵卒全部去救火。

火扑灭了，彭氏兄弟率队前往县衙，大堂里空荡荡无一人，县令不知逃到何方去了。

一个烂摊子，刘知州丢给了彭氏兄弟，让他们来收拾。

彭珹与彭玕立即号令三军：任何人不得侵犯百姓，一根稻草也不能拿！

彭氏兄弟率队在永新县城驻下。

彭珹带领一大队官兵清扫大街，清理战争留下的遗物，彭玕率队清扫火场危房，居民们远远地望着，有的把门稍稍开一条缝偷看，这是哪里来的一支什么军队？一进城不抢百姓，却打扫大街，清扫火场？百姓们瞪大吃惊的眼睛望着都不解。

后来的日子里，百姓更是惊奇，只见当头的军官带领兵丁修垮塌的城墙，他们抬搬石头，挑土筑城，并不抓百姓来做苦力，真让百姓感动，一些百姓便自动给他们送水送吃的，渐渐地靠近军队了。

街头上又恢复了生气，店门开张，生意人做买卖，小摊小贩沿街四处叫喊着，永新城又活了过来，逃出城的一些百姓，不少人又搬了回来。

街边的城墙上张贴着一张张告示，有那识字的人便围着观看并大声念起来：本县保护百姓生命财产安全，安居乐业，耕作种田做生意买卖，一切自由……

"这下好了！"有人大声喊着，"我们有彭家军保护了！"百姓们四处传说着告示内容。

百姓们盼什么？他们就是盼能过个安居乐业的小日子，特别是在刀兵四起的年月，人们对和平安稳更是企盼。如今彭家军来保护他们了，大家怎不欢乐高兴呢？邻县的人得了信，都纷纷跑到永新县来过日子。

第3章

天降大喜吉州府里当刺史

坐镇洪州（今江西省南昌市）的镇南节度使检校太保中书令钟传，今天心里非常高兴，唐皇帝又给他加封了，封他为南平王。这真是有些出乎他意料，万万想不到，这一下气魄大了，位高权重了，高兴之际，便坐在房中独酌独饮，怡然自得，好不快活！在江西一带，以后谁敢不听他的？

想当初，自己本不过是江西上高白土下团九峰村一个穷困的普通乡民，也不是富户官宦世家，只因少年不事农桑，喜欢舞刀弄棒，出外游侠，做些生意，遍走四方，广交豪杰，有勇力善智谋，便博得些名声在外，加之他身材高大，臂力过人，能打会搏，不少人都臣服他。

一次出外，喝了一点酒，路过一处山林，与一只出外觅食的老虎狭路相逢，那老虎一见有人，便张开血盆大口迎面扑来，钟传听得唬的一声响，抬头一看，只见一只老虎张牙舞爪像泰山压顶，吓得他气都出不来，慌乱之下，他本能地一个打滚，身子弹出一丈多地，老虎不甘心，又一纵过来，钟传酒全吓醒了，又是就地一滚，连连躲过了老虎的几次咬扑，他见自己危险，攒足了力气，双脚蹬地，顺势跳到一块大石头上，居高临下，老虎站在大石头下，疯狂地吼叫着，跳扑着，好像誓要将他一口吃掉，他与老虎就这样对峙着，过了一阵，他乘老虎一不注意，飞身而下，跳到老虎背上，一把抓住老虎头上的毛，狠力用拳头打起来，老虎不是吃素的，全力反抗，卷起尾巴像铁鞭一样地抽打他，还全身蹦跳起来，想将他摔下来，这时钟传也是拼了命，用腿死死夹住老虎身子不放，左手拼命抓住虎头毛不放，随着老虎蹦跳，老虎摔不下他，没有办法，在山林里发疯了，拼命狂奔，不知跑了多久，累了，呼呼喘气，这时虎背上的钟传，却乘机挥起了铁拳，对着虎头狠狠地、下死力捶打，百十斤重的拳头，雨点般落下，老虎最终不支，被他打死了。从此后钟传声名大震，传遍四方，众人众星捧月般地拥护他，把他奉为英雄。

后来，王仙芝领导的农民起义军由北向南推进时，为抗击这支部队，当地民众便一致推举钟传为首领，聚万人在末山的九峰起兵，人多势众，夺了高安城，钟传便自称为高安镇抚使。率领州兵打败王仙芝的一部起义军，先占据了抚州，接着又乘机抢占了一些州县。他便上报朝廷邀功请赏，被诏封为抚州刺史。随后凭借武力逐步占有了江西的大部分地区，中和二年（882）钟传又率兵赶走江西观察使高茂卿，并占领了洪州。手下有了数万兵力，势力一天比一天大，唐僖宗为了利用他，只得升他为江西团练使，继授镇南节度使检校太保中书令，如今又加封他为南平王。他怎能不高兴？想不到一个平头百姓，十来年间竟然当上了大王？掌管了江西这一大片地区，称王称霸了，这真是他做梦也想不到的事情！

喝酒正在兴头上，突然一个家人进来禀报道："大王，前去打探吉州永新彭氏兄弟的家将回来了！"

钟传放下酒杯一声道："传他到书房！"

不一会儿，钟传在书房里坐定，家将走了进来。

钟传喝着茶，不急不忙地问："怎么样？"

家将打拱道："大王，情况已探明。刘知州惧怕彭氏兄弟的势力，只封他一个永新制置史小官，彭氏兄弟治军严，奖励农耕，发展生产，将永新治理得很好，特受百姓欢迎，去他处投军的人日渐增多，已有六七千之众了。"

钟传喝着茶不停点头："好！他们是人才，彭氏兄弟，本就是朝廷命官，能文能武，如今他们在家乡起兵，又有这么多人马，不可小看。"

家将望着他道："大王，依我看，如今真是个好机会！"

钟传一抬头，有些不解："怎么讲？"

家将身子往前凑了一下道："大王，眼下正是用人之机，刘知州排挤他，大王可乘机拉他一把啊！"

钟传一听，心里知悟，脸上立即有了笑容，高兴起来："对，说得好，水往低处流，人往高处走，他起兵举事，就是想官，我马上封他为吉州刺史，掌管军权！"

家将高兴道："好！他占了吉州，大王把他拉到麾下，势力更大，就不怕江淮的吴王了！"

钟传应道："是啊！"

吴王占据江淮一带，势力强大，兵多将广，正在往四处扩张，抢夺地盘，并不时派遣兵丁，前来江西抢占地方，南平王势力又不如吴王，无法相抗，为此相邻的吴王就成了他的一块大心病，想到吴王在东边虎视眈眈，时刻都想着来吞并江西！，他就忧心忡忡，日夜寝食难安了。

钟传望着家将道："劳你辛苦了，现在就去永新传本王的封令！"

家将应诺："是！为大王效力，小的不辞劳苦！"

这天，彭玕与彭玕正在县衙大堂喝茶议事。

彭玕忧忧地说："五弟，永新城小，前不久，吴王派人偷袭，攻破了城池，这里离吴王所占信州不远，我们所处很危险呢！据探子打听，吴王近些日子，又蠢蠢欲动，似要用兵，不知是不是对准我们？"

"是呀，我也很担心，"彭玕说，"这些日子，我也去城外四处观察过，县里城池小，我们虽然修整了，只是兵丁不多，吴王大军一来，必是很难防守的。"

"怎么办呢？"彭玕放下茶杯，"仅靠我们这点兵马，这个小城，是很难守得住的！"

"是啊！"彭玕喝了一口茶道，"看来，在如今这种群雄割据，大鱼吃小鱼，互相吞并，征战不断的夹缝里，没有势力是难以生存的。"

彭玕问道："五弟，你有何良策？"

彭玕说："我有个想法，不知行不行？"

"唉，"彭玕叹气，"你说一说，看行不行？"

彭玕这些天去城外四处观察过，他发现城外不远处有一片山林，地处小河边，依山傍水，离城池不远，是一处扎兵屯营的好地方，如果在那里屯一支兵，就可以与永新城互为犄角，有外敌来犯，可以在城外起牵制作用，减轻城池压力。便说："我与士愁带四千兵去那里扎寨，四哥领四千人马守县城。有敌为犯，我们可以里应外合，互相策应。"

"嗯，这是个好办法。"彭玕很支持，"行，就这么办，我们具体商讨一下。"

钟传的家将一骑快马飞奔到永新县城门外，家将在马上对守门兵丁大声道："我是南平王的家将，有要事要见你家主人彭制置史！"

兵丁让家将进城，家将打马在小街上飞过，不多一会儿便来到县衙制置使府。

家将下马，守卫兵丁引进门内。

彭玕与彭玕坐在堂上，正研究分兵的事宜。

家将上前拜道："制置使大人，我是南平王的家将，今特前来道喜！"

彭玕一愣，惊愕地问："何喜之有？我与南平王素无交往。"

彭瑊也摸不着头脑，这是怎么一回事？他们与南平王没有交结，喜从何来？

家将双手打拱，递上一信札道："这是南平王给你们的一封书信，还有赐封令！"

彭氏兄弟丈二和尚摸不着头脑，对望一眼，真还怪了，这南平王施什么计，今日平白无故南平王就送来了赐封令？彭玕疑疑惑惑地接过看起来。看了后又递给弟弟彭瑊。

彭瑊反反复复看了几遍，盯着家将问："你果真是南平王府的人？"

家将回道："这还有假？南平王封彭玕大人为吉州刺史，彭瑊为副史已上报朝廷恩准！"

"这……"二人都不相信自己的耳朵，人在家中坐，喜从天上落，平白无故就升官了。

彭瑊疑惑地问："这是骗人的吧？"

"不，不，这是千真万确的事情。"家将又掏出南平王的任命书递上前道："这是南平王给二位大人的委任状！请刺史大人不日即去吉州赴任！这里还有五千两银子！"

二人接过委任状施礼道："谢谢南平王！"

家将随后把赏银摆在桌子上。

彭玕满心高兴地道："谢谢南平王，请转告南平王放心，我们即日就去赴任！"

家将走了。

彭瑊对兄长道："天大喜讯，真是天降大任于斯人也！"

彭玕兴奋地说："明日去吉州上任，这永新县城就留两千兵丁让彦昭把守！"

彭瑊："行！真是天助我们也，不费吹灰之力，就得了吉州城。"

第二天，彭氏兄弟带着大部队往吉州城进发，不多时便来到城下。

吉州城的刘知州这些天心里很不舒坦，没想到把永新交给彭家兄弟后，几个月时间，一个烂摊子，破城，就被他们治理得井井有条，城固民安，队伍也发展到了七八千人，远远超过他这吉安府的兵力，要是彭氏兄弟打过来，他这乌纱帽还能保住吗？他越想心越寒，心里万分后悔，悔不该当初这么做，蓄山养虎，虎大要伤人了。自己搬起石头砸自己的脚，怎么办呢？彭氏兄弟不会永远被他压在身下，总有一天会要反目而来，这个吉州城如何能保呢？不要等到吴王来破城，只怕自己早就当了下属彭氏兄弟的阶下囚了。这些天，为此事，他愁得饭都吃不下，又想不出好办法，他只得下令部下，好好守城，提防有人来攻城。

今天，守门兵丁突见城下黑压压来了数不清的兵丁，一下就慌了神，急忙关了城门。他们以为是吴王派人来攻打城池了。

城下，彭瑊大声喊道："不要怕，不要关城门，快去禀报刘知州，就说吉州刺史彭玕大人兵到，奉南平王之令前来驻守吉州！"

守门兵丁吓一大跳，哪敢怠慢，急急飞速而去。

知州大堂里，刘知州得报，惊得一屁股坐在太师椅上。

师爷一看势子不好，忙上前相扶："老爷，你……"

刘知州半天才喘过气来："唉，唉，完了，完了，没想到事情来得这么快！"谁知他担心的事情，一下就大祸临头了。"他们今天真就来打吉州了，如何是好！"

守门兵丁问："老爷，看样子，好像不是打吉州，听城下喊是什么彭刺史来吉州上任！"

"什么，彭刺史上任？"刘知州丈二和尚摸不着头脑，才过几天，这彭氏兄弟俩就摇身一变成了吉州刺史？这官升得比风吹得还快。他苦笑道："真的？"

"真的！"守城兵丁说，"是彭刺史来上任，老爷，开不开门，彭刺史他们还在城下等着开门呢！"

"彭刺史，"师爷就愤怒起来，"才过几天，彭家兄弟一下就变成了刺史，他们一定是投靠了南平王，得了南平王的赏封！"

"这如何是好呢？"刘知州左右为难了，"不开门，他们拿着南平王的手令，我也不好抗令，要是不开门，他们带着那么多军队，硬打进来，我不变成瓮中鳖了。"

"这个，这个……"师爷也急得满头冒汗了，"莫急，莫急！"他一边擦头上的汗水，"好好想一想，老爷，万万乱来不得！"

"你说怎么办？"刘知州急得抓耳挠腮。

"这，这样，"师爷揩了下汗水说，"依我看，眼下彭氏兄弟也就是拿着南平王的旨令来上任，你是知州，他是刺史，只管军队，也不敢把你怎样，你还是老大，要说呢，他还只是老二，如果不让他们进城来上任，这也有些说不过去呢！"

"那你的意思，还是开城门，让他们进来？"

师爷点头："也只能这么做了！"

刘知州摇头叹气："成也萧何，败也萧何，都是你这狗头军师，尽出些背时馊主意，一错再错！"事已至此，他知道一山难容二虎，以后他在吉州城里怕是没有好日子过了，一肚子气，只能对着师爷发了。

不多一会儿，刘知州打轿带着人急急来到城门边，令人打开城门，笑脸相迎彭家兄弟入城。他双手接过彭玕带来的南平王赐封令看了又看，心里暗暗叫苦，又不好多说，他知道，这年头，有枪就能成王。一脸是笑地说道："欢迎彭刺史大人入城！"

彭玕大声对刘知州道："知州大人，本官奉南平王之令，今前来任吉州刺史，这是我兄弟彭瑊，为副使，日后还靠大人多多支持，好好合作！"

刘知州皮笑肉不笑哈哈笑起来，连连点头应道："当是！当是！同城为官，本官一定好好配合。"便迎着彭氏兄弟带着大军入城。

彭玕任了吉州刺史，彭瑊任了副使，又有南平王钟传做后台，刘知州自然怕他们三分，吉州城的军事大权就旁落在彭氏兄弟的手中了，他敢怒而不敢言。

彭玕与彭瑊依然把亲民爱民放在第一条，他们像治理永新城一样，在吉州城里对军民约法三章，令百姓安居乐业，减轻赋税，还组织乡民兴修水利，发展农业生产，深得百姓拥护，又张贴告示在城乡禁赌禁盗，派兵丁四处巡逻抓赌抓盗，一经捕获必将重处。

一日，彭瑊令手下将数十名赌徒、盗贼押往街头示众，每人身后插着一块牌子，上写"赌徒"或"盗贼"字样，几个兵丁手打大锣，不停么喊，招来四方八面的百姓观看，令赌徒与盗贼们一遍遍高喊着："人人不要学我！"

有衙役急急跑到知州大堂禀报："老爷，不好了，不好了！"

正在堂上喝茶的刘知州与师爷谈着公务。师爷说："老爷，彭刺史兄弟来了后，并没有让老爷为难，看起来还能相安无事。"

"难说。"刘知州喝了一口茶，"老虎还没露牙，你当他真是假老虎。"

师爷轻声道："老爷，那我们还是小心为好，多多提防！"

一个衙役猛地扑到堂里跪下。刘知州吓了一跳，怒道："慌什么，城门失火了？"

衙役慌乱道："不，不是，老爷，是彭刺史大人将赌场的人抓了不少在游街！"

"啊，有这事？"刘知州一下站了起来，脸一下黑了，拉成了马脸。

"有，有，千真万确，一点不错，如今那些赌棍正在打锣游街！"

刘知州发怒了："他，他管得也太宽了点，胆子天大，他一个刺史，带好兵就行了，手也伸得太长了，管起我的事来了，太不像话，抓赌棍盗贼是我衙门的事情！"

知州发火骂人，大堂上的人都不敢作声了。

师爷心里清楚，城里这些赌馆，家家都与知州大人连着筋，馆主月月都要给知州大人供奉银钱，那里就是知州大人取银子的钱库，彭刺史这样做，断他财路，这不是要他的老命吗？

"这，这，真是狗咬耗子多管闲事，他怎么管百姓这些事呢，走，走，我找他去！"刘知州火冒三丈，立即起身要下堂去找彭刺史。

师爷一把拉住刘知州的衣服，拦住他："慢，慢，老爷息怒，喝口茶！"

刘知州怒火万丈，瞪着眼对师爷吼着："这个时候，我能喝茶吗？不能让人欺侮！"

"喝，喝茶，压压火！"师爷将刘知州扶着坐下，轻声道，"不能去！"

"不能去？"刘知州瞪大眼。

"不能去。"师爷轻轻摇手，"去不得，你好好想想，要坏事的！能屈能伸，才是大道。"

刘知州愣住了，终究还是坐了下来，余怒未息，听了师爷的话，似乎有些冷静，仔细一想，是呀，这个时候，我怎能出面，那不是此地无银三百两，将自己与赌馆的事都公开出去了，马脚就暴露了。对啊，是不是彭家兄弟听到了什么风声，故意这么搞，想让我跳出来，他们好抓我的尾巴，乘机把我搞倒呢！他越想越心凉，全身不由有些冒冷汗，心里佩服，还是师爷想得周全，对，我要冷静，绝不能发火，让彭刺史抓了把柄，他只能打落牙齿往肚里吞，小不忍，则要惹出大祸。他慢悠悠喝了一口茶，对禀报的衙役道："不要慌，没有什么大不了的事，就是抓了几个赌棍盗贼游街，好事么，本官早就想好好整顿一下了，如今彭刺史他们做了，好，就让他们去做吧！"

大堂上众人大眼瞪小眼，不明就里，知州大人一时风一时雨，一时又云开日出了，这样说了，白就是白，黑就是黑，谁还敢讲个不字。

消息四散传开，赌徒与为盗者们吓破了胆，都知道彭刺史厉害，如果自己不改继续作恶，被抓了去，绝没有好下场！不出数月，吉州地面民风大转，赌博基本没有，盗贼不敢造次。他们还大力鼓励百姓经商，当时吉州城内外商铺小摊小贩遍地皆是，市面十分繁华热闹。

刘知州咬牙切齿，将彭刺史兄弟根透了，只是没有找到报复的机会。衙门里相见，表面上还恭维几句："哎呀，真要谢谢彭刺史大人，一来吉州城，就把赌盗平息了，做了大好事！"

彭玕与彭城不以为然，回道："区区小事，知州大人，何足挂齿！"

　　他们兄弟非常重视修整吉州城池，真是费尽心思经营吉州城。他们调集军民将吉州城墙修大修坚固，城墙周长九里九十一步，东边凭着赣江，西、南、北三面修建了流水濠沟，即是护城河，濠深三丈五尺，长一千四百七十一丈二尺。城门五座：南边兴贤门，西边永丰门，东边迎恩门、广丰门，北边嘉禾门。门上有城楼，，城墙上四通八达，四处设有戌台与箭垛，便于防守。使吉州城十分坚固，变得蔚为壮观。

　　彭玕与彭瑊知道没有强大的军队，在地方势力割据的年代里，是无法保一方平安的，所以他们大力加强自己的部队建设。四处张贴告示，招兵买马，刘知州见了，不敢多言。

　　他们将手下八千多兵丁分成了四个营，每个营两千人，每营又分五队，每队四百人，每天都要进行严格训练，刀枪弓法操练得十分熟练，还组建了一个骑兵队，彭瑊天天都要前往训练场进行指导。

　　彭氏兄弟的所作所为，让吉州城里的刘知州心里很不痛快，感到十分不舒服，他知道，一山难容二虎，眼见彭氏兄弟在吉州，一天天比他的势力大，百姓只知彭大人，而把他这个知州早忘了，只是自己的势力不如彭氏，不得不忍着一肚子火气，人在矮檐下，谁敢不低头啊！暂且低声下气，委曲求全！！

　　走着瞧吧，刘知州在暗地里寻找着机会，出水才看两腿泥！

第 4 章

投楚王是叛逆

这天，彭玕又照例早早带着儿子彭士愁、侄子彦昭等人来到校场练兵。彭士愁和彦昭虽然只有十七八岁，还是孩子，但他们读书之余喜欢舞刀弄枪，彭玕很高兴，这个兵荒马乱的年月，小孩子们学点武艺，将来长大了，能上战场带兵打仗，建功立业也未必不是好事。像自己这样靠读书中了进士，朝廷给个官都无法当，还是得靠带兵打仗才有立足之地。他让两个孩子参加到练兵队伍中与大家一道练武。

突然，一骑马飞奔而至校场，传令兵跳下马奔到彭玕身边道："彭大人，刺史大人要你速回！"

彭玕一愣："什么事？"

传令兵："不知，刺史大人未说。"

彭玕心里吃惊，对彭士愁他们叮嘱一番，就往回走，路上边走边想：自己正在练兵，肯定发生了大事，四哥才急急召回自己，最近好像也没有听说什么事啊，他心里有些忐忑不安。飞快打马直奔刺史府。彭玕早就站在府堂门口等候了。

彭玕一下马就急着开口问："四哥，有事？"

彭玕重重点头，二话没说将一份军令递给他，彭玕接过看了，不由长长吸了一口气道："啊，出了这么大的事，要我们急救虔州？"

彭玕皱着眉头道："是呀，江淮吴王杨行密的胃口大得很呀，手也伸得长，他掠取了江淮大片土地，还不满足，又把手伸往江西湖北啊！"

彭玕忧忧地道："汶州已破，现攻虔州，如是虔州一失，南平王的洪州就危险了，洪州一失，整个江西危险，我们吉州也就朝不保夕了！"

二人心情都很沉重，一块庞大的石头压在心上。

过了一阵彭玕缓缓地道："是呀，看起来，眼下情势十分危急，如今南平王正四处调兵保虔州！我们无可选择，只能出兵了。"

彭珹点头："保虔州洪州，就是保自己，唇亡齿寒，走，进府堂商议出兵一事。"

府堂上，彭氏兄弟二人商讨出兵之事。他们对吴王杨行密还是有所了解的，如今势大业大，称霸江南。二人看着南平王的调兵书信，心里就不免担心这次战事。

江淮吴王杨行密，农家出身，幼时丧父，家庭贫困，是母亲与兄长养大，长大后身体魁伟结实，双手能举百斤，村里百十斤的石墩他两手一抓轻而易举就举到了半空，舞得呼呼生风，令全庄百姓无不喝彩。他两条长腿走起路来如腾云驾雾一般，日行三百里，乡邻们都说他是异人，将来必定会有大出息。

他不安心在家做农活，伙同一些人造反，被官府捉了坐过牢，放出来后募为州兵戍边，因为他有本领，不久升为队长，一年期满要返乡，军吏又要他继续戍边，他不满，二人争吵起来，大怒，即抽剑杀了军吏趁此起兵，一下便集结了几千人，自称八营都知兵马使，率兵进攻庐州，刺史知道抵挡不住赶快逃走，杨行密于是便占领庐州。不久唐朝即拜他为庐州刺史。自此后杨行密势力一天天增大，四处招兵扩马，收买战将，不久又攻取江苏扬州，派部下攻取淮南、海宁、广宁、宣州、池州，将广大江淮地区收进囊中，他的兵马所到之处，无人不赶快投降朝服，朝廷惧怕，只好一而再，再而三地难他加官晋爵，最后直至封为吴王。在江南地区他的势力非常强大，如今又将目标对准了相邻的江西湖北，想把江西洪州的南平王钟传打败，夺了他的地盘。

二人心里都很明白，吴王势大，南平王军力不足，吴王这次有备而来入侵江西，肯定是生死一战，上了前线，谁都说不定能否保命。彭珹挺直身子说："兄长，我二人不可都去，还是为弟的带六千兵马前去相救就行了，你坐守吉州吧！我们也要留条后路。"

彭玕摇头挥手道："这不行，五弟，吴王点名要兄长前去，你应留在府上！"

"不，不，不，"彭珹挥着手，"四哥，你就不要与我相争了。"二人争执了一阵，谁也不让谁。

最后还是彭玕说："这样吧，我们还是抓阄吧！"

"好，这样公平公正，都无话可说。"

马上手下就在桌面上丢下两个小纸团，彭玕说："你先抓吧！"

"行，我抓！"彭珹抓了一个纸团，迫不及待地打开，一看，是一张空纸。

彭玕一见哈哈大笑道："五弟，这下你还有何话可说？"

彭珹将纸条狠狠地往地下一丢，气呼呼道："算你赢了！"

彭玕带兵临走前，再次对彭珹叮嘱道："兄弟，你千万要小心，刘知州不与我们一条心！你要把家保住，我们才有立脚的地方！"

彭珹道："兄长，你放心去吧，弟会好好防范的！"

彭玕轻声道："我带走了六千兵，你的兵力比刘知州的还少，千万要小心，莫着他的道，他是只老狐狸！"

彭珹拍着胸道："兄长，你放心，我用脑袋担保，一定守好家！他就是老狐狸，我也敢扯他的尾巴！"

彭玕带兵出征走了。

彭珹在府上思来想去，哥哥把守家重担交给自己，如何才能保住呢？他派出了自己的心腹化装成各种商贩，分布在刘知州府前的大街小巷，明里做着各种买卖，暗地里严密地监视着刘知州的一举一动，如果有风吹草动，就马上前来报信。

他将府里的家丁将校以及士愁彦晞等会武功的孩子们组织成一支特别护卫队，严密地防范着，四处巡查，不准外人进府。

夜晚，彭珹不在刺史堂里住宿，他住在兵营里，严令军营兵丁百倍警惕地防范着，如果刘知州的人马敢妄加行动，他会果断地先发制人。

唐末地方割据，最后在江淮剩下吴王杨行密，江西被南平王钟传盘踞，在湖南一带，以楚王马希范的势力最为强大。谁也不服谁，谁都想抓住时机，把对方一口吞并。

南平王调集江西的各路大军顽强抵抗吴王杨行密的入侵，彭玕带兵赶到参战时，战争正处于白热化，双方在虔州城下打了几仗，各有胜负，相持不下。南平王十分焦急，如果长期对抗下去，他的势力远不是吴王的对手，怎么办？这天，在大帐中，彭玕问计于众将领，众人纷纷献策，讨论了好一阵，南平王都觉得部下所说不是上策。眉头越皱越深，最后彭玕走到帐前说："大王，部下有个想法，不知可不可行？"

"你说说，大家听听！"

彭玕便说起来："我是这样想的，吴王十多万人马，长途征战而来，已在虔州城下与我们对峙半月，粮草供应必然不济，部下愿率本部军马前去后方，截杀吴军粮草，断了吴军粮草，吴军自然不战而溃！"

南平王十分高兴，一拍案桌，："好，釜底抽薪，彭刺史，妙计！太好了！"

"禀报大王，部下率军前来时，曾在路上看见吴王的运粮车队，知道一些他们的情况，心中有数！"

"好，彭玕刺史，你真是本王的福将，只要胜利了，本王定当重赏！"南平王一扫愁容，他相信，只要断了吴王的粮道，吴军不日即将不战而自溃。

夜深沉，乌漆墨黑。彭玕率本部人马六千余众，三军马蹄裹脚，摘了铃当，不准发出一点声响，半夜三更，吴王军进入梦乡，熟睡之时，一队黑影，神不知鬼不觉穿过吴军防线，潜入吴军背后，在密林道中山谷两边树丛里，神不知鬼不觉地隐藏下来。

天亮了，彭玕在四处仔细检查，不让隐藏兵丁露出一点破绽。他深知此战关系到两军大战的成败，不可等闲视之，自己伏军一出，从天而降进行奇袭，必要将吴军运粮官兵悉数全歼，夺了吴军粮草，吴王大军将会不战自败。

过了半日，下午时分，太阳高高挂在空中，辣辣日头烧得地上起火冒烟，吴军运粮官兵，长长的车队，远途跋涉而来，一个个早已累得汗流浃背，口干舌燥，疲惫不堪，两腿如灌铅重，无力抬脚，如今一见大片林子，有了荫凉，大家就像见了救星，没命般地扑过来，往凉爽处钻。挑担的，推车的，队伍浩浩荡荡，吼喊着，挤进了山间的小道上，无不想在林荫下做一个舒适的春秋梦，美美地歇一顿，三千多押送兵马也四处分散着歇息。不少人累得一倒下，便迫不及待地闭了眼，呼呼睡起安身觉。

彭玕见吴军运粮队全部进入包围圈，一群待宰的羔羊都关进了羊圈地里了，时机到了，便大喝一声"杀呀——"，带头挥剑就从山林里杀了过去，手下六千官兵，早已憋足了力气，挥刀举枪犹如出山猛虎，呐喊着从山上冲了下去。排山倒海之势，席卷着山林，像一阵狂风，眨眼间就闪到了山沟里。

吴军运粮人马，正依在沟里歇息，有的打盹入梦乡享福，有的擦汗，有的抽烟，正舒服着呢！突然间山林里爆发的惊天冲锋杀喊声，如晴天响了霹雳，一下将吴军震破了胆，三魂虾掉了七魄，天翻了，地覆了，日月无光，杀人的恶魔，张开倾盆大口，铺天盖地吞过来，不少人还没明白是怎么一回事，雪亮的刀光闪过，脑袋就搬了家，血溅起几尺高，彭军就像猎人冲进了羊群，手中的屠刀任由东西南北尽情地挥砍，吴军来不及反抗，就被消灭了大半，余下的只恨爷娘少了两条腿，抱着脑壳没命四处窜逃，在彭军的重重包围中，插翅也无法飞，不到一个时辰，吴军全部被杀，山沟里四处血水横流，彭玕下令，不能搬走的粮草，一把火全烧了。

虔州城下交战的吴王杨行密，得到了粮草被劫夺一事，气得话都说不出，十万人马，没有饭吃，这仗还怎么打呢？第二天便下令赶快撤兵。

南平王大喜，站在高高的城增上，望着远远撤走的吴军，哈哈大笑。特设宴犒劳手下将领，给彭玗记一大功，并奖赏一千两银子。

不数日，彭玗便率队回到吉州。得知彭瑊在吉州相安无事，刘知州并不敢闹事，一颗悬着的心才放下来。

半月过去，一天彭瑊彭玗正在院中指点着彦晞彦昭等人练武功，突然又一道十万火急的军令送到府上。彭瑊彭玗吃了一大惊：不知又发生了什么大事？

打开军令一看：愿来是南平王手下大将抚州刺史危全讽桀骜不驯，认为自己军功多，势力强，拥兵自重，不愿臣服南平王，就在抚州自称为王，谋叛南平王。这还得了？南平王钟传怒火高万丈，大发雷霆，立即调兵遣将亲自前往抚州征讨，如今令彭氏兄弟二人也赶快率兵去抚州剿灭叛贼。

外患不足忧，只怕内乱。俗话说：鱼怕肚里烂。内乱是致命的伤害。

彭氏兄弟见了军令，不敢不执行，连夜点兵，第二日，天未亮就火速开拔了。

南平王率各路征讨大军将抚州城团团围住，正要大举进攻，事情真巧，突然，青天白日响起了炸雷，雷声隆隆，惊天动地，震得人心肝俱裂，电闪火花像一条火龙四处飞舞，抚州城内房屋被电火烧起来了，大火熊熊，抚州城马上陷入一片火海。

城楼上正指挥兵丁抵抗的危全讽得报，望着城里冲天而起的大火，焦急万分，一顿脚说："天灭我也！"立即丢了手中刀，对左右说："快去救火！"

有官佐劝说："刺史大人，这时去救火，城外南平王军队易如反掌就攻了进来！"

危全讽长叹一声："罢，罢，你不见，天不容我反，我做这大逆不道之事，天理不容，生死由天，大家快去救火！百姓要紧！"危全讽带头跑下城楼去救火，众兵丁都跟着下城楼去救大火。

城外，兵将向南平王禀报："大王，危全讽率官兵全去救火了，城楼上无一兵一卒，正是杀进城剿灭危全讽的大好时机！"

众将领纷纷摩拳擦掌，要乘机杀进城去，活捉反贼危全讽。

南平王挥挥手道："不可，不可！"

一将领说："大王，有何不可，这真是天助我也，攻进城去，杀了危全讽这个叛贼！"

南平王说："火烧城池，百姓遭殃，如今救火是第一等大事，危全讽明知我们攻城，却不守城去救火，他知城一破，自己就是死路一条，却不顾自己生死，先去救火，解百姓之困，我等岂能乘人之危去攻城，让百姓雪上加霜？"

众将校都不作声了。

南平王又说："危全讽虽反叛于我，但今日就凭这一点，他心里装着百姓，就值得我刮目相看！城就不攻了，不能取他的性命！"

众军将都称赞南平王说："大王，真是仁义之王，以百姓为上，一片仁爱之心，足可感动天地！"

抚州刺史危全讽率官兵将城里大火扑灭，得知南平王率大军在城下按兵不动，并下令三军，不得乘机攻城，他深受感动，便令手下缚绑自己，开了城门来到南平王军营前请罪。

危全讽跪在帐前磕头道："大王，属下谋反之心，天都不容，突降大火，给我惩罚，幸得大王以民为本，不乘机发兵攻城，没让抚州百姓生灵涂炭，大王真是仁爱之王，属下罪该当诛，今自缚，请大王治罪！"

不少将领上前斥责危全讽谋叛行为，一些将领纷纷拔刀剑要将他诛杀。帐前气势十分紧张。南平王起身，拨开众将手中刀剑，令他们收起，亲自走到危全讽面前，给他松了绑绳，扶他坐下，令左右送上茶来。

南平王说："你自缚前来请罪，知错认错改了就好，人非圣贤，孰能无过，只要迷途知返，本王依旧相信你，仍旧当抚州刺史。"

危全讽立即跪在地上磕头痛哭流涕道："大王，感谢你恕罪不杀之恩。属下今后这颗人头就是大王的，上刀山下火海，在所不辞！"

南平王以仁义治军，化干戈为玉帛，不费一兵一卒平息了一场内乱，让众将领感动不已。

彭氏兄弟率队回到吉州后，一天夜晚，彭玕坐在灯下久久发呆，儿子士愁感到奇怪，问父亲有什么事，彭玕不作声，士愁只好将伯父彭玕找来，彭玕来到房中，一见彭玕还在发愣，便问："兄弟，有何事愁成这样？"

彭玕慢慢说："兄长，从抚州回来，为弟的突然生出一个想法，不知可不可行？我还没想好。"

彭玕便道："我们兄弟，有什么不可说的，你讲一讲，看看是否可行！"

彭玕缓缓地有些担忧地说："兄长，你看，如今吴王，南平王，楚王三雄称霸各一方，三足鼎立，不会长久的。吴王楚王势力都比南平王大，南平王手下一些将领如危全讽等人一个个都想称王称霸，不服南平王，你争我夺互不服气，大家不同心，依我看，迟早南平王不是被吴王吃掉就是被楚王吞并。"

彭玕点头说："很有道理！"

彭珹又涎："你看，我们江西吉州与楚地相邻，是楚王最先想要夺取的地方！长久下去，这里是很难保住的。"

"你说得是。"彭玕附和着，"你讲怎么办？"

彭珹叹声气："这里不是长久的安身之地，要早做打算，不要等到没了立足之地时，再想办法，那时就悔之晚矣！"

彭玕道："是呀，兄弟言之有理，你有何盘算？"

彭珹压低声音道："兄弟想前往楚王处搭桥找路……"

彭玕一愣，全身就惊出了冷汗，半天开不得口："五弟，这……可行么？投奔楚王，是大逆不道，背叛南平王，要杀头的……"

第 5 章

彭珹投奔楚王府

湖南长沙城当时称谭州府，是楚王马殷的王府所在地都城。

王府里楚王房里马殷正与军师张佶商讨军国大事。

张佶放下茶杯说："大王，江西是块肥肉，吴王也想吞，不过新近吴王败了，一时半会是不会来攻打南平王了。"

马殷望望张佶没有作声，前些日子，江淮吴王十万大军攻打江西，无功而返，他是知道的。江西夹在江淮与湖南楚地之间，吴王与自己都眼红着，恨不得一口将江西吞到肚子里去。南平王势力比较弱，当今群雄竞起，柿子当然先拣软的捏，所以吴楚二王都把眼睛盯向南平王。马殷早就想发兵江西，只是觉得时机未到。他抬起头问："军师，你看现在如何？"

张佶摇摇头。

马殷不解："不行？南平王如今焦头烂额，手下不服他的人多，与他不同心，最近抚州的危全讽拥兵自重称王就可见一斑。"

"错了，错了！"张佶缓缓道，"大王！莫只看其一，不知其二，据吾所知，南平王兵不血刃，以仁义迅速平息了危全讽的叛逆，很快整顿了内部，暂时站稳阵脚，对我们也有了防备！此刻发兵，可能费力不讨好。"

马殷想了想点着头："有理！"

张佶道："大王，依臣看，千怕万怕就怕内乱，南平王迟早要内乱，会有机会的！"

"嗯，你说得对，南平王仁义过头，仁不掌兵，在刀枪相见称雄据霸的时代，妇人软弱之心，岂能治理部下，迟早要酿出大祸的。"

张佶笑道："大王，那时，我们就有了可乘之机。"

马殷大笑："好，好，我们就静观其变吧！"

这天，彭珹带着彭士愁彦晞等一帮人扮成客商，悄悄离开江西吉州，秘密潜入长沙，他想们要会见楚王马殷。

马殷是许州鄢陵人，贫苦出身。早年在乡中以木匠为业谋生，喜结交，健谈，人豪爽。后投入秦宗权军中，成为忠武决胜指挥使孙儒的部下。秦宗权派其弟秦宗衡与孙儒、刘建锋等人攻打淮南，同杨行密争夺扬州。不久，孙儒与秦宗衡发生内讧，将其杀死，自率兵夺取高邮，驱逐杨行密。孙儒将杨行密围困在宣州，孙儒命刘建锋与马殷掠夺邻近郡县。不久，孙儒战败被杀，部众大都投靠杨行密。刘建锋、马殷收拢残部七千人，南下前往洪州途中，刘建锋被推举为主帅，马殷为先锋指挥使，行军司马张佶为谋主，一路扩军招马，势力逐渐大了起来。刘建锋等人到达江西时，兵马已达十余万。

刘建锋等人进入湖南，驻扎在醴陵。潭州刺史邓处讷为了防备刘建锋，派邵州指挥使蒋勋、邓继崇驻守龙回关。马殷赶到龙回关，遣使劝降蒋勋。刘建锋命人穿上邵州军的衣甲，打着邵州旗帜，前往潭州，守军没有防备，开门迎接。刘建锋马殷率部队冲进潭州斩杀邓处讷，刘建锋自称武安军留后。

不久，唐昭宗任命刘建锋为武安军节度使，马殷为内外马步军都指挥使。后来刘建锋被部下陈赡所杀。众将杀死陈赡，推张佶为留后。不料张佶在前往府衙任职时，堕马受伤。张佶此时深感自己命运不佳，认为这是上天有意安排，告诉自己不是当主帅的命，只能当谋臣，主帅的位置，不是他坐的。便对众将道："马公有勇有谋，多立战功，为人宽厚，比我更适合当主帅。"当时马殷正在攻打邵州，众将便派人前去请马殷回来主事。

马殷得知后，犹豫不决，亲信姚彦章劝道："您与刘龙骧、张司马，三人一体。如今，刘龙骧被杀，张司马受伤，这正是老天让您为主帅，天赐大好时机，千万不能放过，一步错了，悔之晚矣。"马殷听从劝说。人生命运途中，有时选择比努力更重要。于是马殷命部将李琼继续攻打邵州，自己则率人星夜返回潭州。

马殷到潭州后，张佶将留后的位子让给马殷，自己率众将参拜，定下君臣名分。马殷也不负张佶，仍旧任命他为行军司马，要他代替自己攻打邵州。

不久，马殷被朝廷任命为潭州刺史、判湖南军府事、迁武安军节度使。此后，马殷逐渐扩大地盘，兼并静江军，夺取岭南数州，将楚地牢牢掌控有手中。直至被封为楚王，定都潭州。

楚王与军师正在府堂商讨军情时，下人入堂来报："大王，江西有客人想拜见！"

楚王奇怪问："谁？江西哪来的客人？"

下人答："他自报家门是吉州刺史的家人！"

楚王一愣："吉州刺史？"

下人答："是！"

楚王默不作声，吉州刺史，是个什么人，从未与自己有过交结，今派人前来，有何事情？他一时想不清楚。

军师张估道："大王，吉州刺史乃彭玕，他与兄弟彭琙在家乡起兵，几年时光便担任了刺史，闻听，他们在吉州很能治军安民，深得百姓拥戴，是难得人才！"

楚王想了想道："如果我们要图江西，这应该是可用之人！"

军师赞同道："大王，今他主动上门，不能错过，大王要图天下，必海纳百川，广招贤良，人才多多益善！

楚王下令："好，快请进！"

不多一会儿，彭琙只身一人进到王府堂，在堂中跪下叩首道："江西吉州彭琙拜见楚王！"

楚王笑："免礼，赐坐！"

彭琙在一旁坐下。家人送上茶来。

楚王望彭琙，高大魁伟，仪表堂堂，虽是读书人，全身却透着英武之气，斯文中溢着武士的刚猛，文武双全，难得啊！他便说："彭大人，你是吉州刺史彭玕大人的五弟，进士出身，你们在家乡赤石洞举兵兴义旗，保家安民，做得很不错啊！"

彭琙回道："谢楚王，您对在下很了解！我们只是顺应时势，区区小事，不足挂齿！"

楚王很高兴地说："闻听你们兄弟上马治军打仗，下马安民抚一方百姓，文武双全之士，实属难得之士啊！"

彭琙站起来，弯腰对楚王鞠一躬："楚王过奖了！"

楚王大笑："彭大人，不客气，用茶。你当着吉州刺史副使，做得好好的，今千里迢迢来楚，为何事？"

彭琙长长出一口气，轻声道："楚王，说句心里话，在下是来投奔大王的！"

楚王一惊："投奔本王？你在南平王手下据守吉州很好啊，为何要弃家前来投楚？"

彭琙缓缓沉重地说着："大王，吉州乃弹丸之地，朝夕难保，何况南平王手下众将领各怀鬼胎，都想各据一方拥兵自重，称王称霸，不服他调遣，我吉州只有区区几千人马，如何能自保？”

楚王沉吟一下道："彭大人所言有一定道理，吉州确系弹丸之地，不过你们兄弟也经营得很不错呀！"

彭珹叹气道："吉州迟早有一天会被别人夺去。在下认为楚王雄才大略，雄踞一方，广纳天下英雄良才，将楚地治理得国泰民安，古人云：良禽择木而栖，良臣择主而事，故特前来投奔，请大王收纳！"

楚王很高兴："像彭大人这样的贤才良将难求啊，真心来投，本王非常欢迎！"

彭珹又道："大王，我兄长目前虽在吉州刺史任上，将来有机会，他也会来投靠大王的！"

楚王喜得合不拢嘴："好，好，彭刺史如来楚国，本王一定欢迎！"

楚王将彭珹奉为上宾，将他的随从安置在王府里一处绝好的去处居下。

彭珹在楚王府里住下，不多久，彭士愁彦昭等一班兄弟便也与楚王的儿子马希声、马希范等人混熟了，大家都是年轻人，又都爱习武练功，便常常在王府里喝酒喝茶论天道地，打拳练功。夜里无聊时，一伙人还要邀约去听戏，成为形影不离的好朋友了。

楚王出身穷困农家，本没有读过多少书，他知道彭珹几兄弟都是进士出身，彭珹又是个文武双全的人，对彭珹也就格外敬重。

一天，楚王将彭珹请到府堂，落座后二人喝着茶道："彭大人，住在这里习惯吗？"

"很好，我们很习惯！"彭珹高兴地回道，"大王对我们关照得太周到了，十分感谢！"

楚王将彭珹一行安排在楚王府里，一个环境幽雅宅院里居住，衣食住行，一应周全，日子过得很舒坦。

楚王笑着说："还有什么需要，尽管吩咐下人。"

"谢楚王，一切都已很好了，我们非常感激，只是在下日日白吃饭，不能为楚王尽力，心里感到十分不安！"

楚王哈哈大笑："彭大人，本王知道你是懿宗朝的进士，一身才学，装在肚子里，岂不枉然吗？"

彭珹放下茶杯苦笑道："大王，如今世道，有枪就成王，人们都讲抢地盘打仗，不是读书的时候，才学还有何用？"

楚王大笑："非也，非也，彭大人，学问有用，才学大有可用，武力打天下，治天下还是要靠学问，本王给你用武之地怎样？"

彭珹大喜过望立即施礼道："大王赏识，给在下机会，万分感谢！"

楚王说："彭大人，这些天，我在寻思，府里那帮小子们成天只知喝酒用茶，打打杀杀，我在府里找个地方，你每天给他们上上课，讲讲学，让他们也变得文雅一些，懂得治国安民的道理如何？"

彭珹立即点头应道："谢大王看重，在下每天反正也没什么事，给他们讲讲学也很好！"

楚王点头："这就好，这就好！"楚王停顿一下又道，"还有一件事，不知可行不可行？"

彭珹有些吃惊，今天楚王为何对自己这般客气，自己寄人篱下，就是一个客居的门客，为何受到楚王这么大的礼遇，他有些搞不明白，便道："大王，你如此看重在下，把在下当贵宾，在下就是肝脑涂地，为大王做事都是应该的。"

楚王笑道："好，那本王就直说了！本王也想请你给我当当老师！"

彭珹一下愣住了，心咚咚地打起鼓来，有些害怕和不安，连连摇手："这，大王，这使不得，在下才疏学浅，恐难胜任！"

楚王哈哈笑道："彭大人，不瞒你说，本王木匠出身，未读过多少书，几十年来只知带兵打仗，如今当王要治理国家，无文化，不明理，不懂治国之道，不是要害民吗？你是进士出身，就帮帮我这个忙吧！"

彭珹脸红了，自己怎能当楚王的老师，还是不敢接受："大王，在下学识不深，不堪此重任……"

楚王挥挥手道："彭大人，本王是真心实意的想拜你为师，给本王讲讲治国理政的道理！就不必多谦了。"

彭珹看楚王一脸真诚的样子，想了想便不再推辞："大王，好，在下就应承了！如有不周，望请大王多多包涵。"

此后，彭珹就在楚王府上，一边给楚王儿子与士愁们讲学，另一边又不时到楚王那里给他讲授治邦安国的道理。

楚王对彭珹非常友好，奉为上宾。

不久，彭珹便派人将家属与兄长彭玕家眷子女两大家人都接到谭州城来居住。

第6章

危难之中求援救兄长

南平王钟传重病，久治不愈，钟传知道，会将不久于人世了，必须要将后事有所托付。一天，他便把身边臣子与将领们都召进王宫，向众人宣布，将南平王位传给儿子镇南军节度使钟匡时，以陈象为宰辅，彭彦章为袁州刺史，唐宝为饶州刺史。

钟匡时继位不数日，南平王钟传故世。谁知钟传的这一传位决定，却让他辛辛苦苦打下的江山，在他去世后不久，数月内就土崩瓦解，改姓了吴。

父将王位传给儿子，封建社会里，本是天经地义顺理成章的事。

不过，大千世界纷繁复杂，世事一言难尽，不少事貌似公允，但仔细一究，在一些人眼里，就又有了偏颇。

钟传有个养子，名叫钟延规，如今在江州任刺史，他就对南平王钟传此举非常不满，他认为自己屡立战功，南平王能有如此一份江山，这些年来，他征战南北，出生入死立下汗马功劳，做出了很大贡献，父亲却把王位传给亲生儿子，是另眼相看自己这个养子了，太不公平，心里怒火难平，愤恨不已。这些年来，父王一直没把自己当儿子看，原来自己在父王眼里，还是个外人，他心里一口气咽不下去，闷闷不乐从洪州参加钟匡时的继位归来后，他终日以酒解怒，越喝越气，越气越怒，一肚子怒火无从出处，但是王位现已传给了钟匡时，木已成舟，无法更改。只是他心里这个坎实在迈不过去，觉得父王偏袒亲儿子，对自己不公，手下一些将领也为他打抱不平。

一天，他突然灵机一动，有了一个主意，他想：索性此处不留爷，自有留爷处，老子当不了王，也不想让钟匡时当王。脑子里冒出这个想法，竟把自己吓了一大跳，我怎么就这样想了呢？这不是背叛父王吗？他犹豫了。想起自己当年，一个几岁的流浪儿，孤苦伶仃，大雪天，流落在一个破烂的山神庙，饥寒交迫，又冷又饿，死亡边缘，是父王路过救了自己，收留身边，当成儿子，养育长大，又带进军中，一步步才走到今天。当上了刺史，占据一方，有了显赫的地位与身份，没有养父，就没今天的一切。可是他转眼一想，自己也曾在征战中，几次帮父王解难，还两次救父王的命，自己是父王身边功劳最大的人，父王的亲儿子钟匡时，根本就不是个善于带兵打仗的人，父王却将王位交给了他，父王既然对自己不义，自己也就不仁，如今背叛，也是应该的，是父王的行为逼迫的。想到这里，便心安理得了。暗暗道：父王呀，你不要怪我，这都是你自己逼我的！

天下熙熙，皆为利来，天下攘攘，皆为利往。钟延规未能当上王，这个大利没落进他的口里，肯定是不舒服的。便决心背叛南平王投向江淮的吴王杨行密。立即就派手下心腹到吴王府中请降，愿将江州交纳给吴王。吴王一见钟延规的请降书大喜，马上接受他的请降。

这些日子，吴王正在府堂上与部将们商议着，南平王故世，儿子新近继位肯定王位不稳，南平王内部一定会有将领心不服，就想乘机攻打江西，灭了南平王。朝臣们有的说这是好机会可以立即出兵，有的则反对，认为不可，南平王在各处守军防范甚严，不能造次。两派意见相持不下，吴王杨行密一时也难以下定决心。

正在举棋难下时，南平王手下钟延规来降，献上江州，这不是打开了攻打南平王的大门？真是天助我也。吴王大喜过望，立即行书封钟延规仍为江州刺史，赏银子五千两，马上便派自己的儿子杨渥出兵攻打南平王，杨渥即遣手下大将秦裴借道江州率大兵直向洪州扑来。

洪州南平王钟匡时得报，大吃一惊！

手下禀报江州刺史钟延规已投降了吴王，献出了江州，如今吴王大军正从江州向洪州扑来。钟匡时恨得直骂娘，这个钟延规真是个卑鄙小人，父王刚去世，他就背叛投降了吴王，可是自己也没办法阻止，吴军现在已从江州攻来，撕开了江西防线的一个大口子，只得立即四处调遣大军，准备迎战。六月，秦裴率领吴军过江州首先围困饶州，饶州刺史唐宝闭城自守。七月，吴军攻破饶州，守城刺史唐宝投降。

随后秦裴率兵向洪州进发，钟匡时遣骁将刘楚带兵攻秦裴，刘楚在州外依险立寨阻敌来攻，谁知秦裴以诱敌之计引刘楚进入包围圈，刘楚中计走投无路而被擒，吴兵大破南平军，长驱直入大兵围困洪州。经过两月大战，九月，淮南吴军攻破洪州，大掠三日，活捉钟匡时、陈象等五千人北归，南平王钟氏政权便从此瓦解，吴王大军横扫江西各地。

但是南平王各处的旧将还在，他们还占据着一些城池，不甘于吴王的统治，南平王钟传的旧将抚州刺史危全讽谋求收复钟传失地，于是便号令召集袁州刺史彭彦章、信州刺史危仔倡、吉州刺史彭玕等四州之众，号称十万大军准备攻夺洪州，他们屯兵抚州城东的象牙潭，准备在洪州与吴王的军队决一死战。

吴王闻信，立即决定先发制人，乘危全讽等人兵屯象牙潭还未动兵攻向洪州时，先行攻击，打敌一个出其不意，于是遣大将周本率精兵五千，日夜行军，远途奔袭象牙潭，以少胜多，将南平王旧将的部队打乱。

当时，南平王旧部联军十万余人，浩浩荡荡，声势浩大，正按部就班从抚州城外出发，千军万马在象牙潭慢吞吞渡河，有的刚过河，立足未稳，有的还在渡河，两岸军丁乱纷纷。

周本率军长途跋涉，日夜兼程，马不停蹄，两天时间，就奔袭了一千多里路，扑到了象牙潭边。本已精疲力竭，一到象牙潭，正碰见危全讽大军在渡河。

事情真是凑巧，天赐良机，联军完全没有防备。危全讽与他的将领们根本不会想到，千里路外的吴军会突然一下出现在这里，周本觉得这是难得的大好机会，必定要打敌人一个措手不及，周本不顾军队长途奔波劳累，马上下令全军奋勇出击，周本骑马挥刀带头冲入敌军。

五千铁骑就像滚滚洪流，从天而降，杀进象牙潭边的敌营中，喊杀声震天动地，刀光闪闪而过，只见人头滚滚，吴军远在千里之外，怎么一下就出现在象牙潭？危全讽等将领一下都被吓蒙了头，完全没有作战抵抗的思想准备，几万大军在家门口，还没出发征战，突地就被敌兵奇袭，真是万万没有料到，仓皇中不知吴兵来了多少人，被汹涌而来的吴军铁骑一冲，早已吓掉了魂，全军上下便乱成一锅粥，将不管兵，兵不顾将，过河的不管渡河的，渡河的进不是退不是，不少人掉进河里淹死了，人人只顾慌忙四处逃命，完全没有抵抗能力。

周本率兵一鼓作气四处追杀联军，马蹄肆意践踏，呐喊声震如雷，将数万联军打得落花流水往各处逃命。擒贼先擒王，周本率数十骑直冲联兵指挥部活捉了危全讽、彭彦章等五千人。危仔倡彭玕等将领幸好还没有过河，逃跑得快，才免于被俘。

象牙潭联军大败，溃不成军，吴军一路四处追杀，彭玕兵败带着手下四千多人没有去处，只好急惶惶退回吉州，当他带着残兵败将来到吉州城下，正准备进城时，吉州城门紧闭。他令手下大喊："快开城门，彭刺史大人回来了！"

城楼上一声锣响，突然竖起一杆大旗，上书一个斗大的"刘"字。刘知州在城楼上大喊着："彭大人，吉州城已姓刘了！请走吧！"说着嗖的一箭射向彭玕，他连忙躲一下，箭从头发边射过，吓他一大跳，立即大骂起来："无耻，真是个卑鄙小人！"

刘知州在城楼上哈哈大笑："彭大人，你来晚了，本官已投奔了吴王，请走吧，要是不走，就赶快投降！"

彭玕大怒："呸，你个无耻小人，就是个软骨头！"气得吐了几口鲜血，立即下令手下攻城。

城上箭如雨蝗般射下，兵士们无法进攻，只得又退回。

彭玕恼怒无法，如今已无栖身之地了，如何是好？只得暂时屯兵在吉州城边。

湖南的楚王早已得知南平王被吴王派兵攻灭的信息，江西全境已落入吴王手中，感到十分惋惜，只好惋叹自己没有先动手得到江西这块好地，让吴王得手了。

象牙潭大败消息传来，彭城一下就急了，他在楚王府里坐立不安，兄长兵败去何处安身立命？他派人一探，得知兄长兵败而归，如今暂时在吉州城外栖身，如不相救，肯定要被吴王的兵消灭，一定要想办法救兄长。如何救呢？自己手上无一兵一卒，赤手空拳呢！想来想去，没有办法，急得像热锅上的蚂蚁。最后他想只有向楚王求救这一条路可走了。

彭城赶快去楚王府求楚王："大王，快救救我兄长吧！"

楚王惊讶："救你兄长？"

彭城道："兄长在象牙潭兵败后，带着几千人回到吉州，谁知城内刘知州率兵叛乱早已投降吴王，如今我兄长身在城外，已无归处！正被吴兵包围，凶多吉少。"

楚王心里明白了："啊，是这么一回事！怎么救他？不知他是否愿来楚地？"

彭城急忙回应："愿，他愿，早就有心来投奔大王！"

楚王大喜："好，这就好办，你立即带领五千人马，马上去救你兄长！请他来楚国。"

彭城高兴地答道："谢大王！"

彭城与彭士愁彦昭带着五千楚兵火速赶往江西吉州，不几日就来到吉州城下。忽听前面喊杀连天，彭城催马往前一看，惊得不得了，原来兄长彭玕几千兵马正被吴兵重重包围在吉州城下，正在拼命，情况已十分危险，他再迟来一会，兄长就有全军覆没的危险。

彭城对彭士愁彦昭道："我们三人火速带人冲杀！"于是彭城挥刀大喊一声：

"杀!"带头向吴兵冲去士愁彦昭也挥着刀枪杀向敌军，五千人马如下山猛虎从吴军背后冲过来，吴军没有防备，被砍杀不少，立即阵脚大乱。

危急中，彭玕见兄弟带着援兵杀来，高兴万分，立即把刀一指大声吼道："援兵来了，兄弟们杀呀！"彭家兄弟兵马内外一阵冲杀，吴兵抵挡不住，只得败退，彭家兄弟合兵一处，冲出敌阵撤离吉州。

彭玕在马上欣喜地问："兄弟，你怎么来了？"

彭瑊便将事情经过讲了道："兄长，你现在没去处了，去投楚王吧！"

彦昭也劝道："爹，就去投楚王吧！"

彭玕响亮地答道："现在无立身之地了，行，投楚王去！"他对彭瑊道，"兄弟你先投奔楚王这条路还是走对了。要不然，今天兄长真是上天无路入地无门了，连个栖身之处都没有了。"

彭瑊安慰道："兄长放心，楚王待人很好，他很惜才，会重用你的！"

彭玕叹气道："兄长如今是败军之将，如丧家之犬，能有个安身立命之地就行了，不敢企望楚王重用。"

第7章

马彭联姻结亲家

彭玕兵败随彭瑊来到谭州楚王府住下，成日里无所事事，终日里坐在花园亭子内守着一杯清茶，慢慢地有一口无一口地喝着，心中很是闷闷不乐，但又说不出口，只得强迫自己去望亭外树枝上跳跃喳叫的鸟儿，暂时缓解一下烦躁不安的心情。他心里很难过，自在家乡起兵以来，势力一天天扩大，谁知兵败，安身立命的吉州城也丢了，败军之将，如今只能过着寄人篱下的日子，这心怎能不焦呢！何况他身体也不好，喘咳病一天比一天严重，吃药也不见好转多少。

这天，彭瑊兴冲冲地走了过来，在亭子里坐下道："兄长，怎么样？"

彭玕喝了一口茶道："不怎样，这病反正是好不了，得过且过。无家可归连窝都没有的人，有个栖身之处就是万幸，还能有什么奢望呢？比树上的鸟儿都不如。"

彭瑊望望树上欢快跳跃的鸟儿叹气："是呀，南平王没了，江西如今全归吴王了，有家难归呀！"

彭玕红了眼，往远处望去，好一阵都没作声，心里十分伤感："那个家是回不去了！"

彭瑊也很痛心，战乱让他们没有了家，他们努了力，想护卫自己那个家，可是事与愿违，眼下他们也没有能力杀回去，夺回自己的家园，这不能怪他们，他劝着兄长："眼下只有投靠楚王了。"

彭玕望望兄弟："没有其他更好办法了，不知人家要不要我？"

彭瑊已来楚王府一年多了，他知道楚王很看重人才，并对自己多次提到过兄长，便安慰道："兄长，实际上楚王很看重你的！"

彭玕奇怪，放下手中茶杯："他看重我？"

彭瑊点头："是的，他很多次在我面前讲到你，说你是文武全才，能治军打仗，又会安民，是难得的人才！"

彭玕脸上有了喜色："他真是这么说？"

彭城回道："这还有假？兄弟还能骗你？"

彭玕不作声了，他心里很有些激动，一个人能得别人的赏识是很幸运的，何况过去他与楚王从未相交过，彼此都不熟悉不了解，如今自己就像一个丧家之犬，能得楚王的赏识，真是万幸啊！便站起来，走到亭子边上依靠着亭柱默不作声。一个人在落难时节，就像行船，大风大浪中，船翻了掉在水里，有生命危险的时候，关键时刻，有人伸出手来拉你一把，不仅挽救了你生命还给你出路，黑暗中看到了光明，也有了希望，这真有些出乎意料，他心里好像打翻了五味钵儿，酸甜苦辣辛，人生往往像海中的一叶小舟，在波浪里大起大落，连命运都把握不了，真是说不出的滋味。

彭城突然道："兄长，楚王今日想见见你！"

彭玕惊讶："他要召见我？"心里一下咚咚跳起来，"真的吗？"

彭城点头："是，跟我走吧！"

彭玕心里七上八下很不安，他不知楚王要和他谈些什么，他望望兄弟彭城，彭城也不作声，二人默默地在王府里绕来走去，不多久就来到一个避僻静的去处，有人将他们引进花园里。

彭玕停住脚问："兄弟，这是要到哪里去？"

彭城对楚王府很熟悉，便轻声道："这是楚王专门招待贵宾的地方！"

彭玕迟疑："我去不合适吧？"

彭城一推兄长："走！楚王专门召见你。"

一个很安静的小花园，园门前站着持刀拿枪的卫士。在卫士指引下二人进院，来到院中小亭，只见楚王早已坐在亭中。彭城上前施礼道："楚王，我将兄长带来了！"

彭玕赶忙跪下道："在下江西彭玕拜见大王！"

楚王含笑道："免礼，坐！"

彭玕不敢就座道："大王，在下如今是丧家之犬，无立锥之地，岂敢坐？"

楚王哈哈笑："彭大人，你是本王请来的贵客，怎能不坐？"

彭玕诚惶诚恐，还是不敢落座，显得十分窘迫。

彭城拉了兄长一下："大王要你坐就坐下吧！"

彭玕才慢慢坐下。

家人很快就送上酒菜美食。

彭玕看见面前满满一桌美酒佳肴，激动得两眼发湿，心里涌起一股热流。如今自己是一个败军之人，无家可归，无路可走，天涯沦落人，今天还受到楚王如此重大礼遇，他怎能不深深感激呢！

楚王指着桌上酒食菜肴说："彭大人，随便些，不要客气，本王今日是特地宴请你！"

彭玕十分惭愧地道："岂敢，在下怎劳大王如此看重？"

楚王笑着："彭大人，本王与您弟是好朋友，对你也有所了解，是朋友，不必客气！"

彭玕立即回道："谢大王！"

楚王端起酒："彭大人，饮酒！"

彭瑊忙说："楚王，应该是我们兄弟先敬大王！"

楚王挥着手道："今天酒席上就不分君臣了，我们三人同饮吧！"

酒过数巡，楚王对彭玕道："彭大人，如今你有何打算？"

彭玕立即跪之于地道："大王，在下无家可归了，想投靠大王，不知大王肯接纳我否？"

彭瑊也跪地请求道："请大王接纳兄长！"

楚王抻手扶着道："好，好，二位请起！"

彭瑊兄弟磕头道："谢大王！"

楚王对彭玕道："彭大人是难得的人才，本王令你去任郴州刺史如何？"

彭玕愣了一下立即奏道："大王，这，在下败军之将恐难以胜任，不合适吧？"

楚王笑道："合适，很合适，彭大人原就是吉州刺史，当得很好，有什么不合适的？你很行，去吧！"

彭玕很惭愧地道："大王，在下没能守住吉州，将吉州丢了，如今落到吴王手中去了，说起来真痛心！"

楚王望着他："你不必自责，你已尽了力，这事不能怪你，本王相信你，一定能把郴州治理好！"

彭瑊在一旁道："兄长，大王相信你，就去当吧！"

彭玕伏地再拜："谢大王，臣肝脑涂地也在所不辞，一定精心竭力！"

酒宴散罢，彭氏兄弟高兴地回到府上，彭玕对彭瑊道："楚王待我太好了，如何报答呢！"

彭瑊安慰道："来日方长，你把郴州治理好让楚王放心就是最好的报答！"

彭玕回道:"一定!"

突然彭士愁走了过来道:"伯,侄儿有一事要禀报!"

彭玕问:"何事?"

彭士愁道:"伯,楚王子马希范要娶堂姐彭玉!"

突如其来的事,让彭玕一下怔住了。他心里没有一点准备,女儿彭玉长大了,早就该出嫁了,这些年因为战乱,他忙于打仗,没有心来管理家事,又没有门当户对的人家,彭玉的婚事也就没提。更何况彭玉随叔父彭珹来到楚王府多时,又不在他身边,他几乎将儿女们的终身大事都忘掉了,想到此,他觉得真有些对不住女儿。便道:"有这事?"

儿子彦昭马上证实道:"爹,这是真的!"

彭玕觉得这真是件天大的好事,只是楚王的儿子能看上自己的女儿彭玉,他还是有些不大相信,这些孩子们的话不可当真,便作古正劲地望着儿子彦昭:"这事不假?"

彦昭证实道:"不假,爹,这么大的事怎敢骗您?"

原来彭玕还在江西吉州任刺史,彭珹来投楚王,不久便将兄长的子女家眷也全接到谭州来,都住在楚王府里,士愁彦昭一班弟兄与楚王的儿子们都相处得十分融洽,楚王的儿子马希声马希范等经常出入彭家。这天马希范走进彭家,来到后花园,突然一阵悦耳的琴声传过来,马希范站着听起来,听得入迷不肯走了,他问彦昭:"谁在弹琴?"彦昭答:"姐姐弹琴。"马希范道:"真好听!"士愁道:"我这姐姐琴棋书画无所不能!"马希范道:"能不能见一见?"彦昭说:"可以呀,姐姐就在那边亭子里弹琴!走,去见她。"于是彦昭士愁等人就带着马希范往前走,不多一会儿就来到了亭子边,马希范一眼看见一位美丽漂亮的姑娘正在亭子里弹琴,一双手飞快地在琴上滑动着,发出了美妙的琴声,他的心突然莫名地随琴声咚咚跳起来。走进亭子,彦昭对姐姐道:"姐姐,这是楚王府二公子马希范,我们的好朋友!"姐姐彭玉立即站起来稍稍弯一下腰道:"马公子好!"马希范道:"琴弹得真好听!"彭玉道:"让公子见笑,献丑了!"士愁道:"只要公子喜欢,可以天天来听我姐姐弹琴!"马希范立即高兴起来:"好,只要欢迎,我一定天天来!"

从此后,马希范与彭家兄弟姐妹十分投缘,你来我往,感情深厚起来,马希范经常来听彭玉弹琴,有时还坐在亭子里谈论诗词。天长日久马希范对彭玉便有了心。彭玉出身书香门第,大家闺秀,知书达理,琴棋书画样样都通,又十分贤惠，通情达理，模样儿也长得俊秀，在彭家兄弟姐妹中，她又年长一点，经常帮家中大人操持家务，显得十分能干，口一张，手一双，兄弟姐妹们无不听她的话。马希范对她一见钟情，俩人情投意合。楚王有三十多个子女，马希声是大的，已经娶妻，马希范是二公子，尚未婚姻，但已到了谈婚论嫁的年龄，一天天过去，他与彭玉你有情我有意，只是当时彭玉的父亲彭玕还在江西，马希范便没有上门提亲，如今彭玕来了，马家自然便要来提亲了。

彭瑊对兄长道："这事我知道，兄长，我看儿女们的事，就依了他们自己吧！"

彭玕道："行！这事成！"

彭士愁、彦昭等一帮弟兄高兴得一溜烟就跑了，马上去向好友马希范报信。

第二天，楚王府便派人来下聘礼。

眼看彭玕就要去郴州上任了，楚王府传过话来：先把儿女们的婚事办了，彭刺史再去上任。

几天后，楚王府里张灯结彩，为马希范与彭玉举行了盛大的结婚仪式。

彭家人都很高兴，彭玉嫁进了楚王府，家人们脸上都很沾光，他们在楚国算是王亲了，从此后有了站根立足的资本了，不会被人小瞧了！

女儿出嫁后，彭玕去郴州上任去了，兄弟彭瑊依然留在楚王府里。

第 8 章

彭珹入朝见梁帝

这日，彭珹照例来到楚王的房中，准备给楚王讲课，他一眼看见楚王正在桌上提笔写着大字，已写了两个条幅，走上前拿起一看上面写着"上奉天子，下奉士民"、"不兴兵戈，保境安民"，便一脸是笑地赞道："大王，写得太好了！"

楚王放下笔："这是本王治理国家的根本！彭大人，你不是常对本王说，民为邦本！"

彭珹很高兴："大王，楚国有您这样的明君，是楚国人民的福分啊！"

楚王大笑："金紫光禄大夫彭大人，本王要感谢你这位先生！"

彭珹大为诧异："大王，为何这样说，臣就不解了！"

楚王指着条幅道："这'上奉天子，下奉士民'、'不兴兵戈，保境安民'，都是大人在给本王的讲课中说的，本王就将他录下来了，时时告诫自己。"

彭珹长长地啊了一声，便道："大王，自从臣入楚国以来，看见周边各地都在纷纷打仗争相割地扩大势力，把百姓推进痛苦的战火之中，只有楚国是别有天地，大王您不曾向外兴兵，相反大力安民兴修水利，发展农业生产，提倡经商，减轻百姓赋税，还四处兴办学校，禁赌禁盗，教化民风，为百姓造福，国家是一片繁荣兴旺的景象！"

楚王笑："彭大人，你知道本王吗？"

彭珹回道："臣知道大王曾是穷苦出身！"

楚王点头："对，本王曾做过木工，走村串户做事谋生，一个百姓受苦受累受罪，万万没想到日后会当上王，如今当了王，不能忘记当年那些苦日子，就应该多为百姓着想！"

彭珹叹道："大王真是个好大王，如果天下当王者都能像大王这样想，百姓就会过上安居乐业的好日子，可惜呀，现在那些当王的人，一当了王就四处打仗抢夺地盘，忘记了老百姓，不顾百姓的死活，真是可悲呀！"

楚王拿起桌上两张条幅对彭珹道："贴到墙上去，我要天天看！"

彭珹应道："好！"

彭珹将条幅在墙上贴好了。

楚王道："彭大人，本王有一事！"

"大王，有何事，你尽管说，无论上刀山下火海，在下都赴汤蹈火去为之。"

楚王望着彭珹缓缓开口道："如今唐朝已经没了，朱皇帝登基，在开封建立了梁朝，本王想请大人代本王赴朝廷去朝见梁王，你意下如何？"

彭珹爽声答应："大王派遣，臣一定遵命前去！"

楚王很高兴："好！本王认为你很有才学，见多识广，又善于健谈，一定能胜任！"

彭珹即奉命前往开封朝廷去朝见梁王。

唐朝灭亡，朱温在开封建立了梁朝。

朱温，宋州砀山人。唐朝大中六年（852）十二月二十一日夜晚，朱温出生在砀山县午沟村。他出生的这天晚上，村里的人们突然望见了他家住的房屋上面有红色的祥云向上翻腾，认为是朱家起了大火，全村人都惊慌地奔跑而来救火，一路大声喊着说："朱家起火了，快去救火呀。"当大家飞跑到朱家时，却不看见有大火，只见房屋整齐完好。村邻们站在屋外土坪里都觉得十分奇怪，这是为什么呢？一个个感到十分奇怪。

村民们站在屋外坪场里议论纷纷，朱温父亲从屋里走了出来，把刚才生了朱温这个孩子的消息告诉他们，村民们都感到非常惊异，众人都惊得说不出话来，有人便私下议论说日后这个朱温一定会有大出息的。后来朱家兄弟三人，都不及成年就死了父亲，全家人生活困难，母亲就带着他们寄养在萧县人刘崇的家里，苦度着光阴。

朱温长大成人之后，不干养命维生的活计，不愿去地里劳作，但他以勇猛有力自负，乡里人大多讨厌他，不愿与他交往。刘崇因为他的懒惰不肯做事，常常斥责鞭打他，对他很不好。只有刘崇的母亲从小就怜悯他，亲手给他梳理头发，还不止一次地告诫家里人说："你们不要小看朱家的三儿子，他不是一般的人呢，你们应当好好地对待他，将来一定会有大出息的。"家里人问她说这话的缘故，她缓缓地回答说："我曾经看见他在睡熟了的时候，变成了一条赤色的蛇。这是一条金色的蛇，应该成龙。"但是大家都摇头不相信这老人的话，有人不服气地道："怎会有这事？肯定是说的假话。"

唐僖宗乾符年间，关东地区连年饥荒，成群的盗贼呼啸相聚，黄巢趁机起义于曹州、濮州地区，饥民们自愿追随他的共有数万人之多。朱温见机会来了，于是辞别刘崇家，跟他二哥朱存一同投入到黄巢军中，因为奋勇战斗多次获胜，得以补缺提升为队长。以后屡立战功，逐渐成为黄巢手下的战将。任命为同州防御使，有了自行攻伐占取的权力。朱温的势力越来越大，眼见黄巢军队势力窘迫困厄，将帅们军心涣散，朱温推知他必将失败，便投降了朝廷。在蜀郡的唐僖宗看了奏章就高兴地说："这是上天赐给我的呀。"于是下诏授给朱温左金吾卫大将军的官职，担任河中行营副招讨使，又赐给他名字叫全忠。从此朱温统率他的旧部以及河中的兵士一起行动，所到的地方没有不被攻克而取得胜利的。

不久，唐僖宗又命令授予朱温宣武军节度使官职，仍旧担任河中行营副招讨使，又命令他等候时机收复京城长安，当即到藩镇赴任。日后朱温的军队多次打败黄巢军队收复了不少失地，平叛了很多叛将，不少节度使、敌将都归顺到他的部下。相继剿灭了黄巢起义军与地方危害最大的蔡州秦宗权势力，唐僖宗加封朱温为检校司徒、同平章事，封为沛郡侯，享有一千户食邑。

在以后的混战中，朱温逐步消灭了地方上不少割据势力，因而使唐僖宗从蜀地回到长安，改元为光启。又加封朱温为检校太保，将食邑增加到一千五百户，颁布诏令封朱温为沛郡王，检校太傅，改封为吴兴郡王，享有三千户的食邑。

唐朝末年，中央集权崩溃，地方州郡、各节度使纷纷反叛，拥兵自立，加之各地农民起义，几乎到处都是一片混战，在多年的混战中，朱温的势力一天比一天强大，他手中掌握了一支英勇善战的部队，加之他不断整顿军队，加强训练，为此部队作战能力很强，英勇冲锋都不怕死，他所到之处又注意整修城墙安顿民生，便得到百姓拥护，他还采用一些手段四处收买招降纳叛，所以归附他的兵马地方越来越多。打仗时，朱温身先士卒冲锋在前，一次作战中，他手臂中了一箭，部下大喊告诉他负伤了，朱温将箭拔出，对部下道："不要紧，杀敌是大事！"于是举刀又冲向敌阵，在他的带领下，结果将敌人打得大败。他几乎击败了所有对手。受到朝廷的倚重。不断攻克郑州、洛州、同州、汴州、蔡州，收复了大片失地。

后来继任的昭宗又加封朱温为检校太尉、兼任中书令，提封为东平王，以奖赏他平叛的功劳。朱温以手中的权力对唐朝宫廷中专权的宦官势力进行了毁灭性的打击，诛杀了700多人。使唐代中期以来长期专权的宦官势力受到了彻底的打击。朱温则被任命为太尉、兼中书令、宣武军节度使、诸道兵马副元帅，进爵为梁王，并加赐"回天再造竭忠守正功臣"的荣誉头衔，一时达到了权力的顶峰。

公元 907 年四月，朱温便废掉了十三岁的唐哀帝，自称为王，正式即位皇帝，更名为朱晃，改元开平，国号大梁。升汴州为开封府 (今河南开封)，建为东都，而以唐东都洛阳为西都。

彭珹奉楚王令来到京都，上朝晋见梁皇帝。

梁皇帝非常高兴，他刚建梁朝登基，四处战火不断，硝烟滚滚，一些割据藩王还不服从中央王朝统治，国家还不稳固，国民尚且难安，这个时候楚国就派使者来朝拜称臣，表明楚王是臣服于自己的，有人拥护自己怎么不好呢？像楚王这样率先来称臣，做了一个好榜样，梁皇帝肯定欢迎，像这样自动来称臣的人越多越好呀。如今他虽然建了梁朝，当了皇上，但是看看四周，还有不少地方势力在称王称霸，如江淮的吴王杨行密，北边的李克用，西方的李茂贞、赵匡凝等无不自我称王与他分庭抗礼，要想征服这些势力，把他们一个个都置于自己皇朝统治之下，绝非一件易事，光靠武力是很难让他们臣服的。如今楚国率先自动来朝拜自己，他感到十分欣慰，决定要好好礼待，做一个榜样，让其他王们看看，希望用一种非战争的手段，来达到统一的目的，把各地的王们都笼宠在自己的皇朝里。

宫廷里梁皇帝设盛宴招待楚王使者彭珹。

彭珹又惊又喜，他从来还没有受到如此这般隆重的礼遇。宴席上，梁皇帝亲自接待他，还给他敬酒。彭珹觉得自己就是楚王派来的一个小小使者，梁皇如能见一面就算是很客气的了，想不到还设盛宴大张旗鼓地款待，文武百官作陪，梁皇特地让他坐在身边，一次次给他敬酒，真让他受宠若惊，感恩涕零不尽了！激动得两眼热泪滚滚。

梁皇望着他问："彭大人，楚王如今在做什么呢？"

彭珹立即放下酒杯，身子一紧，伴君如伴虎，在皇帝面前不能乱说话，要是一不慎，惹恼了皇上，脑壳就要搬家。脑子里打了一个飞转，他不知梁皇问此话的用意是什么，该怎么答呢？他知道梁皇帝几十年来都是在打仗，如今的江山是梁皇自己亲手打出来的，坐镇在京城里的皇帝应该希望江山一统，没有战乱，不希望看到各地方势力继续割据用战争来对抗中央皇朝，有个和平的环境，于是他脑子迅速一转就回答道："禀皇上，楚王日日在读书写字，他说，自己从小家贫未能进学堂，如今应该多读些书，他把读书当成了自己的头等大事！"

梁皇帝连连点头赞道："好，好，读书好，书中自有黄金屋，书中自有颜如玉。自古来读书好！"

彭珹见梁皇高兴，对此有兴趣，知道自己的话皇帝喜欢听，于是索性就随着皇上话也多了起来，乘机又说道："楚王最喜欢兴办学校，他不仅自己在潭州大力办学，还令手下四处办学校，兴教育，提倡人们要多读书。他一有时间就去各处学校走走看看，对办学校特别有兴趣。"

梁皇拍手叫好："这就好，楚王真是人中豪杰，有眼光，要是都像楚王这样，国家就好了！"

彭珹又道："楚王自己写了条幅挂在房中，'上奉天子，下奉士民'、'不兴兵戈，保境安民'，他不喜动兵，只求百姓能过平安日子！"

梁皇大为高兴："楚王做得太好了！"

彭珹见梁皇正欢心，便又顺势说道："皇上，楚王自愿臣服于朝廷，不愿四处兴兵，不给朝廷添乱，今派臣前来朝拜皇上，以表真心！"

梁皇点头："好，好，朕就受领了楚王这番臣服之意，朕继续封他为楚王，管辖楚地！"

彭珹立即跪在地上对着梁皇磕头道："臣代楚王谢皇上龙恩！"

梁皇伸手："爱卿平身，不必大礼！"

彭珹起身坐下后，梁皇久久望着他道："彭爱卿，你一定很得楚王所喜？"

彭珹面露笑容："禀皇上，楚王视臣如朋友！"

梁皇望着彭珹问："彭爱卿，朕问你愿意留在朝中否？"

彭珹一时愣住了，皇上突如其来的问题，真让他一下不知如何回答了，脸上发红，窘迫着。皇上看中自己，能留在朝中，在皇上身边，得到重用那是很自然的事了，可是他还从没想过自己能在朝中做事，何况他是受楚王所托，来当使节的呀，为人不能这山望着那山高……

梁皇见他一时回答不上来，知道他是在犹豫，便道："彭爱卿，你才疏学识不浅，人又机灵，语言善辩，朕很赏识，有心留你在朝！"

彭珹很快就想明白了，几年来自己投在楚王麾下，深得楚王赏识，楚王将自己当成朋友一样信任，留在身边重用，对自己一家实在不薄，兄长彭玕在危难之际，又出手相救，还任用他当郴州刺史，还结成了儿女亲家，楚王就是自己一家的大恩人，自己怎能见利忘义，背弃恩公楚王留在朝廷呢？于是便道："禀皇上，臣万分感谢皇上厚爱，只是臣这些年，在楚王鞍前马后效力，楚地是一个蛮荒边远之地，臣在楚地散漫野性惯了，恐难以适应皇庭之中的生活，臣系山野中人，没有福分享受这荣华富贵，只怕会给朝廷引来不快，楚王还盼着臣回去复命呢！"

梁皇一听便明白彭珹的心意随即哈哈大笑："彭爱卿，你不贪官，不恋富，真是一个难得的人才呢！"

彭珹赶快弯腰施礼："谢皇上夸奖！"

梁皇望着彭珹一阵才道："别人千方百计都想在朝为官，你却不愿，真有些怪，好吧，朕封你一个刺史如何？"

彭珹大吃一惊："这……谢皇上大恩！"

梁皇笑道："你回去告诉梁王，楚地如有哪个州没有刺史，你就去那里当刺史吧！"

彭珹跪地长拜："谢皇上龙恩！"

第9章

溪州吴王残暴又烧房

　　楚地境内，有四条大河，名叫湘江、资水、沅水、澧水。只有沅水发源于楚地与黔、桂渝、鄂交界的云贵高原边缘及雪峰山、武陵山脉交界的崇山峻岭之中，最大的支流有五溪：名叫雄溪（巫水）、樠溪（渠水）、酉溪（酉水）、无溪（舞水）、辰溪（锦水）。其小支小流、小江小河溪水更是数百上千，纵横交错，密如蛛网，在五省区交界的山山岭岭中，数十个县境内，日日夜夜，或快或慢、或大或小、或有或无、或高或低地流淌着，高兴了就哼个曲儿，唱首山歌，烦躁了就大吼几声，发怒了，就翻江倒海地狂跳，席卷两岸的田土庄稼茅房，恨不得将一切都吞噬了。

　　沅水就像一条桀骜不驯的孽龙，令五溪地区的人们喜，人们愁，人们忧，人们讨厌，甚至憎恨！但又无法离开，既恨又爱。

　　追溯五溪这片苦难的大地，虽是群山起伏叠嶂，山涧沟壑奔放，自然地理环境条件极度恶劣，可是历史却是很悠久的。人类舍不得丢弃它，却拥抱它，喜爱它。原始时代就有了人类在此生存繁衍。后来北方的黄帝与南方的蚩尤大战，蚩尤被打败了，战败的南方蚩尤部落被迫进行了大迁移，很多人便相中了这里，迁移到了五溪地区，在丛山密林中生存下来。社会历史一次次演变，人类征战灾害一次次发生，人为了躲避天灾人祸，逃命生存，也会不断跋涉迁移，寻找变换适宜自己生存的自然与社会环境，五溪地区相对来说自然条件环境是要恶劣一些，但这些地区，在古代来说，山高路陡，十分偏僻，交通极不发达，仅靠狭窄江河的船只通行，中原地区的中央集权与军队，很难进入统治这些地区，虽也派军队来进攻征服，汉代的伏波将军曾溯沅水而上，结果河中翻船，全军尽失。三国时汉中的孔明丞相也曾几渡沅水，一心想平南蛮，他可谓是智高胆大，算计如神也，可是也没有办法将这片神秘土地纳入自己的囊中，大抵都以失败而告终，不了了之，鞭长莫及呀！历朝历代只好称这些地区为五溪蛮地，难以征讨，无以教化。

天高皇帝远，这些地方的人群相对来说，受皇权控制少，难受军队干扰战火焚烧，日子虽苦，但过得稍许自由宽泛一些。不过有人类的地方，随处都不会有权力的真空，即使没有中央皇权的统治，这些封闭偏僻的地区也会有部落或是族群权力的管辖。因此条块分割，鸡犬之声相闻，老死不相往来，村寨部落独立，争地盘，扩势力，大鱼吃小鱼小鱼吃虾米的事，部落族群争斗火并也经常发生，大浪淘沙，谁的势力大，淘到最后，谁就成了地方土霸王，五溪之地，虽然很少有皇权统治，但也不是权力的真空，部落权，族权的统治还是无孔不入、无处不在的。

酉水沿河而上，有两大支流，一是灵溪河，二是朗溪河。这些溪河流域，山高路险，人烟稀少，人们依部落族群而居，在唐代时，是皇权无法管辖的地方，这些地方大致应是今永顺、龙山、保靖、古丈一带，也就是旧时俗称的古溪州范围吧。这里从秦、汉、三国、晋、六朝至唐，都居住着八部先民，大抵还是能和平相处的，但是到了唐末，天下大乱的年代，这里的一些人对"祖先神"不敬仰不崇拜了，他们屏弃祖先的"和睦相处，平安过日子"的信条，开始崇尚武力与争斗，用刀枪来对人说话，只想称王称霸，于是你争我斗，你抢我杀，不愿当小部落首领头人，而是要当威风八面的大王。溪州八部地区于是乱了，自相残杀争权夺利的战火燃起来了，一代代开始了征战，一个个部落至首领都要想方设法通过战争扩大自己的势力。势力最强大的那些部落首领统治了一个州甚至几个州，自称为刺史。

在溪州一带，唐末时，实力最强大的当算是吴王吴著冲了。据说吴著冲的祖先在唐代就承袭了六代，达两百多年，真把溪州当成了他们一家的独立王国。当传到吴著冲时，他的实力更加强大了，威震八方，征服了周围不少州郡。周围势力比他小点的惹巴冲等惹他不起，只得依附在他手下或与他结拜兄弟。

溪州百姓对吴著冲愤恨不已，有人就编了一个四六句山歌到处唱，慢慢就流传开了：

> 说吴王，道吴王，
> 吴王比那豺狼还凶狂，
> 百姓被他折磨死，
> 还要放火来烧房。

第10章

楚王府里百姓状告吴王

彭瑊从朝廷回楚复命，梁皇帝策封马殷继续为楚王，楚王非常高兴，立即在王宫里设宴为彭瑊庆功。

酒席上，马殷当着众臣道："此次金紫光禄大夫彭大人出使朝廷，才华卓拔，超群出众，深得皇上赏识喜爱，为楚国立下了汗马功劳，本王特嘉奖五百两银子！"

彭瑊伏地叩首道："大王，这是臣的职责所在，理所当然应做之事！受奖之事请免。"

楚王笑道："奖罚分明，彭大人立功受奖，应该，不必推谢！"

众臣也劝道："彭大人，收下吧！"

彭瑊只得再叩首："谢大王！"

楚王端起酒杯望着大家又道："众位大人，更加难为可贵的是梁皇帝爱才惜才，有意要留彭大人在朝中为官，可是彭大人却不为朝中高官厚禄所动，委婉谢绝了皇上，宁愿回到楚地来，甘居于楚地当无名之臣，这真是太令本王感动了！彭大人的人品难得，本王敬你一杯酒！"

彭瑊立即起身再次推辞道："楚王，臣不敢当大王敬酒，屈煞为臣了！古人云，滴水之恩当涌泉相报，几年来大王对我彭氏多少恩情、多少提携相助，为臣的岂能忘却？岂能见利忘义，哪还算是人吗？为报大王恩德，为臣愿意永在大王麾下效劳，即使肝脑涂地也在所不辞！"

酒宴上所有人都迎合点头，大家悄声议论，有的说："鸟择良木而栖，人择大利而为，彭大人，不为高官厚禄所动，一心侍候楚王，真是大义士也！"

有的说："彭大人，乃是人中英杰，为人楷模！"

大家都称赞彭瑊，纷纷给他敬酒。

酒宴散后，楚王在宫中一直在想：梁皇帝给彭瑊大人一个刺史头衔，本王应该让他名副其实才对啊！彭大人的才学本领非一般人所能及，是一个做大事的人，必须要安置到一个重要的州府去才行，他想来想去，让彭大人去何处高就呢？

突然家人来报："大王，溪州有人来告状！"

楚王一惊："溪州来人告状？"

家人："是的，他们来了五六人，说是要告吴著冲！"

楚王问："就是那个自称吴王的吴著冲？"

家人："是的！"

楚王叹道："山中无老虎，猴子称大王，他也能算是王？"

家人回道："对，大王，吴著冲根本就不配称王！"

楚王说："他毕竟称了王，早就听说他在溪州等地称王称霸，为所欲为，残害百姓，作恶多端，有人多次来告他，罪恶累累，真是罄竹难书！"

家人很愤怒："早就该把他除掉了！为民除害！"

楚王摇头，不是他不想把这个恶魔灭掉，他曾两次派军队前往溪州，无奈那里山高林密，溪河险峻。部队难走，船只难以通行，吴著冲的人马，又熟悉那里的地形，在一些险关要道上设下重兵，布下陷阱，楚兵屡次被打败，无法攻入溪州。"谈何容易，溪州那些不毛之地，不是轻而易举能进去的呀！"

家人叹气道："是呀，实在是太难了，那里的百姓太苦了！"

楚王也很同情那里的百姓："本王早有心为民除害，只是心有余而力不足，太难了，无法管住溪州吴著冲，好吧，传告状人进来吧！"

家人应着："是！"

不一会儿，家人领着五六个告状人进来了，他们一下扑倒在地，大声哭喊着："楚王，快救救我们吧！"

楚王安慰道："你们不要哭，到底发生了什么事情？"

一个名叫田五则的告状人扑在地上道："楚王啊，吴著冲把我们百姓害苦了，他残暴无比，经常杀人，特别是要年年放火烧百姓房子取乐，害得我们百姓无家可归，流离失所啊！"

另一个告状人请求道："楚王啊，只有您能救我们，请大慈大悲救我们出苦海吧！"

告状人一齐道："大王，救救我们吧！"

楚王道："多年来，溪州百姓多次来上告，本王早就知道溪州吴著冲的罪行，这事容本王想想，看看如何计议把他除掉，你等先下去歇息吧！"

家人领着告状人走了，楚王坐着陷入了沉思。

楚王以前多次收到告吴著冲的罪状，他也同情那里的百姓，想灭掉这个祸害，前些年也曾悄悄地派出了几拨探子，秘密前往溪州等地打探消息，了解那边的实情，可是吴著冲这个魔王也不是等闲之辈，四处都派有他的心腹爪牙，秘密监视着，凡是只要有溪州以外的人进入溪州地方，他们便会格外警觉，鼻子灵敏得很，一嗅到气味，就像疯狗一样猛扑过来，抓的抓，杀的杀。他的人还未能深入到溪州腹地，便早被吴著冲杀完了或赶走了，他派出的密探们一次次都失败了。他也动过念头，想再次派大军去征剿，部下们都纷纷劝说："大王，去不得，千万去不得，我们去了两次，在那些崇山峻岭中，大军又起什么作用？吴著冲会与你捉迷藏一样，拖也要把你拖死，根本不会起到任何作用。"所以他一次次下不了决心，无计可施。

家人走了进来禀报："大王，彭大人在门外！"

楚王立即高兴地说："快请他进来！"

不一会，彭瑊走了进来望着正在沉思的楚王问："大王，你找我？"

楚王令他坐下，家人送上茶来。楚王道："这次你赴朝廷，来回奔波数日，劳苦功高，辛苦了，现在休息得怎样了？"

彭瑊应道："大王，臣一点不累，有什么事，你尽管吩咐，臣马上就去做！"

楚王放下手中茶盏，望着彭瑊道："彭大人，你来王府有几年了，也没给你封个正式的官职，真遗憾。"

彭瑊笑道："大王，现在这样就很好，臣天天在大王身边效力。"

楚王摇摇头："这不行，不能耽误彭大人，你是一个很有才华的人，应该做更大的事！"

彭瑊回道："臣在大王鞍前马后做事已心满意足！"

楚王摇手："不，梁皇帝都封你刺史头衔，本王就真正任你个刺史怎样？"

彭瑊不知怎样说："这……"

楚王说："本王四处查看，眼下只有辰州刺史年事已高，身体不好，请求致仕，你去辰州任刺史如何？"

彭瑊一惊："去辰州？"

楚王点头："对，辰州，那是个重地，只是那里重山叠嶂，溪涧纵横，民风强悍，民穷地薄，实乃穷困之地，治理很难，本王想将这副重担交给你挑！"

彭瑊施礼："臣谢大王！"

楚王拿出一状子递给彭瑊："你看昨天，溪州那边又来了一帮人告吴著冲的状！"

彭瑊接过状子翻了一下。

楚王道："溪州那边的事终究要解决，不能再拖了，你去辰州任刺史，就身担图谋溪州的重任。"楚王说着在桌上打开一张图，指着图道，"彭大人，你来看，辰州府是我楚地的西大门，从辰州府入溪州两条路，一是沿沅水支流从酉水可进，只是这条路很难进，吴著冲防范太严！"

彭瑊望着地图出神："臣知道，大王几次派出的探子都失败了，还进行过两次围剿！"

楚王手指地图："本王认为第二条路可行！"

彭瑊问："还有第二条路？"

楚王点头："是呀，"手指地图，"本王研究过，从辰州府出发沿沅水而上，至辰溪进舞水，过奖州富州再进入溪州，可达溪州腹地！路程远些，是一条曲折迂回的路线。"

彭瑊细细看着地图："如今奖州富州一带大多都归辰州府管辖，溪州的吴著冲少有防范，从这条路走，成功希望会大些。"

楚王点头："你去辰州府责任重大，要完成本王图谋溪州等地，征服溪州部落族首，除掉吴著冲，解救百姓的痛苦！有你去辰州府挑起这副重担，本王就放心了。"

彭瑊："请大王相信臣，一定能完成大王的图谋！"

楚王将桌上地图卷起递给彭瑊："带上吧，会有用的。家眷就留在王府吧！"

彭瑊道："谢大王，兄长的家眷已随他去了郴州，臣只有一子，如今已成年，可随臣去辰州，在身边我可随时管教。"

楚王便道："行，你自己安排吧！到了辰州府，有什么难处与需要，随时来信，本王一定大力支持！如果需要大军进剿吴著冲，我马上就调给你。"

彭瑊道："感谢大王！"

楚王问："听王儿希范道，大人公子士愁不日要完婚？"

彭瑊笑道："已到了谈婚论嫁的年纪，给他娶个妻子管一管，不能让他像无笼头的野马四处乱跑！"

楚王哈哈大笑："年轻气盛，外面跑跑四处闯闯也好！"

彭瑊道："这个媳妇还是他自己在谭州城里找来的！"

楚王笑道:"本事还不小呢!说来听听。"

彭珹便说了起米……

原来彭珹带着家眷来到楚王府,彭家子弟一伙人,终日被彭珹管在王府里读书习武,觉得日子十分单调乏闷,过得枯燥无味,天长日久,士愁彦昭他们便乘着彭珹去给楚王讲课的时机,大着胆子偷偷溜出了王府,跑到潭州大街上玩去了。潭州是多么热闹好玩的地方,比吉州城大多了。街巷众多,满街都是生意铺面,大小摊点摆得密密麻麻,沿途都是小贩的叫卖声,男男女女,老老少少在街上川流不息,买东西,卖东西的交易,让人看得眼花缭乱。大街上还有一帮帮卖艺卖唱演戏的人,彦晞他们最喜欢去看卖艺卖唱了,每次偷着上街都迷得舍不得离开。

一天,他们一伙又去街上蹓跶,正在看一习武之人耍刀卖艺,突然有一群年轻人气势汹汹地冲过来,将四周围着的看客们都轰得四散奔逃。突地,一个公子哥儿拦住两个年轻漂亮的女子,不准她们走,公子哥儿上前就调戏:"姑娘,跟本公子去玩一玩吧!"说着就动手去拉,两个姑娘见势不好,撒腿就想跑,公子手下一帮人立即将她们围住。姑娘跑不了,公子哥儿笑道:"乖乖,本公子看上的姑娘,还能让你跑掉!"说着哈哈大笑起来,伸手就来拉姑娘,姑娘见势不好,大喊:"救命呀!"

四处站着看热闹的人,谁也不敢上前,不少人都知道,这个公子就是街上有名的恶棍,他仗着家里有钱有势,经常在街上欺男霸女,抢劫良家姑娘,谁也不敢上前拦阻。士愁一伙年轻人初来谭州不知就里,不认识这位公子哥儿,他们眼见青天白日下敢在潭州城里抢姑娘,早已怒火高万丈,立即打抱不平,冲上前去进行阻拦。士愁一步冲过去,一手就把公子哥儿拉开吼道:"不准抢姑娘!"

公子哥儿愣了一下,立即恶狠狠地道:"狗捉耗子多管闲事,你是什么人,敢管老子的事,你找死!"

士愁道:"光天化日下,抢姑娘,做恶事,我就要管!"

公子吼道:"你自找死,给我打!"说着他手下一拥而上围着士愁动起武来。士愁几弟兄也一齐上前,一番打斗,他们将公子哥儿们一伙打得鼻青眼肿,一个个赶快逃跑了,街上行人拍手叫好。

士愁上前问姑娘:"你们没事吧?"

两位姑娘红着脸回答道:"没事!谢谢你们相救!怎么感谢你们相救之恩呢?"

士愁道:"路见不平,拔刀相助,区区小事,何足挂齿,不必谢!"

　　姑娘们请他们前往自己家中，并将今天的事情告诉了父母，父母相当感谢他们。设酒宴款待。士愁他们所救的两位姑娘，是街上李姓大富人家的姑娘与使女，今天上街游玩，遇到了不测，幸得彦晞等兄弟相救，父母对他们感激不尽。

　　英雄救美女，头回生二回熟，从此后，李家姑娘对士愁有了好感，士愁心中也牵挂着李姑娘，你来我往，二人便产生了相恋之情。

　　楚王听了哈哈笑道："英雄救美人，真是有缘千里来相会，好好的姻缘！早把这喜事办了吧。"

　　彭珹道："这个士愁是个不安分的家伙，不好好读书习武，却迷上了王府里的戏班子，常时背着我偷偷与他那一班兄弟去戏班子里学唱戏，听说如今他们已能登台唱戏，大王，你看，他就是不学正经！"

　　楚王笑道："没人唱戏，哪里来的戏看？他们小孩子家唱唱戏玩一玩，乐一乐开开心，也是好事，不必与他们孩子计较。你准备何时给士愁完婚？我看就在王府办了，再去辰州府上任吧！"

　　彭珹迟疑道："这不好，臣还要急着去辰州府上任，这区区小事就不让大王操劳了！"

　　楚王道："彭大人，不必客气，按说，如今我们也是儿女亲家，你的事也就是本王的事，士愁成亲是一件大事，本王作主，就在王府里成亲，你们再去辰州上任如何？"

　　彭珹十分感动："大王如此看重，臣就谢谢大王了！"

　　几日后，楚王府里，彭珹为儿子彭士愁举行了婚礼，楚王亲来参加，士愁娶了谭州城里富家小姐李氏女为妻。

第11章

走马上任辰州当刺史

彭瑊带着家眷一行前往辰州府上任。

那时没有公路，也没有官道。最好的交通工具就是走水道坐船。彭瑊与家人还有随从坐着几艘船沿着沅水逆江而上。船在宽阔的水面上便拉起风篷，乘风而行，到了那些江窄水激的滩头上，船工们便要使力撑竹篙，岸上还要有背着竹缆牵绳的人，拼了命，弯着腰，手脚并用，巴着石壁一步步往前挪动，将船从激水滩头一寸一寸往上游拉，沅水一路上行，激流险滩不计其数，青浪滩、连子滩、白水滩……一滩比一滩险，一滩比一滩难过，水急滩窄礁石狰狞，毁过多少船，烂过多少排，葬送过多少人命，数不胜数，说起这些险滩，走船放排人无不心惊胆战，谈滩色变。船过了激水滩头，来到水势平稳一点的江面，船上人的心才稍稍宽松一点，悬着的心放下，像绷紧的弓弦放松了。拉船的纤夫们这时也松了口气，他们走在河滩的卵石或是沙土上，齐整地吼喊着号子，埋着头往上游拉纤，一步一步地走，口里着力喊："嘿哟，嘿哟，夯……"

站在船头的彭瑊，望着刚才经过的这惊心动魄一幕，默不作声。

儿子彭士愁钻出船篷，来到父亲身边道："爹，你看这河两边，山高壁陡路难行，老鹰插翅都难飞，可怜这些船工真是在拼命！"

彭瑊："唉，真不易，为了这日子，他们一脚一步是踩在尖刀山上过的！"

掌舵的师傅道："老爷，你们不知道，这河越往上，河水越窄，河两边的山越高，船更难行！"

彭瑊叹道："走船人真不容易！"

掌舵人笑道："走惯了，天天在水上行船，麻着胆子在阎王殿上讨饭吃。"

彭士愁对掌舵人道："老伯，最辛苦吃亏的就是那些拉纤的人了！"

掌舵人答着："是呀，他们很辛苦，六月天，大太阳晒，天蒸水汤，冬天里，寒水刺骨，他们也要下水，水上饭，命打彩呢！"

　　船下的河水，疯狂肆虐，怒吼着，咆哮着，卷起千堆雪，哗啦啦向船上冲来，将飞溅的雪花打在船上，它们是在向行船人示威。

　　彭琙与家人坐上水船从潭州出发，沿着沅水而上，在水上提心吊胆了半个月，这天下午站在船头终于看见辰州城河边的石码头。彭琙立在船边长长出了一口气，彭彦晞高兴得大喊起来："到了，辰州府到了！"

　　辰州府是沅水流域的重镇，也是五溪地区的门户，城河边的码头上下，早就停靠着各种各样大大小小的船只。船老板选了个空档地方，慢慢将船靠稳了。

　　辰州城坐落在沅水岸边，依山而建。旧时，祖宗们都懂得在河水边讨生活，便在江河边依水而建城池，那时的主要交通往来是靠水路船运，城池建在江河边是最好的选择。彭琙与家人随从下了船，上岸入城往辰州府衙而去。

　　辰州府是个小小的山城，河边一条窄窄的河街。街上铺着石板，街两边是挤挤的木板房，街上挤满了各色各样的人，大家行色匆匆，各人办着自己的事。彭琙下船上了轿，轿夫们抬着轿在街上行走，彭琙从轿帘里往外望，这个辰州城还没有吉州城大呢！彦晞跟在轿后东张西望，觉得这里一切都很新鲜。特别是男男女女背着的竹背篓，他就感到很奇怪，在他的江西老家以及谭城，他都没见人背竹背篓，这里的人将竹背篓当成了交通工具，什么东西都装在背篓里，连小孩子都放在背上背着。后来他走进了溪州大地，在城里乡间随处都见到人们背着竹背篓，也就不觉得奇怪了。

　　轿子抬到了辰州府，衙役里早已站满了各色公人，大家都在堂上立着，恭候着新刺史大人的到来。

　　彭琙下了轿，走进州府大堂。众公人迎着彭琙齐声道："欢迎新刺史彭大人！"

　　彭琙走到堂上椅前坐下，与州府里众位公人同僚相见。望着堂下的数十位公人，彭琙知道，从现在起他已开始辰州刺史的生涯，感到肩上有副沉沉的担子压着。

　　这天，吃了早饭，彭琙对儿子士愁道："走，陪爹到外面走一走！"

　　士愁抬头不解地问："爹，你今天不坐堂了？"

　　彭琙摇头："不坐了，去街上四处走走看看！"

　　士愁很高兴地说："好，爹，这些天，我可是将辰州城走遍了！"

　　彭琙笑道："好呀，你这小子动作还挺快，今天就给爹带路！"

　　士愁快活地应着："行！"

　　父子二人穿着便衣，走出了府衙大门。

他们先在街上走了一阵，人生地不熟，谁也不认识他们，街上的生意人、买卖东西的人，一个个都忙于自己的事情，谁也不理会他们，更不知道，这个半老头儿就是刺史老太爷。

走了一阵，士愁道："爹，这里有个好去处，看看吧！"

彭珹问："什么好地方？"

士愁道："龙兴讲寺！"

彭珹惊讶道："学堂？"

士愁点头："才兴建不久，里面的读书人还不少呢！"

彭珹来了兴趣："走，去看看！"

士愁在前面带路，父子二人不一会儿就来到了龙兴讲寺，从寺门前拾级而上，站在寺门前一望，果然修得有气魄，恢宏的寺门，让人赞叹不已！龙兴讲寺修在城边的山坡上，好一个僻静的读书之地，居高临下，俯瞰着整个辰州府城。他们走进寺内，一个个厅堂里都坐着学子在读书，有先生摇头晃脑在给学生讲四书五经，一位老先生拉腔拉调："学而时习之，不亦乐乎！"学子们也扭着身子，前仰后合地呼应着，读得津津有味。

彭珹不想打扰师生，便与士愁悄悄退了出来。

彭珹对儿子道："真想不到，这偏僻之地，还重教读书呢！"

士愁道："应该是楚王的功劳，儿观察，楚王这个人，不喜欢打仗，很喜欢办学校，他令各州府大力兴办学校，教化百姓。"

彭珹："这就好，要是当王的都像楚王这样，百姓就有好日子过了！"

士愁又道："听说，这个龙兴讲寺是唐代时兴建的，前后修了十多年，如今是辰州府最大的学堂！"

彭珹望着读书的学了们说："你爹现在是刺史，今后要给学堂拨些钱，好好修缮一下，把学堂办得更好！"

士愁也高兴起来："爹，你这个新上任的刺史不错呀！一上任就要兴办学堂，新官上任三把火，这算是你的第一把火！"

彭珹笑道："儿子呀，日后你若为官，就要像爹这样给百姓办实事好事！要大办学堂！"

士愁应着："儿子知道！"

出了龙兴讲寺，他们继续往前走，不多一会儿，来到城后山头上的教操坪。这是在山头上开辟的一块专门给州府操练军队的地方，好大的一块坪场，如今坪场里不听见一点操练的声音，不见一个习武练功的兵丁。彭珹望着教操坪出神。

士愁望着冷清清的操坪道："爹，这里不兴练兵？"

彭珹望着偌大的操坪上，空无一人，愣了一阵才说："你看这操坪，许是很久没有兵来操练了。坪里都长了草，辰州府就没有多少兵，据爹所知，也就两千兵丁，分散在四处把守着，也没打仗，谁还来练兵？"

士愁："过太平日子，不要兵打仗，老百姓能安居乐业就好。"

二人在操坪里走着，彭珹望着教操坪感叹道："这边远的楚地，离中原大地太远，那些地方的战火不会烧到这里来，不打仗是好事！"

士愁叹道："没有战火，辰州府还是很安宁的！"

彭珹："是呀，不打仗就好，百姓不喜欢打仗！"

回到府中，彭珹将儿子士愁喊到房中，他看见爹在桌子上摊开着一张地图，他刚进房，爹便将房门关了，他看见爹一副神神秘秘的样子，感到很奇怪，有些不解就笑着说："爹，你这样子，有什么大事啊？"

彭珹挥着手招呼他："你过来！"

士愁走上前，彭珹指着桌上地图道："你看，我们这辰州府城前的沅水，往上不远就分成了两条河，一条北河，一条大河，北河往上到乌宿的地方又分成两条河，其中一条叫酉水，那条酉水是从溪州那边流来，酉水往上又分成几条小河，一条叫灵溪河，灵溪河边就住着吴著冲……"

士愁两眼迷茫地道："爹，你给儿讲这些有什么用？我又不去走船。"

彭珹低声说："有用，作用大得很。"

他被爹搞糊涂了，指着地图道："这有什么用，地图，北河大河，什么酉水，关我什么事？"

彭珹压着嗓子道："儿子啊，关你的大事呢！"

士愁吃惊地摇着头望父亲："爹，你没搞错吧，我一个小孩子家，关我什么大事？"

彭珹要儿子坐下道："你听爹说，这是天大的事，这些天，爹思前想后，觉得必须要对你说清楚，也只有你才能完成！"

士愁更是丈二金刚摸不着头脑道："爹，嫩竹扁担挑不得重担，我能做什么大事？"

彭珹重重地说："士愁，你也不小了，今年已是二十岁了吧？"

"是呀，二十岁，娶了亲，我要当爹了！"

"这就对了，你已长成大人，你爹我二十岁就中举人了，你要为当爹分担一些忧愁，挑些重担！"

士愁想了想说："行，你说，要我挑什么担子！"

彭瑊指着地图道："你看，溪州这灵溪河边的吴著冲，就是那一带的土霸王，无恶不作，把那里的老百姓害得九死一生，无法过日子了。"

士愁瞪着大眼："他与我们相隔上千里，井水不犯河水与我们何干？又不归我辰州管。你讲这个有什么用？"

彭瑊道："儿子，楚王对你爹说了，要我这辰州刺史来管这事。"

士愁吃惊："要你管？你怎么管？"

彭瑊走到窗前停了一阵才道："楚王要爹管，要爹去溪州把吴著冲灭了！"

士愁摇头笑起来："爹，楚王要你去消灭吴著冲，讲梦话吧？儿在楚王府里，曾听说溪州那边年年有人到楚王面前告吴著冲的状，楚王都没办法，你能杀了吴著冲？"

彭瑊回过身走到士愁面前，望着儿子，一阵才道："楚王有恩于我们彭氏一家，爹如今是辰州刺史，又身受楚王重托，剿灭吴著冲，不能也要能，爹别无选择，只能想办法去做这件不能完成的大事！"

士愁一下愣住了，不知说什么好，真没想到爹当这个辰州刺史，还揽了这么大一个重任在肩，这可不是一件小事，谈何容易呀！沉默了一阵才问："爹，你打算怎么办？"

彭瑊望着士愁道："这就要靠儿子你帮爹的大忙！"

彦晞嘿嘿一下笑起来："爹，你开什么玩笑，我帮忙？我一个孩子能帮什么忙？我又不是三头六臂，不，不，不，我想不出办法，也没有本事去把吴著冲杀掉。"

彭瑊连连摇手："不急，不急，慢慢来，不能操之过急，我们父子要徐徐图之，要设良谋！"

士愁沉默了一下道："爹你说，要儿怎么办？"

彭瑊在房里走来走去，好一阵才说道："知己知彼，才能百战不殆。我们还是要先把吴著冲那边的情况弄清楚了，做到心中有数，才能想出对策！"

"是这样，爹说得对，孙子兵法就是这样讲的！"

彭瑊对士愁道："你先去河边，找到酉水上下的船，与那些走船人喝酒吃肉混熟，从他们口中打探消息，随后再看看能不能从酉水船上混到灵溪河去！"

士愁拍着胸道："爹，就这呀有何难的，要我去当探子，小事一桩，我保证完成任务！"

彭珹望着彦晞："不入虎穴，焉得虎子。虎穴里危险重重，不要讲大话，小心为好，大意失荆州。前些年，楚王与辰州刺史先后派了几拨探子前往溪州打探消息，吴著冲狡猾得很，他四处都安有眼线，这些探子有的被杀，有的逃回来，都没成功，这事闹不好要丢脑袋的！"

士愁一愣，被吓住了："有这么严重？"

彭珹点头道："这不是儿戏，是提着脑袋的事，你要格外小心，千万不能暴露你的身份！"

士愁："儿知道了！"

"千万要小心，这是提着脑袋的事。"

不日，士愁就前往辰州河边，装成划船找饭吃的打工佬，混到酉水船上了，随同船只在沅水上下行走，一个官府里的公子哥，去当船工，士愁还真不怕吃苦，过了一些日子，就与船上的船工都混熟了，在太阳下，把脸都晒黑了，他年轻做事勤快，手脚麻利，摇橹划船抢着干又肯卖力，还与纤夫们一起在烈日下，身背纤绳，沿着河岸边的悬崖峭壁，脚攀手爬地拼命拉船，大家都喜欢他，与他无话不说。后来船装了货物，沿酉水逆河而上，来到岔溪口，船便靠岸弯在了码头上，一行人就开始往船下搬运货物。

岔溪口是酉水岸边的一个大镇，处在辰州与溪州的交界之地，属于溪州那边的地方。士愁他们的船靠岸后，只见四处都有溪州兵丁把守，防范很严，一队队兵丁在巡逻。士愁心里暗道：这吴著冲真还不是等闲之辈！不多久就有一帮拿着刀枪的人来到船上进行搜查，一个个地进行盘问，连船工也不放过：你是哪里人？叫什么名字？家住在哪里？家里还有什么人？从哪里来，到哪里去？问得很详细。士愁胡乱地答了一通，但这些拿刀枪的人不相信，他们大声吼着，不由分说就把他抓走，船老板与船工们求情，他们也不听，一索子就把他绑走了。

他们一伙押着士愁来到镇中一间房子里，进行审问。堂上堂下站着不少拿刀枪的人，堂中坐着一个头目，他们将士愁押到堂中跪下，吼道："老实说！"

堂中的头目望着士愁仔细地察看着，突然大吼一声："你是探子，辰州府派来的探子！"

士愁吓了一大跳，全身直出汗，心咚咚地跳，差点从肚子里蹦出来，他心里暗暗想：奇怪，我没对任何人说自己的身份，也没有人认识自己，一路上没露任何破绽，这个家伙怎么一下就知道自己是探子，莫非他是神仙？不，不会吧，他马上就否定了，一定是这个家伙胡弄诈唬自己，讲瞎话，对，一定是。他左右看看，现在如是凭借自己武功，可以将这些人打倒，但他们人多势众，到处都是吴著冲的兵丁，自己一人怎么能从这天罗地网里逃出去呢？不行，硬碰硬是不行了，看起来今天非得忍受他们的皮肉之苦了了。于是他装作十分可怜害怕地一下扑倒在地说："长官，我，我是船，船工，拉纤的好人！"

头目哈哈大笑："你要知道，这里是什么地方，这里是吴王设的关哨，我们捉了多少辰州来的探子，你骗不了我，老子火眼金睛，一眼就能把你识破！"

士愁只得继续装可怜："长官，我是船工，你看我这样子怎是探子？终日在船上，脸都晒得漆黑，是个拉纤摇船佬。"

头目在他四周走着瞧着，左瞄右瞄，吹胡子瞪眼吼道："莫嘴硬，骗不了老子，你不说是吧？我会叫你讲真话的，来人，把他捆在柱子上狠狠地打！"

一伙人如狼似虎扑上前抓起士愁绑在堂屋中柱上，皮鞭狠狠抽打，如利蛇咬得身上疼痛不已，士愁哪里吃过这种苦，全身绑着不能动弹，只得不停地叫喊着。

头目吼着："说，快说！"

士愁知道此刻要是讲出真实身份也是死路一条，不如咬着牙一口认定自己是船工，兴许还有活路，于是他又一遍遍地说："长官，你们就是打死……我，我也是船工，不是什么探子！"

拿鞭抽打的人打累了，在一边呼呼喘气。

头目骂着："他嘴巴还硬，真是条不怕死的汉子。继续给我往死里打！"

几个人又拿起鞭子上前打，士愁索性闭了眼，让他们抽打。

这时，几个船工走了进来一下跪在堂上。

头目问："你们来做什么？"

船老板道："老爷，我们就是灵溪河的人，你是知道的，我们在这条河里上上下下年年月月跑船，你们也认得我，这是我的船工，我拿人头担保，他不是什么探子！"

其他几个船工也说："他是好人，是船工，在我们船上半年多了，不是探子！"

头目瞪大眼问："你们说的是真的？"

众船工："真的！我们哪敢骗您？"

船老板："长官老爷，我们没说半句虚言，老爷，"船老板双手奉上一些银子，"请让我们将他赎走吧！"

头目望着那些银子，眼睛一下就放了亮："船老板，你用人头担保？"

船老板："人头担保，他不是探子，是好人！"

头目将银子在手上掂了掂，放进荷包，脸上有了笑容："那好，船老板，有你担保，我就相信你一回，把人领回去吧！"

船老板走上前给士愁松了绑，他已经昏迷了，几个船工七手八脚便将他背走了。

士愁睁开眼醒来的时候，已经是半夜里了，四周漆黑一片。他全身到处都钻心地痛，手脚试探着动了一下问："我这是在哪里？"

船老板回道："不要动，你在船上。"一个船工点亮了灯。士愁看明白了，真是在船上。"我被他们关着，怎么又回来了？"

一船工道："是老板与我们大家用脑袋把你保回来了。"

另一船工道："老板还给那头目送了五两银子，不然，你今天死定了。"

士愁轻轻地说："谢谢老板救命之恩，谢谢你们大家！"

船老板："不要动，你全身都是伤，现在给你上点药！"

一个船工给士愁身上抹药。他全身火烧火燎地痛，他咬着牙忍着痛。

一船工说："真可恨，吴王手下这些兵，比豺狼还凶恶，把人往死里整！"

另一船工说："他们说是防备辰州来的探子，打着这旗号，只要是外乡人，听口音不对他们就抓，反正要银子才放人。真毒！"

又一船工说："他们就是打着抓探子的旗号，多捞银子，真是太可恶了！"

士愁在船上养了些日子，伤口一天天好起来。

一日，船装满了山货，又沿着酉水下行，往辰州进发了。

船尾上，士愁坐在船老板身边，老板一手掌舵，一边抽烟，其他船工都在前边划桨。船老板见四周无人，便悄悄地对他道："小老弟，说实话，你是不是辰州官府派来的人？"

士愁没有回答，望望船老板反问道："你为何要救我，花费那么多银子？"

船老板："一路上我就发现你是好人，没有坏心。"

士愁："我是好人？"

船老板："你是好人，我才救你，不像吴王和他那帮手下，尽是残害百姓！"

士愁打拱手敬船老板："谢老板相救，你真是个好心人！"

船老板："不瞒小老弟，溪州人恨透了吴著冲，只望有人早些把他收拾了！"

士愁不作声。

船老板说："溪州百姓编了个四六句：天见吴王，开口骂娘，地见吴王，剥皮刮肠，人见吴王，立见阎王。"

士愁望着远方的河水，淡淡地说："天作孽，犹可活，人作孽，不可活，老天总会开眼的！"

船到辰州停在码头，夜里，劳碌一天的船工们都入睡了，半夜里士愁悄悄地走了。

第二天早上，船工们起床，突然发现小船工不见了，船上船下四处都无人，有人就大喊起来。

船老板说："不要喊，他不会来了！"

船工们惊讶："他怎么不来了？"

船老板道："不要多问！不来就是不来了！"

船工们都不作声了，一个船工悄声道："他果真是探子？"

另一个船工说："莫乱讲，讲不得的，小心掉脑壳！"

不多久，一个人来到船边，走到船上问："那个是船老板？"

船老板站起来答道："我是！"

那人取出一包银子道："这是我家的一位亲戚还给你的，他说欠了你的！谢谢你的恩情！"那人放下银子走了。

众船工目送那人离开。

船老板打开银子，大家一看：五十两银子！一个个都惊呆了：这么多？

船老板望着远处那离开的人，心里想：救下的这个小船工到底是个什么人呢？如今在哪里？转身对船工们叮嘱道："莫乱讲，当哑巴，小心割舌头。"

众船工都吐下舌头，连忙把嘴闭紧。

第 12 章

马公坪里建家园

辰州府里，彭瑊史的房间里，彭瑊看着儿子士愁全身的伤痕，伤心气愤不已，他摸着伤疤问："还痛吗？"

士愁道："现在不大痛了，这次多亏船老板与船工相救，不然儿的小命都要搭上了。"

"我说过，很危险的，幸好，还没出大事！"彭瑊轻轻给儿子擦着药说，"得好好谢谢船老板，我已派人送去五十两银子报答他们。"

士愁望着父亲："爹，船老板与船工们都是难得的好心人！"

"好心有好报，我已令人给他们免了半年的码头税。"

"谢谢爹！"士愁说，"据儿这次侦查，酉水一路，吴著冲兵很多，防范十分严密，一路上地势险要，易守难攻，如果强行攻打，很难取胜！"

彭瑊不作声了，楚王早就告诉过他，吴著冲狡猾毒辣，不好对付，楚王曾从辰州两次派兵，都没打进溪州，大败而归。好一阵他才对彦晞道："这些日子，你好好养伤，把身子养好是大事！先不讲打溪州的事，心急吃不了热稀饭，慢慢来！"

彭瑊心中很是气愤！

儿子出师不利，差点丢了性命，这事原本也在他的意料之中，不过他心里仍是气愤难平，真没想到这个可恶的吴著冲手段还不少，把溪州变成了他一家针插不进水泼不进的独立王国，如何才能征服溪州呢？他犯难了！如今自己身为辰州刺史，来上任之前，已在楚王面前立下了军令状：一定要把吴著冲剿灭掉，现在看来，这真是一件非同小可十分难为的大事，怎么办呢？他思前想后，一时想不出什么好办法。

这天下午，彭瑊忧愁一人躺在府衙后的花园里小亭子里想着心事，不时拿出地图观看着，眼里望着酉水、舞水出神。酉水这条路是被堵死了。他脑海里不由响起楚王的声音：本王认为第二条路可行，从舞水而进，进奖州富州再入溪州，这条路迂回而进，路途虽远，也可能是乘敌人而不备……彭珹望着图上的舞水，手在图上划着。这个舞水奖州富州在何处，本官也未去过，不知那些地方如今是怎么一回事啊。这些地方一定是些人烟稀少的不毛之地，看来真要图溪州可不是件轻而易举的事啊。得慢慢想法！

不久，彭珹做出了一个大胆的举动。他要点一千兵马率领士愁，侄儿彦昭等人从辰州城出发，上辰溪，入舞水。

出发前，在房间里士愁问彭珹："爹，这行吗？"

彭珹对士愁道："你是说有危险？"

士愁点头："危险肯定有！"

彭珹将地图摊在桌上手指着说："明知山有虎，偏向虎山行。不怕。辰溪当是我辰州府管辖，无问题，舞水一带如今虽是奖州，应是无人所管之地，那里肯定没有什么强大的军队，一些土著部落四分五裂，我们前去不与他们争斗，想来应无大事，带一千兵应足够了。"

士愁还是担心："爹，这些地方还从没官府人去过呢！"

彭珹回道："前怕龙后怕虎，不胆大冒险，将一事无成！只有入虎穴，方才得虎子。"

次日，彭珹便率领队伍出发了。

第一天，他们夜宿在辰溪，相安无事。

第二天，夜宿在辰溪与奖州相交界之地。沿途没有战事。

路上，骑在马上的士愁一次次问："爹，我们这是要往哪里走，还不停下来，哪里才是个头？"

彭珹摇头叹气："走吧，爹也不知要走到哪里才能停下，第一次来，探个路，走到哪里算哪里！"他们就这样毫无目标地往前走着

士愁对爹的做法，有一肚子的火，看见爹不作声，拍着马一个劲地往前走，心里老大不快，可是又有什么办法？他天大的胆子，也不敢违抗爹的命令。只得快快地跟着，随大队而行。

这天，他们进入舞水，沿着舞水往上游行走。中午时分，大阳当顶火辣辣，烤得人汗流浃背，一行人个个走得全身汗水湿背气喘吁吁，人疲马乏，大家都想休息了，便坐在河边一片林子里。这是一片古木参天的大林子，十分荫凉，人坐在林子里十分舒服。彭珹问向导："老乡，这里是什么地方？"

向导老乡说："大人，这里是舞水岸边，前面村子地名叫马公坪！"

彭琙一下站起来："马公坪？"他心里吃了一惊，四处望着，"这里叫马公坪？"

向导说："是，大人，这里叫马公坪！"

彭琙一下笑了起来心里想：世界上的事，还有这么凑巧？向导不知这位带队的官长为何一下笑起来。他不知道彭琙心里在想什么，彭琙连忙道："走，前往马公坪去看看！"

向导立即带着他们往前走，没有多久，一行人就来到了马公坪。

众人一看，这马公坪真还是一个好去处。前临舞水，背靠青山，不高的山包中间大大小小还有不少田塅，田塅里弯弯曲曲有两条小溪穿过，四周只有零零稀稀的几家农户，这里确实是居家过日子的一个好地方。

彭琙站在小溪边一株大树下久久地望着，他问向导："你知道这里为何叫马公坪吧？"

向导说："我家离这里不远，听老辈人讲过，这马公坪的名字还是有个来历的！"

彭琙道："你说一说！"

向导于是讲起来。

舞水从贵州的大山里流来，流到马公坪这个地方，由于山的阻挡，舞水不能直线往前流，便打了一个弯，河水弯弯像一把弓箭，非常好看，在弓箭的弓背上便有了这些小山包与田塅。这里住着十来户人家，靠着种田下河打渔为生，日子过得不是富足，也不缺吃少穿。

不知多少年过去了，有一年突然出了一件怪事。村民们田间种的禾稻，夜里不知被什么吃了不少。大家都感到奇怪：是谁家的牛吃的？一个个你问我，我问你，都说牛关得好好的，绝没有跑出来吃禾苗。谁也不信，互相埋怨不已，只得大家相互叮嘱，夜里一定要把牛关好。可是第二天一看，田里的禾苗照旧被吃了不少。这一下村里人炸了锅：出鬼了，这是怎么一回事呢？于是大家决定，今天夜里都来守在田边，看看究竟出了什么事？

全村青壮年都拿着刀棒守在田头，谁也不作声，一个个眼睛瞪得像铜锣大，可是半夜过去了，什么也没看见，蚊子咬，蚂蟥叮，真搞得人受不了，又累又困，上下眼皮不听使唤了，直打架，想睁也睁不开，不少人就倒在田头草堆里呼呼打起了瞌睡，进入了梦乡。

月亮早回宫休息了，天上守夜的星星也疲劳了，一个个都不想值夜班了，偷懒的偷懒，耍奸把滑的就溜了。天也就毫不客气地黑了下来。不知什么时候，守夜的人有一个被露水打湿了衣，五更寒不留情面地将他冻醒了，他突然听到田里发出一种奇怪的声音："吭哧，吭哧……""这是什么声音啊？"他一下警觉地跳起来，瞪大眼一看，这一看可把他吓坏了，只见不远的田里，有一个黑乎乎的东西，不知是什么在拼命地吃着禾苗，他吓得毛发倒竖，看看周围的人一个个都还在呼呼地大睡，于是他便大喊起来："大家快醒醒有牛在吃禾！"

他这么一大喊，众人立即从梦乡里惊醒过来，睁大眼睛看，果真有个东西在田里吃禾苗呢！大家于是大喊起来，想把那东西赶走，乌漆墨黑大家也看不清，不知是牛还是什么东西，只知又高又大，吃禾的声音很大。他们人多势众，拿着刀棒就勇敢地冲了过去，不知谁喊了一声："打呀！"村民们就胡乱地举刀舞棒扑了上去。

田里正吃禾苗的家伙听到人们这么一喊，一点也不怕，依旧吃着，当人们舞着刀棒冲到面前时，才一跃腾空而起，在黑暗中很快就不见了。

人们互相问着："哪里去了？""你看见了吗？"一个个都说："不知道！""真奇怪，刚才还在田里吃禾，怎么一下就不见了？"人们四处寻找，什么也没有。

第二天，天亮以后，人们发现禾苗确实又被吃去不少。村民们只得摇头叹气。

有聪明的村民提出了一个办法："大家准备灯笼火把，一旦发现那家伙，立即点亮火把，照得通亮，管保就让它跑不掉了。"大家都说这办法好。

深更半夜里，那家伙又来吃禾了。村民们已百倍提高了警觉，相互提醒着，用指甲掐着自己，一定不准打瞌睡。那家伙吃得正在兴头上时，村民们一下把灯笼火把点亮了，将田四周照得通亮，这一下大家看明白了，不是什么牛，原来是一匹高大的马，哪里来的马？村民们家家户户没有哪家养马呀？这马从哪里来的？村民们都感到十分奇怪，马吃禾苗这是大家所不容许的，于是大家一手举火，一手舞刀棒向马冲了过去。这马一点也不害怕，四脚腾空而起一眨眼就不见了踪影。人们站在田头叹息骂着，无济于事。

一连好些天，村民们被马吃禾苗闹得睡不成觉，又没有办法将马赶走。苦恼极了！

这天夜里，一位叫公坪的年轻人睡在田坎边，迷迷糊糊中他做起了梦。一位白胡子老头儿走了过来，对他说："公坪，舞水河边弯弓处有一把弓箭，你快去把他拿到手，用箭射马！"

公坪醒来睁眼一看，不见白胡子老头，但梦中的事他记得很清楚，便立即前往河边转弯像弓箭的地方，四处一寻，果然树上挂着一把弓，真神了呀！公坪高兴得跳了起来，马上爬上树把弓箭取下来抱在怀中。

夜里，马又来吃禾苗了，村民们点燃灯笼火把围着田里吃禾苗的马，那马又四蹄腾空要逃走，公坪马上搭箭使足力气对着那马就是狠狠一箭，马中了箭立即掉下来，说时快那时慢，公坪飞身一跳骑到了马上，马一下又腾空飞了起来，大叫一声，驮着公坪就不见了，从此后谁也不知公坪去了哪里，一直不见他的踪影，马再也不来吃禾了。

为了纪念公坪，后来人们就把这地方取名叫"马公坪"。

听了向导一番介绍，彭瑊哈哈大笑："好，好，就是这个马公坪了，真是巧，天下无巧不成书，我江西老家门前的练兵场也叫马公坪，行，我们就在这里安营扎寨了！"

彭瑊手下的一千多兵马就在奖州马公坪驻了下来。

彭瑊高兴得不得了，他骑着马四处一看，真如向导所说，这马公坪的地形好像一匹扬鬃腾飞的骏马，那弯弯的舞水河道，就是一把拉如满月的硬弓，越看越像，有战马有弓箭这不是出征打仗平定天下的好地方吗？他心里想，这世界上的事真是太巧合了，他在江西老家门前马公坪起兵，打出彭字旗号，日后势力一天天增大，他与兄长都当了刺史，如今在楚国这偏远的山乡舞水河畔也有一个马公坪，天意啊，多巧合，这不是天助我也，又要第二次兴兵，创立更大的功业吗？想到此，他对这马公坪越看越喜欢了。

彭瑊骑着马与向导在马公坪里随意走着，来到一块大田边，向导指着这丘田说："大人，这里叫作落担丘！"

彭瑊一听，落担丘肯定也有个来历。

向导于是又说起来了，他说："传说，这一带的田很肥沃，年年都打很多谷子，这年又到打谷季节了，一天长工们给东家打谷子，东家在田边走着看着，觉得谷桶打得不响，又只见长工们不停地往谷场里挑谷子，他感到十分奇怪，很不明白这是怎么一回事，他以为长工们是在胡弄他在偷懒，一定是将稻草挑到晒谷场去了，他走到晒谷场上一看，没有呀，长工们挑来的是一担担黄澄澄的谷子呀？可是在田头又没听见谷桶打得彭彭响，他感到这真是一件难以理解的事，于是又来到田头问长工们，长工们一听都哈哈笑起来，一个长工说：'老爷，你有所不知，这丘田是个宝田，只要我们将装谷子的箩筐往田里一摆，三下五除二几家伙就打起了一担谷！"

东家也笑起来了："原来是这么一回事，这丘田是个宝田？"

长工们说："对，是个宝田！"

东家说："箩筐一摆落到田坎就有一担谷，那就取名叫'落担丘'，你们看如何？"

长工们齐说："落担丘，好，这个名字太好了！"

从此后，这丘大田就叫落担丘。

彭珹一听，马上高兴起来："落担丘，这个名字确实好，箩筐一摆就有一担谷，这里就是个粮仓呀！行，真是个好地方！"

几天后，彭珹把儿子士愁叫到身边说："儿啊，这个马公坪是个好地方，离辰州府远，离溪州也不近，是个人不知鬼不觉的好地方，我们要图溪州，这里正是最佳立业起事的好地方！"

士愁问："爹，你看中了？"

彭珹点头："看中了，你马上去辰州府，将你母亲与妻子家眷都接来，再带一千兵来！"

士愁惊奇地问："爹，这里荒无人烟，穷乡僻地，要在这里安家？"

彭珹笑道："是，这里是个好地方，田方水便，住家方便，练兵扩军打仗也很秘密，神不知鬼不觉！"

士愁不高兴，心里嘀咕道：鬼呢！这是什么好地方，只有几户人家，田也无几丘，多见树木，不见人，有哪门子好？只是现在爹看上了，还说是个好地方，他这个儿子，哪里敢说个不字？只得很不情愿地敷衍着："一切都听爹的！"

彭珹不管儿子心里愿不愿意，他相中了的地方，就是好地方，立即指挥手下，请来木工大兴土木，在马公坪落担丘这修了几栋木房，做为自己家眷住家的房屋，又在河边虎形山下修了一些房子做为兵营，还令人在兵营门前的山口里开了一块大坪场，做为练兵场。

不数日，士愁接来母亲与妻子一行，并领了一千兵马到达马公坪，住进了新屋，于是彭珹的家就安在马公坪了。

第 13 章

招兵买马又演戏

两个月过去了，彭珹在马公坪将安家的一切事务都办妥帖了。

晚上，彭珹把儿子士愁与侄儿彦昭叫到客堂里道："我要回辰州府去了，如今这里都安排好了，就交给你们操持！"

二人回答："是！"

彭珹道："我走了之后，你们要办两件大事，一是招兵买马继续练兵，扩大队伍；二是要演戏，要排练几出戏演给乡民们与兵丁们看，演得越好说明你们的本事越大！"

士愁一下愣住了："爹，还要演戏？吃饭没得事情做？以前在楚王府里，你不是说我们演戏是不务正业，很看不起吗？"

"此一时，彼一时，现在情况不同了。"彭珹很正劲地说

"叔，我们又不是戏班子，演什么戏？"彦昭不理解。

彭珹望着他们说："我记得，你们在楚王府不是最爱演戏吗？天天混在戏班里都不肯走。"

彦昭道："叔，我们那是没事做闹着玩的！"

"爹，你还把闹着玩的事当真了。"

彭珹哈哈笑起来："我没开玩笑，说的是认真的，如今你们就要把演戏当正事做，一定要能演几出好戏！"

士愁对爹的做法有意见，认为爹是糊涂了："爹，你这是唱哪出戏？分明是赶着鸭子上架，我们怎么能演好戏呢？眼下一无道具，二无师傅，巧媳妇难为无米之炊！"

彦昭也道："叔，这太难搞了！练练兵可以，唱戏不行！"

彭珹道笑起来指着房里角落处的几个箱子："你们打开看看！"

二人走了过去，打开一看，立即高兴起来，士愁问："爹，你从哪里搞来这

些宝贝？"

彦昭拿起一件戏衣乐得直往身上穿："叔，你真行，这些东西也被你千里迢迢搬来了。"

彭珹哈哈大笑起来："从潭州城出发前，我就令人在城里买了这些演戏的衣物道具，都给你们带来了，看看还缺什么？"

二人翻看了一阵："不缺，不缺！"

士愁笑起来："爹，你早就有预谋了？"

彭珹也笑："我还有预谋呢，要不要我告诉你们？"

彦昭道："叔，你还有预谋？"

彭珹道："我将楚王府里戏班子里最好的王师傅、陈师傅都给你们请来了！"

二人喜出望外："真的？"

彭珹哈哈笑："我还能骗你们？你们看，这是谁？"说着房门开了，走进了两个人。

士愁彦昭一下傻眼了，这不是楚王府戏班子里的头牌王师傅陈师傅吗？

士愁彦昭立即上前施礼道："师傅们好！"

二位师傅乐得眉开眼笑应道："好！二位公子好！"

士愁奇怪地问："爹，两位师傅演戏是楚王最爱看的，楚王舍得让你把他们带来？"

彦昭也不解："叔，你怎么有这么大的本事？"

彭珹笑个不止："两位师傅是我请来的，今后你们就好好向师傅学唱戏！"

士愁彦昭向二位师傅施礼。

二位师傅道："彭大人放心，我们一定尽全力教好他们！"

士愁又不解地问："爹，你不是要我们努力练功训练军队吗？为何把演戏看得这么重，这只是玩一玩，取取乐的事呀！"

彭珹小声道："演戏这不是小事，你们把戏演好了，我们马公坪这块地方就热闹了，有人来看戏，你招兵买马扩军就不成问题了！"

彦昭点头道："叔叔讲得有理！"

彭珹叮嘱道："过些时候我回来，要看你们戏学得怎样，至少要学会两三出戏，知道吗？"

二人高兴地应答："是！"

自从彭家来到马公坪，这个小小的毫不起眼的小山村，一下子变得十分热闹起来了。远远近近的人都知道了，不少人家都往马公坪搬来。

马公坪里有戏班子，一天到夜锣鼓声拉琴声不断，唱戏的人穿得红红绿绿花花彩彩，十分好看，在彭府的大坪里搭了个高大的戏台，白天黑夜都有人上台唱戏，士愁彦昭还有其他一些人，在王师傅陈师傅的精心指教下，越唱越精，《霸王别姬》《定军山》《空城计》，唱得很精彩。那个年代，舞水一带还是原始蒙昧的部落时代，人们生活在大山的封闭里，不知山外还有山，天外还有天，日出而作，日落而息，只知山林树木河流，耕田劳作生儿育女过日子，谁也不知有唱戏这种东西，这些外乡人一来，就带来了这种古怪的把戏，人在台上又演又唱又讲，咿咿呀呀，唱过来舞过去，枪刀棍棒打得人眼花缭乱，看得真叫人过瘾呢！

一传十，十传百，远远近近的人都来看戏了，马公坪成了远近闻名的好地方。男男女女老老少少都爱来看戏。

虎形山下军营招的兵马也越来越多，那些军营不够住，修了一栋又一栋房子。士愁他们招来的军人成天在教场坪里练刀习枪，骑马射箭，杀声震天，一队队兵丁挥刀砍过来，一排排兵丁举枪杀过去。士愁令人在教场外的山边树上挂了箭垛，持箭人远远地站着，一个个上前拈弓对着箭垛使劲射，有人射中了靶心，不时爆发出一阵阵喝彩声。还有那一队队骑兵，他们骑在马上，手挥着刀，大喊一声"杀"，急马奔驰，如一阵旋风闪过，刀片划起一道亮光飞过，那气势真把人都惊呆。

不少乡民们站在教场四周的山头或是树下远远望着，惊叹着：真是些天兵天将啊！

过了一段时间，彭瑊从辰州府来到马公坪，几个月不见，哈，马公坪大变样了：昔日人烟稀少，如今四处山头山边都住起了农房，到处都飘散着炊烟，人口稠密，马公坪河边一带热闹非凡起来。戏班子日夜锣鼓响，隔三岔五唱大戏，四乡八村的老乡们夜里打着篙把火也爬山过岭来看戏。彭瑊看了士愁他们演的戏，不停地点着头赞道："不错，真不错！"

彭瑊在士愁彦昭的陪同下，来到兵营，站在教场边的土台上，只见台下坪里站了黑压压一大片兵丁。彭瑊问："如今有多少人了？"

士愁道："爹，四千来人！"

彭瑊高兴得嘴都合不拢："你们一下就扩了这么多，好，好！要把这支部队练成精兵，懂吗？"

士愁点头："懂，爹，你看看兵练得怎样了！"

彭珹道："行！"

士愁便拿了一杆旗走向台前，挥了三下，只见各部队官长带着队伍一队队从台前走过：大刀队，长枪队，弓箭手队，骑兵队，他们迈着威武雄壮的步伐，从台前走过时，彭珹向他们招着手。后来各个队伍就分开操练起来。操坪里喊杀声连天，官兵们练兵十分繁忙。士愁彦昭不停地用手指点着讲着，彭珹高兴地点着头："好，好，日后图谋溪州就靠这支部队派上大用场！"

彭珹这次回到马公坪，看见儿子士愁与侄子彦昭各项事情都做得很好，心情十分愉快，夜里就令家人在府上摆了酒宴，犒劳戏班子的王师傅，陈师傅，还有军中的几个将领。大家一齐在府上厅堂里喝酒。

酒过数巡，突然有家人来酒宴上向彭珹相报："禀老爷，恭喜恭喜，大喜！"

彭珹放下酒杯问："大喜何来？"

家人道："恭喜老爷，添了孙子！"

彭珹一下高兴起来："添了孙子？"

家人道："是，刚才士愁公子的少夫人李夫人生了一个大胖小子！"

众人都道："好，恭喜大人！"

王师傅站起来道："各位，今天刺史大人当了公公，添了长孙，这是彭府天大的喜事，我们大家就借花献佛，敬刺史大人喜酒！"

众人都站起："好，敬刺史大人！"

酒宴上一下热闹起来，人们一个个向彭珹敬酒。

彭珹乐得胡子直翘，高兴得合不拢嘴，对着众人道："好，好，今天大家敬我，这个添孙喜酒，我喝，我喝！谢谢大家了！"

人们又敬刚刚当了爹的士愁，初为人父的他心里乐滋滋的，不知说什么才能表达自己喜悦的心情，他只好端着酒杯一个个频频地回敬大家。

酒宴上热闹非凡，人们喝到深夜，还久久不愿散去。

第 14 章

入溪州刺探军情

初春时节，士愁与彦昭扮着货郎，挑着担子从马公坪秘密出发了，他们奉彭城之命前往溪州去打探消息。带着五六个随从与一位向导翻山越岭走村串寨，先进入富州地盘。

富州与奖州相邻，两州交界之地是一座名叫西晃山的大山，山北面是富州，山南面是奖州。富州就在西晃山北面山脚下的富水河边，是一处不大的小镇子。士愁他们爬越西晃山的深山密林，在没有人迹走过的山林里穿行，终于走出西晃山。多天以后，才一路叫卖，小心地进入富州城，这里不属于溪州吴著冲的管辖，离溪州较远。他们挑着货郎担在城里四处叫卖，一边打探情况，富州小城里并没有军队，只有当地一些部落头人或族首有些看家守卫的门人，对外来人员也不进行盘查，他们在富州城里可以自由自在行走与卖货。

夜里，他们住在伙铺里。

士愁对彦昭轻声道："兄弟，这里是个好地方！"

彦昭道："派人来占了，日后是个好立足的地方！"

士愁道："是呀，你看一条富水养育两岸，城四周大片良田沃土，人烟稠密，要钱有钱，要粮有粮，要人有人，好地方呀！"

彦昭赞同："对，占了富州，离溪州就更近了。"

二人在灯下，将一路上所见仔细地画成地图。

离开富州，他们又往溪州进发。

翻山越岭，行走在山间高低不平窄窄的小路上，挑着几十斤担子，太阳晒，雨水淋，十分辛苦，一身汗水，一身劳碌，渴了，在山涧里或是小水塘里捧点水喝，饿了，就近到村民的屋子里讨点饭食，如果是走到前不巴村后不着店的地方天黑了，这就更糟糕了，夜晚，他们只能餐风露宿在野外，找点树叶或稻草之类垫在身下，用铁火镰在火石上敲打出火星点燃纸媒，再烧柴火取暖，还要准备几根木棒，防止野兽来偷袭。幸好不是冬天，在野外虽然冷一点，咬咬牙还能挺过去。一路上虽苦虽累，大家都没有抱怨。

士愁一行过了乾州，渐渐进入溪州之地了。

一眼望去，心都凉了半截，这是些什么地方？山高路陡，地薄土瘠，树木稀少，真是鸟儿都不来拉屎的穷地方，只见高山峡谷，不见有几丘田土，民穷困苦，日子必定艰难。在那些山旮旯里，稀稀疏疏地有一些芭茅草房子，冒出一丝丝有气无力的白烟，百姓靠什么生活？吴著冲这个魔头还要残酷地压榨百姓，百姓真是够可怜的啊！他们深深地同情这里的老百姓。

这天，士愁他们来到一个叫土地冲的村子，这里已是吴著冲的属地了。他们站在村外一个小山坡上，突然听见村里传来一阵阵哭声。士愁远远望着道："一定是出了什么事？"

彦昭道："看看去！"

士愁摇摇手："慢，不要着急，情况不明先看看再说！"

为了不惹出麻烦，士愁觉得还是小心一些为好，便将几个随从隐留在村外一片林子里，他与彦昭挑着货郎担不慌不忙进入村子。

原来他们到达前不久，吴著冲的兵丁到村子里来抢东西，抢了几头猪和一些鸡刚走，搞得村里鸡飞狗跳，后来还抓了两个姑娘带走了，村里被他们弄得乌烟瘴气，叫骂声一片，抢了姑娘的人家便悲哭声阵阵，骂声不绝。

这些山乡，地处偏僻，人烟本来就稀少，百姓一辈子都足不出户，只在山坡上围着太阳打转转做农活讨吃，平常时节，一年三百六十五天，外边的鸟都少有飞过来，除了吴著冲的兵丁来抢劫以外，从来还没有外地人来过。

士愁他们挑着货郎担摇着拨浪鼓在村里一喝喊，这就是一件非常稀奇的事情，立即传遍了全村，男女老少暂时忘记了刚才兵丁抢劫的痛苦，一下子就围了过来，大家像看西洋镜一样，将他们围在村头，人们从来还没有见过这种担子，人们兴奋地说着看着，担子里有针线，有糖果，还有小碗小罐，应有尽有，一个个都想买，可是大家没有钱买，最后只能饱一饱眼福，无可奈何地依依不舍离去。

有个富户人家提出用粮食换东西，士愁他们本来也就不在乎你们买不买货，他们的心思用意也不在做生意，只是挑着货郎担打掩护，来这边打探情况，一路上卖东西混混生活就行。士愁说："可以呀，我们肚子饿了，你就给我们做点饭吃！"富户人家很高兴，士愁与彦昭就挑着担子到他家去了，富户给他们煮饭吃，吃饭间，他们就与主人交谈起来，得知，如果再往前走，前面就有吴著冲的兵丁把守在路上，里面驻着兵丁，是不准外人进去的，弄不好就会要杀头的。这一带四处都有吴著冲的兵丁，要是碰上了命就难保。

士愁问："你们村里为何只有妇女小孩，男人们都到哪里去了？"

主人长叹一声气道："我们这个村子都姓田，我是村里的族长，没有办法啊！吴著冲吴王，三天两头派人到村里来要人，要人去当兵丁，要人去给他修王宫，要人去给他种菜捕鱼，谁要是不给他送人，他就会派人来到你村子烧杀抢人，大家怕啊，只好乖乖给他送人去。刚才吴著冲的人才从村里抢东西走，还抓了两个姑娘，谁也不敢得罪他们！"

士愁同情地道："原来是这样，你们的日子过得真苦啊！"

主人道："还有更苦的呢！"

士愁问："怎么个苦法？"

主人道："每年四月四日，吴王的兵丁到村子里来，逼着要我们自己烧房屋，他带着妻妾在王宫里的观火台上一边喝酒唱歌，一边观看老百姓自己烧房屋的大火，看到兴致处，就大叫着：巴差，巴差！你说这个吴著冲那里是人，他就是个害人的大魔王，他用千百万老百姓的痛苦来寻欢作乐。可怜我们百姓，烧了房屋，一家妻儿老小到哪里去住啊？太阳晒，大雨淋，人不像人，鬼不像鬼，有的人家只好住山洞，搭个芭茅草棚子栖身。乡民们将吴著冲恨透了，恨不得杀了他，可是又没有办法啊！老天也不可怜我们啊！"主人说着就流起了泪水，最后他道，"这种苦日子不知何时才是个头啊！"

离开土地冲村子，士愁对彦昭说："如今溪州到处都堆满了干柴，只要大火一点燃就会把吴著冲烧死的！"

彦昭说："是呀，这里的老百姓太苦了，将吴著冲恨透了！叔叔带兵来消灭吴著冲正是时候！"

第15章

马公坪里难决策

士愁与彦昭一行平安地回到了马公坪，彭珹与家人见了十分高兴。

这天，彭珹将他们叫到房里，二人坐下后，彭珹道："你们平安归来，为图谋溪州立了大功！"

彦昭道："叔，我们年轻人，多做些事是应该的，一路之上确实辛苦，也有危险，不过都挺过来了。"

彭珹赞道："好，好，年轻人经受些磨难是好事。"

士愁说："爹，溪州那边的百姓，都希望早日将吴著冲灭了。"

彭珹摇摇手："不要急，情况不明，贸然兴兵不行，不弄清情况难以取胜，兵法云，知己知彼，才能百战不殆。你们这一次探险成功是好事，我们还要做很多准备！"

"叔讲得对，吴著冲的势力很强，不是轻易就能推倒的！"

士愁道："爹，看来溪州的吴著冲防范甚严，真是龙潭虎穴很难闯呢。"

彭珹点头："说的有理，不可轻视吴著冲，他们在溪州统治了几代人，势力是很大的！要想消灭他并不是一件轻而易举的事情。为此我们要早做准备，考虑详细周密才行。"

士愁拿出一张图递给彭珹："爹，这是我们沿途画的一张图，可供参考！"

彭珹接过摊开在桌子上，认真看起来。

士愁指着图说："这是我们这次的行动路线图，从马公坪出发，翻过西晃山进入富州，再过乾州就到了溪州境地……"

彦昭指着图道："叔，我们到了溪州的土地村，那里尽是溪州吴著冲的兵，来来往往，有关卡，有巡逻，守卫得十分严密，老百姓说了，就是麻雀飞过去，这些兵丁都要反复查，更莫说是陌生人进溪州，那更是难上又难了。"

士愁说："是呀，外人很难进溪州！"

彭瑊："你们二人已进到了溪州，对那里的情况已有所了解，今天我想与你们好好商量一下如何攻打溪州，谭州的楚王很重视这个大事，来信催我们要抓紧筹办，要我们尽快想出办法来。这件事，你们应该更了解情况，我想听听你们的想法。"

二人互相望望都不作声。

彭瑊仔细看着他们画的图。

彦昭想了一阵道："叔，侄儿这次入溪州，看到那些地方，尽是高山密林，深山峡谷，坡陡路崎岖，实在难行，如果大军去剿，在这种地方很难发挥作用，相反溪州吴著冲的人，他们天天生活在那里，走路很习惯，地熟路也熟，我们贸然去打他们，很难取胜！"

彭瑊点头道："有理，很有道理，楚王曾两次派兵攻打，都失利了。看来只是强攻难以取胜。"

彦昭道："叔，强攻还是要的，不强攻，无法歼灭吴著冲，夺他的老巢必须是要强攻的！"

士愁站起来，走到桌边指着图上说："爹，你看这里是富州，在路上，我与彦昭商议了一下，我们认为富州是个好地方，这里离溪州不远，吴著冲管不着，那里目前还没有军队占领，我们应该立即派人去占了，将军队从马公坪前移到富州，日后进攻溪州就方便多了。"

彭瑊仔细看着地图，一手按在富州上点着头："好，好，这个很重要！马上把富州占了。"

彦昭说："叔，我们到了富州城，城在河边，四周田地肥沃，百姓富裕，我们快去派兵占了，屯兵在此，日后进攻溪州，可兵分两路，一路从辰州沿酉水而上，一路从富州出发，两路夹击，可打吴著冲一个措手不及。"

彭瑊高兴起来："行，这是很重要的一步，一定派兵马上把富州占了，就在那里招兵买马，训练军队，我马上安排人去富州！"

士愁说："这就好，占了富州就离溪州近了一大步！"

彭瑊想了想道："据你们的打探，我所了解的情况，吴著冲与他的结拜兄弟，手下也有两万多兵丁，人数还不少，听说他还有些本领高强能打仗的将领，就眼前这个状况来看，我们对吴著冲的情况知道得还是不多，对他王宫的情况也一无所知，这个仗该怎么打呢？爹心里还是没有一点把握呀！"

彦昭道："叔讲得对，对于吴著冲的情况我们也了解不多，还没有深入到溪州中心地带，打这个仗是有很大的难处，眼前也没有把握取胜！"

士愁说："情况不明，眼前还不能打。"

彭瑊走到窗前，沉思起来望着窗外。回过头来，又望望士愁与彦昭，好像有话要说，欲言又止，紧皱着眉头，叹口气，低头喝茶沉思着。

士愁望着他道："爹，你有什么想法就说！"

彦昭也说："叔，你说吧！"

彭瑊叹气迟疑地道："这……我，唉，这个想法有些太冒险了！"

士愁望着他："爹，冒险怕什么，你不是常说不入虎穴不得虎子，要得虎子就得冒险，说吧！"

彦昭也道："叔，前怕狼后怕虎不冒险是做不成大事的！"

彭瑊望着二人："其实呢，这个想法我已想了好久，一直犹豫不决，我下不了决心！"

士愁说："爹，讲吧！就是要上刀山下火海，我也敢去。"

彭瑊慢慢地说："我想来个里应外合打垮吴著冲！"

士愁大吃一惊："爹，里应外合，怎样里应外合？你是想派人打入溪州做内应？"

彦昭也吃惊不小："叔，这里应外合难办，外面的人根本进不了溪州。生人进溪州，很快就会被吴著冲的人抓起来砍头的。"

彭瑊沉默一阵才说："我知道，这很难，实在危险，我思考了很久，只有里应外合才能以最小的代价消灭吴著冲！"

士愁不作声了，他知道爹讲的办法，是最好的办法，只是这太难了，他望着彦昭，二人都觉得要想派人打进溪州是很不可能的事情。他们早听当地百姓说了，吴著冲的兵丁四处盘查很严，鼻子嗅觉比狗鼻子还灵，不管哪里来了陌生人，他们一下就知道了，明里暗里就会有很多人盯着，随时都会捕捉，投进大狱或是杀掉。想进溪州，那就是去送死！

过了一阵，士愁才道："爹，派人进去做内应，好是好，只是太危险，恐怕很难做到。"

彭瑊道："爹知道，这很危险，搞不好命都会丢了，所以爹一直犹豫，不敢拿定主意！"

彦昭说："叔，你一定有办法了，说出来吧，我们大家商议一下，想想是否可行！"

士愁也望彭珹："爹，天无绝人之路，你说吧，这难也会有办法可想！"

"我想了很久，想准备一个戏班子，以演戏的名义为掩护，大明大白进入溪州，这样可以会获得百姓的支持，吴著冲的人也不会太反感，你们想想这个办法怎样？"

士愁一下明白了，原来爹早就有这个准备了，彦昭也是聪明人，怪不得他们来到马公坪，叔就带了楚王府戏班的王师傅李师傅过来，教他们唱戏，还要他们学会，在马公坪演给大家看，原来是在为进入溪州做准备呢！

彭珹问："你们看行吗？"

二人都不作声，这是一件非常危险的事，谁也说不准，生命难保呢！随时都可能被吴著冲的人杀掉。

彭珹又道："除此一法，别无他计。我想了很久，派戏班子进溪州去，有演戏为掩护，可能有很大的危险，也可能吴著冲的人不会有太多的反感，兴许能瞒过吴著冲手下的耳目。"

士愁担忧起来："爹，吴著冲不蠢，他们要是识破了，命就都丢了。"

"叔，这个办法危险极大！"彦昭也觉得是在冒险。

彭珹道："我知道，明知山有虎，偏向虎山行，这是一个冒险的行动，去的人随时都有生命危险，时时都可能献出生命。"

士愁道："爹啊，吴著冲的人四处都是，在虎狼窝里唱戏，时刻会被虎狼吃掉！"

彭珹想了想道："这也不一定，只要能斗智斗勇，也可能保住自己！戏班子比货郎好。这是进入溪州的唯一办法。"

士愁想了一阵说："爹，儿去吧！"

彦昭道："叔，我也去！"

彭珹没有作声。

士愁又说："爹，儿去最合适，演戏，我是头牌，又是刺史的儿子，在别人眼里刺史的儿子都不怕死，别人还能说什么呢？"

彭珹望着他们没有作声，此刻他也是难下决心，此去溪州演戏，凶多吉少，他这一把年纪膝下才只有士愁这根独苗，二十岁刚出头，才成婚生子，孩子还在褓褓中，让他去溪州是不是太残忍啊！想到这里，他眼眶都湿了。

士愁知道爹在犹豫，便又道："爹，儿不去，让谁去？这是九死一生难得活的事，我现在已娶亲生子，要是回不来了，爹把孙子好好养大就行了，为了平定溪州，儿子就是舍掉性命也值了。"

彭瑊不作声，站起来走到门边，又走到窗前，他心潮起伏难平，望望儿子，叹口气摇摇头。儿子毕竟太年轻，没有经历过复杂的事情，带着戏班子进入溪州，那该有多难，吴著冲是一个老奸巨猾的恶魔，溪州遍地都是他的爪牙，所有的大难小困，都得靠他们自己想办法解决，其他人一点都帮不上忙，弄不好，小命都会丢了。可是图溪州又是大事，不想这个法，还能有什么更好的办法吗？他真是头痛极了。

土愁望着他道："爹，你说的这个办法，眼下是最好的办法，让儿去吧！"

彦昭道："叔，我与彦晞一起去，相互好有个照应！"

彭瑊望着彦昭连连摆手："你更不能去，出了事，我怎么向你爹交待？"

彦昭道："叔，这些年我跟在你身边，你就像我爹一样，如今叔有为难事，土愁都能挺身而出，侄儿难道像缩头乌龟怕死，不冲上前，还算人吗？就算我有不测，丢了性命，我爹也不会怪罪你的！"

彭瑊摇头："不行，不行！这是件大事，非同小可，让我好好想想再做决定吧！你们先下去。不急不忙，我好好考虑一下，还是要从长计议。"

第 16 章

生死别离偏向虎山行

夜里，房间里夫人给彭珹送上茶小心地问："老爷，你多日不归家，为何归家来紧锁眉头，一副不开心的样子，又遇到什么难事了？"

彭珹喝着茶望着夫人，一阵才慢慢道："这还真有些犯难了。"

夫人问："什么难事，说说听！"

彭珹放下茶杯道："说给你听也无用！"

夫人："兴许我能给你出点主意！"

彭珹笑起来："夫人，你出主意？给我帮倒忙吧！"

夫人急了："在你眼里，我这么不中用？"

彭珹喝着茶，望着夫人道："这是军国大事，我要说出来，你肯定帮倒忙！"

夫人："老爷，我们几十年夫妻了，你还不相信我？"

彭珹放下茶杯："夫人，不是不相信你，这事大着呢！比天还大，我都犹豫了好久，一时难以下决心。"

夫人急了："天大的事更应说，为妻的也好给你分担一些忧愁！"

彭珹望望夫人道："行，那我就说了……"

夫人听了很感动，便赞同道："老爷为官，就该为百姓除害，这是好事，楚王要你当辰州刺史，不就要做这大事么？应该做好。当兵的吃公粮，就该去打仗，养兵千日，用兵一时，派人进溪州把吴著冲除了，为民去害，有什么犹豫的，就是丢了命也是应该的！"

彭珹喝着茶："话是这么说，理是这个理，人人都懂。"

夫人不解："这事你也为难？莫非老爷你自己去？"

彭珹摇头道："如今不到时候，我还不能去。"

"那你要谁去？"

彭珹望夫人："要是派你的儿子彦晞去溪州，你同意吗？"

突如其来的话，让夫人一下惊呆了，她完全没有想到会有这事，她脑子里一片空白，只感到脑子里阵阵发热，胸口被压着出不了气，好一阵才道："彦晞，他……你要他去溪州？他又不是州衙的官员……这不行！"夫人一口拒绝了。

"看，看，你又要我说。"

突然夫人哇的一声哭了起来，一下扑到彭珹面前抱着他的双腿道："老爷，我们只有这一个儿子，还小，才刚满二十岁，娶妻才生子啊……不行，绝对不行！他要是潜入溪州，被吴著冲的人抓了，我儿子就没命了，这万万使不得！"

彭珹叹气道："我就知道是不行的！"

夫人哭着说："他不能去，他又不是你州衙的官员，我坚决不同意，你派别人去吧！"

彭珹站起来，在房里走着，来到窗前："这些兵丁谁都是爹娘所生，不少人家里都上有老下有小呢！家里人都希望他们平安，早日归家与家人团聚！谁愿打仗送掉性命？"

夫人哭着哀求道："老爷，我求你了！我们只有这么一个儿子呢！"

彭珹眼圈也红了，他走过来伸手扶夫人："我知道，起来吧！"

夫人跪在地上不肯动："你不答应我，我就不起来，你不能这么忍心，狠心啊！我们只有这一个儿子，他还很年轻啊！他不能去。你不能把我儿子往虎口里送。"

彭珹长长叹了一口气："可怜天下父母心，哪有爹娘不痛儿女的？夫人，你疼自己的儿子，别人就不疼自己的儿子？"

夫人固执地说："别人的事我管不了，我只管自己儿子的事！"

彭珹用力将夫人拉起来，让她坐下，给夫人揩着泪水："夫人，你的心我懂，人心都是肉长的，我知道我们就这一个儿子，又才娶妻生了孩子……"

夫人抹着泪水，不管不顾地说："坚决不能派他去溪州！"

彭珹长叹一声："夫人，看起来，你还真不懂！"

夫人呜咽着："我懂！你不能害了我的儿子。"

彭珹无奈："夫人，这件事还非他莫属，只有他才能做好！"

夫人一下愣住了："你铁了心，一定要他去？"

彭珹肯定地说："一定是他去，别人去，我还不放心。"

夫人哭着："不能换别人？"

彭珹给夫人擦泪水："非他不可，事关溪州百姓生死存亡，只有他去才能把事办好！"

夫人又哭起来："我儿……可怜啊！这怎么办，天塌了唷！"

彭珹问："夫人，溪州百姓大，还是我们儿子大？"

夫人继续哭："理我懂，只是心里这道坎儿过不去啊！"

彭珹劝着："夫人啊，士愁也是我儿子，我心里也有这道坎，过不去也得过。我要彦昭与他一道去！"

夫人哭："这更不行，你把自家儿子推进火坑，不能把侄儿彦昭也搭进去，怎么向三哥交待？"

彭珹叹气摇头："事已至此，国事为大，我也别无选择了，他们兄弟俩进溪州，有个伴儿，互相照应，万一有个三长两短，日后我只好向兄长赔罪了！"

夫人哭："老爷，你这是做傻事，让自家人遭罪受难啊！"

彭珹抱着夫人劝道，给她揩着眼泪："夫人，谁叫我是辰州刺史呢，我的儿子不去，怎叫别人的儿子去呢？"

夫人大哭起来。

第二天，彦昭奉令带两千兵马先去富州。

临行前，彭珹对他说："你去把富州占了，找地方安营扎寨，小心些，四处放好守卫，要防止有人来偷袭营寨！特别是夜里，更要注意些！"

彦昭应道："叔，你放心，夜里我会多派些哨兵，加强巡逻，不会有事的！"

彭珹："好，你先安顿好，我与士愁随后就到！"

彦昭带队伍走了。

彭珹来到后堂，士愁正在与手下清理唱戏的衣物往箱子里装，便问："都准备好了？"

士愁回着："正在准备。"

彭珹叮嘱："戏班子衣物用品都带上，两位师傅就不去了。"

士愁一惊："他们不去？"

彭珹点头："他们上了年纪，我让他们回楚王府，这次唱戏只有靠你与彦昭唱主角了！你们完全可以胜任了。"

士愁很有信心地说："行，师傅们不去，我唱主角不怕，当得了，彦昭也行。"

彭珹望着儿子："爹相信你，唱戏当得下这个主角，其他的事你也不会怕！"

士愁道："身入虎穴，怕也没用！"

彭珹给他打敢："明知山有虎，偏向虎山行，要有打虎的勇气与智慧。进入溪州，一切就靠你们自己拿主意了，吴著冲那些人不好对付，你与彦昭多商议，放机敏些，遇事不要急慌，冷静应对，多动脑子，要想法保护好你们自己！年轻人就该多锻炼，遇事要冷静，不要凭性子急躁冲动，前后多想想再做决定。"

士愁点头："爹的话，儿记住了。"

彭珹道："此次大事成败关键在此一举，主要是看你与彦昭兄弟的戏演得如何了！爹把宝都押在你们身上了！"

士愁："爹放心！"

彭珹望着儿子道："士愁，你才二十岁，太年轻，经历的人事太少，吴著冲是老奸巨猾的恶魔，他手下诡计多端的人也不少，你们进入溪州，困难重重，危险很多，爹远在千里之外，一点忙也帮不上，一切全靠你们自己想办法应对了！"

士愁："爹放心，儿会小心的！"

彭珹道："爹要你好好完成任务，好好在溪州等着与爹相见！"

士愁把身子一挺："爹，你放心，儿保证好好的！"

彭珹拍拍士愁："爹知道，儿子长大了。手下的人都挑好了没有？"

士愁回道："挑好了，戏班子十二个人，另挑了十三个人，个个都是武艺超群的高手，是我一手带出来的亲信，很可靠！"

彭珹道："这就好，人不在多，在精，豆腐多是水，到溪州去，人多了，吴著冲的人反而生疑。"

正说着话，夫人走了过来，彭珹问："有事？"

夫人拉了他一把，低声道："儿媳正在房里流泪呢！"

彭珹皱了一下眉头："你把他带到后府堂上来！"

夫人："是！"

不多一会儿，彭珹在后府大堂上坐着，慢慢地喝茶，夫人带着儿媳妇走了进来，媳妇跪在堂上对彭珹喊了一声："爹！"眼泪止不住地流下来。

彭珹手指堂上一边："坐，爹有事说！"

儿媳妇与彭夫人都坐下了。

彭珹问："你在哭？"

儿媳妇抹着泪。

彭珹："爹知道，你舍不得士愁走，我理解！"

儿媳妇抹着泪说："爹，我心里舍不得，为他担心！"

彭珹："我与你娘，这几十年，风风雨雨，分分合合，我一次次出外打仗，九死一生，你娘也落泪，也担心，也舍不得我离开，唯恐怕我一去就不回来了。可我们是男人，男人的事业，天生就是在外面奋斗拼杀打天下，不可能天天守着老婆孩子与家，如果男人都只为小家，那谁为国家这个大家着想呢？"

儿媳妇道："爹，你讲的道理我懂，只是这心里硬是放不下他！"

彭城劝着："爹知道，你年轻，你的心爹懂，我们都是从年轻走过来的。士愁这次去溪州只是去演演戏，以演戏打掩护了解情况，没有什么大不了的事，你在家放心，好好与婆婆将孩子带好，士愁回来，看见小孩养得白白胖胖，身体健康，他就会很高兴的！"

儿媳妇应道："爹，放心，我会好好把孩子带好的！"

彭城点头："这就好！士愁他们在外自己会小心的，你放心，爹会安排好的。"

夜里，士愁将一切准备事项都做好以后，回到房里，妻子李氏夫人还没有入睡，坐在灯下静静地等着，他吃了一惊："你，还没睡？"

李氏夫人流着泪道："我能睡得着？"

士愁心头一热，上前紧紧抱着她："明天要走，很多事情要准备好！"

李夫人在怀里挣着头问："都准备好了？"

士愁给她揩着泪答："准备好了！不要流泪。"

李夫人道："真舍不得你走，那里实在危险，你要小心。"

"知道！"士愁在她脸上吻了一下："孩子呢？"

李夫人："奶妈抱走了。"

士愁给她揩着泪水，交待道："要把孩子照顾好！"

李夫人哽咽着："嗯！"

士愁又说："要把娘照顾好，她身体不大好，你要多安慰她！"

李夫人："嗯！"

士愁说："还有，要把你自己照顾好！"

李夫人点头回应："嗯！"一下伏在士愁肩上又哭起来。

士愁："不哭，不哭！明天我就去溪州，远离家了，今夜分别不许哭！"说着给妻子揩泪水，安慰道，"我的乖妻，要听话。"说着轻轻拍着妻子哄着。

李夫人应着："好，我不哭。"可是眼泪就像断线的珠子不停地掉下来。

士愁又给她擦着泪安慰道："我就是去溪州演演戏，没有多大个事，你不要担心，放心吧，我会好好回来的！"

李夫人流泪应着："嗯！你一定要安全回来。你心里要装着我，装着孩子。"

　　士愁点头："夫人，我知道，时时在心里记着，家里有妻子，有儿子，有爹娘都等着我，盼着我，一做完事，我就回来，你好好等着！"

　　李夫人道："我等着，等着你回来！"她紧紧地抱着士愁，深恐他一下从身边跑开了。

　　士愁抱着妻子："夫人，爹说了，溪州那边的事，非要我去才行，我长大了是男子汉了，爹说我文武双全，应该报效国家，应该为爹挑担子，分担一些忧愁！"

　　李夫人："夫君，妾懂，这些理都明白，爹今天都跟我说了。"

　　士愁心里长叹一声："这就好，我知道你心里难受！"其实自己心里也像刀在割，今夜的生离死别，不知自己这一去，还能不能再回家里，前途未卜，是一个未知数。

　　李夫人说："去吧，我知道，自己不该阻拦你的，你干你的大事去吧，只是我为你担着心！"

　　士愁又在妻脸上吻一下，为她揩着泪水："放心吧，夫人，我会好好的，不会有什么事的，我知道保护自己！"不知怎的，他的脸上也滚下泪水来。

　　李夫人给他揩着泪水："你要小心，记着马公坪家里妻与儿子都盼着你早日归来！"

　　士愁抱着妻道："夫人啊，谢谢你，我真是前世有福，讨得你这么一个好妻子！"

第17章

溪州吴王招女婿

这些天，溪州出了一件大事，四处都传开了：吴王吴著冲要公开挑选女婿了！

王城里四处张贴着告示，这不是假的是千真万确的事，人们到处议论着，这不是一件非同小可的事，大王选女婿，谁能有幸当上吴王的女婿呢？那可就是大富大贵，享不尽的荣华富贵啊！要知道，吴王无子，仅这一个宝贝女儿，今后溪州王的宝座就是女婿的啊！

人们谈论着，也为吴著冲无子接王位叹息，只是不少人痛恨他暗地里骂他坏事做得太多，如今该绝子没孙了，天报应啊！

吴著冲是溪州大王，身边妻妾成群，按理说生个十个八个，至少也该有两三个子女吧？为何膝下就无子呢？这话说来就长了。

人们说吴著冲是溪州鲤鱼精变的，他从娘肚子里一出世，就长得很快，几岁时就长得武高武大，与成年人相差无几。在王府里宠着惯着被人捧着，他身边充满了各种各样的女人，天长日久，小小年纪的吴著冲就与这些女人们混得十分熟了，也不知从何时起，也可能只有八九岁吧，也不知是谁教的，他就学会从女人们身上取乐子了，宫女使女，不论是谁，他只要喜欢，一天到夜，他随时就要抱着那些他喜欢看中的女人做着那种事。老吴王听说了，懒得去管，对人说："反正就是那么一回事，他喜欢女人，任他玩去就是了！"他从几岁就开始玩女人，他出到王宫外，在民间百姓中，在街上，只要看到有自己喜欢的漂亮女子，就会令手下抢到宫里去玩，直到自己后来成年正式坐上吴王宝座，身边漂亮女人成堆成串，可惜的是几十年来，他不知玩了多少女人，大浪淘沙，长期的风月生活，将他的身子淘空了，成群的妻妾们，却没有一个女人为他生下一男半女，这真是吴著冲生平一大最遗憾的事情。

后来，不知那一年，手下人又从民间弄来了一个漂亮少女，有人告诉他先要好好调理一下自己，便有医官给他弄来什么驴鞭，狗鞭，马鞭、牛鞭、羊鞭各种大大小小的鞭和大量药物，天天供他当饭吃，这一吃，确实还吃出了点成效，令宫里人吃惊不小，吴著冲真还长了点本事，不久就将那女孩的肚子弄胀了，一天天高高地鼓起来了。吴著冲喜出望外，后来就生了一个白白净净漂漂亮亮的女孩儿，这下吴著冲可高兴坏了，把女儿当成了命根子，当成了掌上明珠，取名叫吴红玉，十分宠爱。一年年过去了，吴红玉长大了，出落成一个大美女。吴著冲自己不喜欢读书，扁担倒下来不知是个"一"字，却找来老师教女儿读书写字，学习琴棋书画，还要女儿习武练功，与她身边的侍女，终日在后花园里舞刀弄剑，练出了一身好本领，变成了一个文武双全貌美如花的娇娇女。这么高贵的公主，谁能配得上呢？溪州这个地方，一般乡民百姓无人敢奢望，吴王也不知这女婿怎么找，父女俩一商议就决定公开招亲，告示一贴出，人们也只能是街谈巷议一下，却无人敢斗胆挺身而出去应试！谁都知道，吴王的女儿是上天里的天鹅肉，自己就是只癞蛤蟆，是万万吃不到口的。天上的星星，谁能摘得到呢？

不过，也有胆大者，一心想吃这只天鹅肉。他是谁？他就是吴著冲的结拜义弟惹巴冲的侄儿努巴可。

在溪州这块大地盘上，惹巴冲的势力也不小，除了吴惹著冲以外那就是惹巴冲了，惹巴冲占据着溪州往北方向的一些地方，他的势力伸到了湖北四川的边界之地，他有几千人马，剽悍凶猛，冲冲杀杀，征服了那些地方的部落，谁都得服他管辖，但是他的势力与吴著冲相比，还是小得多，无法与吴著冲抗衡，吴著冲拉他金兰结拜，惹巴冲知道自己斗不过吴著冲，为了保存自己的势力，便顺水推舟地答应了，归顺了，成为了吴王的义弟，甘愿臣服在吴著冲手下。他的侄儿努巴可是一员武将，如今就在吴王宫里当着侍卫队的队长，他天天在王宫里进进出出，对吴红玉是十分熟悉的，貌美如花的吴红玉文武双全，着实令他喜爱无比，但他也知道，吴红玉心高气傲，一般的人她是不屑的，要是自己去追她，弄不好还会惹来杀身之祸。不过努巴可又不甘心，心里天天惦着吴红玉，吃不香，睡不宁，他把这事对叔父惹巴冲说了，惹巴冲大笑道："好啊，老子去给你提亲！"

果真，一日惹巴冲就去了吴王府找到吴王讲了结亲的事情。吴著冲听了哈哈大笑，吴王知道自己这个女儿非同小可，她的婚姻大事，自己虽是父亲，可是不能随便做主，女儿吴红玉早就对他说了：婚姻大事，必须要自己做主，女婿一定要自己挑，挑中了才嫁。不论是谁挑选的都不算数，非要自己满意才嫁。

惹巴冲来提亲，吴王也不好直接拒绝，那样会让义弟很没面子，何况惹巴冲

的侄儿努巴可如今还在宫里当着卫队长，不能把这些关系弄僵，日后就不好见面
了，于是他就半推半掩地说："老弟呀，孩子们都长大了，他们自己的事让他们自
己去管好了，我们这些长辈不必要操空心，费力不讨好，费力不讨好呀！来，喝
酒，喝酒！"吴王一个劲地劝惹巴冲喝酒，惹巴冲听了吴王的话，自然心中也明
白了，于是便不再提婚事，两人就只管喝酒取乐。

叔父给努巴可提亲不了了之，但努巴可心里仍不甘心，他总想着如何要把吴
红玉弄到手，才如愿以偿。在宫里他总想找机会接近吴红玉。

一天，吴红玉与侍女们又在后花园里练武。努巴可找了个借口带着几个侍卫
突然闯了进去。努巴可一见吴红玉，眼睛就发直了，鼓着铜锣眼，一转不转了。
天呀，她比天上的仙女还要漂亮，那打火闪的眼睛能勾了男人的魂，那杨柳轻扬
的婀娜身姿，飘在男人的心头，荡得人心麻酥酥地痒，就像喝醉酒一样，晕晕乎
乎入迷。漂亮死了，努巴可饿得直咽口水，两腿都不由自主打起抖来。

吴红玉正放下剑，看见有人闯入，还肆无忌惮地望着自己，心头一下就怒火
上知升，大声喝道："什么人，敢擅自闯进来！"她一眼瞧见努巴可那饿狼似的眼
睛，狠狠地在自己身上扫过来瞄过去，就很厌恶起来，怎么的，这个男人长得实
在太难看了，好丑啊，眼睛大大的，鼻子翘翘的，嘴巴翻翻的，直叫人呕吐，她
随口就喝一声："滚！"身边的几个侍女田茵茵等人一拥而上挥着刀剑将努巴可等
人围住，努巴可的手下也举着刀剑相迎，剑拔弩张，两边各不相让。

努巴可见势不好，立即斥退手下施礼道："公主息怒，刚才是误会了，在下努
巴可是宫中卫队长，带人巡查，是为了宫中的安全，听到这边有人声才进来，多
多冒犯，请公主恕罪！"

吴红玉听了，很厌恶地盯着他问："你是卫队长？"

努巴可一听吴红玉与自己答上话了，喜从心里来，立即回答："是，在下是
卫队长努巴可，今后出入宫中，不对的地方，还请公主多多包涵！公主有事，相
告一声，小的一定前来效劳。"

吴红玉不喜欢他，挥挥手："这里不需要你们来，快走吧！"

努巴可一看架势不对，只好起身道："公主，请你记住，我努巴可还会来向
你求婚的。一定要把你娶到手。"努巴可带着手下依依不舍离开

吴红玉在身后一迭连声地吼着："走，走，快走！真是个癞蛤蟆！"

出了后花园，努巴可心里好一阵喜，他今天终于见到了公主吴红玉，并向她
求婚，真是名不虚传，一个冷面美人啊！要是弄到手，那该多好啊！吴王死了，

大王的位置也该是自己的，有叔叔惹巴冲相助，这事一定能成，他心里乐滋滋地想着，他狠狠地挥了一下拳头：公主，等着，我非要把你弄到手，哼，你逃不出我的手掌！

努巴可走了后，田茵茵对吴红玉说："小姐，真好笑，努巴可敢向你求婚！"

吴红玉气愤无比："他……那个丑样子，让人恶心！"

田茵茵也骂道："真不要脸，一看就让人心烦。"

吴红玉摇头："粗鲁又丑陋，样子实在令人讨厌。"

田茵茵哼着鼻子道："我都看不上，像堆臭牛屎，公主是鲜花，鲜花怎插在牛屎上？"

吴红玉瞪了田茵茵一眼："话也莫乱说，人家是宫中卫队长，不要去得罪他。"

田茵茵吐吐舌头。

如今吴王府贴出招亲告示，努巴可跃跃欲试，他不甘心，决心要去碰碰运气。告示上说，要四乡八村选送最年轻漂亮有本领的青年到王宫来应试，只要公主选上了满意相中了就可以当吴王的女婿，吴王没有儿子，日后大王的位置就是女婿的，谁有这么好的运气呢？

吴王选女婿的事情在紧锣密鼓地进行着，各个乡村都按命令挑选出二十岁左右的漂亮男子，天天不断地送到王宫来，可就是不见有让吴小姐满意的男子，人们纷纷议论道："吴公主要挑怎样的男子呢？"

这些天，努巴可自见了吴红玉以后，心里一直就是痒痒的，像有毛毛虫在拱，晚上实在难以入睡，一想到貌美如花的吴红玉，心里就压抑不住那种饥渴的欲望，只想早日把她搂在怀里。他在宫里东转西转，一次次想去碰碰运气，他走到后宫门口又停住了脚，那天在后花园的相遇的情景又闪现在他脑海里：公主的威慑力令他心里又不免生出一些胆怯来。几经踌躇，他决定还是要大着胆子前往后宫去再试一试。

这天，努巴可来到后宫公主的住处，这是一个独居的院落，只见应试的男子们一个个垂头丧气失败地离开了，这时府前清冷寂静无一点人声，莫非公主在休息？努巴可停住脚，正不知要不要伸脚进入院内时，突然一把剑指到了他的胸前。

"站住！"有人大喊一声，"什么人，偷鸡摸狗的样子。"

努巴可吓了一大跳，连忙缩回脚。

一个声音传过来："你是谁？"剑伸到他嘴边。

努巴可挺胸答道："宫中卫队长努巴可前来向公主求婚！"

吴红玉的使女田茵茵收剑从门后闪出："你，努队长……又来求婚？"

努巴可道："是！又来求婚。"

"还不死心，癞蛤蟆想吃天鹅肉？"

"天鹅肉我也要咬一口！"

"不要白费徒劳！"田茵茵手指府前大门说："你不死心，那就试一试，先过第一关吧！"

努巴可抬腿就要进门。田茵茵举剑一横拦着："慢！"

努巴可抬头问："怎么，不准进？"

田茵茵用剑指着大门："请看门上！"

努巴可抬头望门："门上有什么看的？这不就是一道门吗？"

田茵茵手指大门："公主在门上贴了下联，请你对出上联，这是考试的第一关！"

努巴可愣了一下，退了几脚，吃惊地道："这是第一关？"他站在门边抬头望，果真门的左边贴着下联，便念了起来："轻风拂面柔情脉脉万分爽意来！"他念了一遍又一遍。

田茵茵望着他："这是考试第一关，对对联，有了下联，请对上联吧！"

"这，招亲还要对对联，真是怪事，我从来还没听说过！"努巴可急得直抓头皮，他是个武夫，舞刀弄枪是他的喜好，读书是最头痛的事情，能把这对联念通就已是万幸了，哪里懂得什么对联呢？平平仄仄工整对仗，他真是扁担吹火一窍不通。他望着对联只得摇头叹气哀求道，"小姐，我是个粗人，习武练功只懂刀枪弄棒射弓，不通文墨，这对联就免了，让我进门吧！"说着就要跨进门。

"慢！"田茵茵挥剑拦着，身子堵在门口，"这不行，考试有规矩，一切按规矩办事，谁都不准破坏，你第一关都不过，怎能进门呢？"

努巴可吼起来："让我进去吧，老子不会对联，不懂这些规矩，公主一定喜欢我，快让我见他！"说着直往门内闯。田茵茵挥剑拦，努巴可发怒连忙拔剑抵挡，二人就斗了起来。

突然府内传来一斥责声："大胆，谁敢在门前撒野？"

田茵茵停了剑应道："小姐，卫队长努巴可硬要闯进来！"

吴红玉问："过第一关没有？"

田茵茵答："没过！他根本就不会答对联。"

努巴可求情道："公主，我不会对联，给个面子，请让我进来吧！"

吴红玉大怒："这是招亲，谁都得按规矩办，给面子，笑话，赶出去！"

话刚落音便有几个使女奔出来，挥着剑一齐指着努巴可逼着他一步步后退，齐喊着："走，快走！滚！"

努巴可怒火冲天，可是在王府里他也不能乱来，没有办法只好忍着一肚子气向门外退，边退边说："公主是我的，迟早都是我的，你们等着！"

使女们哈哈大笑："癞蛤蟆想吃天鹅肉！撒泡尿照照自己是什么货色。"

往府外退脚的努巴可又羞又恼慌不择路一头碰在门柱上，撞得他眼冒金星，疼痛难忍，打了几个跟跄，赶快逃走，身后的使女们看见他狼狈而逃的样子，爆发出一阵大笑声。

吴红玉走了过来指着远去的努巴可对她们笑着说："太可笑了，不知羞耻的丑八怪，真是个疯子！"

第 18 章

入虎穴戏班初显身手

彭珹士愁带着大队兵丁从马公坪出发，翻过西晃山来到富州。

先期到达的彦昭早已在富州扎好了营盘，得信后率人出城相迎。在兵营里喝茶休息后，士愁彦晞等人便陪着彭珹骑马在富州城内外四处巡看一番，又沿河走着，途中，彭珹对士愁彦昭道："果不然，这富州确实是个好地方，有山有水田乡好，屯兵不愁吃和穿呀！"

士愁指着城外的远近村落道："爹，这里就是又一个屯兵之地！"

彭珹点头道："好，这里很好，是我们立脚屯兵的好地方，你们放心去溪州，我会派人在这里经营好，准备七八千兵马，集聚粮草，只要你们溪州传出信息，我就会从辰州与富州两路派出大部队夹攻，一举拿下溪州。"

一路说着话，大家都很高兴。

夜晚，彭珹在兵营里与士愁彦昭等人商议着。

彭珹说："明天，你们就要向溪州进发了，这次去一路上困难多危险大，大事小事，全靠你们自己拿主张想办法，有事要多商议，三个臭皮匠，抵个诸葛亮，人多拾柴火焰高，士愁你要多听大家的意见，千万要小心！"

士愁应道："是，爹，我们会小心的！"

彭珹又望着他们道："你们这次去，一路上唱戏，这么大一个戏班子进入溪州，四面八方就会传开，吴著冲与他的手下，知道了，会派人跟踪你们，或是给你们制造各种麻烦，甚至派人来抓你们，关进大牢，这都是有可能的，你们要做好思想准备，切切不可掉以轻心，你们还要对部下讲明白，不管是谁，碰到了什么难事，就是要掉脑袋，千万都不能讲出真像暴露自己的真实身份，如是让他们知道了我们的真实意图，他们有了更加严密的防范，就会让我们攻打溪州变得更加艰难！"

士愁彦昭点头，深感此次入溪州责任重大，危险性也很高，弄不好，大家都得掉脑袋。

彭珹望着他们又说："这次，你们这个戏班子责任重大，要吃苦，要费难，甚至有生命危险，你们一定要与吴著冲斗智斗勇，保存自己，达到我们的目的……"

二人神色沉重。

彭珹道："花些银两不怕，只要让百姓得利益与好处，让百姓喜欢戏班子，把你们当自己的人，要千方百计想办法笼络百姓得民心，得民心者得天下，这是第一位的，有了溪州百姓支持，你们就能完成任务。"

彭珹派他们进溪州，这些年轻人前去，他心里也没底，这件事太难了，只是他也没有第二种选择了，只能这样做，这是一次冒险，拿自己的儿子侄儿家人的生命打赌，不知是对还是错。

一切准备就绪，这天士愁彦昭带着戏班子从富州出发前往溪州。彭珹来到城外河边给他们送行。送了一程又一程，路上又一次对士愁彦昭千叮咛万嘱咐，望着他们坐船过河上岸挑着戏箱子走远，不见踪影，彭珹抹着老泪，才骑马回到兵营。

不数日，彭珹到了辰州府，立即派人前往谭州给楚王送去书信一封，详说了派戏班子进入溪州的事，眼下自己正在辰州府与奖州富州整训军队，积极准备配合戏班子里应外合一举拿下溪州。

楚王接到彭珹书信后，知道事情进展很顺利，心中大喜，知道彭珹正在辰州府招兵买马扩军做战斗准备，高兴得连声说好："我就知道彭大人能干，看来派他去当这个辰州知府真是选对人了。"便立即下令派人给彭珹解去五千两银子作为军费开支。

士愁率领戏班子离开富州，依照上次进入溪州的路线，很快就进到了土地村。

头回生二回熟，他们与村里的富户主人一见面就很谈得拢了，村民都围过来，有的在货郎担上挑选东西，士愁对富户主人说："我这次带了戏班子来，要免费给乡民演戏看！"

富户主人很高兴地说："不要钱，那就非常欢迎了！"

士愁说："我们知道，乡亲们都很穷，只是在你这里吃住就行了，我们给你钱！"

富户乐呵呵地说："行，吃住没问题，我家里地方宽，就住在我家里！"

士愁吩咐手下人一边卖货，一边与村民在村前土坪里搭戏台。大家分头忙活起来。

彦昭走过来轻声对士愁说："哥，你发现没有，一路上我们身后就有尾巴盯着！"

士愁望着彦昭，脸上笑了一下："我早知道了，肯定是吴王府派来的人，你告诉大家，千万要小心些，不能单个随便行动！"

彦昭点头。

士愁又对彦昭道："老弟呀，派两个人秘密注意尾巴。今晚是我们进入溪州第一场戏，一定要演好，把名声打出去，千万不能搞砸了，莫让他们捣乱。"

彦昭点头应道："是！"

士愁想了一下又说："今晚我演主角，你不上场，带几个人在场内场外注意安全，千万要防备吴著冲的探子们搞破坏，安全第一，要是有人破坏，捣蛋人少，你就把他抓起来，带到戏台上来，交我处置，他们要是来的人多，你就赶快到戏台上来告诉我！最好不要闹起大的冲突！"

彦昭点头走了。

士愁还不放心，找到富户主人道："老人家，我们戏班子初来新到，第一次演戏，又在夜间，看的人男女老少肯定不少，我想戏要看好，也不能出事，安全还是要注意，这是一件大事，不能把好事弄成坏事，你说呢？"

富户主人立即赞同："对，对，我是村里族长，我说话算数，戏要看好，又不能出事，你说怎么办？"

士愁摸着头想了一下道："这样吧，你们村里选十来个年轻力壮的人出来，我手下派几个人，由我的人组织，负责维持场子秩序与大家的安全，不要闹事，你看如何？"

富户主人连声道："好，这就好，你这个主意很好，大家可以安心看戏了，听你的！"

晚上，村前的土坪里，高高的戏台两边挂着灯笼与松枝火把，照得台上台下亮堂堂一片，村里人全坐在土坪里往台上看戏。第一次看戏，他们还不知道什么是戏。

戏还未演，台上一阵阵热烈紧张的锣鼓声，打得天摇地动，好像天上的月亮和星星都被惊动了，一个个瞪大眼，十分稀奇地望着地下惊疑地问："今夜，人间出了什么大事？"

台下戏场坪里男女老少看戏人更是兴奋不已，这锣鼓声打得他们心咚咚地跳，全身每一根神经都紧绷起来。富户主人坐在板凳上，两眼望台上，对身边的家人道："嗯，这个戏班子不错，真不错，这锣鼓打得太精彩了！"他站起来大声对村民说，"大家好好看戏，都在自己的板凳上坐好，不要四处乱跑！"

热烈的锣鼓声后，演戏开始了。

乡民们瞪大眼集中全身精力眼望戏台，第一次看戏，谁不感到新奇呢？如今终于弄明白了，台上演戏人，穿着戏服，脸上还画着妆，在热烈的锣鼓声里，琴声里，一个人或是几个人在台上又说又唱又表演，又打又闹，还拿着刀枪打打杀杀，这就叫演戏。今天演的是《定军山》，几个小喽啰一出场，就在台上打了几个空心跟斗，好功夫，真棒！村民们看得眼都直了，不少人连声喝彩，士愁演主角，他一出场挥着枪，上场亮相，然后在激烈的锣鼓点子中一连串的车轮大翻身，挥得一杆枪如蛟龙出水，雪花片片，连人影都不见了，台下更是一片叫好声。村民们几十年来第一次大开眼界，看到如此精彩的戏，不少人边看边说："这戏太好看演得太漂亮了！"

戏班子一进入溪州，吴王就得了禀报，立即就派了密探跟踪，一有消息要随时报告。几个密探奉令一路远远跟着，悄悄地监视着，他们眼下还不知道这个戏班子从何而来，他们的目的是什么，不敢贸然行事，必须把情况弄明白，再禀报吴王处理。眼下他们所能做的就是跟着戏班子看个究竟。两三个密探穿着百姓衣服，入夜了，他们也混进了看戏的乡民之中在坪场里看戏，他们想知道这个戏班子从哪里来，究竟到溪州来要干什么？是不是楚王派来的密探？

台上的戏演得很精彩，台下的村民感到新鲜，开了眼界，看得十分舒服。吴王手下的几个密探也看得直瞪了眼，入迷得流了口水都不知道。好一阵，他们才猛醒过来，记起自己还有刺探情况的任务，于是互相拉拉手，悄悄退出戏场，走到场外一看，天，他们吃了一惊：戏场外黑乎乎的地方，四处都站着一些守戏场的人，他们一个个手中不是拿着木棒就是亮晃晃的刀枪，防守得很严呢！他们刚想往外走，有几个人就拿着武器走过来拦住他们道："站住，好好看戏，不要乱走，回去，这戏太好看了！"吓得他们直吐舌头，不敢作声赶快往回走，缩起身子又走进戏场里，相互悄悄道："真没想到，这个戏班子早有准备，莫乱来！"

月挂树梢头，银白色的光辉毫不吝啬地洒在山村里，将四处照得亮堂堂一片。

台上士愁正唱到起劲处，他字正腔圆，嗓音清脆，在琴声的伴奏下，腔调唱得有板有眼，十分动听，热烈处激荡得人心热血沸腾。只听士愁扮演的黄忠老将唱道：

军师言说语太差

不由黄忠把气发

一十三岁习弓马

威名镇守在长沙

自从归顺黄叔爷大驾

匹马单刀取得了巫峡

……

台下响起一片叫好声。

吴王的几个密探四处望望，黑压压的村民挤满了场坪，大家都看得很兴奋，他们知道，场外还有戏班子的人四处守着，他们三个人如果一闹事，肯定会被抓起来，人太少了，斗不过大家，好汉不起眼前亏，还是乖乖看戏，弄个明白，再回去禀报吴王，今天是没有办法了就先饶过戏班子一回！

士愁演完从台上退到后台，全身衣服都湿透了，马上揩汗水，他心里很兴奋，今天演得很成功，他唱打念做，各种功夫都做得很到位，充分发挥了自己的最大能力，今天是进入溪州的第一场戏，他必须使出全身解数，尽力把戏演好，现在成功了，他很高兴，准备换装，突然彦昭走了过来，士愁一惊，心里立即紧张起来忙问："怎样？"

彦昭笑着："没事，只有三个探子，见我们人多，不敢乱动，现正老实坐在台下看戏呢！"

士愁哈哈笑起来："这就好，这就好！继续注意他们。戏还没演完，千万不能出事！"

天上的月亮与星星也不放过这个好机会，它们在天上呆呆地看戏入迷，久久地不舍得离去。

值夜班的月亮到点了，慢慢要下岗了，星星的小眼睛也一眨一眨地累了疲倦了。在热烈的锣鼓声中，彦晞他们进入溪州的第一场戏顺利地结束了。村民们围在戏台前，久久舍不得离去，依然守在台前台后，要看那些各种各样的服装道具刀枪，稀奇把戏，要看那些打打杀杀又唱又讲的演员，人们热烈地议论着，说着。

彦昭他们一个个心里都很高兴，收捡着东西，脸上洋溢着初战胜利的喜悦。

他们不知道，灾祸正在前面等着呢！

第 19 章

努巴可鸡蛋里面挑骨头

密探们匆匆奔回吴王府，向吴著冲禀报："大王，我们奉令前去监视戏班，不知此戏班从何处来，他们昨夜歇宿在土地村，在村里演了戏，看戏的村民很多，人山人海，四乡八村的乡民得信，打着火把都赶来了，戏是唱得好，老百姓们都很喜欢，看到半夜才散场，戏场上没有出什么问题。"

正躺着抽烟的吴著冲停了抽烟问："就这么多？"

又一个密探连忙说道："还有，他们只有二十五个人，我数了好多次，人确实不多！"

吴著冲嗯了一下坐起来瞪着眼："完了？"

另一个密探马上说："大王，还有，我问了土地村族长，这个戏班唱戏不收钱，不要百姓一文钱，听说他们还带了货郎担，向村民们卖货！"

吴著冲突然问："不收钱，真不收钱？有这么蠢的人？"

几个密探齐答："真不收钱。"

吴著冲摇头："怪了，世上有做亏本买卖的人？赔本不收钱，他们来溪州做什么？嗯，一定不安好心！你们想，世上有这么蠢的傻瓜！"

一个密探："这个我们也想不通，觉得真还有些奇怪！大王讲得对，一定不安好心。"

另一个密探："大王讲得对，这个戏班是有些怪，莫不是楚王派来的探子？我们把他们抓起来？"

吴著冲连连摇手："不，慢，不要抓，不要急，他们来了就跑不了。是坛子里的鱼，随时可以捉。是不是楚王的探子，我已派人去谭州打探了，这事用不着你们操心。人家是戏班，来演戏给百姓看，又不收钱，百姓都是欢迎的，何况他们人手又不多，在我们的地盘上也闹不起来，你们好好盯着他们就是了！"

密探们齐道："是！"

"把他们看紧了，一有风吹草动，随时抓起来砍脑壳！"吴著冲再次叮嘱他们。

密探们走了，吴著冲左思右想，觉得这个戏班来路不明，很是有些可疑，他还是不放心，他想起，这些年来楚王一次次派密探进入溪州，还两次派兵来攻打，时刻都想把溪州占了，千万不可能大意，这些戏放子来路不明，不怕一万，只怕万一，万一要是楚王的探子，那事情就糟糕了。于是他令人去叫宫中的卫队长努巴可。

努巴可这些日子心里很不舒服，他去后宫向吴红玉求亲碰了一鼻子灰，还被狼狈地赶了出来，真丢脸，他气愤不已，但又没有办法，正在生闷气呢，突然听见大王传他，莫不是答应他的求婚了，心中一喜，立即像一阵风似地往吴王那里跑去。不一会儿，努巴可来到吴著冲面前，施礼道："大王找我？"

吴著冲望着努巴可："这几天你可听说什么吗？"

努巴可一听不是讲求婚事，心里大失所望，连连叹气便抓抓脑壳，一脸茫然："大王，我日日在宫中，大门都没出，好像没听说什么！只听说公主选亲的事。"

吴著冲就连连皱眉头，他知道努巴可去公主那里求亲，被赶出了门，心里便瞧不起，暗暗道：这副丑八怪，也想我的女儿，便很不高兴地道："什么求亲不求亲，你只记得这事，真是不长耳朵，宫里四处都传开了，溪州来了戏班，你不知道？"

努巴可恍然大悟："啊啊啊，大王，这个事呀，我听说了！"

吴著冲就瞪大眼道："听说他们唱戏不收钱，这就真有些奇怪，让人怀疑，这些天四乡八村的老百姓都争先恐后地跟着戏班看戏，本王觉得这其中一定有问题，你说呢？"

努巴可点头："大王说得对，这个戏班一定不是好人，听说唱戏不收钱，他们是在收买民心，肯定是辰州府派来的密探，我去把他们统统抓起来。"

吴著冲连连挥手："慢，慢，不急，他们也只有二十五个人，眼前还没有做什么坏事，也不必大惊小怪！"

努巴可望着吴王，很不解，疑惑地说："大王，那怎么办……"

吴著冲慢悠悠地说："你带点人去悄悄把他们监视起来，不要抓他们，看他们在搞什么鬼？过些日子，狐狸尾巴就会露出来的，那个时候再抓也不迟！"

"是！"努巴可高兴地走了。

　　后宫的吴红玉心里真烦，自从招亲告示张贴出去后，消息传开。窈窕淑女，君子好逑。各村各地的应聘青年很多，谁都想一步登天，当上驸马爷，享不尽的荣华富贵，特别是吴王没有公子，只有这么一个宝贵女儿，弄不好，女婿今后还可能继承王位，只是上门求亲者广，却没一个能让吴红玉称心如意。不是第一关对联对不上，被挡在大门外，就是勉强过了第一关，第二关武力又比不过，早早就被手下使女们打了出去，根本没有一个人能到达她的面前，她气得恨恨地咬牙切齿骂："饭桶，饭桶，世上男的怎么这样不中用啊！都是些酒囊饭袋绣花枕头，中看不中用啊！溪州就没有一个好男人吗？"她好气啊，怎么就没有一个让他心满意足的男人啊！

　　身边的使女们只好劝她："皇天不负有心人，小姐，总会有如意郎君的！慢慢来，不着急。"

　　贴身丫环吴红玉悄悄对身边的田茵茵道："我夜夜做梦，都梦见一个穿着全身盔甲，手持宝剑的英武男子来到身边，他一下就紧紧抱着我，说我是他妻子，为何总是不见呢？"

　　田茵茵道："小姐，老天有心托梦给你，等吧，耐心等吧，梦中情人总会来的！"

　　吴红玉叹气："只有慢慢等罗！梦中郎君你在哪里呢？"她日思夜想着梦里的如意郎君，愁得茶饭不饮，食之无味。

　　这天早饭后，突然田茵茵急匆匆地奔进后宫，来到吴红玉身边，悄声禀报道："小姐，刚才我在外面听到一个消息！"

　　吴红玉正在梳妆，一下就停了急问："什么消息，快说！"

　　田茵茵见四下无人，便压低声音道："外面人说，溪州来了一个戏班子，戏演得很好，四乡八村的百姓夜夜都围着看戏，可热闹了呢！想不想去看一看？"

　　吴红玉立即来了精神："去，去看，天天在宫里，闷得就像小鸟关在笼子里一样，人都烦死了，走，我们就走，到处面透透气吧！"

　　田茵茵："就这个样子走呀？"

　　吴红玉一愣："不这样子走，怎样走？"

　　田茵茵挥挥手笑起来："这样子不行！"

　　吴红玉问："那要怎样？"

　　田茵茵笑道："你是公主，别人会让你出宫吗？吴王知道了，肯定不会让你出宫去的。"

吴红玉点头："说的也是，那怎么才能走？"

田茵茵说："装扮一下，女扮男装，偷偷地溜出去！"

吴红玉点头："好，人不知鬼不觉，这样别人就不会知道了！你真鬼机灵。"

田茵茵笑起来："我还不是为了小姐着想么！"

士愁他们离开土地村，又往前行，翻山越岭，穿过急流峡谷，沿着高高陡陡的山路，爬呀爬，大家挑着戏箱担子，累得汗流浃背，气喘吁吁，中途休息了几次，才爬上高高的山背。走上山背，才豁然开朗，原来山顶上有一块大大的坪，上面有田地有村庄，鸡啼狗吠，还十分热闹呢，是一个不错的去处。大家心里一喜，长长舒了一口气。众人哈哈大笑，士愁指着前边的村子道："今天就在这里落脚了！"

大家便挑着担子往村里走去。

这个村叫尖坡村，士愁他们一进村，在村头将担子放下，货郎鼓一摇，村里人立刻就围了上来，有人在货担前挑选货物，有的就问："今夜在我们村里唱戏吗？"

士愁响亮地回答："唱，你们相互通知一下，今夜大家都来看戏！"

吴红玉与田茵茵扮着村民挤在人群中，吴红玉一见士愁，眼睛突然一亮，心里扑通一下打了个激灵，不知为何竟然呼呼跳起来，心里发慌脸红了，阵阵发烧，两眼目不转睛地盯着他。田茵茵见她看得有些发愣，悄悄拉她衣袖："你怎么啦？"

吴红玉清醒过来掩饰着："没，没什么，我们也上前买点东西！"田茵茵悄悄掩嘴笑了。二人便挤到货郎担前，挑选几样东西买了。

吴红玉站在人群里，又痴痴地望着彭士愁，眼睛久久不愿离开他，我的天，好潇洒英俊的男人，仪表堂堂，英气逼人，身上散发出一种对女性致命的魔力，就像伸出一只无形手，紧紧地攫住了她的心，吴红玉的心里，十五个水桶打水，七上八下很不安，乱跳起来，她的心从来没有这样慌乱过，我这是怎么啦？一见这个陌生男人，心里就全乱了。她在努力地回忆：这个人与梦中的那个男子相像吗？她左看右看，没有看出什么名堂来，真怪，她不停地问自己：我这是怎么啦？

田茵茵奇怪，公主为何久久地望着这货郎，又拉了他一把，轻声提醒道："小姐，你看，努巴可也带着一些人过来了！"不远处宫廷卫队长努巴可带着一伙提刀拿枪的卫兵急急往这边走过来了。

吴红玉一惊："快，快走，不要让他们看见我们！"说着，二人身子一闪，悄悄走了，溜进村巷里，远远地注视着。

努巴可一行人，耀武扬威走了过来，大声喝喊着："走开，走开！"

村民们见是王宫里的兵丁便都闪到了一边。不少村民都认得努巴可，知道他是吴王身边的人，每年到村里放火烧屋都是他带着人干的，下乡来抢东西抓人，都少不了他，大家对努巴可恨之入骨。都站在一边，怒目而视，望着努巴可一伙究竟要做什么。

士愁一望便知道，这些人来者来善，善者不来，作威作福的样子，肯定是吴著冲的手下，便迎上前去。

努巴可一见他走上前来，便将手中刀一挥指到了士愁胸前凶凶地吼着："哪里来，做什么的？是楚王的探子吧？"

努巴可手下一齐举起刀枪吼着："说！老实说！不老实说，杀了你！"

士愁心里明白，这些人现在还不知道自己的底细，这种话肯定是狐假虎威的诈骗，人在矮檐下，不得不低头，这里是吴著冲的溪州，到处都是吴的人马，自己这二十几个人是无法与吴著冲的人马相抗衡的，目前时机还未成熟，一切忍为上，便笑脸相迎道："兵爷，我们是戏班子，来演戏的！你可以调查，我们不是什么探子，就是老百姓。"

努巴可凶凶的样子望着彦晞："演戏，哼！什么演戏，打着演戏牌子，一定是楚王的探子，给我搜！"他的手下如狼似虎一拥上前将戏班子的大大小小箱子打开，全部倒翻在地，衣物鞋子乱七八糟撒得到处都是，又翻又用脚踢。

士愁手下一个个气得怒火高万丈，咬牙切齿，握着拳头，他们哪里受过这种窝囊气，真想与努巴可一伙拼了，可是士愁彦昭一再用眼示意大家忍着，不要乱动，彦昭招呼大家在原地站好。士愁还不停地向努巴可等人点头哈腰地讨好。

这时努巴可几个手下大喊着："队长，他们有刀枪！"

努巴可一下跳起来，刀指着士愁鼻子道："大胆，敢带刀枪！"

手下拿着刀枪过来了："队长，你看！"

努巴可看鼓大眼睛看那些刀枪问士愁："哼，胆子大，带着刀枪来造反杀人？给我把他们一个个绑起来！"努巴可手下上前就捉人。几个人一拥而上就把士愁用绳子五花大绑起来。

彦昭等人马上就要动手还击，形势一下十分紧张起来。努巴可的人也用刀枪指着戏班子。

被绑着的士愁，这时很镇定，不停用眼示意彦昭等人不得动手，他强压住心中的怒火，装着没事一样，往努巴可面前走了几步，努巴可吓得立即后，将刀指在士愁胸前："你要怎样？"

士愁道："努队长，我不要怎样，你都把我捆起来了，我还能怎样？"

努巴可将马架在士愁的脖子上道："老子一刀就可以了结了你！"

"别别别，努队长，我们就是戏班子，出外唱戏混口饭吃的流浪艺人，"士愁装扮很可怜，"你看看，我们这些人，像是探子吗？借天大的胆子，也不敢啊？请你好好看看这些刀枪。"

努巴可瞪着眼："我看了，你们带着刀枪来溪州就是犯法！"

士愁上前用脚将一把刀踢到努巴可面前道："队长大人，请你仔细看一看，这是什么刀？"

努巴可凶狠狠地说："刀就是刀，杀人的刀，有什么好看的？你还要狡辩？你们就是想来溪州杀人。"

士愁耐心地说："队长大人，请你还是好好看一看这刀！"彦昭捡起地上刀，递到努巴可手上，努巴可拿在手上一看，觉得奇怪："这刀怎么这样轻？"他舞了一下，咦，这好像不是刀？努巴可不解问："你这刀还真有些怪，这么轻？"

士愁哈哈笑起来："队长大人，你看清楚，我们戏班子这刀是用木头做的，演戏用的道具，是假刀，不是真刀真枪！"

努巴可这一下尴尬了，脸窘得通红："你们这刀枪都是假的？"

士愁哈哈大笑："队长要是不放心，请亲自一一检查！"他对手下道："快将刀枪都拿过来，让队长大人好好仔细看一看！"

彦昭一挥手，手下人把演戏的刀枪都摆在了努巴可面前。

士愁指着地下的刀枪说："队长大人，请你好好过目检查！"

努巴可手下认真检验刀枪，一边围着的村民都哈哈大笑起来。

努巴可又羞又恼，望望村民，又望望戏班子，对士愁道："谁同意你们来溪州演戏的？"

士愁笑着回答："队长大人，我们戏班子是走千里路，吃百家饭，演百家戏，居无定所，行无定踪，一年到头，都是在外面混饭吃，走到哪里，戏演到哪里，哪里就是我们的家，不要谁许可批准，你一定要问是谁同意的？告诉你……"说着他抬起自己的脚，"是它同意的。因为我们由着脚走，无意间就来到了溪州这块宝地！"

村里的族长这时走上前，对努巴可道："队长，戏班子来了，我们大家都欢迎他们演戏，就让他们演吧！"

村民齐喊着："让他们演吧！"

族长说："队长，戏班子演戏是做好事，不要为难他们了！"

村民齐道："不准为难他们！"

士愁对努巴可道："队长，我们就是演演戏，今天夜里请你来看我们演戏！"

"狗屁，你们就是探子，演戏就是个幌子，都抓起来！"努巴可一声大喊，手下如狼似虎，一拥而上，就把彭士愁戏班子的人全都抓住了，束手就擒，还被紧紧地围着。

彦昭等人吓得心惊胆战，形势再次紧张万分，彦昭火冒万丈，眼睛瞪得滚圆，他怎么能忍得下这口恶气，真想挥起拳头与努巴可拼命，其他人也一个个怒不可遏，实在忍不住，都要出手了。

这时，士愁急得头上直冒汗，全身衣服都湿了，眼看双方就要拼杀了，如果一旦打起来，就是杀了努巴可一伙，自己这伙人也是逃不出溪州的，爹的里应外合攻占溪州的计划就要完全落空了。忍，忍，忍，他努力让自己心平静下来，他想，努巴可一伙根本没有发现他们是楚王派来的探子，只是想要对自己来个下马威，还是尽力忍住，将大事化小，小事化了为好。便嬉皮笑脸地对努巴可道："队长，你看，我们就是演戏的，现在你把我捆了，我的戏班子也抓了，搜也搜了，什么马枪都没有，我们对天发誓，就是些唱戏的人，不是什么探子，不要冤枉好人，今天我们还要给乡亲们唱戏呢，大家还等着看戏！"

这一下，村里乡民们可不依了，一齐喊起来："我们要看戏，他们是好人！"

族长走上前道："努队长，他们是好人，就是唱个戏，我担保，他们不是探子，没有天大的胆子，你就行行好，放了他们吧！"

"你担保？"

族长答："我担保，他们是好人，绝对不是探子，要是探子，还等着你们抓，没有这么蠢的人，早就跑了！"

乡民齐道："不是探子，放了他们吧！"

努巴可望望村民，望望族长，望望士愁及戏班子的人，鼻子重重地哼了一声道："好好好！给族老个面子，"他手指戏班子，"你们老老实实演戏，不得干坏事！"

士愁点头："是！要是做坏事，你就抓我们。"

努巴可狠狠地盯着士愁："我警告你，千万不要做坏事，我随时可以抓你，砍你的头，小心些！"

士愁道："谢谢队长大人，我们一定小心！"

努巴可一挥手，带着手下扬长而去。

士愁他们如释重负，长长地舒了一口气。他跪在地下对族长说："谢谢你和众乡亲！"族长赶快上前，给士愁松绑，众人都吓出了一身汗。

士愁望着远去的努巴可，对彦昭轻声道："有这个人，今后的麻烦就多了，要小心些。"

大家都不语，谁都知道，如今走进了龙潭虎穴，时时都有生命危险！

第 20 章

看不透的戏班子是个谜

这几天，吴王身边的妻妾们一直在吴著冲身边吵闹着说："吴王，听说溪州来了个戏班子，戏演得可好看了，我们都没看过戏，大王，你就把戏班子请到宫里来，让我们也开开眼界，看看戏吧！"

妻妾们一个个撒着娇，央求着。吴著冲也没看过戏班子们演的戏，不知是真是假，只是戏班子来溪州演戏的消息迅速传开了，他暗中派了几拨人前去打探消息，怕戏班子是楚王派来的探子，那就大事不好了。他知道楚王马殷多年来，一直对溪州图谋不轨有野心，一次次派探子来，都被他识破了。楚王也派兵来攻打溪州想夺取他这块地盘，只是他防范得严，楚王才无法下手。如今楚王又派了彭瑊来任辰州刺史，据手下探得来的消息说，彭瑊在辰州府大肆招兵买马，扩大军队，辰州府要那么多兵丁做什么用？这个用意，明眼人一看就知道：这是用来对付溪州的，有朝一日，辰州府的兵丁就会从酉水沿江而上再次前来攻打溪州。所以这些日子，吴著冲有些睡不安稳了，他派了几拨人去谭州辰州打探消息，又在酉水沿岸加强了防守。这个楚王不得不防，尤其是辰州兵更要特别注意，一不小心，他们打了进来，招架不住，自己就会完蛋，所以他非常谨慎起来。如今这个戏班子来路不明，派出去打探监视的人也没有带回确切的消息，不知这个戏班子包藏什么祸心，他不能掉以轻心，这个戏班子就像一个猜不出的谜，在情况不明的情况下，更不能把戏班子招到宫中来，这不是惹火上身，引狼入室，自找麻烦？不得不防啊！思来想去他也拿不定主意，便令左右道："快去传向伯林来！"

手下人立即应声而去。

向伯林何许人也？

向伯林是溪州向氏家族的大名人。向伯林出身读书世家，青年时曾考取举人，中过进士，在外多年为官。唐末战乱，时局动荡不安，向伯林觉得在外无法为官，一不小心命都难保，于是赶快辞官，带了家人，回到深山老林溪州来躲避战争烽火，以求一安。溪州当属蛮荒之地，能有几个读书人？又有几个读书人能中进士在朝为官？只有向伯林，所以向伯林弃官回乡后，吴著冲便将他视为宝贝，想将他拉到身边来，给自己出谋划策，充当左膀右臂。

可是向伯林这个人早已厌倦官场，他知道官场上的事勾心斗角，互相倾轧，拉帮结派，常常斗得你死我活，他不想再趟这浑水了，只想平平安安在山乡度过余生。他也知道如今身在溪州，这是自己的家乡，吴著冲在溪州为王，他对吴著冲在溪州的所作所为也是很看不惯的，吴著冲就是一个无文化无学识的土霸王，凶残而霸蛮，根本不把百姓当人，完全谈不上好好治理溪州，无一点安邦治国的才识。吴著冲一次次派人来请他，他本是不想搭理吴著冲的，后来一想又觉得这样反而不妥，身在溪州，如果不服吴著冲，吴一旦火了，身家性命及家人都难保命呀，身不由己呢！思来想去，他觉得对于吴著冲还是应该虚于应付周旋为好，后来经不住吴著冲的多次恳求，还是答应了吴著冲，愿意为吴著冲做些事情，吴著冲就很高兴，他对向伯林是很敬重的。

向伯林答应先办所学校，开馆教徒，吴著冲便大力支持。向伯林没去宫里任职，不过吴著冲也不时向他请教一些治理溪州的办法，向伯林还是很耐心地讲了，要他向百姓多施些仁政，不过吴著冲都当成了耳边风，他也不想按向伯林讲的那一套做。

向伯林来到吴王宫施礼毕，坐下："吴王，你有事？"

吴著冲令下人送上茶来，二人喝着茶，吴著冲道："向老官人，今有一事，想听听你意下如何？"

向伯林问："大王有什么事，只管说。"

吴著冲放下茶杯道："今溪州来了戏班子，你听说没有？"

向伯林喝着茶道："听说了，这是好事呀！我当年在外为官，看过不少戏！"

吴著冲望着向伯林道："不知这戏班子的根底如何，就像一个谜让人猜不透，只怕是楚王那边派来的探子……"

向伯林急了道："大王没派人打探？"

"探了，"吴著冲应道，又摇头，"探不出个名堂来！"

"那……怎么办？"向伯林一时也没了办法，"这还真是个问题。"

二人喝茶。过了一阵，吴著冲道："向老官人，你看这样行不行，你去探一下，如果这戏班子果真只演戏，又演得好，就叫他们来宫中演场戏如何？要是看出问题，真是探子，我就派人把他们杀了。"

向伯林放下茶杯："这个行，我看过很多戏，戏演得好不好，是不是戏班子，我一看就得知。"

吴著冲一下高兴起来："好，这事就交由你办了！"

向伯林想了一下，决定带几个人去看戏。他回溪州好些年了，真还没有看过戏，是得去好好看一场戏了。

吴红玉与田茵茵女扮男装，悄悄出了宫，在外面跟着士愁他们的戏班子，走了好几个村寨，看了好几场戏，越看越舍不得离开，吴红玉对士愁有些入迷了，对戏班子里的人也弄得明明白白了。寨里百姓很喜欢看戏，这寨演了，那寨接，士愁他们忙得不亦乐乎，百姓与他们的关系越来越好，请他们吃，供他们喝，把他们当亲人，大家都混得很熟了。什么话都愿意跟他们说。

日子一天天过去，士愁他们也将吴著冲的事了解得差不多了。

戏班子里还有两个药师，白天不演戏的时候，药师就给村寨里生病的人看病，又不收钱，村寨里那些有病的人便都来看病了，大家都说这些药师是救苦救难的活菩萨。

这天，吴红玉与田茵茵来到戏班子住的地方。士愁彦昭正指挥大家在屋内整理修补服装道具，吴红玉她们一下走了进去，一眼就认出了在戏台上扮演赵云的士愁，吴红玉紧盯着他看，心中想：果不其然，一个年轻漂亮的好男人，怎么就像我梦中见过的那情郎，莫非就是他？吴红玉感到十分奇怪，左看右看，越看越像，她对这个外乡人心里有了很深的留恋。

士愁走上前问："老乡，你们有事？"

吴红玉道："没事，你们的戏服好看，我们就是想前来看一看！我叫向一林，他叫田巴木。"

士愁笑着说："向一林，田巴木，好，欢迎看戏服！我叫士愁。"他指着服装道具箱，"这些服装确实好看，你们想看，就好好看吧！"

在士愁的指引下，吴红玉与田茵茵一一看着那些戏服，士愁不停地向他们做着介绍。

看完了服装，临走时，吴红玉对士愁道："这些天，你们演戏实在辛苦！"

士愁哈哈笑："这种日子我们习惯了，天天演戏说不上辛苦，只要我们的戏让大家看得高兴，我们就很快乐！"

吴红玉道："谢谢你们！"

士愁笑道："向一林，田巴木，欢迎你们以后多来看戏！"

田茵茵与吴红玉走了出来，来到村外无人的地方，二人哈哈笑起来。田茵茵道："向一林！"

吴红玉说："田巴木！"

田茵茵笑得捧着肚子："小姐亏你真想得出用向一林、田巴木去糊弄士愁！"

吴红玉笑："我们已女扮男装，能讲自己是小姐？随便叫个名字糊弄他们一下就是了。"

田茵茵对吴红玉道："小姐，戏我们也看了好几场，戏服也看了，人也见了，是不是该要回宫了？"

吴红玉不作声。

田茵茵提醒她道："我们悄悄出来几天了，别人不知道，小姐你别忘了，宫里还在给你招亲呢！"

"招亲？"吴红玉好像恍然大悟似的，眨了几下眼睛，"你说，招亲能招到我满意的人吗？"

田茵茵一下被问住了："这个我可不知道，小姐，你要天天看戏，不回宫了？招亲怎么办？"

吴红玉突地问："你说，这戏好看吗？"

田茵茵答："好看，好看，都说好看！你还想看？"

吴红玉不知为何脸有些红了，低低地说："我，还想看！"说着头就低了下去。

田茵茵望着脸红的小姐，突然一下明白了什么："小姐，你……"

吴红玉："你，你什么？"

田茵茵一下咕咕笑起来："我明白了，明白了。"

吴红玉把脸扭向一边，没好气地嗔道："死鬼，你明白了什么？"

"要我讲吗？"田茵茵故意卖个关子。

吴红玉伸手打她一下："就你聪明，你乱讲，看我不整治你！"说着脸更红了。

田茵茵伸手拦着吴红玉道："小姐，我说了，说了啊，有个向一林一定是看上台上演戏的那个士愁了吧？刚才还跟他卿卿我我的！"

田茵茵也是年轻女人，一下就看破了吴红玉心中的秘密，她感到有些害羞，如今她十八九岁，正是姑娘怀春的年纪，对于异性优秀的男子，格外有一种渴切的向往，士愁长得又高又好看，在台上演得一手好戏，看得出还有一身好武功，这种好男儿，她怎么不想亲近呢！她双手捂着脸，突地伸手打田茵茵："你这死鬼，乱嚼舌头，看我不打死你！"说着便追打田茵茵。田茵茵跑着躲着，一下捉住吴红玉的手："老实说，小姐，如果你喜欢，我现在就去给你说说媒！"

吴红玉马上摇手："不行，不行，千万不行！"

田茵茵不明白地问："这有什么不行？郎才女貌，你有情我有意，真是天地有意来玉合。"

吴红玉用手在她脑袋上点了一下："你蠢呀，你知道这个戏班是哪里来的，他们是些什么人？你知道他们的根底？"

田茵茵一下被问愣住了，结结巴巴："这……这，我真还不知道！"

吴红玉："死鬼，不要急，慢慢来，再看看，他们要是探子，那还得了，先把他们的情况摸清楚再说吧！"

田茵茵点头："好，好，小姐果然有眼力！放长线钓大鱼。"

吴红玉笑起来。

田茵茵又说道："小姐，刚才我看见向老官人也化了装带了几个人过来了！"

吴红玉一惊："他来做什么？"

田茵茵摇头："不知道！"

吴红玉想了一下："莫不是我们出宫的事泄露了，他是来找我们的？"

田茵茵回道："看那样子不太像！"

吴红玉："那来做什么？真有些怪，你要小心些，莫被他们发现。"

田茵茵问："我出去再打探一下？"

吴红玉摇摇手："不能去！"

田茵茵想了一下道："要不然，我们还是回宫去，免得闹出事情来！"

士愁他们一行，从王村到小龙村、高坪、经西米、铜瓦到朗溪河，来到了龙潭城。龙潭城依山傍水，坐西朝东，灵溪河水从北向南流去。城背后是连绵不断的大小山头，远远看去，就像一群快速奔跑的骏马，这里高山峡谷、层峦叠嶂。抬眼望城对岸悬崖绝壁，刀劈斧削，极为险峻，是鸟儿都不敢飞去的地方。这里是吴王当年起家的地方，后来当了大王，嫌这地方太小，便搬走了。如今这里还留下秦、向、彭、陈、田姓等一些人家，还有百十多户。他们在村里安顿下来，眼看快要过年了，当地百姓很欢迎士愁他们戏班子，大家都留他们在这里过年。

一路上努巴可他们悄悄跟踪着，也没发现戏班子做什么坏事，相反还看见戏班子请老百姓喝酒吃肉，他们也跟着村民去混了几餐，吃得满嘴流油，一肚酒香，觉得这还不错，有吃有喝还有戏看，日子过得还算满意，也就不想太为难戏班子，只是悄悄盯着。

向伯林与几个手下，秘密跟了戏班子几天，夜晚混在百姓中，偷偷看了几场戏，越看越过瘾，戏班子里生、旦、净、丑……各种角色都演得惟妙惟肖，唱腔、做功、文戏、武戏，都演得十分精彩，比他以前看过的戏不得差，那锣鼓点子，打得更是令人叫好，琴也拉得非常棒，这个戏班子还真不错呢！他暗暗佩服，特别是那个唱"长坂坡"的赵云，一杆枪去救幼主，那英武之气、高超武艺真是让人叫绝！他旁敲侧击细一打听，说这人叫士愁，是戏班的班主，真是个十足的青春年少好英才啊！台下不少姑娘目不转睛地盯着他，痴痴地看，回到家里一定睡不着，久久地回味着士愁在台上一招一式，那眼神，那动作，都会刻印在姑娘们心里，让那些怀春的姑娘们产生许多美好的遐想！

向伯林望着台上演戏的人，心里不停地捉摸着：这伙戏班子从哪里来？他们是些什么人，为何戏演得这么好？那位班主士愁年轻漂亮人又能干，戏演得好，真还是个难得人才，他跟了好几天，也捉摸不透啊，这事还真让他有些费难了，他心里有个想法，这个戏班子的人好像不是一般的唱戏人！可是又没现一丝丝纰漏，他们是不是楚王派来的探子呢？他越想越糊涂了，真是雾里看花，越看越花，走南闯北几十年，这双风雨洗涮过的眼睛，现在真不管用了。

第 21 章

吴王养的鱼谁敢来捕

吴王府里，吴著冲正坐在殿上听手下禀报。

从谭州回来的探子们说："大王，我们在谭州城四处打探了，楚王府没有派戏班子外出唱戏，我们还去戏院看了，戏院的王师傅，陈师傅都在戏院里演戏，楚王还请他们去王府里演，如今溪州这个戏班子绝对不是楚王府里派来的人，更不会是楚王派来的探子。请大王放心！"

吴著冲瞪着眼问："你们确实打探清楚了？"

探子们说："大王，用我们的脑袋担保，我们已打探清楚了，我们还去谭州城里看戏班子演出，陈师傅王师傅都是名角，天天出来演戏，他们绝对没来溪州！"

吴著冲点头："这就好！"

又一路探子禀报道："大王，我们去了辰州府，探到辰州刺史彭瑊也没派戏班子进溪州，辰州府只有一个很小的戏班子，只在街头上演一演，我们在辰州府城的时候，几次看见他们在城里演戏，我们可以保证，辰州彭刺史绝没有派戏班子来溪州。"

吴著冲望望两路探子："那就是说，这个戏班子也不是辰州府派来的探子？"

探子应着："大王，应该是这样。"

"这个戏班子是从哪里来的？"吴著冲瞪着眼问，"天上掉下来的？"。

探子们摇头："不知道。"

"来路不明。"吴著冲又问，"楚王与辰州府的军队有无异常？"

谭州回来的探子道："禀大王，谭州府军队无异常，楚王天天只知四处办学堂，兴修水利发展农事，根本没做打仗准备。"

吴著冲问："辰州府呢？"

辰州回来的探子答道："禀报大王，辰州前些日子招了些兵，最近这一向好像没有什么动静，彭瑊刺史指挥人在修城墙，修龙兴讲寺办学校，忙得不亦乐乎，好像也没做打仗的准备。"

吴著冲:"这就好,你们继续去打探!"

探子们齐声应答:"是!"

探子们都走了,吴著冲喝着茶想着:谭州不派,辰州不派,这个戏班子到底是从哪里来的呢?天上掉下来的?不可能。他摇着头,戏班子来路不明呢?将他们抓起来审问一下行吗?这也不大好,听说戏班子的戏演得好,百姓喜欢,他们与百姓的关系相处得很好,演戏不收钱,有时戏班子还请看戏的百姓喝酒吃肉,真是不安好心。算了,懒得管他们,不就是个戏班子,演演戏,就让他们演吧,反正二十五个人的戏班子,阴沟里几条泥鳅也翻不了大浪,本王已派了几拨人盯着他们,只要一有风吹草动,本王就知道,可以迅速要了他们的命!

吴王正想着,手下一伙探子又回来了。

吴著冲问:"情况怎样?"

探子道:"大王,眼下并没发现戏班子有异常,白天他们住在村里老乡家,都不出去,只在晚上演戏,与百姓关系处得很好。现在已到了龙潭城,住在龙潭城,演了一场戏,听说百姓留他们在龙潭城过年!"

"在龙潭城过年?"吴著冲一下重视起来。

"是!"探子答道,"听说百姓还要与戏班子的人一起去灵溪河里钓鱼过年!"

吴著冲一下火起来骂着:"灵溪河的鱼是老子喂的,他们也敢去钓,这不行,绝对不行!他们太胆大包天了!"

听了吴王的话,探子们心里都发笑:吴王好久去灵溪河喂过鱼,他们从没看见过,这灵溪河的鱼是吴王喂的,谁相信,只不过他是大王,他有权,他要这样说,别人也没办法,谁敢说不是呢?

"听说他们已做好了准备,这两天就要下河去钓鱼了!"一探子低声道。

吴著冲问:"你们看见卫队长努巴可没有?"

探子回答:"大王,看见了,他与手下接受戏班子邀请的吃喝,大块吃肉,大碗喝酒,一个个醉醺醺,晚上就在戏台下一边看戏,一边打呼噜睡觉!"

"这个努巴可!"吴著冲有些发气了,"怎么搞的,怪不得好些天都没来禀报了,原来天天吃肉喝酒,被戏班子迷住了。"

探子:"大王,这个戏班子很会迷惑老百姓,他们演戏,还有货郎担卖货,又有郎中药师给乡民治病,都不收钱,老百姓无人不说他们好。"

吴著冲就奇怪了:"怪,真怪,天底下竟有这些不爱钱的人?你们再好好探探，他们专做好事，来溪州究竟要干什么？"

探子答："是！"

吴著冲："你去叫把努巴可叫回来！"

探子走了。

不多久，向伯林回来了。

吴王问："向老官人，有收获吧？"

向伯林哈哈笑："吴王，我这次去看戏，收获真不小！"

吴王伸手示意坐下："说来听听！"

向伯林一边喝茶一边叙说起来："我跟着戏班走了五个村寨，看了四场戏，看得真过瘾，那戏演得实在有水平，这么跟你说吧，我以前在外为官，常时看戏，见的戏班子多了，这个戏班子演的戏确实水平还真不一般，很好看，大王，你如果有兴趣，是可以请他们来宫中演一下！"

吴王："你说他们演得好？"

向伯林放下茶盏道："好，确实演得好，保证大王看了头回还想看二回！"

"真有那么好看？"

"真好看，大王，我的话你还信不过？"向伯林道，"老夫不可能讲假话。"

吴王笑道："向老官人的话，信得过，本王再好好想想！"

向伯林劝道："大王，很好的机会，千万不要错过！"

吴王又问："你弄清他们是从哪里来的了？"

"这……"向伯林迟疑地道，"大王，我还没问明白，他们的来历，确实不清楚，这个难得弄清，是不是楚王的探子，不好说，只是戏唱得很好！"

下午，努巴可急急赶回了宫里，赶快来到吴王面前。

吴王冷着脸问："努队长，有什么消息？"

努巴可忙忙回道："禀大王，也没什么特别的消息，我们跟着戏班子一路，时时盯着他们，白天他们住在百姓家，不出村子，晚上就是演戏，我们也没有发现他们有何异常，不像是楚王派来的探子。"

吴王望着努巴可，很不高兴："你们被戏班子的酒肉封了嘴，灌醉了吧，在为他们说话？"

努巴可一下吓慌了，心里暗想，接受戏班子的邀请喝酒吃肉这事大王怎么就知道了呢？莫不是有人告密，大王是不会知道的呀！立即跪在地上道："大王，在下该死，只怪嘴馋，戏班子请百姓喝酒吃肉，我与手下也去了，那是想探明白他们的来历，只是没查清，请大王恕罪！"在地上不停地磕头。

"喝了就喝了，吃了就吃了，戏班子请，不吃白不吃！这没有好大个事，起来吧！"

努巴可连连磕头："谢大王！"

吴著冲问："听说他们现在已到了龙潭城是吧？"

"是！"

"还要在那里过年？"

"是！"

"还要在灵溪河里捕鱼是吧？"

努巴可慌忙道："这，这个，在下好像还未曾听说！"

吴著冲有些发火："你们都干什么去了，连这个都不知道？"

努巴可低着头不敢作声。

吴著冲火了："灵溪河是本王养的鱼，他们捕了钓了，本王还吃什么？本王还要不要过年？"

努巴可吓坏了，结结巴巴地说："大王，我，我马上去把他们赶走，把他们统统抓起来！"

龙潭城的乡亲们要留戏班子过年，乡亲们很高兴，大家邀约与戏班子的人一齐下到灵溪河里捕鱼钓鱼，准备用丰盛的鱼宴招待戏班子，全村人一起过个热热闹闹的年。这天早饭后全村男男女女老老少少都到灵溪河边来了。

灵溪河里确实鱼多又大，大的有三四斤、五六斤一条，有时也有七八斤重一条的鱼，这河里的鱼味道鲜美可口，用清水煮鱼格外鲜嫩好吃又爽口。

河边上下聚满了人，有的放钓，有的用网捕捞，有的干脆下到河里四处捕捉，河上一片繁忙热闹欢笑声。

从早上到中午，他们已捕得了不少鱼。

努巴可率领一些兵丁气势汹汹地赶到了河边。他们一到河边就对着捕鱼人大声喊道："吴王有令，都不准捕了，这河里的鱼是吴王养的！"

众乡民与戏班子的人都愣住了。

努巴可仍然大声吼着："你们没听清是吧？我再重讲一次，这河里的鱼是吴王养的，谁也不准捕捉，捉了的鱼都要交给吴王过年！"

这一下河边就炸开了锅。百姓们纷纷说："这灵溪河里的鱼是吴王养的，我们从来没听说过？"

"笑话，我们祖祖辈辈都在河里捕鱼，没看见过吴王前来河里养过鱼！"

"这是什么理，河里的鱼一下变成吴王养的了？你们还讲不讲理？"

乡亲们发怒了，吼喊着走过来。

听着人们的不满，努巴可恼怒不已，挥着刀大吼着："吴王说了，这河里的鱼是他养的就是他养的，你们谁敢反抗，想找死吗？不怕死的都抓起来！"

努巴可的手下，一拥上前将村民们捕的鱼一下就抢光了。努巴可挥着刀在河边走着吼着："有谁不服的？敢不服从吴王的，老子今天就不客气要了他的命！"

努巴可手下一个个如狼似虎挥着刀枪逼着乡民们吼着："谁敢不从？"乡民们面对刀枪都不作声了，努巴可一眼看见戏班子里的士愁，冤家路窄，他几步走上前，一手抓着他的前胸吼着："你，又是你在挑动百姓造反吗？"

士愁知道好汉不吃眼亏，如今时机还未到，不能与努巴可对着干，彦昭等人一见努巴可抓着士愁马上就急了，纷纷抓了一样东西在手上，有的拿木棒，有的拿鱼叉，拥上前来准备拼打救出士愁，他们早就对努巴可愤恨不已，恨不得将努巴可杀了。双方对峙起来，情势十分危险。

士愁一见情势不好，小不忍则要乱大谋，在这里与努巴可动起手来，到处都是吴王的人，他们肯定小命难逃，插翅也难飞，于是马上用眼示意彦昭等人不要乱来，要他们退下，立即摆出一副笑脸相迎，装着很可怜的样子，对努巴可道："努队长，我们戏班子是客人，只给大家演戏，今天乡亲们下河捕鱼，我们是来看看热闹，怎能说在挑动百姓造反呢？借我们一百个胆子也不敢啊！你这顶帽子太大了，我们实在戴不动啊！努队长你要不信，可以问问百姓，他们可以作证，我们戏班子没做一点越轨的事啊！"

一位胆子大的村民立即上前说："努队长，饭可以乱吃，话不能乱说啊，莫乱扣帽子，捕鱼这事与戏班子的人无关，莫往他们头上扣帽子，你说这鱼是吴王养的不准捕，我们不捕就是了，快把人放了吧！"

努巴可抓着士愁的胸衣，他很老实，一点也没有反抗。

士愁对努巴可哈腰点头："努队长，捉鱼是乡亲们，我们只是来看一看，我们有一百个胆子，也不敢鼓动乡民捉吴王的鱼，我们不要命了？我们就是唱唱戏，这捉鱼的事确实与我们无关，你不相信就问一问族长与乡亲们。"

族长走上前道："努队长，捉鱼一事，与戏班子的人一点无关，他们也从没鼓动乡亲造反，他们老实守法，只是唱唱戏，并没做违法的事，请努队长大人明察秋毫，高抬贵手。"

努巴可哼了一声，狠狠地将士愁一推骂着："小心些，等我查出是你们做的坏事，我会要你的脑袋！"他又对村民们吼着，"滚，滚，都滚，不准捕鱼！"

在努巴可一伙的威逼下，乡亲们只好不捕鱼，摆鱼宴过年的事就落空了。

士愁与彦昭觉得乡民对他们戏班子太好了，把他们当亲人，十分感动。这天夜里，二人悄悄来到族长家里，对族长说："鱼宴摆不成不要紧，乡亲们的好心好意我们领了。现在我们戏班子出钱，请族长操办年货，买肉买鸡鸭买酒，还是要把村民们召集在一起过年！"

族长一听，连忙推谢："这不行，怎么要你们出钱呢？你们戏班子也不容易，在我们这里演戏，又不收钱，如今还拿钱买酒菜，请村民过年，这万万不行！"

士愁道："族长大人，乡亲们将我们当亲人，当兄弟一样看待，我们很感动，这点钱就算我们感谢乡民的好意，你赶快操办吧，大家在一起过个热闹年！"

族长笑起来："好，我马上操办，今年要过个热热闹闹的年！"

第22章

修筑关卡治病救命

年关到了，族长按士愁的吩咐准备了丰盛的年饭，在族长家摆了十多桌，将全寨男女老少集中在一起过年，大家高高兴兴地吃肉喝酒，其乐融融，全寨人吃喝得兴高采烈，一个个都有说不出的快乐。酒席上，男女老少无不说戏班子的人好，不少人还端着酒，一个劲地唱着酒歌给他们劝酒。有的唱着："这杯酒来清又清，端起酒杯敬客人，客宾喝了这杯酒，演起戏来更有劲。"众人哈哈大笑起来。连声大喊着："喝！喝！"

初一、初二、初三，戏班子在龙潭城连续演了三天戏，轰动了整个溪州，四乡八地的老乡们携女儿背女穿山越岭成群结队来到龙潭城里看戏，戏台前的土坪里人山人海，挤得水泄不通。乡民们无不称赞戏演得好，戏班子深受百姓喜爱，不少寨子都争着要请戏班子去演戏。

龙潭城离吴王住的老司城不远，这些日子，士愁彦昭等人已从族长等乡民口中将吴王宫里的情况大致弄明白了。一天，士愁在族长等人的陪同下，从龙潭城出发，沿灵溪河往下走了约两里路，来到一个叫龙门沟的地方，这里是一条峡谷，河宽约两三米，谷深两百来米，两边全是悬崖峭壁，刀削斧砍一样很陡的绝壁，鸟儿也难以飞上去，灵溪河从峡谷中勇猛地冲了出去。这里地形很险要，士愁他们望了一阵，暗暗记在心里。他们顺着峡谷边不远处的羊肠小道往山上爬去，走了三四里路终于来到山顶，突然发现山顶有一个很大的山坳，坳里有不少田，四周住着几十户人家。族长指着说："这里叫做押送妻！"

士愁四处一看不禁叹道："真是个好地方啊！"

族长用手指着龙潭城道："从我们住的龙潭城背后，有条山路也可通这里，大约有十来里吧！从龙潭城背后走过来，也是很近的。"

士愁将这一切看在眼里，他心里正在暗暗酝酿着一个计划。

回到龙潭城，他与彦昭等人悄悄合计了一下。

不几日，士愁对族长说："族长大人，那天，我见龙门沟这个地方地形险要，一边通往龙潭城，一边通向押送妻，为了寨子安全，应该在龙门沟这个地方修关筑卡，进行防备！"

族长说："你不知道，我们寨子被吴王搜刮得干干净净，哪里有钱修？"

士愁道："族长，你看这样好不好，我们帮你们的忙，由我们出钱，你去请人，在龙门沟修关卡如何？"

族长一听高兴得嘴都合不拢连忙道："好，好，现在正过年，大家闲在家没事做，我这就去喊人！"

士愁立即交给族长一百两银子，族长大喜，马上召集寨里青壮劳力在龙门沟悄悄修起关卡，他们在河里就地取材，用沙子卵石、石块，拌着石灰浆，在龙门沟修起关卡，没有多少天，一道高三丈厚五尺的卡门就修好了。

吴王的几个探子得到消息，来到龙门峡，不解地望着在河边劳碌的村民，十分迷茫地说："你们吃饭没事做，搬这些沙子石头做什么？"

村民最恨这些狐假虎威的狗腿子，理都不理他们，只顾自己做自己的事。探子们见村民不搭理，便发火了，一把抓起一个做工的村民吼着："你说，修这个卡门做什么？"

村民说："吃饭没事做，找事做，你管不着！"

探子给了他一耳光，将村民打倒在地。

做工的其他村民一下发怒了，人人拿着工具围过来吼着："你敢打人？"

两个探子见村民们人多势众，个个手上上都拿着锄头铲子，要是真打起来，自己人少肯定要吃亏，于是便说道："你们不说是吧，我去找族长！"说着便赶紧逃跑了。

两个探子来到龙潭城找到族长家里问。

族长说："这个事你们也要管？"

探子说："你们在龙门沟修卡子做什么？"

族长说："你讲做什么？"

探子说："我知道还来问你！"

族长说："告诉你吧，我们龙潭城与押送溪经常有贼来偷东西，为了防贼，我们在龙门峡修个卡子防贼防盗，难道也有错？"

"防贼，好，防盗！"探子碰了一鼻子灰，"搞鬼事！"自讨没趣，只得悻悻地走了。

　　卡子修好了，族长兴奋地叫上士愁去看，二人来到卡门边，登上卡门，士愁看着又厚又高的卡门高兴得不得了，万分感谢族长。他心里想，这个卡门修得好，真是一夫当关，万夫莫开，如果有朝一日，与吴王打起仗来，我们赢了，守住关卡，可以防止吴王从这里逃走，如果我们败了，守住卡子，用船往下游撤退也十分迅速。他在心里感叹道：真好啊！

　　这天，族长陪着士愁彦昭等人，从龙潭城出发，走山背后小路，不多久一行人来到押送妻，还没进寨子，很远就听到了村里传出悲哀的哭声。

　　"怎么一回事？"士愁等人在路边停住脚远远望着。

　　族长也吃一惊："莫非那家出了什么事？"

　　彦昭说："我们去看看！"

　　他们一行急急往传出哭声的人家走去。

　　来到屋前土坪，一栋破烂茅草房，东倒西歪只有三间，族长走过去说："这是秦家，不知出了什么事？"

　　屋内走出一个老妇人悲哭着："孩他爹不行了！"

　　族长问："生病了？"

　　老妇哭泣道："没救了！"

　　士愁听明白了，立即对族长说："让我的郎中看看怎样？"

　　族长说："行，反正是快要死的人了，死马当作活马医吧！"族长走过去对老妇人说了，族长又走过来对士愁道，"她们同意了！"

　　士愁对身边的郎中道："快去看看！"

　　郎中进房，破烂木床上躺着一个人，他用手往鼻子边一伸，只有出气，不见进气，眼睛闭着，全身直挺着，只有一口气吊着，迟早就会要一命呜呼了。

　　郎中仔细检查察看一番，便心中有了数，他令人立刻烧了开水，用很烫的帕子在病人头上脚上等处敷着，抽出随身所带银针，在脸上、胸口上、脚板四处打银针，一阵，奇迹就出现了，病人慢慢地睁开了眼睛，轻轻地哼了一声说："我这是在哪里？"

　　围着的人一下都高兴起来："活过来了，活过来了！"

　　老妇人更是高兴得擦着泪水："活了，活了，菩萨保佑你活过来了！"

　　郎中依然不断地给病人打着银针。

　　诊治了一阵，病人竟然喊着："水，水！"

　　郎中说："给他点开水喝！"

老妇人给病人喂了开水。不久病人竟然一下坐了起来，惊讶地望着郎中与满屋的人问：“你们是些什么人？怎么来救我的命。”

族长上前答：“我是龙潭城的族长，这些是戏班的人，路过这里，碰见了，今天是戏班的郎中救了你的命，你命不该死！”

病人眼睛湿润了，轻声道：“谢谢，真是活菩萨！”

郎中取出一些药交给老妇人道：“你熬了给他吃，他的病就会慢慢好起来！”

老妇人一下跪在地上磕着头：“恩人哪，我们家穷，这大恩大德怎么回报呢！”

士愁上前伸手扶起老妇人道：“大娘，请起，只要大伯病好就是好事，我们不需要你回报！”

老妇人哭着：“真对不起，我们家实在太穷，一无所有啊！”

一个哭着的年轻人走过来，一下跪在士愁面前道：“恩人，请受一拜吧！”年轻人说着对士愁与郎中和族长一一磕头。

士愁说：“年轻人，你爹现在没生命危险了，不要哭了！”

年轻人一听索性更加大哭起来了。

众人都感到吃惊，一齐望着，不知什么原因。。

士愁扶他，他不起来，士愁问：“你为何不起来？”

年轻人说：“谢谢你们今天救了我爹，我爹活着，与娘在家相依为命，我就是死了，这颗心也就放下了。”

士愁觉得年轻人的话有些莫名其妙，活得好好的年轻人，怎么就会死呢？他张着惊愕的大嘴，一肚子疑惑就不好问。

众人也感到惊愕不已。

族长问：“怎么一回事，好好的年轻人，怎么就讲到死？”

老妇人一下又哭了起来：“你们有所不知，吴王的女儿四处挑选女婿，我们寨子里要送五个年轻人，我儿子双喜也被选中了，听说送去挑选的年轻人，都是有去无回，选不中的人都会被吴王杀掉，丢到山后的一个大坑里！”

族长“啊”地长叹一声：“这事我知道，我们寨子也送了，你家儿子也要送进宫去？”

老妇人连连点头：“是啊，这不是屋漏又逢连夜雨，老头子要是死了，儿子又送进宫，我一个孤寡老婆子还怎么活在世上？”

族长叹气道：“往些年，吴王要各寨送姑娘进宫，今年吴王女儿又要招亲，送年轻男子进宫，真把百姓害苦了，这日子真没法过了。”

　　大家都皱眉头，吴王也太残忍了，选不中的年轻后生就要被杀掉，没有一点天理。

　　士愁问："还有多少天你儿子就送进宫去？"

　　老妇答："还有三天！"老妇哭起来，"三天后我就没儿子了，这一去哪里还有命啊！"

　　老人的悲哭声让大家都心酸悲痛不已。

　　一个个大眼瞪小眼，能有什么办法？吴王下的命令，谁敢违抗，抗令者，就要杀头。

　　士愁想了一下，走上前："大娘，不要哭，我们慢慢想办法！"

　　老妇人哭着："能有什么办法想？可怜我的儿，年纪轻轻就要送命了。"

　　士愁安慰道："大娘，我一定给你想办法，你放心！"

　　老妇人道："好人啦，真是好人啦！"

　　彦昭拉拉士愁的衣袖道："哥，你能有什么办法，莫多管闲事，给自己找麻烦！"

第 23 章

冒名顶替混进王府招亲

士愁一行回到龙潭城，在族长家里他将彦昭叫到一边，悄悄讲了自己在路上想好的秘密计划。

彦昭一听，吓了一大跳，连连摇手说："不行，不行，千万不行，这是冒着生命危险，万一事情做不成，一旦暴露，个人性命丢了是小事，完不成这个攻打溪州的重任就是大事了。"

士愁说："兄弟，正因要完成重任，我才想了这个冒险的计划，只有进入了吴王的王宫，我们才可能掌握王宫的情况，日后里应外合才能将吴著冲消灭。这是个极好机会，坚决不能错过，一定要抓住不放。"

"不行，不行，我坚决反对！这是拿命当儿戏。要是五叔在这里，他也不会同意的。"

士愁不作声了，回寨子的一路上，士愁都在盘算着这个主意，他认为虽然冒险，成功的可能性也很大，做事情，哪有不冒险的？本来做一件事就有成功与失败的两种可能性，他带着戏班进溪州，也是冒了很大风险来的。几个月过去了，他们历经危难，如今还不是好好的。人要是不敢冒风险，那就将一事无成。他只得耐着性子，对彦昭劝说。

彦昭想了想说："机会是难得，只是这样做太冒险，你一个人冒名顶替进了王宫，事要是不成，你就丢了性命，我怎么放心你去，你把戏班子丢给我，我怎么办？攻夺溪州的重任如何完成，不行，一定不行？"

"行，绝对行！"士愁苦口婆心地劝着，"如果我们不冒险，不试一试，我们就没有办法进王宫，不去吴著冲的身边，今后的里应外合就难以取胜。你要相信我，我有这个能力，招亲一定能成。"

往往，抉择比努力更重要，抉择正确与否，是决定事情成败的关键！

彦昭犹豫着，他觉得这事太危险了，要是丢命，就丢了自己的，士愁已成亲，有了婆娘儿子，自己独身一人，死了就死了，无牵无挂，留着士愁，还能继续完成重任，主意一定，便道："办法是个好办法，我想了一下，万一要去还是由我去，你是主将，一定不能去，你不能冒这个风险，要留下管戏班子，还有大事要做。"

"不，不行，兄弟，"士愁急了，连连摇手，"进宫招亲就是入了虎狼窝，单打独斗什么意想不到的事随时都会发生，一不小心就把命丢了，你不能去，如果你出了危险，我今后怎么向伯伯交待！你还未成亲，一定不能去！"

彦昭恳求道："兄长，真的你不能去，你娶了媳妇，才生了小孩，家里需要你照顾，何况叔叔就你这一根独苗，我不同，我还有其他兄弟，就是发生了危险，家里还有他们照顾！"

士愁一把握住彦昭的手道："好兄弟，你说得对，我已娶了媳妇生了儿子，有了后代，无后顾之忧了，你还未成亲，后人都没有，所以这个生命危险应该由我来担承。"

彦昭："这……"

生死关头，俩兄弟都互不相让，把生留给对方，死自己担成了。俩兄弟谁都明白，这一去，可能就回不来了。

最后士愁道："兄弟，我年长几岁，这事我做主了，你就不要争了，兄长我进宫，你在外面继续带好戏班子，一切就拜托你了，我会想办法与你们联系的！"

彦昭一下紧紧抱住士愁道："兄长，王宫就是虎狼窝，吴王和他女儿都是杀人的恶魔，随时都有生命危险，你千万要注意安全，要好好地活着啊，叔叔婶娘，嫂子，侄儿，我们都望着你平安归来！你一定不能出事。"

士愁也抱着彦昭，兄弟二人泪流满面，彦昭说："叔叔要是知道了，他一定不会让你去冒险的！"

士愁抹一把眼泪："为了消灭吴著冲，前面就是刀山火海我也要闯过去！如果万一我有个三长两短，以后戏班子就由你掌管，负责继续完成任务。"

兄弟二人一夜在伤痛中度过，人世间，最悲痛的事情就是生离死别，真难啊！

山里寒冷夜风，无情地嗖嗖扑打着柴门，屋内就像一个冰窖，他们的心又痛又寒，麻木了。

第二天，士愁来到双喜家中，对他们说："我已为你们想到办法了。"

家人都很高兴。士愁便将计划对秦家人悄悄说了。

秦家父母一听，大吃一惊，连连摇手说："这不行，冒名顶替，千万不行！"

秦母一下懵懂了：戏班子是外乡人，大老远来溪州演戏，如今要为她家双喜舍了命去王宫，别人躲都躲不过，他却主动要前去，这人是不是脑子有病？她左看右看士愁，没有病啊？精明得很呢？这是为什么？

秦家父亲说："客官，你是我的救命恩人，给我治病，将我从死神那里拖回来，大恩大德都无法报，如今怎能让你代我双喜进宫去送命？这万万不能啊，你丢了命，我们一家怎能心安？"

秦家母也吓哭了哀求道："恩人呀，你是世上少有的大好人，我们不能昧着良心将你往火坑里推，虎口里送死啊，进了吴王宫，十个有十一个是没命了。这种事我们绝对不能做！"

双喜一下跪在士愁脚前哭诉着："恩人啦，你救了我爹，我们无以回报，怎能让你代我进宫，我宁愿自己去死，也不能让你去受罪送死，这是万万不行的！"

一家人苦苦哀求着士愁。

士愁耐心地劝着他们："放心，我代双喜进宫不会有事的，我不是去送死的，这几个月来，我们在溪州演戏生活，对溪州的情况了解很多，土话也学会了，现在只要多了解一些押送妻村的情况，把你们家的事情搞清楚，我进宫去装成双喜，一定不会有事的。从现在起我就是你们的双喜！"说着士愁不由分说，立即跪在地上道，"双亲大人在上，请受双喜一拜！"

秦家父母慌了手脚，真不知如何办了，天下哪有这样的好事？昨天他们来给我们治病，将要死的秦父救活了，今天又跑来说是要去顶替儿子进宫，明明这是一去不复返送死的事，谁家儿子都不愿去，他却自告奋勇愿去，这是怎么一回事啊？两位老人都搞糊涂了，莫非真是天上菩萨大慈大悲派人来打救我们苦难一家吗？

秦父伸手将士愁扶起："双喜啊，爹谢谢你，你真是爹的好孩子！你真愿进宫？"

士愁答："谢谢爹，我是自愿的，甘心情愿！"

秦父说："儿啊，吴王与他女儿就是魔鬼，他们杀人不眨眼！"

士愁答："爹，不怕，你放心，我自有办法，大丈夫一言既出驷马难追，说话算数。双喜你就在家好好照顾爹娘！"

双喜一下扑过去紧紧抱住士愁哭泣道："大哥，你真是我的好大哥，你救了爹，今天又救了我，你的恩情双喜永世不忘！"

士愁道："爹娘，双喜，你们一定要替我保守秘密，不要对外人说，我明天就进宫里去！"

秦家父母与双喜点头，一家人与士愁洒泪而别。

第二天，士愁彦昭一行装扮成本地人，吃了早饭就往吴王宫所在地吴来坪进发。

走了好半天，终于来到吴来坪王宫，彦昭他们不能再往前送了，彦昭千叮咛万嘱咐后，远远地目送着士愁走进王宫不见身影，他们一个个将心都提到了喉咙口上，不知彦晞这一去生死如何啊？大家都为士愁担忧起来，心都悬在半天云里去了。

士愁不慌不忙走进王宫，自报家门是押送溪的秦双喜，奉令前来征婚，请求会见吴小姐。

守门兵丁上下打量士愁一阵，一个守门兵丁幸灾乐祸地耻笑他："又一个送死的来了，可惜啊，这么好的一个年轻人，又要白白丢掉性命！"

士愁也不答话，他知道兵丁说的话一点不假，他已探听清楚了：各乡村奉令来招亲的年轻男儿，这些天，没有一个能过关的，都是失败者，统统被吴王派人杀掉，丢到山后一个大坑里，做了冤死鬼。他的心不由也咚咚跳起来，他不知前面是祸是福，是生是死，既然今日来了，现在也无退路了，只能硬着头皮，麻着胆子拼命往前闯了，就是鬼门关生死坑也得跳了，刀山要上油锅要滚，拼死一搏，不拼怎知胜负呢。拼了，也许生路就在前面招手呢？上帝堵死一条路，可能又打开一扇新门，懦夫往往死在路上，英雄则会闯进新门里。

不多一会儿，走来了五名兵丁话也不说，便用刀枪押着假秦双喜往宫里走。走过王宫深宅大院，经过一层层门阁厅堂，四处都有兵丁把守，这时士愁心里卟嗵地跳，不知前路如何，无心观看四下，他虽然多次打过仗，在战场上枪对枪刀对刀地拼杀，杀死敌人毫不手软，可是今天他毫无一点办法，自己眼下深陷王宫，就是一个牢笼，要是失败了，插翅也逃不出去，不知自己未来的命运怎样，心中无一点底，这是他的一次大胆冒险，真有点像他演的《长坂坡救主》中的赵子龙，孤身一人，杀进敌军中，稍有闪失，命将不保！在戏台上演戏，百万敌军中，他挥刀枪砍杀，那是演戏，是假的，可是今天，他却是手无寸铁，孤身一人闯进吴著冲的王府，面对真刀真枪，这……真能活着出去吗？他正胡思乱想着，突然被人推了一把，差点摔倒了，他猛地一用劲，将身子站稳了，一个兵丁在他身边喝一声："进去！"不由分说，他又被人推了一把，一下跌进另一个小院，站住了睁眼一看，三个持剑的美貌姑娘出现在他面前，满脸冰霜用剑指着他问："你是哪里的？"

士愁定了定神，沉着镇定地回答："我是押送妻的秦双喜，今年十九岁！"

一个小姐冷冷道："跟我来吧！"

走了几步，就来到一个院门前，小姐在门前站定。士愁也停了脚问："不进了？"

"慢！"又一个持剑小姐田茵茵走到他面前盯盯地看着他，上下打量一阵用剑指着大门说，"你看这门上是什么？"

士愁一看，门上什么也没有，奇怪，仔细一看，原来门左边贴着一个对联，右边没贴，他只好答道："门左边贴着下联，门右边无上联！"

小姐问："看清了没有？"

士愁回答："看清了，确实左边有下联，右边无上联！"

小姐用剑指着上联："双喜，你想进门，小姐说了，你必须对出上联，对对了，才能进去。这是招亲第一关。"

士愁一下明白了，这是要对对联，小姐要考女婿的才学，真还没有想到，这溪州蛮荒之地的公主还有学问，招个亲都要人对对联，还有些讲究呢！对对联，好！他心里就暗暗有些高兴，这不算什么难事，便点头道："知道了！"便往前一步，仔细看起门上的对联来了，口中就认真念起上联来：

"轻风拂面柔情脉脉万分爽意来！"

他让自己镇定下来，长长地舒了一口气，心里想：对对联，有何难哉？他读了多年的四书五经，在楚王府里的日子，他常时与楚王一班儿子和自家的叔伯兄弟，在花园亭子里喝酒喝茶寻欢作乐，大家赋诗对对联，讲笑话，行酒令，搞一些恶作剧的事，谁输了，就罚谁喝酒一杯！就像做游戏一样，成了家常便饭，对对联就是小菜一碟。

这有什么难的？他口里念着心里想着，嘴上哼着，两脚走着，摇头晃脑，不一刻就想出了上联，嘴上吟道：

"细雨润春万物蓬蓬千缕寒风去。"

不禁一下高兴起来，手舞足蹈："好，就是它！快拿笔来！"

一个小姐手指门前一张桌子："去那里写吧！"

士愁走到桌前，提笔一挥而就，哈哈大笑："行了，快拿给你家小姐吧！"

"这字写得真不错！像个读书人！"观看的小姐赞叹着。

士愁也自吹自擂起来："本公子是饱读诗书的人，对个对联，算什么，小菜一碟！"

一位小姐说："公子，你不要洋洋得意，后面的关难过着呢，小心丢了你的狗命！"

士愁哈哈大笑起来："本公子的命硬着呢，今日不把小姐娶到手誓不罢休！"

小姐不以为然地说："你妄想！猴子也想摘天上的月亮，没门！"

两个持剑小姐马上拿了对联飞跑入内。

内室里的吴红玉这些天心里正烦着呢！

她与田茵茵从戏班子处回来，心里就惴惴不安，心神不宁，脑海里时时都浮现着那个士愁的身影，在戏台《长坂坡》上演赵云，手挥长枪那威武雄的身姿，牢牢刻在她脑子里，挥不去赶不走，晚上在床上一躺下，士愁就跑进她脑子里了，折磨得她整夜在床上翻来覆去都睡不着，这些天的招亲没有一个人让她如意的，她的心真是难受死了，饭也吃不下觉也睡不香。真是"十八姑娘一怀春，心里梦想意中人，隔山隔水隔得远，相思相念难相亲"，怎不愁肠断结啊！她心里悲苦，又无从对他人诉说，只能狠狠地压抑在肚子里难受啊！人人都说王府好，王府的姑娘也有苦恼，谁个又知道呢？

吴红玉正在心烦意乱时，突然侍女田茵茵走进来，递上一个对联："小姐，你看！"

吴红玉一惊："真还有人对上了？"

田茵茵道："小姐，我以为这个上联还真不错！"

"看看！"吴红玉急急接在手上看，念了一下，"嗯，真还有点意思。"她便将上下联摆在桌上对着看，边看边念：

细雨润春万物蓬蓬千缕寒风去，
轻风拂面柔情浓浓万分爽意来。

念着念着，她突然高兴起来，对田茵茵道："这个上联对得好，对得太妙了，字也写得不错，是个什么人？"

田茵茵说："他自报家门是押送妻的秦双喜，不过我好像觉得这人有些眼熟，不知在何处好像见过，只是一时想不起来。"

吴红玉笑指着下联道："不管熟不熟，这人有才学，你看这上联对得很好，是这些天来对得最好的联句！"

田茵茵问："让他进第二道门？"

"好！"吴红玉点头，"试一试吧！"田茵茵奉命走了。

士愁正在门前四处东张西望等待，他心里忐忑不安，不知下面还有些什么关卡，这个吴王女儿招亲，搞得还很复杂呢？真有些像过鬼门关，处处冷森森，杀气很重，他都有些提心吊胆，怀疑起来：不知自己这个冒名顶替进宫应聘招亲的决断，是不是对，还是错了，这时一个侍女走过来道："请秦公子入第二道门！"

士愁惊奇，莫非这招亲还有好几道门？言下之意自己这第一道关过了，心中不由一喜，但立即又提醒自己千万要小心一些，这高院深宅里明堂多着呢，一不留意就会丢了小命。他便百倍警惕起来。走进第一道门再往内走，他突然觉得一股冷气迎面扑来，"有杀气！"不由身子一紧，打了一个哆嗦，双手就捏成了拳头，全身都紧张起来，走过天井，又是一道门，门前站着一排持刀剑的侍女，一个个瞪圆眼睛望他。

引路侍女道："请进！"

士愁往门内张望，十分寂静，无一点声响，静得令人可怕，门虚掩着，里面好像没有一个人影，他暗暗提醒自己：小心！便轻轻跨脚入内。人刚进门，只听空中呼一声响，他还来不及看清，风声响过，一把明晃晃的剑早已刺到了他胸面前。士愁年纪虽才二十岁，但习武多年，小小年纪就跟着爹在家乡起兵，多次参加征战，血火里生死拼杀过，实战经验较多，平常几乎天天都要习武练功，说时迟那时快，眨眼间他身子往下一蹲，立即一个鲤鱼打滚，人已跳到了一丈开外。持剑人田茵茵也吓了一大跳，愣了一下，没想到这人有如此高的功夫，便立即挥剑又刺了过去。

这时士愁才看明白了，原来是一个女孩子持剑刺向他。他也不答话，赤手空拳就迎战，打了几个回合，突然又一个女子持剑杀了过来，两人夹攻士愁。

这一下就非同小可了，士愁赤手空拳无半点兵器，两女子手持亮晃晃的宝剑，剑剑都要他的命。士愁觉得今天真是闯进了鬼门关，没想到吴小姐的招亲真还要拿命来赌！这吴王宫里的水太深，真是不好蹚啊！事已至此，退无后退，无路可走，士愁毫无畏惧，于是振起精神，拼命一搏，决定发出自己的神威。

士愁家门前土坪里有几株大树，从小时在书房里读书后，他便与堂兄弟们在门前的树上爬上爬下，跳来跳去，后来习武练功，这树就成了他们练轻功的好伙伴了，兄弟们从这株树上飞到另一株树上，身子如娇燕，在树林的枝杈间你追我赶，像猴子跳来跃去，个个都练得一身好轻功。士愁想如今该派上用场了，他展起轻功，人在空中飞来飞去，东边一拳西边一脚，神出鬼没，人在半空中飞来飞去，打得两位持剑女子招架不住，被弄得眼花缭乱，全身香汗淋漓，不知剑往何处使，正在慌乱之中，只见士愁一脚扫过去，二女子手中的剑便不由自主地当一声都掉到了地上，二女子正弯身去捡，剑却不见了，正四处张望时，士愁却笑着道："二位小姐，不需要找了，剑在此！"两位女子一望，不知何时剑已到了他的手中，心中大吃一惊："你……"

士愁哈哈笑着，将剑丢给她们问："还需要比一次吗？"一脸骄傲之色。

田茵茵脸红了，望着士愁，一脸茫然：这位公子武功了得，她们二人都打斗不过，被他轻而易举就打败了，真是难得的人才，表面上看文文静静，哪里知道，却是一位武功高强的青年才俊，于是弯弯腰道："公子，二道门可以进了。跟我来！"

士愁跟着田茵茵进了三道门，一双眼睛四处打量着。不知这深闺大院里还摆下了什么关卡，他提醒自己，千万要小心，前面还有难关，搞不好，就要白送了小命。刚才要不是自己有一身轻功，两把剑的夹攻，怕是早已做了剑下亡魂！

门前，田茵茵回身对士愁道："请稍等！"士愁看着田茵茵进去了。他想田茵茵应该是去见吴小姐了，他拍拍胸膛，给自己鼓气，刚才与两个小姐大战一场，已经知道，公主身边的人，武艺很不一般，下面自己得千万要小心了，必须加倍警惕，暗暗叹道：这个吴公主的征婚，真是要人命啊，拿别人的性命当儿戏！想想都心胆寒！那里是招亲，分明是用招亲在杀人啊！残酷啊，太血腥。那些普通乡村百姓人家年轻小伙，他们没有武功，进来应聘招亲不是往虎口里送死吗？这个吴公主，想出这种招亲办法，真还不简单呢！我已经过了两关，以后就得格外小心啊！

田茵茵走入内室，吴红玉早已等急了忙问："怎么样？"

田茵茵抹着脸上的汗水道："小姐，刚才差点被他杀了！"

吴红玉一惊："什么？"

"他武功太高，好了得，我们两人都不是他的对手！"田茵茵道，"一身轻功，就像在空中飞一样。"

"嗯！一身轻功，奇了怪了。"吴红玉眼一亮，在房里走着，感到很奇怪，"哪里来这么个武功高手？他真姓秦？"

田茵茵说："他自报家门是押送妻的秦双喜！只是我好像又在哪里见过他，一时真想不起来。"

吴红玉边走边道："几关都过了，他是第一人，这人应该有来头，押送妻的秦双喜，秦双喜，好，本公主亲自见见他！"

田茵茵提醒道："小姐，你要当心！"

吴红玉应着："放心！"

田茵茵关心道："小姐，我带几个人悄悄守在你身边？"

吴红玉犹豫着，想了一下，终于还是挥挥手。

田茵茵走出来，来到三道门边，士愁正等得有些急，不知下面是什么情况应该如何应对，心里也没有底，想着既然进来了，就得仔细面对，他双手抱在胸前，依在门边，两眼紧盯着房门，心里想：房里有什么人。

田茵茵对士愁道："秦公子，恭喜你，吴公主招亲几个月，你是第一个文武考核都过关的人，现在公主正在房里等着你，他很热，你去给她扇凉吧！"

"扇凉？"士愁又是一惊，"公主要我扇凉，扇什么凉？怎么扇凉？"他脑子里快速打着弯弯，公主一定又是在要什么花招，得小心防着。

田茵茵莞尔一笑："去吧，到了你就知道了，小姐正在房里等着你！"

士愁心里突地跳了一下，现在他已明白，这个吴公主肯定非常人，他身边的使女一个个都武功高强，吴小姐肯定武功更高，自己得认真对付，小心谨慎为好。他望望田茵茵，田茵茵对她神秘地笑着，不知是不是笑里藏刀，他的心里咚咚地跳了几下，很多人都在稀里糊涂的笑里就丢了命！他把心提到了喉咙口上，小心翼翼地往里走着。

"进去吧！"田茵茵笑着催他，并递给他一把很大的扇子。

士愁接过扇子，望了望，这是把普通扇子，没有什么特殊，用它扇凉，这是什么考试？他丈二和徜摸不着头脑，无话可说，苦笑一下，只得硬着头皮往内室走去。走到门边，他迟疑了一下，停住脚，往里望望，里面很安静，他心想莫非又如二道门一样？他必须做好防备，如今手里有了一把大扇子，也可用来做武器抵挡一阵。他定了定神，便跨脚往内室走去。

屋里的吴红玉心里也很紧张，她纳闷，不停地想：这是个什么人，对联答上了答得好，表明他才学高，刚才二道门一人又打败了她身边两个武功高强的侍女，这武艺也是很出众的呀，招亲几月，还从未有过这种事啊？押送妻的秦双喜？在溪州还有如此难得的文武双全的人才？难道这是上天赐我的如意郎君？她又羞又急，想着脸就红了起来，心也卟卟乱跳，一个女人要把终身托付给一个男人，这个男人值得自己去爱吗？

士愁进屋一看，立即愣在了门边，不敢动脚。这是哪一出戏？

房间里有一个很大的床，床上躺着一个美女，身上一片亮晃晃的白得耀人眼目，他擦擦眼，仔细一看，这一定是吴王女儿吴红玉了，穿得很少，胸前只有一抹胸兜稍稍遮住那高耸的山峰。一个小小的短裤盖住了羞处。那一张漂亮的脸蛋就像一朵石榴花正红艳艳地绽放，发出夺人眼目的光彩，真要勾走男人的心魄，夺你的魂，要你的命，他怎敢贸然前行，便停了脚。

吴红玉一见门边的来人，心里咯噔一下：这个人真有点面熟，怪不得田茵茵说好像见过，在哪里见过，她一时也想不起来。果真不错，英俊伟岸，一身勇武之气，着实令女人动心。

吴小姐这是做什么？士愁脑子里迅速打着转儿，这吴小姐是在摆哪一道？他真想不明白，看起来，好像对自己也没有恶意，于是他闭了眼，让自己定定神，压住心跳，不去看大床上躺着的万媚千娇的美女。

"扇凉，我热！"吴红玉低低地发布了命令。

士愁好像从梦中惊醒一样，此时才明白自己进来的任务，在门前田茵茵递给他扇子的时候就已经说过，自己进屋是要给吴小姐扇凉。

"用劲扇！"吴红玉看见他很害羞地闭着眼扇风，心里有些好笑，一个大男人竟然怕美女，于是又发布了第二道命令。

"太捉弄人了！"士愁心里难熬得要命，赶快服从命令，他知道四周都是吴红玉的手下，如果自己稍有不慎，吴红玉一声吼，自己的命就不保了。所以他一双手拿着大扇子使力扇了起来。他不知道这一关如何过得去？这比刚才赤手空拳与刀剑相搏还要难受十倍百倍！他心里不由得暗暗叫起苦来，这是受的什么罪啊？为了完成爹交给的重任，再大的罪，他也得吃，得忍！

突然，冷不防吴红玉一手将扇子猛地往床里一拉，士愁正闭眼扇凉，没有提防，身子不由往床上倒去，吴红玉一下挣起来，挥手一拳击向士愁胸口，士愁吓了一大跳，胸上挨了一拳，也不客气，马上还击，二人就在床上打斗起来，你一拳，我一掌，翻过来打过去，有时士愁挨了拳，有时吴红玉被劈了一掌，俩人进行着生死相斗，互不相让。

不知打了多久，终究吴红玉气力不佳，气喘吁吁起来，士愁越战越勇，他下定决心，今天一定要将这位蛮公主征服了，于是大发神威，乘胜而追穷寇，一连十多拳，打得吴红玉无无招架之功，被逼退到床角，乘吴红玉慌乱之际，士愁一个饿虎扑羊，猛不防一下将吴红玉扑倒在身下，下力使劲将她抱住，吴红玉慌乱中，乱踢乱弹，士愁双手像铁箍，抱着她动弹不得，士愁将吴红玉压在身下问："你要怎样？"

干柴碰到烈火，久旱遇到雨霖，两人相拥在一起，水到渠自成，尽力做着鱼水交欢的文章，吴红玉今天终于完成了招亲的重任，找到了自己的如意郎君，第一次尝到了男欢女爱的甜蜜。她整个的心都被快乐烧得融化了，在疯狂中享受着万般的幸福。

第 24 章

戏班如愿以偿入王府

一连几天，吴红玉都沉浸在与士愁的男欢女爱中，感到特别的幸福。

门外的太阳分外暖洋洋，暖进了她的心窝，天上的月亮，格外清爽，爽得她心里像吃了蜜糖。

这天，他们在床上相拥着相吻着缠绵着，突然吴红玉望着士愁问道："你是谁？"

士愁一怔："我不是早就说过了，是押送妻的秦双喜！"

吴红玉抱着他左看右："不对，不对。"她摇头，"你不是秦双喜。"

士愁心里突突地跳，他强压着快要蹦出的心，强作镇定："你不相信？好好看看。"

吴红玉仔细端详打量一阵，再次摇头望着士愁："我不相信你是押送溪的秦双喜，秦双喜能有这么大的本领？我好像在哪里见过你，只是一时想不起来。"

士愁心里扑通一下，天哪，此事不能现在就穿帮，否则性命难保："你见过我？"士愁摇头，尽力压住心跳，故作掩饰地说，"真好笑，公主，不可能吧，你天天在宫里，我在乡里押送妻，你怎么会见过我呢？这完全是不可能的事情。你一定是搞错了。"

吴红玉两眼再次定定地望着士愁，左右端详，突然脑子里灵光一闪，她想起了戏台上的士愁，一下便将他从身上推开，发怒地道："你，你说老实话，你是谁？"

士愁心里也发慌，只怕吴红玉认出他来，坐在床上不慌不忙淡淡地道："我就是秦双喜！"

"不对，不对，你不是秦双喜！"公主摇着手。

士愁笑："现在我是你夫君！"说着伸手就去抱公主。

吴红玉一下挣脱士愁，跳起来拿起床头的一把剑指着他的胸，然后肯定地说："我知道了，你，你是戏班子里的士愁！"

士愁心里吃了一大惊，真像五雷轰顶，一下把他打懵了头，全身直出冷汗，她怎么知道的？大事还没完，不能在这个时候露出马脚，丢了自己命是小事，影响攻取溪州那就是天大的事情，于是他定定神，将剑扒开道："公主，你搞错了，我就是秦双喜！"

"不，"吴红玉肯定地说，她用剑指着，"你一定是的，我绝不会认错人，告诉你，前些天我悄悄出宫，跟着戏班子看了一路戏，我认识士愁，他演长坂坡的赵云，在边边丘寨子里我们还见面讲过话。"她的剑指着士愁的鼻子，"你不说实话，我就杀了你。"

突如其来的事，把士愁一下也搞糊涂了，他真没想到吴红玉会出宫去看他们演戏，还认得他，与他说过话，他脑子里迅速想了一阵，他觉得一路来并没有与吴红玉这个女孩子说过话，只得连连否认："公主，没有，没有的事！你一定是弄错了。张冠李戴了，这世界上相像的人不少。"

"不会错，"这个时候，吴红玉更加肯定眼前的秦双喜就是戏班子的士愁，是她心想梦想的如意郎君，真的一下就到了他面前，她压抑着内心里的高兴与激动，"你忘记了，在边边寨，有两个男人，一个叫向一木，另一个叫田巴林，他们到戏班子看服装，你见过他们还说自己叫士愁。"

士愁一下想起来了，好像是有这么一回事，但那是两个男人，现在是无法隐瞒了，便问："你是？"

吴红玉道："我就是那个向一木，女扮男装的，那个田巴林是我的使女田茵茵装的，那些天，我们是女扮男装去看戏，跟了你们一路，直到龙潭城才回宫，你就是戏班班主士愁，演赵云，我记得很清楚，没有说错吧。"

事已至此，纸包不住火了，士愁觉得无法隐瞒了，只得承认道："公主，说老实话，我就是戏班的士愁，假扮了押送妻的秦双喜进宫来的，我听人说公主很漂亮，我想要得到公主为妻，天下美女，君子好逑，所以我就不惜冒着生命危险进宫来求婚！"说着士愁一下跪在吴红玉面前，"我冒名顶替，实属有罪，今日犯在公主脚下，要杀要剐，一切任凭公主处置！"

吴红玉问："你果真是戏班子里士愁？"

士愁老实回答："我是士愁，一点不假！我骗了你，你今天要杀，我也毫无怨言。只要抱得美女归，做鬼也风流。"说着将头伸了过去，"杀吧！死在你的手下，我心甘情愿。"

吴红玉又问："你就是士愁？"

士愁道："是，我就是戏班子班主士愁，千真万确，一点不假！"

吴红玉睁着杏眼："你不怕死，要我杀你？"

士愁把头往前伸："公主，我已犯罪，事已至此，我无多话，死在公主剑下，死也甘心！公主，你动手吧，我不后悔的！"

"你，你蠢呀！"这时吴红玉一下将宝剑丢了，马上扑上前去，一把抱住士愁道，"傻瓜，我怎么会杀你呢？你就是我的如意郎君，我想死你了！"说着双手在他胸上打着，"看戏回来，我回到宫里，白天晚上都想你，一闭上眼脑子里全是你的影子，赶也赶不走，你这个坏家伙，把我的心呀，魂呀都勾走了，你要是不来，我真活不成了！"她扑在士愁怀里轻轻拍打着，"你呀，你就是个害人的魔鬼！"

一听，士愁喜出望外，哈哈哈大笑起来，他太高兴了，一把抱住公主："真的，我不是来了？现在就在你的面前！我要把你吃了。"

吴红玉紧抱着士愁在他脸上吻着："我现在是你的人了，今后我们再也不分开了，好吗？你就是我的驸马。我不会杀你的，放一百个心吧！"

士愁也把吴红玉紧紧抱在怀中，吻着她道："好，公主，永不分开，我就是你的驸马！"此刻他紧张的心才完全放下来，赶快揩着身上的冷汗。

吴王下令，在宫里为女儿吴红玉举行盛大的结婚仪式。一连三天三夜在吴王宫里东苑西苑摆下了流水席，宴请宾朋。老司城里热闹非凡。

戏班里的班主士愁娶了吴王女儿吴红玉，消息很快传遍了溪州大地，人们都为戏班叫好。

这天，吴王下令将戏班请进老司城，在王宫里为欢庆吴红玉与士愁结婚演戏，溪州百姓成群结队来到王宫看戏。

彦昭率领戏班子进入王宫，戏演得很好，吴王女婿士愁亲自登台演主角，台下坐着的吴著冲、惹巴冲、向伯林与吴红玉等人一边喝茶一边看戏，看得哈哈大笑，吴著冲不时夸奖着，吴红玉心里喜乐融融，比吃了蜂蜜还甜，看戏的老百姓们也高兴赞扬着戏班子演得好。

向伯林对吴著冲道："吴王，我说的没错吧，这个戏班子演戏的水平确实很高，很好看呢！"

吴王乐得连连点头："好，好，好！"

向伯林指着台上的士愁道："吴王，你这女婿真是个了不起的角色，你看他的唱打念做，文戏武功样样都超群拔摞，是个全才呢，人长得好扮相挺不错！"

吴王："是呀，是不错！这个女婿好！"

向伯林对一旁的吴红玉道："还是公主有眼力，招亲招得好啊，招得个好驸马！"

吴红玉立即红了脸："向伯伯，承你夸奖！"

向伯林哈哈大笑："缘分，缘分，这就是姻缘，千里姻缘一线牵。"

站在一边的卫队长努巴可气坏了，气得他捶胸顿足痛苦万分，心里直骂娘，心里比刀割还痛，这公主吴红玉原本应该是他的，可是如今却万万想不到被戏班子里士愁夺走了，这真是出乎他的意料，他怪自己愚蠢，前些日子吴王要自己监视戏班子，怎不乘那个机会将士愁杀了，把戏班子赶走呢？却让他们一而再，再而三地演戏，甚至演到王宫里来了，把自己心爱的公主也夺走了。这能怪谁呢？一步棋走错，步步错，世上没有后悔药吃啊！我，我真不中用！看着台上士愁在演戏，台下吴红玉笑盈盈的样子，他的心里就好比万箭穿心，他越想越气，气吴红玉看不上他，恨彦晞夺走了他的心上人，他无心看戏了，悄悄走了，一个人在宫里痛苦地走着，一不小心，一头撞在门柱上，撞得他眼冒金星，头痛得要命，这下让他怒火更是高万丈，不由大声吼起来："老子要杀了你！"努巴可的怒吼将站着守卫的几个兵丁吓了一大跳，两个兵丁赶快走过来问道："队长，什么事？"

努巴可揉着疼痛的脑壳依旧吼着："我要杀了你，杀了你！"

两个兵丁吓坏了，赶快拔腿逃跑。

新婚燕尔，吴红玉对士愁百般喜爱，一天二人在床上亲热后士愁便乘机对她说："公主，你看如今我成了吴王宫里的驸马，只能天天陪着你，就不能出去演戏了！"

吴红玉紧紧抱着士愁嘻嘻道："你是驸马，在宫里难道还缺吃少穿，谁还要你出去演戏？"

士愁吻着妻子脸蛋道："我是驸马有了荣华富贵，可是我还带着个戏班子，二三十个人，他们要吃要穿要成家立业呢，他们都指望着我呀，我不能不管他们！"

"这好办，一点都不难！"吴红玉道，"驸马爷，这点小事就让你为难了？"

士愁发愁道："我是戏班主，我不为他们着想，他们就无饭吃了。如今我还真想不出办法了。"

吴红玉用手在士愁鼻子上刮一下："驸马，不要愁，有我呢，我会帮你的！"

士愁问："怎么帮？"

吴红玉笑："小事一桩，我去找父王，要他将戏班子的人全都安排在宫中做事怎样？"

士愁一听，心中万分高兴，这正是他所要达到的目的，但他立即压住了心头的喜悦淡淡地道："这不好吧，你父王能同意吗？"

吴红玉安慰道："驸马，你放心，我这就去找父王！这么小的事，没有办不到的。"

吴红玉带上田茵茵等侍女马上就走了。

在宫中，吴红玉遇到了迎面而来的卫队长努巴可，努巴可拦住她道："公主好！"

吴红玉回："努队长好！"

努巴可施礼："恭喜公主找到了好驸马！"

吴红玉："你不高兴？"

努巴可点头："我怎能高兴，公主，你原本应该是我的，可惜我没福气。"

"真好笑，卫队长，"吴红玉有些生气，"我怎么原本是你的？我父王没答应你，我也没答应你求婚，怎就是你的，太可笑！你有些自不量力吧？"

努巴可恼怒地道："哼，他有什么好？你嫁一个唱戏的，我心痛！"

吴红玉火了："唱戏的，我喜欢，你管不着！闭上你的臭嘴，不准贬损驸马！"

田茵茵也火了："努队长，不得对公主无礼！"

吴红玉愤愤地走了。田茵茵指着努巴可："你要小心！"

努巴可望着离去的吴红玉道："哼，我会叫你后悔的！"

吴红玉来到王宫找到父王吴著冲撒娇地道："父王，女儿有事！"

吴著冲将吴红玉视为掌上明珠，如今女儿初嫁，找到了驸马，女儿有了如意郎君，女儿称心，他为父的也就放心，一桩大心事终于放下了，便笑眯眯地问："宝贝女儿，你有什么事，只要你高兴，爹都答应你，说！"

吴红玉便将事情说了，最后道："父王，驸马正为他的戏班子发愁，父王你就把他们安排在宫中做事吧！"

吴王听了大笑起来："我还以为是什么了不起的大事，这么一件小事，驸马有什么发愁的，好办得很，要他们全部到宫中来做事，驸马就当宫中的助理，掌管他们就行了。"

吴红玉笑起来道："谢父王！"

吴著冲说："只要我女儿高兴就好！"

第 25 章

掌管王府兴办艺堂

几个月过去了，远在辰州府的彭瑊没有得到士愁的消息，他心里十分焦急，不知这些孩子们究竟怎样了，他日夜担心着，难道出了事情？他不愿相信这种可能，因为自己的儿子彭士愁与侄子彭彦昭都是文武双全很能干的人，他们聪明，遇事会想出办法来的，一定不会出事的。为何没有信呢！他心中确实有些惴惴不安！

这天，突然收到士愁派人送来的信件，在房中他急急打开看起来，越看越高兴，他为士愁与彦昭的成功感到十分高兴。看着信他不由得拍着桌子叫好，真没想到，这些孩子们这么能干有计谋，儿子士愁竟然当了吴王吴著冲的驸马，娶了吴王女儿吴红玉，当上了宫中助理，戏班子的人全部进宫做事，这一下就好了，他们在吴王宫里站住脚，以后里应外合，完成大事就万无一失了，彭瑊高兴得笑起来。他把信看了一遍又一遍，心里非常高兴。

想了一下便坐在桌前提笔给楚王写起信来，他要将戏班子打进吴王宫的好消息禀报给楚王。

信使出发往谭州去了，他心中了却一件大事，如今他只须耐心地等待那一天的到来就行了。

彭瑊为儿子的成功感到十分欣慰，想着想着，他心里不由得突地咯噔一下，嘿，便紧锁起了眉头。

"这……这如何是好？"彭瑊愣愣地坐在房里，"士愁在家里已有李氏夫人，如今在溪州吴王府又成了吴王的驸马，家中还不知道呢！这怎么对家里人说啊！如何对少奶奶李氏交待？"彭瑊抓抓头皮，觉得这还真是件有些麻烦的事呢！他站起来又坐下，想了一阵，觉得还是应该回到马公坪去，向夫人与少奶奶讲清楚为好。

几天后，彭瑊回到马公坪家里。

夫人焦急地问："士愁他们有消息吗？"

彭瑊道："消息是有，来信了，所以我才急急赶回来的！"

夫人问："怎么样，有危险吗？"

彭瑊道："人在虎口里，危险肯定是有的，如今他们已全部打入吴王府，正在王府里做事，现在看来还是安全的。"

夫人拍着胸脯道："菩萨保佑，这就好，我们就放心了！"

彭瑊望着夫人："还有一事。"

"什么事？"夫人着急起来，"你快说，有什么问题？"

彭瑊望着夫人迟疑地说："这事不能瞒，不得不告诉你，士愁被吴王府招为驸马了。"

夫人大吃一惊："什么，你说什么？"

彭瑊道："士愁娶了吴王的女儿，招为驸马了！"

"天！"夫人一下惊呆了，好一阵才说，"这怎么办，家里有李氏夫人呢！"

"他是没有办法，被逼的，他没有选择了，为了保命，只有这样做才能打进吴王府。我了解儿子，他是为完成图谋溪州大业，才这样做的！我们要理解他，支持他！"

夫人低声道："那家里怎么说，李氏还不知道呢！她在家里天天等日日盼，就是这样一个结果，她心里痛快吗？"

彭瑊道叹声气："一个男人三妻四妾，不是很多吗？士愁人在外，身不由己，情有所原，迫不得已而为，请李氏要原谅他理解他！也不要大惊小怪。"

夫人点头："只是媳妇那里……"

彭瑊道："媳妇李氏那里，你去跟她好好说一说，劝一劝，她还是为大嘛！家里要安宁，不要闹出事。这也是为了溪州百姓，不得已才这样做的。"

夫人应道："老爷放心，我去跟他说。"

彭瑊问："孙子师裕长得可好？"

"好，长得胖乎乎的。我要人抱来，你看一看！"

不一会儿，下人将师裕抱了过来，彭瑊接在手上仔细看着，用手摸粉嘟嘟的小脸，高兴地说："这小东西长得跟他爹小时候一模一样，你爹回来看见，一定高兴得很。"

彭瑊对夫人道："明天我要去富州！"

夫人问："不能在家多停留些日子？"

彭瑊说："士愁他们在溪州有了很大进展，很快就要打仗了，我得去富州把部队的事情安排好！"

夫人道："你去吧，家里的事你放心，我会安排好的！"

彭瑊点头："家里一切都交给夫人了！"

士愁在王宫里当起了助理，掌管着宫里一切事务。一天他对吴王道："父王，儿臣想给宫里办一件大事，不知可不可行？"

吴著冲望着驸马，觉得这个驸马能文能武，这些日子在宫里很能做事，女儿又特别爱他，心里很是有些喜欢便道："驸马，有什么事，你说？"

士愁道："儿臣想办一所艺堂。"

"什么艺堂？做什么用？"吴著冲不懂这些。

士愁解释道："简单地说，艺堂就是一所学校，给王宫培养人才的学校，招一些青壮子弟，一边教他们读书认字懂道理，一边教习他们的武功，使他们文武双全，将来为王宫所用。"

吴著冲听了一下高兴起来立即说道："好呀，办个艺堂好，行，你办就是了。"

士愁说："父王，办艺堂要读书认字，习武需要场地要房子桌子凳子兵器等物。"

吴著冲哈哈一笑："这些区区小事好办，我派人立即在街西头给你建几栋大房子，辟一块场地就是，所要物品，派人送来，至于招人这事，你自己去办！"

士愁连声说："谢谢父王！"

得了吴王的准许，有了尚方宝剑，士愁与彦昭便开始在溪州大肆招人，他们四处张贴告示。人们围着墙上的告示读起来：一是艺堂招收年龄在十六至二十岁的男子；二是学员不分家庭穷富都可报名入学；三是读书以白天为主，习武以晚上为主；四是学期为四个月；五是学习成绩优异者留在王宫中任职；不愿任职者可回家耕作；六是学子食宿费先由艺堂垫付，期满后再由学子陆续补给艺堂；七是艺堂学习内容为文治武功，开设琴棋书画及戏剧等。

消息迅速传开，王城附近符合条件的男子纷纷都来艺堂报名，艺堂房子很快就修起来了，房里有很多间教室，桌椅凳子一应俱全，彦晞与彦昭亲自当了教谕，还聘请向伯林帮助教文化课。白天，他们亲自给学生讲课，让学生读书练习书画，晚上就让戏班子的人当教官，带着学子们在校外的操坪练习刀枪弓箭，搞得热火朝天。

这天，吴著冲带着惹巴冲努巴可等人来到艺堂观看，见学子们读书认真，习武用心，大加赞赏，不停地称赞驸马做得好，为王宫办了一件大好事！随同而来的努巴可心里却十分不高兴，他对士愁恨透了，时时都想着要除去这个情敌才能大快人心，他暗地里咬牙切齿地咒道："士愁呀士愁，你不要太猖狂得意，有朝一日老子要把你除掉，才解老子心头之恨！"

真没想到办艺堂的消息四处传开后，很远地方的年轻人得到消息，都奔过来投奔艺堂学习，一下子艺堂有了两百多人，还在源源不断地有人来学习，艺堂房子太小，人住不下了，怎么办？士愁与彦昭商议出一个办法？只得择优录取了，他们对凡是来报考者先进行预测挑选。文，读书琴棋书画要有基础；武，搏击骑射要达一定标准，敢拼无所畏惧者，才录取进艺堂学习。

士愁与彦昭通过办艺堂训练出一支几百人能文能武英勇善战的队伍，牢牢地控制在自己的手下，成为了自己掌握的一支亲兵。他们心里很高兴，有了这支部队今后就是消灭吴著冲的劲旅。

这天，惹巴冲正在房里喝酒，一见努巴可进来，立即高兴地说："来，陪叔喝一杯！"

努巴可很不高兴地说："叔，先不急着喝酒，我有一件大事要说！"

"什么大事？"惹巴冲放下酒杯，"比喝酒还大？"

"大，天大的事。"

惹巴冲吃了一惊，急忙道："你说！"

努巴可道："叔，据我所知，我怀疑驸马士愁是探子！"

"什？"惹巴冲吓一大跳，"驸马是探子？"

"嗯，"努巴可点点头，"他一定是探子，他来路不明，而且文武双全，你想想，这其中一定有问题。"

惹巴冲望着侄儿道："努巴可，那是驸马爷，不能乱说，你有证据吗？"

努巴可摇头："我没有确实的证据。"

惹巴冲有些恼怒地道："努巴可，你是不是没得到公主，眼红了，看见她嫁给驸马士愁，吃醋，妒忌了，乱说人家！这个不行，吴王知道了，你就要吃亏的！"

"叔，你把他抓起来，悄悄审问一番，不就清楚了。"

惹巴冲连连摇手道："使不得，使不得，你那不是将天捅破了，那要闯大祸的！"

"叔，我这心里不服，恨不得一把捏死驸马爷！"努巴可拍着胸，"这里痛得要命呢！"

第 26 章

艺堂大比武收服二将

吴王坐在大堂上很高兴，自从女儿招了驸马后，驸马又当了内廷助理，把宫里管治得有条有理，还帮助办文武艺堂培养人才，公主真还有眼力啊，挑选这么好一个文武双全的女婿，他心里就很乐意，暗想着，今后自己老了，百年归世，就把王位交给驸马。

惹巴冲走了进来，走到吴王身边，悄声道："大王，这些天，你得到什么消息没有？"

"什么消息？"吴王一愣，瞪大眼望着。

惹巴冲将身子往前一凑，低声说："大王，近些天，宫里传言，说驸马爷是楚王派来的探子！"

"啊，"吴王全身一震，捧着的茶盏，差点都掉了，"你，你，你，这话当真？"

惹巴冲嘻嘻笑起来："大王，这种事，我也说不准，无风不起浪吧，宁可信其有，不可信其无，我们还是小心为好！"

"这……"吴王抓着脑壳，"你有证据吗？"

"这个，这个……"惹巴冲摇头，"还没有！"

"那，为防万一，那就查一查！"

惹巴冲苦笑："大王，那是你的驸马，哪个敢查呢？"

"好，好，我自己来查！"

彦晞彦昭等人进入吴王宫以后，发现吴王手下有几个大将：努力嘎巴、科洞毛人、昔枯热其、田好汉等，这四个人本事很大，都是威镇溪州武艺高强的人物，说起他们的武功，那真是吓破人胆，今后必将是他们消灭吴著冲的最大障碍。这让他们感到十分头痛。

努力嘎巴身高八尺，身体壮实如水牯牛，人说他一声吼，地动山摇，双手力大无穷，只要稍一着力，就能将一株参天大树拔起，拿在手中做武器，可以横扫千军如卷席，打起仗来，这样的武将谁能敌？

科洞毛人也长得武高武大，每餐饭要吃一斗二升米，走起路来，一脚就能蹬出一个大塘，他只要一出手，上千斤的石头能在他手上玩得飞转，往地下一抛，就是小山包也能砸出一丘田来，他的力气大得出奇，真是吓死人。有一次，他带着一些兵丁去打仗，前面被一道峡谷挡了道，没有桥过不去，怎么办，兵丁们都急得没有了主张，科洞毛人说："不要急，我来想办法！"说着，他举起双手就在身后的岩壁上用力一扒，便捧起小山一样的石头往峡谷里丢去，兵丁们看呆了，有的吓得吐出的舌头半阵都收不回去，他只捧了三回石头，就将几十丈深的峡谷填满了，铺成了一条路。

昔枯热其，更是一身好武功，他举着一把大刀，一刀砍去，能把小山从中间劈开，他挽弓搭箭，嗖的一箭射去可以把山穿透，上了战场谁是他的敌手？他对打仗布阵有研究，懂得用兵之法，很受吴王看重。

田好汉的武功更是好得不得了，而且他还肯动脑筋，能掐会算，牛角一吹，呼风唤雨，还会一些旁门左道，真是杀人不用刀。

吴著冲手下有了这么一批大将与异人，想要将他消灭，那真是难上加难。彦晗在宫中很伤神，日夜都睡不着。经过一段时间观察，他发现努力嘎巴、科洞毛人两人力大无穷，武力高强，但是生性憨直粗鲁，头脑简单，只是一介武夫，不大会动脑筋拐弯，缺乏智力，对他们可攻其短，经过苦思冥想，他与彦昭终于想出一条计策，决定通过擂台比武来分化瓦解这几个大将，先征服其中几个人，减少他们的力量，拉几个到自己手下，能为自己所用。大功就告成了。

这天，吴王来到吴红玉的住处，将一应人都赶到门外去了。只留下驸马与公主二人。吴王在房中坐定，满脸冰霜，很有些不快，甚是吓人，吴红玉见父王的样子，知道定有什么大事，给他送上茶后便说："父王，你这样子真把人吓坏了，我哪里得罪你了？"

吴王见士愁站在一边，手指凳子："坐！"

士愁回道："父王在上，儿臣不敢，站着很好！"

吴王紧盯着士愁，一道凶狠目光在他身上慢慢扫着，好像要把他全身都看透。士愁全身都不自在，他心里紧张，知道今天吴王是来者不善，善者不来，定是有大事，他猜测着，不知发生了什么事？他心里不断叮嘱自己，一定要沉着应对，不能慌了阵脚。

吴王冷冷地问道："驸马，最近宫里有些风言风语，你听说了没有？"

士愁摇头，装作毫不知情的样子："父王在上，儿臣天天忙宫里的事，没注意，不知宫里说些什么？"

"你真不知道？"

"不知道。"士愁很认真地回答。

"好，那我就打开天窗说亮话，有人说你是楚王派来的探子！"吴王两眼瞪大像灯笼，似要把他全身看个通底透亮。

士愁一下扑到地上，向吴王磕头："大王，你要相信那些流言蜚语，说我是楚王的探子，你现在马上就把我杀了！"士愁心里吓一大跳，全身直冒汗，他不停地告诉自己，心里不要慌，要沉着应对，知道现在没有其他办法了，生死关头，只能以攻为进，吴王很残暴，如今只是怀疑，还没有真凭实据，要是让他知道了自己的真实身份，肯定就要杀头了。现在一口咬定不承认，或许会有一条生路。

吴王睁大眼问："你不是？"

士愁不慌不忙地答道："父王，我怎么是探子呢？我是你的驸马，那是别人用的离间计，让我们父子互相残杀，千万不要上当！"

"离间计，互相残杀？"吴王也吃惊起来。

晴天霹雳响，一旁的吴红玉吓坏了，愣了一下立即惊醒过来，她与士愁成亲不久，夫妻俩恩恩爱爱，小日子过得甜甜蜜蜜，自己的驸马是探子，这还得了，不是就没有命了吗？杀了头，自己年纪轻轻就守寡，今后的日子怎么过？不行，绝不能失去驸马。她一步上前，身子护在士愁前面道："大王，驸马好好的，他就是个演戏的人，怎么是楚王的探子呢？父王，肯定是有人妒忌他，胡说八道，给他安个罪名，想把他除去，这些人不安好心，是想离间父王与驸马，父王，你千万不要相信这些人的鬼话！"说着吴红玉走上前，一下跪在地上哭诉道，"父王，你要相信驸马是楚王探子，他是我男人，现在你就连我也一起杀了！"

吴王哈哈大笑起来，对着女儿吴红玉道："不哭，不哭，我的宝贝，起来吧！"

吴红玉不肯起来："父王，你不相信驸马，我就不起来！"

"好，好，我相信驸马，那都是些鬼话，"吴王一手将吴红玉拉起来，"我怎么不相信驸马呢？不是探子，不是探子，哈哈哈，我走了，你和驸马好好过日子！"说着吴王大步离开了。

士愁起来，一把紧紧抱住吴红玉，吴红玉在士愁怀里，呜呜地哭起来。

士愁给她揩着泪水安慰道："不哭，不哭，这不是好好的吗？"

吴红玉双手轻打着男人的胸说："吓死我了，你要真被杀了，我也不活了！"

"说什么傻话，我这不是好好的吗？"他轻轻地将吴红玉鼻子上的泪水抹掉。

士愁征得吴王的同意，经过一段时间的周密准备，便张贴了在王城比武打擂的告示。

门板大的告示贴在王宫大门前，不少人都围着观看。

告示上白纸黑字写着：

> 为广招溪州高强武士进宫为将，王宫艺堂定于八月十五日，在灵溪河西岸草坝坪设擂，望溪州内武士踊跃报名参加。设擂项目：一是自由式散搏。选拔艺堂学生前两名者参加挑战赛，驸马也参加挑战赛。二是骑射，百步穿杨者为胜，与白牛搏击，任臂力，不许使用任何武器，按倒牛者为胜，双胜者参加挑战赛。本着以"友谊"、"武德"为宗旨，不许阴谋暗箭伤人。违者呈报吴王严惩，为体现艺堂英雄相惜，报名参加挑战者，食宿由艺堂奉献。
>
> 溪州旧司城正街西门艺堂
后梁开平元年（907年）八月初九日

告示一贴出，立即轰动了溪州，王宫里也是议论纷纷，觉得这场打擂比武是溪州从来没有过的新鲜事情，一定非常热闹好看。大家都决定比武这天一定要前去观看。

打擂时间到了，八月十五日这天，天公也作美，秋高气爽，天气晴朗。大清早溪州男女老少就高高兴兴从四面八方奔向王城，涌向打擂的草坝坪里，打擂还没开始，坪里已是人山人海了。人们观看坪里高高耸立的木头擂台上，插着各种旗帜，随风飘扬，台子两边早已排着锣鼓队、牛角号队，锣鼓打得震天响，牛角号吹得犀利震耳。台前边摆着几排长凳，凳上坐着吴王吴著冲，惹巴冲，向伯林以及王宫的一些官员，吴红玉小姐今天也特地来到台前就座，她就依偎在驸马彭士愁身边，吴王手下的几员大将努力嘎巴、科洞毛人、昔枯热其、田好汉等人也在后排坐着，努巴可与他的卫队官兵站在左右守卫着。努巴可看见驸马与吴红玉坐在一块儿，气就不打一处来，两眼恨得通红，好像要吃人一样。他在王宫里造谣说驸马士愁是楚王的探子，放出风声后，吴王不相信，一阵风吹过，沸沸扬扬过了几天，也就没事了，士愁在王宫里，反而一天天更加得势，很得吴王的信任，逐步掌握王宫里的大权，如今又兴办艺堂，大肆培养自己的人，更是眼红，恨得不得了，咬牙切齿发誓一定要除掉这个眼中钉肉中刺驸马，他常时注意着士愁的一举一动，就是难以找到下手的机会。

擂台上二十个艺堂选出的拔尖学子穿着习武衣，全身上下扎得干净利索，一个个雄赳赳气昂昂摩拳擦掌，斗志昂扬，跃跃欲试，他们都暗暗下定决心，今天一定要为艺堂争光。

草坪坝里另一个角落空出一块大坪，这里是人牛搏击与骑马射箭的场地，四周有兵丁守卫着，看客们不准入内，场里拴有二十匹战马，膘肥体壮，也被今天的热闹场面所激动，不时扬鬃嘶吼着，欢乐得跳起来。旁边还拴有白牦牛三头，它们在静静地吃着草，一点也不着急，好像在为今天的比赛搏斗暗暗加油添力，场子另一头不远处的墙边摆着一溜箭垛，这是为武士们百步穿杨一显身手而置下的显武台。

比赛时间到了，台上主持人彦昭大声宣布："今天打擂比赛现在正式开始，第一项比骑射！"

台上二十名选手立即走下台，走到拴马的地方，每人跨上一匹矫健的战马，驾地一鞭，马像出弦的箭，直奔草坝坪角边的马道，又折身从马道返回，这时每个骑手都拈弓搭箭在手，直奔自己的箭靶，飞骑而去，眨眼工夫，"嗖嗖嗖"连发三箭。这时坪场里四处是一片锣鼓声号角声叫喊声欢呼声，不多时观靶员已验出成绩上报到擂台，前三名神箭手已选出。

吴王对左右道："真不错，这个艺堂才办几个月时间，就出了神箭手，驸马，你做得很好啊！"

士愁回道："谢父王夸奖，这都是父王的功劳呢！"

吴王哈哈大笑："我这驸马真不错！"

主持人彦昭当即在台上大声宣布："比赛进行第二项，请前三名神箭手参加与牛的搏击！"

前三名神箭手听了比赛令后，立即走往拴牛处，每人牵了一头牛来到场坪中央，人牛搏击战开始了，勇士们双手紧紧握住牛角根部，双脚站成八字形，使出全身的力气拼命压住牛头，要牛服输。白牦牛怎能自甘服输呢？它们天生就养成了爱斗的习性，平常时节，白牦牛们见了同类，性子一起来，便会叫着追上去，红了眼伸出脑壳就要打斗起来，那牛角撞得嘭嘭响，八只脚像风车一样不停地打着转，就是双方杀得鲜血长流，也没有认输的，那股牛劲真是疯得让人拍手叫好称道，同时也吓坏了那些胆小的人。今天它们与人相斗，更不能服输，于是你看那三头白牦牛使出了全身的猛劲，狠力地撞着挺着，它们想把双手压住自己头的勇士挑起来，或是用四只脚与全身的力气拼命往前拱，把敌手拱起来抛向空中，再狠狠地踏上几脚，谁知今天这几头白牦牛遇到了强敌对手，它们使出了浑身解数，全身的本领，牛角顶酸了，全身劲使光了，四只脚转得直打晃，也无法斗赢这几个力大无穷的勇士，三个勇士们一双双铁手死死地按住了牛头，白牦牛们就向泰山压顶一样，无法将头抬起，四周的叫喊声："加油，加油"不断，不知是在给勇士们加油，还是在给牛鼓劲，斗来斗去，胜负终见分晓，三个勇士发起了神威，大吼一声："滚！"双手一用力，三头白牦牛便毫无抵抗地双脚一软跌倒在地，很久爬不起来。

这时台上台下场坝内外爆发出了惊天动地的呐喊声，欢呼声，叫好声。人们将三个斗牛勇士用手抬起来不停地抛向空中，最后将三勇士抬到了擂台上。

台下坐着的努力嘎巴，很不以为然，鼻子哼着："这算什么，压倒一头牛能有多大个力？"

科洞毛人接着说："呸，老子只要半只手！"

努力嘎巴："看他们洋洋得意的样子，真好笑！"

这一场人牛搏击，三勇士体力消耗很大，彦昭令人给勇士们送来水喝，让他们擦了汗，吃了些东西，坐在台边休息了一阵。

主持人彦昭走到台前大声宣布："下面进行第三项，搏击术比赛"。这时驸马士愁走上台，三个斗牛勇士也走上台，一齐拜见驸马并施礼。

主持者彦昭宣布道："台上四人，两两一组，驸马是你们的教谕，你们是他的学生，如今在台上无师生之分，只有对手之别，不论是何人与驸马相搏都不得畏惧，必须勇敢相搏！"

三个勇士挺身而应："是！"

彦昭继续道："两组相搏，采取淘汰制，胜者再搏，最后赢者，为本次擂台赛的霸主，听明白了没有？"

四人齐答："明白了！"

彦昭道："下面四人前来抽签配对！"

四人抽签配对毕。

彦昭宣布："下面第一组搏击比赛开始！"两个艺堂学子勇士为第一组搏击者。彦昭发布搏击开始，两人开打。台上台下摇旗呐喊，鼓角喧天，两勇士拳脚相加，你来我往，打得难分胜负，直斗到七十多合，其中一人体力不支，才败下阵。

第二组搏击赛开始，驸马对学子。台下吴王与吴红玉都瞪大了眼望着台上，驸马与学子比赛开始了，学子一点不畏惧，勇敢进攻，士愁也毫不相让，迅猛地出击，毕然学子还是驸马的徒弟，功夫还达不到驸马的水平，双方只交战四十多回合，就被驸马打败了。台下爆发出一阵阵热烈的喝彩声。吴红玉一脸高兴心里乐开了花。

彦昭宣布："下面最后一项，本次打擂霸主的最后决赛开始！"

驸马与另一组胜出的勇士上台，双方在台上彼此施礼问候，即开始比赛。两人是两组的胜者，强者与强者相对，战斗自然十分激烈，二人在台上你来我往，你一拳，我一脚，打得难解难分，双方打过了六十回合，还不见输赢。台下观众被精彩的搏击看得眼花缭乱，比赛越打激烈，观众看得也一阵比一阵紧张。吴红玉心里暗暗为驸马加油。又打了十多个回合，学子的阵脚开始乱了，无法抵挡驸马凌厉的攻势，最后只有招架之功，无还手之力，不得不败下阵来！

人们一下欢呼起来，不少人走上台将驸马高高举起来，有的人喊着："驸马赢了，驸马是霸主！"台上台下喊声一片，叫好声一片，全场欢呼声雷动。

吴王高兴，吴红玉也为自己的夫君当上霸主高兴不已，她便往台上走去，想为驸马送上真诚的贺喜。

吴王身后的努力嘎巴与科洞毛人等都坐不住了，一个个很生气，几个人你看我看你，科洞毛人说："他算霸主，我们算什么？"

努力嘎巴更是不服气："驸马才一个毛头小孩子，他也能与我们相比？"他火得七窍生烟。

"慢，慢，慢！"努力嘎巴大吼着，一纵身就从台下跳到了台上，一双手在台上胡乱挥舞着，"难道我们溪州就再也没有人了？"

他这一吼，吼喊着的人群便立即静了下来，都默默望着溪州这位力大无穷的猛将努力嘎巴，谁都知道他的威猛震撼溪州，今天打擂选出驸马当霸主，那他努力嘎巴算什么呢？还有科洞毛人、昔枯热其、田好汉等人，这个霸主究竟该属谁呢？

"是呀，是呀，"努巴可也在一旁大声喊起来，"驸马是霸主，宫里的那些大将算什么，太狂妄了！"他这时只想火上浇油，把科洞毛人、昔枯热其等人鼓动起来，一齐出手，在比赛场上将驸马士愁打死，以解心头之恨。

有人悄声说着："你们看，好戏还在后头呢！"

不少人点头称是。

高大的努力嘎巴威武地走到驸马士愁面前，两人一比，努力嘎巴比驸马高出一头，身体威猛又壮实，驸马就相形见绌了。努力嘎巴向驸马施礼道："驸马，在下愿与您比试一下！"说着一伸手，台下的人都看见了努力嘎巴那手臂比树杆还粗，吓得人们直吐舌头。

驸马一愣随即点头应道："好，既然努大将军看得起我，要与我比试，可以！"

主持人彦昭立即走到台前大声道："今天努将军上台要与驸马比赛，我们欢迎，只不过先前我们的告示上打擂内容，未曾考虑到宫中将军们也参加打擂一事，如今需要选出一位德高望重的老者做裁判，进行公正评判，你们大家说好不好？"

众人都说："好！"

彦昭往台下一看，便道："下面我们就请向伯林向老官人来当裁判！"众人立即鼓起掌来，有的大声叫好。

台前第一排吴王身边就坐着向伯林。

吴王笑起来道："向老官人，你正好做这个裁判！"

惹巴冲也推他："你正适合，办事公道，不会偏袒那一方！"

向伯林就笑了："行，我去！"他便起身往台上走去。向老官人知道努力嘎巴只是有一身蛮力，头脑简单，一介被人驱使的武夫，驸马爷士愁那就大大不同了。从他去看戏，在戏台上认识士愁后，他就知道士愁非一般人，后来入宫为驸马，当了宫中助理，办艺堂教习文武，向伯林也被聘到艺堂教书，与士愁朝夕相处，他对士愁了解得更多了，这是一个文武双全的人，有心计有谋略，机智勇敢，将来必成大器是办大事的人。向伯林上台来到努力嘎巴与驸马面前道："二位壮士，既然今天要我来当你们比赛的裁判，那你们就一定要服从我的比赛安排！"

二人立即施礼道："一切听从裁判！"

向老官人道："好。一，台上的散搏只算初比，输赢并不重要，做个参考；二是去台下的三次比赛，那就一定要分输赢，赢者便是霸主，输者今后必须得服从霸主指挥，甘为下属，你二人以为如何？"

二人答道："行！"努力嘎巴认为自己力大无穷，这个小小的驸马今日必输无疑，突如其来的变化让士愁感到压力很大，心里也不免紧张起来：努力嘎巴力大无穷，自己确实无法与他相比，今天要战胜努力嘎巴难度太大了。只是既然事已至此，自己也不可能推托不比武吧，只得硬着头皮想办法对付，走一步看一步吧，脸面是很要紧的，决不能在今天这样的大场面里丢了脸！不能让吴王与公主脸上无光呀！

台下吴红玉这时真还替驸马担心起来：他怎么能比得过力大无穷的努力嘎巴呢？今日驸马输定了，驸马输了，那就真丢脸呢！想到这些，吴红玉心慌脸红，简直都不敢望台上的比赛了，她很想劝说驸马不要和努力嘎巴比赛了，可是眼下这情势看来不比是不行的，她的心里有些惶恐不安，今天驸马一定会输的。

向伯林大声宣布道："现在进行第一项比赛，散搏开始！"

努力嘎巴站在台左，驸马站在台右，比赛一开始，努力嘎巴就猛挥拳台，狠狠朝着驸马砸去，他那一拳少说也有千斤之力，一拳砸去，不把驸马打扁才怪呢？驸马士愁只听一阵风声刮来，觉得不好，身子一偏，两脚一跳，立即从台右跃到台左去了，努力嘎巴一拳砸过去扑了空，狠狠一拳没砸到士愁，拳头却砸到了台柱上，痛得眼冒金星，跳到努力嘎巴身后的士愁，这时却乘此机会反手一拳狠狠击在努力嘎巴的右臂上，努力嘎巴痛得跟跄几步才稳住身子，怒火万丈，立即又挥动大拳砸过去，一拳就要把士愁砸倒在台上。士愁从小就习武练功身子灵巧多变，轻功很好，拳术搏击样样精通，他知道努力嘎巴力大，身子不灵，不能与他硬斗，只能采取机动灵活的办法，运用轻功，于是他侧身一钻，躲过一拳，身子像泥鳅一样溜走了，滑到努力嘎巴身后，随身一脚踢到努力嘎巴的后背，这一脚至少也有上百斤的力，努力嘎巴忍无可忍，他没一次打到士愁，反挨了他一拳一脚，他万万没有想到驸马士愁真还不是一个容易对付的人，于是发疯似地挥起拳头，步步紧逼士愁，一拳拳狠狠地打过去，拳拳都会要士愁的命。士愁知道努力嘎巴打红了眼，拳拳都要置自己于死地，于是便也玩起了自己的一套梨花拳，以柔克刚，双手一抖，拳如梨花散开，指东打西，指南打北，来无影去无踪，用轻功运动身子比风还快，四处出击，只见人影晃，拳随影子到，努力嘎巴挥着一对大拳赶快应对，二人在台上转来斗去，四十多个回合过去，努力嘎巴汗流浃背，士愁也十分紧张，二人势均力敌，难分胜负。

站在台下看比赛的努巴可，气得简直要吐血了，真是大大出乎意料，努力嘎巴的铁拳不能把驸马士愁打倒打死，相反，时不时还被士愁打得龇牙咧嘴，疼痛难忍，这个驸马实在太厉害了，一身轻功，无比了得，在台上比猴子还跳得快，努力嘎巴的拳头实难挨到他的身子。笨重的身子累得呼呼直喘气。

这时，向老官人站在一边也为精彩的对搏连声叫好，比了一阵，他看出谁也无法占领上风便大喊一声："停！"

二人只好收了拳。

向老官人走到台前，对众人大声宣布道："刚才努力嘎巴将军与驸马士愁第一场搏击比赛，棋逢对手，不分高下。下面将进行第二场比赛，我们去河边直接分出输赢！"

二人便随着向老官人来到河边。

向老官人对努力嘎巴士愁道："这场比赛主要是比力气大，分三次进行！"

努力嘎巴一听马上咧开大嘴笑了，心里暗想：谢天谢地，向老官人，真是有心助我也，驸马，你那小小个子哪有我的力气大？今天非要你向我低头不可！

这一下，士愁也吃了一大惊：比力气大，我怎能与努将军比，这不是向老官人分明要坑我？天，向老官人，你怎能这样偏心呢！今天肯定是输定了，既然裁判已经定了的比赛项目，他也不好多说了，只能默默接受。

努力嘎巴信心十足，满脸是笑地问："裁判，第一次怎么比？"

向老官人指着身边的茅草说："第一次比赛摔茅草过河，这里有堆茅草，你们二人将茅草摔过河去，谁摔得远谁的力气大，谁就算赢！"

努力嘎巴一听哈哈大笑："向老官人，我的力气大，我先来！"说着努力嘎巴抢先一步走到草堆边抓起一根茅草狠劲使力地往河那边丢去，四周观看的人群瞪大眼看那根茅草在空中飘着，不一会便往下掉，掉到水里被冲走了，茅草根本没摔过河。努力嘎巴气坏了，不由分说又抓起一根茅草，再次运足全身力气，拼命往河那边摔去，结果与第一次一样，茅草在半空中飘了一阵，又低头往河水里窜去。还是没有摔过河。观看的人们哈哈笑起来，努力嘎巴认为这是人们在嘲笑他耻笑他，笑他力气不大，他火了牛脾气来了，今天他一定不服，于是火气很大地第三次拿起一根稻草站在河边，鼓足全身力气，大吼一声，将娘肚子里带来的力气都使出来了，拼命一摔，这一次，他一定要把这根茅草摔过河去，茅草飞上天空，在小河上空飞呀飞，努力嘎巴望着那根正在飞翔的茅草，心里想着：飞吧，快飞，茅草快飞过河吧！观看的人们也不作声，屏息静气地望着这根飞翔的茅草，飞呀飞，茅草终于又飞到河水里顺着水往下游流去了。

努力嘎巴将军想把茅草摔过河的愿望顺着河水流走了，他像打了败仗的将军，很不服气地呆站在那里。

向老官人道："驸马爷，现在轮到你了！"

士愁不作声，众目睽睽下，他走上前来到茅草堆前站定。人们对他投来不信任的目光：你哪里有努将军力气大，他都摔不过河，你能吗？做梦吧！不少人准备看他的热闹，一些人悄悄地说："驸马爷肯定比努将军更惨！"

士愁不管别人的眼光，不顾别人的议论，他在草堆前抓了一些茅草，好好地理顺。人们奇怪了："这是怎么一回事？努将军摔一根都摔不过河，他难道要摔这么多茅草过河？

士愁不声不响将茅草扎成一把，捆好，也不说话，也不看人，轻轻一抬手，只用手那么一挥，这一把茅草就被他轻巧地摔到了河对岸的沙坪里了。

突然爆发出了一阵热烈的掌声。努力嘎巴看得两眼发直人发呆，脸都红得无处放了，只得长长地叹息，默默低下了头。

向老官人说："努将军，你一根茅草都摔不过河，驸马爷却将一把茅草摔过了河，驸马爷的力气不知比你大了多少，你认输吗？"

努力嘎巴点头："认输，我输了，第一次比赛，我输了！"

向老官人大声道："现在进行第二次比赛土纸升天！谁升得高谁赢。"

努力嘎巴争先道："我先来！"说着，便赶快上前从土纸堆上揭了一张土纸，拿在手上，使出全身力气拼命往天上丢去，这张土纸因为太轻，没有飞好高，最多就是五六尺高，便在空中左右飞飘，不一会儿就跌了下来。努力嘎巴接着往天上丢了三张土纸，都飞得不高就落下来，努力嘎巴很气，为什么我这么大的力气，一张土纸都摔不高呢？他真不明白这其中的道理，只气得吹胡子瞪眼地站在一旁生气。

向老官人道："下面驸马请！"

士愁微微一笑，也不作声，走到土纸前拿了几张土纸，又从地上捡了一块小石子。人们都感到惊奇，比土纸升天，这位驸马捡石子有什么用？土纸与石子有何关系？正在观看人群纳闷的时候，只见驸马用土纸包裹着小石子，然后揉成一小团拿在手上，往天上看了看，一摔手就往天空抛去，人们眼睛一眨不眨地望着那纸团，只见驸马出手一摔，那纸团就飞到了半天云里，好高，好高！人们连连惊呼："好，好！高，高！"好大一阵，那纸团才落在小河对岸的溪州上。

努力嘎巴羞得低了头，感到自己的脸都没有放处，不需要裁判的判决，努力嘎巴很明显感到自己又输了，人们对着他议论纷纷，他真有些羞愧得无地自容了。

向老官人道："努将军，你一张纸都只摔了五六尺高，驸马五六张纸都摔到半天云里去了，这是你亲眼所见的事实吧？"

努力嘎巴点头承认："是！"

向老官人评判道："努将军，这一次你又输了！"

努力嘎巴叹气道："我承认又输了！"

向老官人道："加油吧，最后还有一次，手打蚂蚁你可不能再输啊！"

努力嘎巴扎着袖子，拍着胸脯道："向老官人，这一次，你看我的，一定要赢，保证让你满意！"

向老官人点头："好，努力吧！"

努力嘎巴走向河边一块大石壁，石壁表面高高低低，凹凸不平，石头上正有不少蚂蚁在忙碌着，来来往往紧张地奔跑着，也许它们也在互相传唤邀约着，大家一起赶去参加蚂蚁王国的一次盛大集会呢！这个时候，努力嘎巴可不管蚂蚁的会议，他只要表现自己的力气大，努力嘎巴索性将自己的衣服脱了，赤膊上身，嗨的一声捏起了拳头，众人一看，那拳头真还不小，比吃饭的碗还大，这一拳下去没有千斤至少也有八百斤，莫说不知有多少蚂蚁要被打成肉末，就是那石壁也该打出擂钵大个洞来，不少观众都伸出大拇指称赞。努力嘎巴如今也很自信，他相信自己的铁拳天下无敌，力大无穷，这一拳下去，蚂蚁不死一千，最少也会死去八百，那个驸马怎会有他这么大的力气呢？他踌躇满志，举起了铁拳，运足全身力气，对着石壁上爬得正起劲的蚂蚁们发起了凌厉的攻势，一连三拳打去，只见石壁上的石块纷纷掉落，努力嘎巴的拳头也变得血肉模糊了，痛得他呲牙咧嘴，双手抱着，直喊哎哟。围观的人群哈哈大笑起来。努力嘎巴忍着痛咬着牙："你们快看，看我打死了多少蚂蚁！"

向老官人走过去一看，只见石壁破裂处，并没死多少蚂蚁，成群结队的蚂蚁们若无其事，依旧排着队伍，很有秩序地前进。努力嘎巴自己也惊呆了，喃喃地道："怎么是这样一回事，难道我的力气还不大吗？"

向老官人道："努将军，下面请看驸马的身手吧！"

士愁走过来，站在石壁前，努力嘎巴根本不把他放在眼里，驸马那手瘦筋筋的，像个干柴棒，哪里有什么力，怎能与我相比呢？驸马看了一下蚂蚁也不说话，更不捏拳头，他怎么打蚂蚁呢？努力嘎巴奇怪了，瞪大眼看驸马，只见驸马伸出一个手指头，飞速地伸向那些蚂蚁，轻轻地毫不费力地捻按起来，手下便是一串串死去的蚂蚁，不多久，整个石壁上爬着的蚂蚁线就不见了，所有的蚂蚁都被他轻轻地按死了。

努力嘎巴呆呆地看傻了眼，观众们也看得没有了声音。

向老官人拉拉努力嘎巴道："努将军，你看清了没有？"

努力嘎巴好像从梦中醒过来，连忙道："看见了，看见了。"

"努将军，你看这第三次比赛怎样？"

努力嘎巴红了脸说话结巴起来："这个，这个，我，嘿，又……"

向老官人道："你一个拳头不如驸马一根手指的力，你的力大还是驸马的力大？"

"驸马的力大，驸马的力大！"努力嘎巴只得承认。

"努将军，"向老官人说，"今天比力气大的三次比赛，你一次也没赢，按比赛规定，你是输了，输者必须听从赢者的指挥，今后你就得服从驸马的调令！"

努力嘎巴应道："是！"说着便走到驸马士愁面前一下跪倒在地拜着，"驸马在上，末将努力嘎巴今日比赛败于驸马手下，日后心甘情愿一切听从驸马调遣！"

驸马士愁很高兴，笑着说："努将军是宫中大将军，武功高强，无人能敌，驸马我深为敬佩，今日比赛我虽胜，但不须放在心上，不打不相识，头回生二回熟，今后我们就是好朋友了，请起！"说着便伸手将努力嘎巴扶起来。

努力嘎巴道："谢谢驸马如此看得起，我努力嘎巴与科洞毛人，今后只要驸马吩咐，一声令下，就是上刀山下油锅我们拼了命也会往前冲！"

驸马伸手紧紧抱着努力嘎巴道："好，努将军你与科将军，今后就是我的好朋友好兄弟，有福同享，有难同当！"

努力嘎巴回道："好，愿为驸马效力！"

第27章

宫中夜追刺客误中计

这些天，士愁与彦昭很高兴，他们没想到打擂赛，不仅极大地提高了艺馆的声威，得到了吴王的夸奖，宫中上下赞不绝口，在百姓中也造成了很好的影响，来艺馆报名学习的人越来越多，让他们掌握了一支得力的几百人的军队，扩大了自己的实力。更让他们没想到是竟然在打擂赛里得到了意外的收获，那就是收服了王宫中的两位大将军努力嘎巴与科洞毛人，这二位将军今后心甘情愿服从驸马调遣，这是多么令人振奋的大事啊！

夜晚，王宫外王城里霄天阁酒楼里一间清静幽雅的房间里，坐着驸马与彦昭，还有努力嘎巴科洞毛人，他们在酒桌上兴意盎然地喝着酒。驸马士愁与彦昭，轮番地向二位大将军敬酒。酒过数巡之后，努力嘎巴道："在下与科将军今天受到驸马爷的热情款待，驸马将我们当朋友与好兄弟，我有一个提议，不知驸马爷愿听否？"

士愁很高兴地说："努将军，不要见外，我们是朋友好兄弟，一家人有什么话不可说呢？"努力嘎巴便道："驸马爷，闻听三国时，刘备关羽张飞有个桃园三结义，在下与科将军想与驸马兄弟义结金兰，不知可否？"

驸马一听，高兴得不得了，立即乐滋滋地回道："好，承蒙努将军科将军看重我们兄弟，给我们面子，没话说，今天我们四人就在此义结金兰！"

努力嘎巴与科洞毛人都高兴得不得了。自从士愁入宫招驸马以来，他们看见士愁逐步得到吴王的欢喜，让驸马当了宫中助理，戏班子的人开始掌管宫中事务，还同意驸马办了艺馆，艺馆又办得很好，在溪州一日日声望很高，士愁与他戏班子的人，个个都是能文能武，吴王已经老了，明眼人都会看出今后这王位肯定是交给驸马爷了，如今能巴上驸马自然对自己是一件天大的好事。

不一会儿，酒店小二就提了一只鸡公过来。彦昭接在手上，用刀在鸡脖子上一抹，鲜红的鸡血就洒进了四个大酒碗。

　　四个人端着酒在桌前站定，努力嘎巴道："我们四位兄弟，驸马是大哥，按年龄我排行第二，科将军第三，彦昭老四！"

　　众人："行！"

　　四人跪在地上拜了天地又互拜，然后端起酒碗道："今日四人义结金兰，不求同年同月生，但求同年同月死死，有福同享，有难同当……"

　　拜完，四人一仰脖子同把鸡血酒一口喝干。

　　昨天夜里，努巴可在叔叔惹巴冲那屋里喝得酩酊大醉，酒桌上甚至对着惹巴冲哭了起来。惹巴冲有些发怒，将他骂了一顿："真不像个男子汉，为了个女人至于这么痛苦吗？没骨气！"

　　努巴可一把鼻涕一把眼泪地哭诉着："叔，你不知道，我心里有多喜欢她！"

　　"这有什么用？如今已经是他人的妻子了，肚子都被搞大了！"

　　努巴可埋怨着："叔，都是你不好好帮我的忙，我要你去吴王那里好好说亲，你只是敷衍一下！"

　　惹巴冲一下又火了："这能怪我吗？我向吴王提了，他没开口答应，说婚事要由儿女们自己做主，他推辞了，我也不能强迫他！我问你，后来吴王公开出榜招亲，你有本事为何不去应聘，如今反来怪我？"

　　"叔，我去了，谁知她们招亲名堂多，第一道门上就是要对对联，出了上联对下联，叔你知道侄儿，除了会舞刀弄枪外，对那些读书写字狗屁不通，怎会对对联，第一道门都没得进！"

　　"这就是你没本事，没本事还想当驸马，你这种人公主能看上吗？"

　　努巴可不服输："我有什么不好？我的本领比谁差？我是卫队长！驸马士愁也不一定能打赢我。"

　　惹巴冲挥挥手："算了算了，光会点武功不行，还要有这个……"他拍拍脑壳，"能文能武，会动脑，这一点你比驸马差多了，不要吃了几杯酒，灌了点马尿就在这里发疯，老子就见不得你这种人，没本事手还伸得老长老长！要这要那，公主是金枝玉叶，你也高攀得上，也不看看自己几斤几两。"

　　叔叔一顿臭骂，努巴可只得忍着气道："叔，不是侄儿硬要娶吴小姐，你不想想，如今招了戏班子的士愁为驸马，吴王无儿子，今后他肯定把王位传给驸马，我们的计划不是就要落空了？这才是大事喟！"

　　"这，这个还真有点……"惹巴冲抓着脑壳，"真有点不好办！"说完他也愣住了，"如今戏班子班主士愁当了驸马，日后吴王肯定把王位传给他。"吴著冲心里原来也打了个小九九，他与吴著冲结义，是看见吴著冲无儿子，以为今后吴著冲死了，他就可以义弟之名继了溪州这块地的王位，没想到半路杀出个程咬金，吴王招了驸马士愁，这个驸马又不是等闲之辈，如今在宫中上下都很得宠，当了宫中助理，管着宫中事务，特别是还兴办了艺馆，开馆教徒，手下现有文武双全的学子几百人，新近打擂又把宫中大将努力嘎巴科洞毛人收到麾下，势力一天比一天大，今后吴王归天，这不顺理成章就该驸马继承了王位，哪里还有他的份呢？想起这些，吴著冲心里也不是个滋味，不过自己也只能眼睁睁看着驸马日盛一日，没有办法阻止，他无可奈何道，"到哪个坡唱哪个歌吧！"

努巴可说："叔，我们不可以这样等着啊！"

"不等，你有什么法？"

努巴可狠狠地将酒杯往桌上一顿道："叔，现在下手还不晚！"

惹巴冲急问："怎么下手？"

努巴可低声道："叔，办法还是有的，如今戏班子在宫中还没成大气候，羽翼未丰满，我们先下手为强，马上把他们除了！"

惹巴冲一惊："把他们除了？你说得轻巧。"

"除了他，就去了我们的心腹大患！他抢了我的女人，我就要取了他的人头，这仇非报不可！"

惹巴冲摇摇头警告道："这不是容易的事，上有吴王罩着，下有公主护着，他们身边还有人，你怎么除他？不要乱来，不要羊肉没得吃，反惹一身骚，给自己添麻烦。"

努巴可道："这些日子我思来想去，终于想出了一个好办法！"

惹巴冲问："什么办法，说！"

努巴可道："侄儿不是在宫中当卫队长吗？"

惹巴冲："我知道！"

努巴可就轻声说了起来。听完后，惹巴冲连连点头："这个办法好！"

努巴可说："这事还得要叔叔好好配合！"

惹巴冲："怎么配合？"

努巴可又低声说了起来："……你只要拖住吴王就行了。"

惹巴冲一拍酒桌子："行，好，就这么干！喝酒！要干就趁早，免得夜长梦多！"

近些日子，吴王吴著冲很高兴，宝贝女儿吴红玉招到称心如意的驸马，实打实对公主好，女儿万分快乐，他也把心上一块大石头放下了地。据观察，这个驸马不是什么楚王派来的探子，能文能武是个做大事的人，日后自己将这个王位传给他，看起来是不成问题的，这点他在心里也有了小小的盘算，吃了颗定心丸。心里一乐，手下人也就更顺他意，宫中的事情，能丢的便都丢给驸马士愁去管，自己乐得当甩手掌柜，图个清静享快乐。

这日，义弟惹巴冲来了，笑眯眯地说："大王，我给你带了几样好东西！"

吴著冲问："老弟，带了什么好东西？"

惹巴冲神神秘秘地说："这都是大王最喜爱的东西，我是花了心思，从很远的地方弄来的！"

吴著冲一脸惊讶："真的？东西呢？"

惹巴冲低声道："东西我怎能大明大白提到你这里来，我带你去个地方！"

吴著冲一脸高兴："行！"

不多久，惹巴冲便领着吴著冲来到王宫里一间房里，指着桌上道："东西在这里！"

吴著冲一看，桌上摆着几瓶酒，还有一些鞭之类的物品。

惹巴冲道："这些都是大王的心爱之物！今天就在这里品尝！这个酒是从云贵弄来的虎骨壮阳酒，这是虎鞭，豹鞭……"

吴著冲又惊又喜："老弟，你真费心了！"

惹巴冲道："大王，我们兄弟间，还分什么彼此呀，为你做这点小事是应该的！"说着便请吴著冲入席，二人大吃海喝起来。

吴著冲喝了几口酒，连声道："好酒，好酒！"

惹巴冲道："我为大王准备了好几瓶，等下派人给你送去！这种壮阳酒，保证你一夜做事做到通天亮，腰不酸背不痛，叫做金刚不倒。"

吴著冲哈哈大笑："谢谢老弟多多关照了！"

他们坐着一边谈话一边喝酒，天黑很久了，吴著冲感到身上一阵阵热辣辣的难忍，惹巴冲看见他心急火燎的样子，便将他送回王宫安息。吴著冲一回到宫里就迫不及待地滚到女人堆里去尽情享受去了。

义馆里新近招了一批学子，士愁白天教他们习武，身子有些累，回到后宫，吴红玉早已望眼欲穿地在宫里等着他，吴红玉对驸马特别喜欢。这些天，她不停呕吐，吃不下东西，田茵茵发现她神色不对就关切地问："小姐，你怎么啦？生病了，要不要找药师来看一看？"吴红玉说："我也不知道，只知恶心不快活，想呕吐！"田茵茵说："我去找药师来看一看！"

不多久，宫里的药师就来到吴红玉的房间，药师问了情况，一把脉，随后即笑起来。

田茵茵说："药师，你笑什么，小姐是得了什么病？"

药师看了病后笑着说："恭喜小姐，你有喜了！"

吴红玉一惊："我有喜了？"

药师说："对，小姐，你怀孕了，肚子里有小孩了。这呕吐不要紧，我开点药吃就行！"

吴红玉一下就高兴起来，田茵茵也笑了，她为小姐高兴。

药师走了以后，吴红玉乐得一下抱住田茵茵道："我有了！"

田茵茵笑道："恭喜小姐！今后你要好好注意身体啊！"

吴红玉点头："一定好好注意！"她轻轻地摸着肚子，现在她怀了驸马的孩子，更是欣喜若狂，也有一种骄傲的感觉。一个女人能为自己心爱的人生孩子，这是一件很幸福的事情。

晚上，驸马与吴红玉躺在床上，驸马轻轻抚摸着她的肚子，吴红玉问："你听到儿子的声音吗？"

驸马用手摸着："没有，没有听到他讲话。"

吴红玉嘻嘻笑："我听到他在肚子里动呢，这个小家伙很不老实，他在肚子里不停地弹着踢着！"

驸马乐滋滋地道："好，好，我的儿子长大了！你要好好休息！"吴红玉快乐地依在驸马身边，静静地含笑睡着了。

驸马听着吴红玉轻微的鼾声，一直难以入眠，他睁着眼，想起了远在马公坪的妻子李氏与儿子师裕，儿子应该有一岁多了吧，能够叫爹了吧？快有一年没见了，他心里还真想着妻儿与老母亲呢，不知她们现在怎样？今后回家我怎么对她们说呀！还有辰州府的爹，一定很急很急了，不知他的兵马准备得怎样了，我这里，唉，如今我当了吴王吴著冲的女婿，以后要亲手杀掉自己的岳父，这可怎么办呢？身边的吴红玉能同意吗？如今她又怀了我的儿子，吴王对自己也很不错啊，我能恩将仇报下得了这个狠心去杀他吗？他脑子里一片糊涂，越想越乱，为何事情弄得这么糟糕啊！这，这叫我怎么办呀？

半夜里，驸马才迷迷糊糊地睡着了。好像是在梦中吧，驸马猛地听到宫中有人大喊着："有刺客，有刺客！宫中有刺客！"驸马一下惊醒了，一纵身从床上跳起，伸手迅速抓起床头边的剑，吴红玉也惊醒了问："什么事？"驸马道："有刺客！"这时睡在隔壁的田茵茵等使女们也提着刀剑走过来。

驸马对她们说："不要慌，你们好好保护公主！我出去看看！"

众使女应道："是！"

吴红玉叮嘱道："驸马，你要小心！"

驸马应道："是，我会小心的！"说着便关上门提着剑走了。

驸马出门，只见外面不少兵丁提着刀剑在宫中急急奔跑，驸马问："哪里有刺客？"奔跑的人也不答话。驸马便跟了过去。

突然有人大声喊："抓刺客啊！"这一喊，兵丁们从四面八方一下拥了出来，宫廷卫队长努巴可带着一伙人冲过来，指着驸马，"他就是刺客，杀啊！"

卫兵们的大刀长枪一齐杀向驸马士愁。士愁还不知道怎么一回事，丈二和尚摸不着头脑，立即就被当成刺客包围了，刀剑就杀到他身上来了，士愁无法，急忙举剑自卫，他见势不好，只得大声喊着："搞错了，我不是刺客，我是驸马！"

没有人听他的喊叫，努巴可不管驸马的呼喊，对卫兵们大声喊着："杀啊，他就是刺客！"带头挥着刀向驸马砍杀。兵丁们搞不清谁是刺客，听他们的头儿卫队长这么一喊，以为眼前的驸马就是刺客，自然个个奋勇当先往前杀来。卫队长努巴可看见被包围的驸马，心里乐得开了花，暗暗地道：士愁呀士愁，你这个可恶的家伙，夺走了我心爱的女人，今天你终于落进老子的圈套里，天王老子也救不了你，哼，老子要把你碎尸万段，方解我心头之恨！你今日必死无疑！他知道吴王已被叔叔惹巴冲灌了虎骨壮阳酒，此刻正在女人们身上取乐，不会派人来相救，他可以放心大胆把驸马当成刺客除掉，杀了驸马公主就是他的了，想到这里他心里比吃蜜糖还甜。他挥着刀大喊着："杀刺客者奖！"手下卫队兵丁如疯子一样往前攻去。

突如其来，天降灾祸，此刻士愁明白了，这一切都是努巴可用的诡计，自己一不小心就掉进了努巴可的陷阱里，一切都已晚了，自己太不小心了，中了计，没办法，只有拼死一搏。驸马一把剑左攻右挡，虽然杀伤不少兵丁，但卫队兵丁一拨拨不怕死地往前攻来，驸马士愁本领再高强，持续下去恐怕也难以抵挡，形势十分危险，此刻士愁才明白，自己已经中了努巴可的奸计，今日他是要置自己于死地。独自一人身陷包围之中，纵有千般功夫，也无法抵挡住宫中卫队潮水般的进攻啊！看来命该绝矣！

　　住在后宫木房里的戏班子，由彦昭统管着，这天夜里，突然听见前宫里大喊着"有刺客"，彦昭等人一下都惊醒了，彦昭立即命令大家拿武器在手，以防不测，于是众人穿好衣服，拿起刀枪，守在门边。彦昭说："现在情况不明，大家不要乱动！"士愁曾一次次提醒他们，如今虽身进王宫，但这里仍是虎狼蛇窝，时刻都有生命危险，必须时时都要百倍警惕，保护好自己的安全，不能出一点差错。彦昭心里明白，哥哥士愁如今住在公主那里，戏班子都交给了自己，肩负重任，几十个人生命安全都交到了自己手上，不能有丝毫的闪失。他立即派了两个人出外打探消息。

　　过了一阵，打探消息的人急急奔回来说："卫队长努巴可带了一帮人，正围着一个刺客在前面厮杀！"

　　彦昭问："什么刺客，你看清了没有？"

　　打探消息的人道："人太多，场面混乱，刺客没看清！"

　　彦昭心想：我们在宫中住了几个月，从未听说过有刺客，在溪州这个地方，谁有这么大的胆子，独自一人敢来宫中行刺？他越想越觉得这其中必有蹊跷，便对大家道："走，我们去看看！"

　　彦昭率着戏班子兄弟便出了门，前往出事的地方奔去。

　　途中，突然遇见努力巴嘎也带着一伙兵丁奔了过来。便问道："二哥，你也来了？"

　　努力嘎巴道："听说宫中有刺客，我睡不着觉，便急急带人来了。"

　　二人带着队伍急急奔了过去。

　　驸马彦士愁虽然一次次杀退了卫队兵丁们的进攻，但是努巴可一点也不放松，今天他非要置驸马于死地不可，便大喊着逼着卫队官兵拼命往前冲杀。驸马士愁一人难抵四面八方的不停进攻，他身上已有几处刀伤，流着血，但依然拼死在抵抗着，他一把剑十分凌厉，碰着者断肢，挨着者亡，兵丁们也十分畏惧，不停地退缩着。他知道自己负了伤，但手中的剑不能停，一旦停下，这么多刀枪的进攻，他很快就没命了。他抵抗着，希望能有什么奇迹出现！

　　彦昭与努力嘎巴一行赶到，彦昭一看被围者的熟悉剑法，就大吃一惊：这不是我们彭家祖传的天女散花剑法吗？再仔细一看，中间所围者是驸马士愁，这是怎么一回事？他吓了一大跳，全身就急出了一身大汗，立即对努力嘎巴道："努将军，不是刺客，围着的是驸马爷大哥！快救他！"

　　努力嘎巴也大吃一惊，吓一跳："是大哥？"

彦昭道："没错，是他，他危险，快救他！"

努力嘎巴立即带人冲上去，对着卫队长努巴可大喊着："停，快停！"

努巴可一回头看见努力嘎巴，吃一惊："努将军，你也来了？"

努力嘎巴狠狠盯他一眼，立即挥着刀冲了进去对卫队兵丁们吼着："快停，不要打了！"他的兵丁一下都冲了进去举着刀枪。

卫队兵丁们听着这一吼，见是努大将军带着人来了，手中刀枪便立即都停了下来。努力嘎巴此时看见，中间被围着厮杀的是驸马爷大哥士愁，全身已多处负伤，正流着血，便走上前去，拉着士愁道："大哥，兄弟来迟了，让你受苦了！"

士愁道："谢谢你来相救！"

努力嘎巴气愤地对卫兵们吼着："你们都是吃干饭的，瞎了狗眼，这是驸马爷都不知道，哪里是什么刺客，滚，滚，滚！还不快滚，老子杀了你们。"

卫兵们吓坏了，哄一下作鸟兽散逃开了。

卫队长努巴可气得话都说不出，今天除掉驸马爷是绝对有把握的，眼看驸马爷已负多处伤，很快就能取命了，好端端的一件事，却被努力嘎巴搅黄了，他真是哑巴吃黄连，有苦说不出，如意算盘落空了。

努力嘎巴大声吼着责骂着："努队长，你这是怎么搞的？追刺客追到驸马身上来了，眼睛瞎了！"

努巴可此刻只好上前掩饰赔礼道："对不起，驸马爷，大水冲了龙王庙，夜间没看清，慌乱中，一家人不识一家人，却让刺客逃走了，自家人斗了起来，真不好意思，对不起！驸马爷，我向你赔礼道歉了！"

士愁狠狠地瞪了他一眼，没作声。

努巴可带人气冲冲地走了。

努力嘎巴望着他的身影狠狠地骂着："神经病，瞎了狗眼！"

彦昭他们一齐上前，彦昭道："兄长，你受伤了。"

士愁道："没有事，一点小伤！"

彦昭喊着："快叫药师来！"

士愁对努力嘎巴道："努将军，谢你了！"

努力嘎巴扶着他："谢什么，大哥，兄弟来迟了，今后谁要是敢伤害大哥，我就要了他的狗命！"

众人拥着士愁往后宫走去。

第28章

情为何物岂忘大义

夜深了，惹巴冲还在房里慢慢喝着酒，一边喝酒，他的耳朵却在紧张地听着门外的声响。

突然，一阵急促的脚步声响了过来，他立即放下酒杯，挺直腰身，很兴奋地坐着，两眼直望门外。

侄儿努巴可慌慌张张一头撞了进来。

惹巴冲急急问："成了？"

努巴可一屁股跌坐在椅子上摇头。

"没成？"

"没成！"

努巴可将剑往地下一丢，端起桌上酒壶咕嘟嘟地往肚子里灌起来。

惹巴冲皱起眉头骂："一群饭桶，那么多人杀不了一个驸马，真是他娘的窝囊废。把人都气死了。"

努巴可将酒壶重重地往桌上一放怒冲冲地说："本来他今天是逃不脱我的掌心，被我的人包围了，可他本领高强，一人杀伤了我不少弟兄，后来他身上多处负伤，眼看抵挡不住了，我的人正要杀他，这时却出了事！"

惹巴冲瞪大眼急急问："出了什么事？"

"努力嘎巴与戏班子的人闻讯都赶了过来，努力嘎巴带了很多兵，救了驸马！"

惹巴冲将手中一个酒杯往地下狠狠一砸："他娘的，这个努力嘎巴真是狗捉耗子多管闲事，一桩好事被他搅黄了，真气人！"

努巴可低声道："叔，你不知道，我已探得消息，驸马打擂后，努力嘎巴，科洞毛人就归附了驸马，听从驸马指挥，听说他们还拜把义结金兰，走得很近，同穿一条裤子！"

惹巴冲吃一大惊，全身一震："有这事？"

"有这事，千真万确！我已打探得清清楚楚！"

惹巴冲道："看起来这个驸马真是不简单，他野心大着呢，他知道在王宫里拉帮结派，肯定是奔王位来的！"

努巴可说："叔，这个驸马是我们的心腹大患，必须得除掉，有他在，王位我们就无指望了！"

"太可惜，"惹巴冲叹气道，"今晚是最好的机会，你错过了，今后他加强了防备，想下手就更难了！"

努巴可气哼哼地说："必须把他除掉！癞蛤蟆躲端午，躲得了初五，躲不过十五。"

惹巴冲："有他在，是你夺取王位的最大障碍！吴王能把王位传给你？"

"是的，吴王现在很相信驸马，让他建了艺馆，手下有人，又在宫中大肆拉拢将领，驸马的势力一旦强大，我们就没有唱戏的份儿了，夺王位就是一句空话，只能是梦想了，他是最大的祸害。"

惹巴冲："不能让他得逞，一定要千方百计想办法，把驸马除掉越快越好。"

"叔，你快想办法吧！"

吴红玉看见驸马一身是伤回到宫里，一下惊呆了，才这么一会儿，驸马就满身是伤，她抚摸着伤，心痛得说不出话来，彦昭急忙将他扶着坐下，戏班子的药师赶快给驸马治伤。

吴红玉看着驸马身上的伤口十分气愤地问彦昭："怎么一回事？谁把他打伤了，天大的胆子。"

彦昭道："公主，驸马出去抓刺客，谁知他刚一出门，就被宫里的卫队官兵包围了，卫队官兵团团将他围住，不停地向他一人发起攻击，努巴可说他是刺客，指挥卫队要把他杀掉。"

吴红玉一听十分恼怒起来："努巴可真可恶！我一定不会饶过他。"

"公主，这一定是努巴可设下的圈套，想要杀害驸马，幸得努力嘎巴将军及时赶到，才救下驸马！"彦昭说。

驸马士愁道："我中了奸计！"

"哼，我绝不会放过他的！"吴红玉大发雷霆，"努巴可他竟敢对驸马下毒手，无法无天了！"

彦昭道："公主，自从驸马与你成亲后，努巴可就将驸马当成了情敌，恨透了驸马，屡屡想加害于他，努巴可仗着他叔叔惹巴冲的势力，在宫中为所欲为，这一次竟然明目张胆要杀害驸马，根本不把你这个公主，还有你父王放在眼里，真是太猖狂了！"

"真气死我了！"吴红玉恼怒得一下拔出宝剑，"我就去杀了他！"

驸马连忙阻拦喊着："公主，快停下，你不能去！你怀有身孕呢！"

吴红玉吼着："我就要去，这口恶气咽不下，我要去替你报仇！他敢伤害驸马，我与他誓不两立。茵茵，我们走！"

彦昭伸手赶忙拦着："公主，你不能去！"

驸马哄着吴红玉："你这样子怎么去？你身上已有我们的孩子，怎能去打斗？要报仇是我们男人的事，你不要动气，你的头等大事就是要保护好我们的孩子。"

田茵茵也劝道："是呀，公主你不能去！听大家劝。"

吴红玉咬牙切齿地说："不能就这么便宜了他！"

驸马说："放心，你好好休息，我会好好处理的！"

彦昭等人都走了。

吴红玉抱着驸马道："看见你负伤，我心痛如刀割！"

驸马："谢夫人关心！"

吴红玉抚摸伤口："伤口还痛吗？"

驸马淡淡地笑："公主，早就不痛了，我们戏班子的医师很厉害，给我伤口上了药，很快就不痛了。"

吴红玉看着驸马身上的伤口，眼圈都红了："不痛就好。"

驸马应着："不痛了，亲爱的，这点皮肉伤不算什么，敷了药过几天就会好的！"

"驸马，卫队长努巴可是你的大仇敌，你千万要小心。"

驸马一下将吴红玉抱在怀里说："我明白，他吃醋呀，你想想，我娶了你当了驸马，他能心甘吗？他由怒而生恨，恨死我了，把我当情敌，时时都想把我杀了，今天差点就没命了！"

吴红玉点头："对对对，他是在吃醋，他也曾想当驸马，只是本宫看不上他，可谁知被你当了，他自然恨你，要杀你，你以后要当心那家伙！"

驸马点头："我会当心的！"

吴红玉摸着肚子说："驸马，你看这个小家伙在我肚子里踢呀，蹬呀，整天急着想要来看爹啦！"

　　驸马哈哈笑起来，把耳朵伸向肚子道："我来听听，儿子想要与爹说话了，听听他都说了些什么？"

　　吴红玉也笑了："你听，你听！"

　　驸马附在吴红玉肚子上听了一阵道："我听见了，他在说，爹，娘，我想你们了，我要出来了！"

　　吴红玉嘻嘻笑起来："你鬼，胡说，时间还长着呢！"

　　驸马抱着吴红玉："我知道，我这是闹着玩，哄你开心呀！"

　　吴红玉伸手在驸马鼻子上刮一下："你就是会哄我开心！"

　　驸马说："你是公主呀，我不哄不行呀！我能娶到你这样一个貌美如花的公主为妻，真是八辈子前就交了好运！"驸马给公主送上一个甜甜的吻。

　　公主乐开花，她心里也很满足，能找到这样一个文武双全有本领又能干的驸马，她真是万万没有想到，成婚半年了，她只知道驸马是带着戏班子来溪州的，究竟他们从何处来，是些什么人，她还从来没问过呢？她一下从驸马怀中挣出来问："驸马，我问你，老实说，你们戏班子从哪里来，你是什么人？"

　　士愁一怔，吴红玉怎么突然问这个问题，他该怎么回答呢？他默默地没有作声。

　　"怎么，不肯说？"吴红玉瞪大眼望着彦晞，"有什么说不得的？"

　　士愁知道这个问题迟早总得让吴红玉明白的，只是现在是不是应该说呢，他一时也拿不定主意。他怕一旦说了，便会将整个戏班子以及他们来溪州的目的全部暴露，前功就会尽弃，楚王与爹夺取溪州的计划就会落空。

　　吴红玉望着沉默的驸马问："你一定有什么秘密瞒着我，你不肯说是不是？"

　　士愁吞吞吐吐，不知该怎样回答："我……"

　　吴红玉一下跳起来，随手就拿剑在手，指着士愁道："你说不说？说！"

　　士愁伸着头："你杀吧，杀了我！我也不说。"

　　吴红玉用剑指着士愁，瞪红了眼吼着："你，你以为我真不敢杀了你？"

　　士愁一点也不怕地把头往前伸："来吧，杀呀，你想杀就杀，杀了我，你肚子里的儿子一生出来就没了爹，你也要当寡妇。"

　　吴红玉一愣："你要挟我？"

　　士愁不慌不忙说："这是事实，杀了我，儿子就没了爹！"

　　吴红玉愣了一下，将剑丢了，扑过来抱着驸马哭起来："我们现在是夫妻了，我是你的人，生是你的人，死是你的鬼，如今还怀了你的孩子，你还有什么秘密不能对我说？你不相信我？"

　　士愁一把抱着公主："我不能说！"他将她紧紧抱在怀里，"公主，我不是不想说，也不是不相信你，有意想瞒你，我是不敢说呀！你不知道为最好。"

　　"有什么不敢说，天掉下来，我和一起撑着。"吴红玉望着驸马，紧抱着他。

　　"这比天掉下来还大呢！"

　　吴红玉吃惊不小："这么大的事？"她心中怀疑起来，以前宫里曾传说过，驸马是楚王派来的探子，莫非这是真的？她两眼紧紧地盯着驸马，好像要从他身上发现一些蛛丝马迹。可是，什么也没有。

　　士愁道："我说了，你会杀了我的，儿子没了爹，你当寡妇，我怎么能丢下你不管！"

　　吴红玉抱着士愁的脑袋看着问："你就相信我真会杀你？"

　　士愁点头："我相信你会的！"

　　吴红玉摇头："你肯定我真会杀你？"

　　士愁又一次点头说："那是一定的！"

　　吴红玉问："你是我的夫君，我真就舍得杀你？"

　　士愁点头："你会杀我的！"

　　吴红玉不作声，再次望着士愁全身上下仔细地打量着，好像他就是一个陌生人似的，一阵她才叹息一声道："驸马，你现在就是我的半个命，你要是没了，我与孩子怎么活！活着还有什么意思。"说着流起泪来，她又抱着驸马。

　　士愁被感动了，他觉得吴红玉虽然性子刚强像个男人，但对自己的丈夫还是很重感情的，他已深深感到了，他左右为难，想了一想，觉得纸包不住火，迟早吴红玉会知道自己的秘密，还是要把真实情况告诉公主。他把公主抱在怀里问："你真想知道？"

　　吴红玉哽咽着道："你如果不愿说，就不说吧！"

　　士愁在她脸上吻了一下道："你真是我的好妻子，好，我说给你听吧！"

　　"你真愿说？"吴红玉瞪大眼。

　　士愁点头，嘴对着他的耳轻声道："你好好听着，我的父亲是辰州刺史彭瑊，这个戏班子是我从辰州府带来的！"

　　吴红玉大吃一惊，立即将士愁推开瞪大眼问道："这是真的，你是辰州府派来的人？"

　　士愁面不改色心不跳，事情说开了，他反而镇定了，全身也轻松了："是，是呀，我爹就是辰州府刺史！"

吴红玉一下不作声了，她听爹早就说过，楚王多次从辰州府派人来溪州刺探军情，还派军队来攻打过，就是想要夺取溪州这块地盘，如今事情明摆着，这个戏班子与驸马就是他们的探子，是他爹的敌人。她呆了，事情一下明白了，过去的怀疑都是真实的，现在她不知怎么办了。

士愁拿起吴红玉的剑，递到她的手上道："现在你知道了实情，你杀了我吧！"

吴红玉望他一眼，杏眼圆睁恨恨地道："你要我杀你？"

士愁点头："我想你会杀我的，我是你爹的敌人。"

吴红玉拿着剑，全身直发抖，眼里流了泪，摇头叹气："冤家啊，你真要我的命，我怎能杀了你？"

士愁觉得很奇怪问："你为什么不杀我？"

吴红玉说："你是我夫君，我怎能忍心下手？"

士愁道："我是辰州刺史彭瑊的儿子，是来溪州刺探军情的，对你父王不利，是敌人，你为何不杀我？"

吴红玉哭了起来，紧紧抱着士愁。士愁用手绢给她擦眼泪："我知道，你心里很难受，下不了手，一边是父王，一边是夫君，是敌人，你的心痛碎了！"

世上人，有时不知情为何物，这就是情，生死敌对情，父女情，夫妻情，水火不容，誓不两立，如何取舍，怎样分割？

吴红玉哭着说："其实我心里早就有些怀疑，你不是一般的人，你的来历一定大有名堂，果然被我猜中了，你真坏，你是在用美男计害人呢！"吴红玉挥着手轻轻打着士愁。士愁任他打："打吧，打吧，使力打，解你心头恨吧，你恨我用美男计骗了你，如今生米煮成了熟饭，我成了驸马，你已爱上了我，又爱又恨，爱恨交加啊！"

吴红玉打着他骂着："你是个大坏人！"

士愁厚着脸皮："我承认，我是个大坏人！你杀我吧，我保证不还手，一动不动，死在我心爱的妻子剑下，我心甘情愿，毫无怨言！"

吴红玉又一把抱着士愁哭："你这个前世冤家，要我命呀，你没命了，我还能活吗？我肚子里还有我们的儿子呢！他多可怜，还没出世呢！能让他一出世就没有爹？你心真狠！"

士愁给她擦泪水哄着："好，我的好夫人，好公主，不哭，谢谢你不杀之恩！"

吴红玉一下破涕为笑道："以后不许乱说杀呀杀的，我怎么能杀夫君呢？"

士愁点头："那你会告诉父王吗？"

吴红玉连连摇手："傻瓜，这能说吗？他要是知道了，我不杀你，他马上就会杀你头的！"

士愁道："那你给我瞒着？"

吴红玉："不瞒着还能怎样？走漏了一点风声，你和戏班子的人就都没命了，你没命我还能活吗？"

士愁道："谢谢你，如今我们是命运相连，一条藤上的苦瓜了。"

吴红玉叹气："还能怎样？嫁鸡随鸡，嫁狗随狗，嫁块石头抱着走，事已至此，我还能说什么呢？"

士愁双手打一拱道："谢夫人不杀之恩！"

吴红玉又问："今后怎么办呢？总不能偷偷摸摸隐瞒一辈子吧？父王总有一天会知道的，我们的日子怎么过呢？"

第 29 章

吴红玉流着眼泪做寿鞋

吴红玉生病了，睡在床上。一天不吃不喝，急坏了身边的侍女田茵茵等人。

田茵茵虽然是侍女，但多年来一直陪伴在吴红玉身边，二人形影不离，吴红玉已把她当成了自己的好姐妹，田茵茵是一个孤儿，也把王宫当成了自己的家，把吴红玉当成了自己唯一的亲人，她比吴红玉小几岁，跟在吴红玉身边，吴红玉从没把她当侍女，吴红玉也无兄弟姐妹，便把田茵茵看成是自己的好妹妹，教她识字读书，要她与自己一起习武，有什么心事难事都会对田茵茵说，田茵茵很乖巧，聪明伶俐，懂得吴红玉的心情。她知道田茵茵身在宫里，却也十分孤单，母亲在生下她后的第三年因病故世了，吴红玉是奶妈带大，吴王虽然很痛爱她这个唯一的孩子，但必然照顾她的时间有限，所以吴红玉从小得到的母爱父爱就不多，没能很好感受到家庭的温暖，也是十分可怜的，她们二人同病相怜，天长日久生活在一起，便有了很深的互相依恋的感情，真比亲姐妹还亲。吴红玉找到了如意郎君，士愁成为吴红玉的驸马，田茵茵很为吴红玉高兴，为她终于得到称心如意的郎君祝福。田茵茵认为驸马士愁确实是一个能文能武才貌双全的好男人，能与吴红玉结合，真是天造地合的一对好夫妻。一个女人一辈子，能找到一个自己满意的夫君，说难也不难，说易也不易，这人的命运，上天有时安排得不尽合人意，也往往是常事！据她的观察，小姐与驸马成亲以来，日子过得很愉快，小姐心情舒畅，整天都是喜乐融融，她心里为小姐感到万分高兴！不知为何，这两天究竟出了什么事？小姐竟然不高兴了，昨天起躺在床上不吃不喝不作声，有时还暗暗流泪，田茵茵去问她，她也不作声，不像过去那样有什么事都对她说，她知道小姐一定是心里有件什么大事，不愿对她说，是什么事呢，小姐为何守口如瓶，连自己也不肯说呢？。

"小姐，不吃不喝怎行呢？你一天都没吃一点东西了，这样不行，身体要拖垮的！"田茵茵端着碗站在床前非常担心地说。

　　吴红玉用被子蒙着脸，她不想让田茵茵看见她流了泪，她知道在这个王宫里，除了父王，只有田茵茵对她最好，她不想让自己心爱的好姐妹为自己担心。

　　"小姐，你还是吃点吧，你不吃，受得了，可是肚子里的小孩，他受得了吗？"

　　一听这话，吴红玉一下就坐了起来道："吃，我吃！"

　　田茵茵马上笑了起来："这就对了，小姐，天大的事，吃饭才是大事，不能让肚子里的小孩挨饿呀！"

　　吴红玉点头，接过饭碗吃起来："听你的，我吃！"

　　田茵茵看着吴红玉吃东西说："小姐，我再去给你盛一碗！"

　　吴红玉摇手："不必了，现在只要这么多！"

　　"小姐，吴王视你为掌上明珠，如今驸马对你又这般好，王宫里还有什么事情让你不高兴不满意呢？"

　　吴红玉望田茵茵一眼没有作声，又埋头吃饭。

　　"话又说回来，人生在世，多多少少总有些事情难如人意，小姐你要想开些，饭还是要吃的！"

　　吴红玉停了吃东西，望着田茵茵叹气道："有些事你不懂！"

　　田茵茵说："我是不懂，我也不会想那么多，我只认一个理，小姐，不管有天大的事，这饭你还是得吃！"

　　"好，好，听你的，饭我吃！"说着吴红玉大口吃起来。她知道，隐藏在心里的这件事千万不能对田茵茵说。她现在真还没有想好想通，不知该怎么办？一边是父王，生我养我的父王，恩重如山。一边是驸马是自己的男人，是自己今后的依靠，是自己一辈子命运所托的人，这人就是自己今后人生的支柱，是为自己遮风避雨排忧解难创建幸福的人，如今这两个人水火不相容，驸马要杀父王，父王如果知道真相，肯定也会杀了驸马，这，这让我怎么选择呢？她，她太难了，第一次猝不及防地遇到这么棘手的难事，让她这样一个女孩子怎么办呢？她如何承受得了，左难右也难啊！心里真是痛苦极了。怎么把这样一个天下最难的难题摆在她的面前，要她怎么解答呢？

　　吴王得知女儿吴红玉生病了，心里很着急，这还得了，自己的宝贝女儿生病了，他得赶快来看看。这个女儿就是他的命根子，这些年来，他身边女人不知有多少，可是一个个的肚子就是胀不起来，他使出了千般办法，无能为力，好在还是有了个宝贝女儿吴红玉，多年来，他都特别痛爱这个女儿，吴红玉要天上的星星，他也会令人立即架起梯子去摘。女儿大了，王宫里进行了招亲，女儿终于找到一位文武双全的好驸马，女儿满意，他也十分高兴，女儿的终身有了个好依托，做为父亲，他就放心了。对于这个驸马，他也是很喜欢的，自入宫以来，显得很能干，办的艺馆效果很好，通过打擂赛宫中一些将领慢慢都信服驸马了，这让他更是高兴，他觉得自己一天天老了，自己膝下又无子，这个王位今后交给谁呢？他知道义弟惹巴冲垂涎很久，特别是惹巴冲的侄儿努巴可更是跃跃欲试，想要得到这个王位，还想要得到他的女儿！哼，他才不想让他们去坐了王位，他虽然没有儿子，但还有个女儿，如今又招了驸马，女婿半边子，把王位传给女婿总比交给外人好，他已拿定了主意，今后就把王位传给驸马爷，这个驸马爷一定能接过这个王位，并坐得稳稳的，他相信驸马爷有这个能力。如今女儿又怀了孕，肚子里有了驸马的孩子，这也是他吴家的血脉，他就要做外公了，女儿生了病，他能不急吗？

不一刻，吴王就到了女儿的住处。

吴王一进门就大声道："父王的宝贝女儿生病了？"

吴红玉立即挺着肚子迎了上来："父王，您来了！"

"你生病了，父王怎不着急，得了信，我就来了。"吴王坐下关切地问，"现在怎么样？"

吴红玉应道："好多了，父王不必着急，女儿就是一点小毛病。"

吴王望着吴红玉："你瘦了，传药师来看看！"

"谢谢父王，驸马已找了戏班子的药师给我看了！"

"好，这就好！"吴王哈哈笑起来"如今我宝贝女儿已有驸马关心了，哈哈……"

吴红玉脸红了："父王！"

吴王望着驸马士愁道："驸马，本王将公主交给你，你可要好好待她，千万不能欺侮她！"

驸马立即回应道："父王放心，儿臣岂敢欺侮公主，借我一百个胆子也不敢！"

吴王点头："这就好，可怜公主从小失去母亲，你一定不能亏待她，如要欺侮她，我是不答应的！"

驸马跪在地上道："父王，你放一百个心，儿臣发誓，这一辈子，绝对好好对待公主，绝不让她受一点委屈，一定让她幸福！"

吴王："好，这就好，起来吧，不必跪，父王相信你，你是个好驸马，公主看上你，本王也相信你，对你是满意的！"

驸马行礼："谢父王！"

一旁的公主吴红玉，听着他们的问答，心里真不知是什么滋味，酸甜苦辣辛，打翻了五味钵儿，但是一句话也说不出口，不能说啊！这两人，名义上是翁婿，实际上却已是敌人，女婿正秘密谋划着要杀死岳父，推翻他的统治，岳父还蒙在鼓里，一点不知道，残酷啊！女婿表面上装得无事一样，对吴王恭恭敬敬极力讨好着，看看，这……这，吴红玉心里怎不痛苦呢！这是人世间最痛苦的事情，她感到心里如刀割一般地疼痛。她听见父王的哈哈欢笑声，只得强忍着心里的痛苦，脸上也装出一些笑容，尽量让父王感到高兴。

吴王对吴红玉道："女儿，你要多吃些东西，把身子养得好好的，让父王放心！"

吴红玉道："父王，你放心，女儿一定听你的话，父王不必为我操心！"

"我令人给你做些好吃的东西送来。"

吴红玉连连摇手："不要，不要，父王，我这里好吃的东西很多，谢谢父王！"

吴王道："女儿大了，出嫁了，在父王心里你永远是我挂念的女儿！"

吴红玉眼睛湿了："谢父王！"

驸马士愁坐在床边，抱着正在悲泣的妻子吴红玉，轻声劝着："公主，父王是你的爹，也就是我的爹，他能把他最心爱的宝贝女儿你嫁给我，我就很感激他。自我入宫以来他对我很好，并没有对我这个驸马另眼相看，非常器重我信任我，还说今后要把王位传给我，从个人感情上来说，他有恩于我，恩重如山，我理当应该好好报答他，你说是吗？"

吴红玉点头。

士愁继续说："我也知道，他特别疼爱你，把你当作宝贝，你也很爱父王，你对他的养育之恩也是终身不能忘怀的！"

吴红玉哭着："父王对我太好了！"

士愁给吴红玉揩着泪水："这一切我都知道，人非草木，孰能无情？父王对我们的好，对我们的个人恩情，我们后辈都应该记在心里，应该报答。可是这些年来他对百姓的作恶，对百姓的残害，害得百姓流离失所，家破人亡。前天，他又带着一帮宫妃到山顶上，看烧百姓的房屋作乐，努巴可指挥卫队的人烧了一百多家百姓的房屋，到处是没有房子的百姓哭喊声连天，父王已使溪州大地天怒人怨，如果不把父王除掉，百姓就无法生存，你好好想一想，是我们一家大，还是溪州成千上万的百姓大？"

吴红玉哭着："非要杀了父王？"

士愁点头："溪州百姓多次前往谭州告状，楚王已派人将父王的罪状调查得一清二楚，所以下了命令，一定要为民除害，叫做除暴安民！"

"父王非死不可？"

"这是他作恶多端，残害百姓的结果，罪有应得！他不死，你说怎么办？"

吴红玉又哭："可怜我的父王！"

士愁给她揩眼泪："从个人感情上，我与你一样，是舍不得除掉他的！我现在是他的女婿，女婿半边子，杀岳父，能忍心吗？我能下得了手吗？我还有点人性吗？他待我这么好，相信我，将漂亮公主嫁给我，我却要恩将仇报，我……天地良心都不容！"士愁也流泪了

吴红玉抱着士愁，给士愁擦眼泪："驸马，我知道你也爱父王，你也不想杀他！"

士愁点头："父王对我很好，我个人没有理由要杀他，可是为了溪州百姓，我奉了楚王之令，不得不这样做！其实我的心里现在也是很痛苦的，很矛盾！"

"你要我怎么办？"

士愁说："大义灭亲。"

吴红玉呆了："大义灭亲？要我杀父王？"

士愁摇头道："不要你杀，只要你帮我就行了。"

吴红玉很为难："当你的帮凶杀父王，这太残忍了。"

士愁说："暴君者，天地不容，人神共愤，群起而讨之诛之，是替天行道。楚王与我父亲做好了一个周密的进攻溪州的计划，要派十万大军来围攻，采取里应外合的办法除掉父王。"

吴红玉吃一惊："一定要除掉父王？"

士愁答："楚王已决定，不会更改了，一切都已准备好，不久就会开始对溪州的全面进攻，希望我们在王宫里好好配合，只要你做一件事！"

吴红玉问："什么事？"

士愁说："我已想好了，你给父王做一双寿星鞋！"

"寿星鞋？父王每年过寿，我都要给他做一双寿鞋。"

士愁轻声说："你听我慢慢说来……"

　　吴红玉听完摇摇头："驸马，在鞋里用毒针刺他中毒，这太可怕，太残忍了！不，不，不能这样做，我是她女儿，坚决做不到。"吴红王拒绝了。

　　士愁说："不这样，怎么能除掉父王，他全身刀枪不入啊！"

　　吴红玉伤心地哭着："你杀父王，我不阻拦，如今还要将我也拖进来，置我于不仁不义，要我也亲手杀父王，怎么能这样残忍地逼我啊？"

　　士愁也流起泪来："公主，这是没有办法的办法，才这样做的，是为了溪州成千上万的百姓啊，不得不为啊！"

　　吴红玉手按着胸道："驸马，我的心都碎了！"

　　"真让你为难了！"

　　吴红玉泪流满面。

　　"公主，我知道你心里不愿这样做，我也不逼你了，我另外想办法吧！"

　　吴红玉长长地叹气："还能有什么办法可想？"过了一阵才道，"好，寿星鞋我做！不过我有一个要求！"

　　士愁说："什么要求，你说！"

　　吴红玉哭着，她想起这些年来，父王对她的种种关怀与痛爱，如今眼睁睁要看到父王被剿灭，真是于心不忍说："父王死后，你必须要厚葬他！"

　　"好，公主放心，我一定答应你！"

第 30 章

辰州兵马进攻溪州

辰州府里，刺史彭珹很焦急，望着桌上楚王一连派人送来的几封信沉思着，楚王不停催问进攻溪州的事准备得怎样了，信中说进攻溪州的事宜早不宜迟，要尽快进行，溪州百姓太痛苦，百姓们又到谭州城告状，请求马上派兵除掉吴著冲。楚王最后在信中说，如果里应外合的计划无法实行，那只有派大兵强行进攻溪州，辰州府的兵马要是不够，楚王可以从其他州调派兵丁前来助战。彭珹拿着楚王的信，看了一遍又一遍，怎么办呢？这边楚王一次次催得紧，那边还不见儿子士愁有信来，不知眼下他们在溪州吴王府里做得怎样了，是不是有了新的进展，这里应外合的计划能不能按原计划进行？如今士愁他们的情况不明，岂能贸然发动大兵？彭珹心里焦急如火，犹豫不决，无法确定进攻溪州这件大事。

正在急切盼望中，远在溪州的儿子士愁突然派人送来了急信，望眼欲穿的彭珹大喜，接过信件，急急在房中阅览起来，看毕，他大笑起来，连声说："成矣，成矣！"

彭珹高兴得再次读起信来，士愁在来信中详细地说了他们戏班子进入宫中以后的情况，如今他们已经掌握了宫中一些要害部门，建了艺馆自己培养起了一支三四百人的队伍，士愁还将吴王手下的两员大将努力嘎巴与科洞毛人，采取金兰结义的办法拉为自己的好友义弟，为自己所用，同时士愁还说服了公主吴红玉大义灭亲支持自己除掉吴王的军事行动，起事的日子就约定在吴王生日十月十八日那天。采取里应外合的办法一举歼灭吴著冲夺取王宫。

"好，好，太好了！"彭珹乐得直摸胡子，"士愁干得真不错！"他真没想到年纪轻轻的儿子还真这么能干，一下子就打进了吴王宫，并当上了驸马，连吴王的女儿都被他拉过来了，"真不错啊！看不出这小子还有这么好的心机与谋略，真是个干大事的人！"彭珹不得不佩服儿子的才能与智慧，这远远超过了自己！他看到信中说吴红玉已经怀了孕，有了的孩子，不由得又哈哈地乐起来，"士愁啊，这一回你可大大地赚了，带了一个戏班子进溪州，得了老婆又得孩子，你真是好福气啊！英雄出少年，少年成英雄！"彭珹大大地感叹起来。他越想越高兴，决定马上写一封信告诉楚王，决定发兵攻打溪州的计划。他走到桌边，提笔就飞快写起来。

给楚王送信的人走了，这时彭珹就开始谋划起来，按照原来的计划，进攻溪州的部队兵分两路，一路从辰州府出发，沿酉水而上大张旗鼓地进入溪州，吸引吴著冲的主力部队；另一路他早已秘密安排好，屯兵在奖州富州，那里有一万多兵马集结着，可以抄近路迅速进入溪州，人不知鬼不觉，在溪州吴著冲没有防范的情况下，很快就会偷袭攻击吴王宫，直捣吴著冲老巢，打吴著冲一个措手不及，两路夹击，一定能消灭吴著冲。彭珹在地图上看来看去，定下计划以后，眼看离与儿子士愁约定进攻溪州的时刻只有二十多天了，他便将辰州府的兵马进行了安排，命令手下将领立即做好一切准备，在十月十二日就沿酉水而上，开始进攻。随后彭珹即赶往奖州马公坪。

彭珹回到马公坪，家人正焦急地等待着。老夫人迎着急问："老爷，士愁有消息吗？"

"有，有消息，我这不回来了！"

"他们还好吗？"

彭珹说："好，好，一切都很好，我这次回来，就是要发兵攻打溪州，与他们里应外合夺取溪州！"

老夫人高兴起来："士愁、彦昭他们都在宫里？"

"在宫里，我告诉你，你又要当婆婆了！"

老夫人一听，喜得嘴都合不拢："儿媳有了？"

"有了，儿子士愁来信说了，儿媳又怀上了，肯定是个大胖小子。"

老夫人喜滋滋地说："这就好，这就好，你要发兵去打溪州？"

彭珹道："是呀！"

老夫人一下又担忧起来："这是唱哪出戏，你去打亲家？自家打自家？"

彭珹默不作声。

老夫人："那是你媳妇的爹呀！"

彭珹叹气："他无道，该打！他把百姓不当人，随意残杀百姓，年年烧百姓房子取乐，溪州百姓无法活下去，必须要去为百姓除害！这是替天行道。"

老夫人痛苦地说："这个亲家，怎么能这样荒唐无道呢，怎不把百姓当人！

就没有别的办法，硬要去杀了他？"

彭珹摇头："溪州百姓多次去楚王那里告状，楚王已下令要我一定去剿灭他，多次催问此事，如今虽是儿女亲家，他犯下那么多罪，我也不能饶了他，溪州百姓那里也不会答应的！"

老夫人望着彭珹："我真不明白，亲家在溪州当王，怎不好好为百姓呢？如今弄得这样一个丢命的下场！"

彭珹叹气说："当官也好，做王也罢，都要为百姓着想，天下是百姓的天下，像亲家这样残害天下百姓，就会遭到天怒人怨的报应，最后没有好下场！"

老夫人叹气："你去溪州杀亲家，儿媳一定会伤心的，可怜我那未过门见面的儿媳啊，她会痛苦万分的！"

彭珹说："顾不得那么多了，儿媳要是明理就会体谅我的！"

几天后，彭珹从马公坪带着五千兵马前往富州城。

彭珹早已安排手下在富州招兵买马屯集粮草，训练部队，他到达富州后，立即与手下商讨进攻溪州的事。

这天，他在富州城外一个练兵场里检阅三军，两处兵马合在一起，有了上万人，站在司令台上，彭珹看着这支威武雄壮的部队在操坪里迈着整齐的步伐，心中充满了喜悦，功夫不负苦心人，通过近一年来的努力，他在奖州富州这块穷乡僻壤里终于建起了一支劲旅，这是他的部队，是他用来打天下的力量，现在他就要用这支部队去溪州征服吴著冲，这就是他砸向溪州的铁拳。看着兵丁在操坪里练兵，杀声震天，他心潮激动澎湃不已。想起当年在吉州家乡起兵，在屋门前的土坪里扯大旗拉部队一天天壮大，当上了吉州刺史，后来兄弟兵败，在江西没有了立足之地，投靠了楚王，这些事情历历在目，犹如就在眼前，幸得楚王赏识，让他当上辰州刺史，才又东山再起，事情也真是凑巧，多年后，他又在家居之地奖州马公坪重又拉起部队，从奖州到富州，部队越拉越大，看着这支生龙活虎的部队，他感慨万千，这个人哪，一辈子，不容易啊！真是三起三落未到头，天无绝人之路。今后他将又有自己的地盘，有自己的军队了，想起这些，他不由得眼睛都湿润了。

吴红玉在房里为父王做着寿鞋，一针一线地纳着，边做边流泪。驸马见了，走到她身边说："公主，你不要做了！"

吴红玉一抬头问："为什么不做了？"

"你太伤心了，我怕影响你身体，如今你肚子里已有了我们的孩子！"

吴红玉一听更加流泪了："驸马，如果我们的孩子，今后长大了也像我们一样，杀害自己的父母，你还会要孩子吗？"

驸马一下便愣住了："这，这个我怎么回答你呢？我知道你伤心，父女情深，这，我也不想这样做，心里也很难过，只是父王他自己太惨无人道，这是没有办法的事，为了溪州的百姓，我们只能这样做。"

"道理我都懂！"吴红玉擦着眼泪，"他是我父亲。"

驸马皱着眉头劝道："要是你觉得太伤心，这寿星鞋就不做了，我还是另想别的办法。"

吴红玉望着他流起泪来："你还能有什么办法，我不帮你谁帮你？这鞋快做好了。"

驸马给她揩着泪水："我求你，不要哭，看见你难过的样子，我心里痛啊！"

吴红玉哭得更厉害了："我能不哭吗？想到爹要被女儿女婿亲手设计杀掉，觉得太残忍，这心里就像刀割一样地疼痛，眼泪就不由自主地掉下来！"

驸马叹气道："我也不想这样做，人之常情，你要流泪就流吧，流了泪，心里可能还要好过一些！"

吴红玉咬着牙做鞋："我做，一定做好，你放心！"

驸马点着头道："我知道，我的妻子是世界上最识大体懂道理的明白人，心地善良，为了溪州百姓敢于大义灭亲，是世上最好的女人，我发誓，我士愁这一辈子永远都爱你！"驸马抱着吴红玉给她轻轻揩泪水，"公主，我们别无选择，只能这样！"

吴红玉哭泣着："驸马，我知道，别无选择，只能这样，我选择了你，只能跟着你，支持你！"

十月十八日吴王的生日临近了。

大战在即，坐镇富州运筹帷幄的彭城此时心也越来越紧张急迫了。谭州城的楚王又传来了信，督令他进攻溪州，尽快将吴著冲消灭，他知道吴著冲有几万兵丁，还有其他一些头人相助，要把他剿灭谈何容易，那里山高林密，吴著冲的兵丁都是本地人，地熟路熟，分散集聚相当容易，打起仗来进攻撤退相当快，来是一阵风，去时无影踪，要与吴著冲的兵丁进行较量，真不是一件易事。好在如今有了士愁混进王宫当了驸马，并收买拉拢得一些人做内应，攻破吴的王宫应是可能的事，但是真要把吴著冲的人马消灭干净，全部占领溪州却是很难的事啊！不是一天两天就能办到的。办不到也得办，他下定决心要夺取溪州，这是不可以更改的。

彭瑊发布了进攻溪州的号令，辰州府早已做好准备的几万大军已沿着酉水突飞猛进往溪州进发，声势浩大，一路冲杀，溪州吴著冲的兵丁且战且退，丢了几道关口，大军乘胜追击，向酉溪潭、绿溪口等重镇进攻。

在富州的彭瑊得到好消息，非常兴奋，于是亲自率领富州万余部队立即沿着士愁早已探好的路线，过乾州进永顺，悄悄地奔袭吴著冲的王城。彭瑊很清楚，他知道此一战成功与否，关键在于自己率领的这支奇兵，能不能迅速插到溪州的吴王宫，及时与儿子士愁的人马里应外合，一举捣毁吴王宫，成败在此一举，所以沿途他不停地催促手下飞速前进，不准休息，拼命地往前赶路。

第31章

吴王府筹寿诞急应战

这些日子，吴王府里热闹非凡，四处张灯结彩，布置得富丽堂皇，喜气洋洋，杀猪宰羊采购鱼肉，熬糖烧酒，十分忙碌，宫里在精心筹办吴王的六十寿诞。这得好好办一办，热热闹闹大大地庆贺一番。

吴王生日宫廷总管士愁早就向各方下达了指令，要做好一切准备，在十月十八日那天，隆重地举行吴王的六十寿诞。安排了唱歌队、打鼓队、跳舞队、唢呐队还有戏班子在王宫外的大坪里大演三天戏。

士愁组织演出队与宫廷里的布置等事务。成天非常忙碌，他指挥手下在宫廷里墙壁上柱子上门上四处挂起红灯笼，拉起彩带，贴上红对联，甚至在王宫大殿上还挂起了大彩球，张贴了一个个大大的"寿"字。吴著冲看见了乐得嘴巴都合不上，连声夸奖，说驸马搞得好。吴著冲对手下说："今年来了驸马，女婿半边子，为老子的寿诞操持得很好，真不错！"吴著冲对驸马能办事很满意。

驸马士愁又请吴著冲惹巴冲等人去宫外的广场，在那里扎了几个戏台，驸马请他们观看唱歌队、打鼓队、跳舞队、唢呐队、艺堂武术队的表演排练，看得大家乐哈哈地笑，一个个都说今年吴王的寿诞全靠驸马操持，办成了溪州有史以来的第一次大盛会。

吴著冲高兴得不得了，当着宫廷里的将领们说："你们大家都得听从驸马的指挥调动，他安排你们做什么就做什么，一切听他的，大家齐心协力把寿诞办好！"

众将领齐答："是！"

士愁获得了宫中的指挥大权，心中暗暗高兴，便立即以加强宫中安全保卫为名，命令努力嘎巴与科洞毛人率军队进入宫中，把持了王宫的东、南两面大门，削减原来的宫中卫队努巴可的权力，仗一旦打起来，他的人马就可立即控制王宫的一部分地方。他又将艺堂的几百名学子组织起来，分成两队，由彦昭戏班子等人统领，一队去守住灵溪河上的龙门沟关卡，迎接大部队进攻王宫，防止吴著冲等人顺河而下逃跑；彦昭亲带一队守在王宫外，对宫中起事的士愁等人进行接应，保证他们能安全从宫中撤出。

吴王宫内外沉浸在一片欢乐的喜庆之中。

眼看离生日寿诞没有几天了，这天吴王和惹巴冲等人坐在宫中，乐滋滋地商讨着寿诞这天大办酒宴的事情。

突然，几个兵丁慌慌张张跑进宫里，滚在殿上急忙报告道："大王，不好了！"

吴著冲吃了一惊问："出了什么事？"

兵丁报告说："大王，我们是从边关之地回来的，楚王的兵马从辰州府沿酉水开始进攻了！"

吴著冲一听，立即冒起火来骂着："早不打迟不打，老子生日到了就开打，楚王真是吃了狗子胆，敢派兵打老子！前边怎样？"

"大王，这次他们来势凶猛，人多势众，前方抵挡不住，已丢了几道关卡！"

吴著冲大怒起来："这些年，他们都不敢来打，这一次怎么就凶起来了？"

"大王，他们来了三万大军，酉水上下到处都是辰州兵丁，黑压压一大片，比蚂蚁子还多，前方抵挡不住，才派我们回来搬救兵！"

惹巴冲道："大王，酉水这道大门是不能让他们打开的，酉溪潭、绿溪口这些重镇千万不能丢！"

吴著冲点头："对，大门一开，后面就无法保了！好，我立即派人前去！昔枯热其！你马上点两万兵丁前去酉水守住大门！把辰州兵马堵在大门外，不让他们进门来！"

昔枯热其应道："是！大王放心，我一定将辰州兵堵在大门外。"

"好，你坐镇酉溪潭，随时禀报战情！"

"是！"昔枯热其立即出宫去点兵。

吴著冲很不高兴地道："他娘的，这个楚王，迟不发兵早不发兵，老子过大寿时，他趁火打劫了，坏老子的好事！"

惹巴冲说："吴王，不怕，我们只要守住酉溪潭这道大门，楚王就是有飞天本事插翅也进不了溪州！"

"对，对，酉溪潭，绿溪口地形险要，易守难攻，悬崖绝壁，一夫当关万夫莫开，我们派重兵守住，他们就是有翅膀也飞不进来！"吴著冲说，"楚王不是个好东西，这些年来一直惦挂着老子溪州，派兵打了两三回，都没打进来，这一次动这么多兵……"

惹巴冲："大哥，不怕他，你过了寿诞，我去绿溪口，打他个人仰马翻。"说着哈哈大笑起来。

其他人也都笑起来。

辰州兵开始进攻绿溪口，从河里水上与陆路两处同时进攻。

酉水流到这个地方，江窄水深又急，两岸山陡，石壁耸立，人难爬，鸟难飞。江边狭窄无路行，河中水流湍急波翻浪涌，一阵风吹来，船就被打翻，眨眼间就会卷入漩窝里，葬身鱼腹。船工们过此无不胆战心惊，这个地方常时翻船翻排。民间一首山歌唱道：绿溪口，绿溪口，人难行，船难走，阎王早上划簿子，午时三刻命没有。

辰州兵人多势众，虽然难以展开，但他们从水上陆上分成很多小股不停地进攻，溪州兵也难以招架，不少次辰州兵都快要攻进绿溪口镇了，又被溪州兵打退了。

溪州兵丁人手少，激烈战斗中死伤不少，人越来越少，如果辰州兵继续攻下去，绿溪口镇就难保了。危急时刻，昔枯热其率领援兵赶来了。溪州兵士气大振，昔枯热其对战场进行一番视察后，立即重新进行部署，加强兵力，防守得如铁桶一般，辰州兵虽然拼死进攻，一时半会恐是难以得手了。

西溪潭是酉溪进入溪州地区后另一条支流上的一个重镇，也是溪州的重要门户。这里江水河面较宽，水流不急西溪潭镇就坐落在河边，前临河水，背靠大山，很巧的是，城池临河一面有一线很陡的石壁耸立在河边，居高临下，像一道天然的屏障，护卫着城池，兵丁守卫在绝壁上，从高处用擂木滚石弓箭往下打，从河里往上攻的兵丁是很难逾越这道天险的。如今溪州兵就在石壁上严阵以待。

过去楚王的兵马曾经两次攻打，都未能攻进西溪潭，这块绝壁立下了汗马功劳。现在辰州兵马大军已攻到西溪潭镇，大小船只排满了镇前的河道。防守西溪潭镇的溪州兵丁们一点也不畏惧，他们在绝壁上大喊着："来吧，辰州兵送死来吧！"

辰州兵知道，夺取了西溪潭镇就打开了溪州的又一扇大门，大军就可以长驱直入，要攻进西溪潭镇，只有这一条路，必须从绝壁上攀爬上去，不夺取这块绝壁，永远也无办法占领西溪潭镇。

辰州兵从河里向绝壁发起了一次次攻击，死伤了不少人，都被打败了，战斗打成了僵局。

昔枯热其到达前线以后，又令人在悬崖绝壁上增加了不少擂木滚石，还安排了不少弓箭手，采取一齐放箭的办法，对付辰州兵的集团冲锋，令辰州兵大伤脑筋。

眼前的西溪潭镇，近在咫尺，辰州大兵马可望而不可即，一时也无法攻进镇里。

前方战况消息，不断飞报传进吴王宫，吴王与惹巴冲等人十分高兴，吴王吹嘘道："看看，我溪州的大门，就是铜墙铁壁，谁也打不破的！哈哈！"

惹巴冲笑着说："大哥，你安心做六十大寿吧！"

吴王哈哈大笑："好，我们大家多多喝酒！"

第 32 章

祝寿诞王宫杀机重重

十月十八日到了，这天吴王宫内外分外热闹，吴王吴著冲六十大寿祝寿，天公也格外作美，好像有意来庆贺。

今日溪州，天蓝蓝，如水洗得碧净；山青青，如同画匠涂了颜色；水绿绿，好像丝绸随风轻飘。一轮太阳挂碧空，温柔暖和又舒畅，照得山川河流容光焕发，一派勃勃生机，静谧而温馨，一切都很祥和安宁。

驸马士愁起了个大早，望望天空，满心高兴：今日天气很好，是个大喜日子！便与彦昭来到王宫里四处巡视检查。他对彦昭说："你再好好四处检查一下，不能有一点疏忽！"

彦昭应："哥，你放心，我会仔细再落实一遍，做到万无一失，你就安心当你的总管！"

昨天夜里士愁在床上翻来覆去睡不着，妻子吴红玉拉他一下："你怎么啦？"

士愁有些紧张地回道："我担心呢！"

吴红玉拉着他的手，安慰道："不要急！"

士愁抚摸着吴红玉的手问："准备好了吗？"

"我反复检查了好多遍，你不是也看过那鞋了吗？不会有闪失的。鞋底的毒针安得好好的。"

士愁抱着妻子道："对，我看过了，万无一失！"

吴红玉撒娇地问："你还担心什么？"

士愁叹气说："成败在此一举，明天父王就要祝寿，我担心爹的部队是不是能按时到达，我这心里总有些不落实！"

"他们一定能按时到达的，你放心好了。"吴红玉安慰着。

士愁忧忧地说："听前方禀报说，辰州大军被堵在西溪潭镇与绿溪口镇，这两个关口没突破，大军就不能进来！离王宫这里有五六百里，他们插翅飞明天也赶不过来。这路大军是指望不上了。"

　　吴红玉一下紧张起来："这，这怎么办呢？"她紧紧抱着士愁问。

　　士愁担心地说："这真是个大问题，现在爹那边的情况不明，如果爹的部队不能按时到达，这里应外合就要泡汤了，一旦失手，我们的命都难保。"

　　吴红玉眨着眼，想了一下道："要是这样，明天给父王祝寿送鞋的事就取消吧！"

　　士愁摇头："明天这个良机难得啊，王宫内外的人，都在一心一意忙于祝寿，防范很疏松正是我们成事的好机会。过了这个村就没了这个店。"

　　"爹的人不来，怎么办呢？"吴红玉很担心。

　　"我就担心这事，如果在宫里起事，我们的人太少了，外面没有大部队接应，那就十分危险，大家性命都难保！"

　　吴红玉问："爹他们没有一点消息吗？"

　　士愁摇头说："还没有！"

　　吴红玉焦急地说："怎么办呢？"他依在驸马怀里，"我怕，好怕啊！"

　　士愁拍着她："不怕，不怕，有我呢，我会有办法的！"

　　"你真有办法？"

　　"我有办法，会有的！"

　　"好，我相信你！"吴红玉紧紧抱着士愁，男人就是顶梁柱，天塌下来有男人顶着，她摸着男人厚厚的胸膛，这就是女人坚强的靠山。

　　一夜士愁都没合眼，如果按计划实行，他们在宫中起事，宫外无辰州兵接应，他们人手太少，努巴可的王宫卫队，惹巴冲的军队就会把他们包围在王宫里全部杀光。如不起事，这个好机会放过了，以后就更难办事了。他左思右想，紧急关头犹豫不决，难以下定决心，怎么办呢？

　　一大早，他与彦昭见了面，还是没有得到爹的消息，他真急得像热锅上的蚂蚁，全身直冒汗水，今天吴王祝寿午饭后就要举行了，错过了这个机会前功尽弃。

　　彦昭说："哥，怎么没一点叔叔他们的消息呢？"

　　士愁忧忧地道："是呀，真急死人，火烧眉毛了，没一点动静，派出去联系的人也不见回来！"

　　彦昭问："还按计划实行吗？"

　　"这……"他想了一下，对彦昭道，"辰州大军现在远远地被堵在西溪潭镇与绿溪口镇，远水救不了近火，指望不上了，现在你赶快派人去联系奖州富州这一路人马，我想你叔他们一定是来了！"

彦昭问："你敢肯定？"

士愁点头："溪州这一路吴王没有兵丁防范，你叔他们一定肯定秘密来了，你快去，再多派几个人找他们。"

"好，我亲自去！马上就走。"

彦昭走了以后，士愁在王宫内外四处检查，仍然依照原计进行部署，将自己艺馆的学子与努力嘎巴科洞毛人的部分兵丁安置在王宫里，以防不测。

早饭以后，各地的舍把、小蛮头，老蛮头，部落头人都纷纷带着人挑着抬着礼担，送金银财宝，山珍野味，或是赶着牛羊，带着自己的蛮兵，摆出自己的威风，一路路成群结队往王宫走来，看热闹的百姓也不甘落后，携儿带女喊着叫着往王城涌去。

王宫里，士愁早已在大殿里安排好了接待的事情，摆了一长溜桌子，他指挥手下认真登记各处宾客送来的礼物，一一接收礼品，将各地送来的牛羊山珍野味金银珠宝分门别类放到一起，安排专人保管，并请那些贺寿的尊贵客人请在厅堂里喝茶或是喝酒，派人款待舍把、大小蛮头与部落头人，一切都安排得井井有条。

士愁在宫里不停地忙碌着，心里却焦急地想着爹的部队，为何不见消息呢？他不停地在心里问着自己：今天王宫里还要不要起事？如果是失败了，就关乎着几百条人命，也许他与公主戏班子、艺馆等人就都没命了，怎么办呢？他一次次来到王宫大门口，希望能看见彦昭他们回来的身影，能给他带来好消息，可是他都失望了。

眼看上午在忙碌中过去了，下午就要在王宫大殿举行盛大的祝寿仪式了，士愁急得不得了，全身直冒汗水，怎么办呢？要不要在祝寿仪式上起事呢？他真是难以决断啊！急得他在王宫门前走来走去。

彭城率领一万之众，从富州悄悄往溪州进发，每日都在崇山峻岭中行进，越往前走越难行，只见高山溪涧河谷，人烟稀少，山高高入云，有时从山这边坡下河爬到那边山顶上，往往要走大半天，没有道路，大军走在荆棘山野树林中，只好用刀开路，因为没有向导，又不熟地形，只能凭着士愁送来的一份图，估摸着方向前进，所以走了不少弯路，行军速度很慢。彭城很着急，催着部队快速前进，可是心急也没用，在人烟罕迹的山野中，大部队行进如何能快起来呢？他们已经出发五天了，还没到达溪州吴王的王城，如果不能赶在十月十八日这天到达，计划就会落空。他知道这次攻击溪州，如果要靠从辰州出发沿酉水而进的大军，打到吴王的王宫，那是需要较长时间的，因为那一路是溪州吴王的主要防守地，吴著冲在酉水沿线，依靠地形险要，沿途设置了重重关隘，每攻下一个地方，都必须经历拼死的争夺，从酉水出兵，他的主要目的是牵制吴著冲的主力，制造一个假象，让敌人把主要兵力集中在酉水一线，而他却率一支奇兵突袭溪州，与士愁里应外合，捣毁吴王巢穴。可是现在自己率领的这支部队却在山林里疲惫地转来转去，一时难以到达目的地，他怎不心焦如焚？为了加快进军速度，他决定派几支小部队迅速往前方去探路，幸好，他们在一个山窝里找到了一位做个生意曾去过溪州吴王宫的乡民，给他银子请他带路，部队才顺利地快速行进起来。

彭城他们行进一日，终于遇到了士愁派来的人，大家高兴极了，部队在山野中埋锅造饭，填饱肚子后，飞速往吴王城扑去，只半日，一万大军就神不知鬼不觉地来到龙潭城，彦昭要部队暂时隐蔽下来，这里离吴王城很近。他便急速赶回王宫去了。

士愁在王宫里十分焦急，怎么还不见彦昭他们回来呢？望眼欲穿时，突然，他看见彦晞与两个手下急匆匆奔过来，士愁眼睛一亮，马上迎了过去。他们走到一个僻静地方，士愁急问："来了吗？"

"来了！"彦昭擦着汗水，低声说，"见着叔叔了，他们走错了路，耽误了时间！"

"来了就好，多少人？"

"有一万多人。"

士愁一下高兴起来："在哪些地方？"

"龙门沟关卡安排了一千人，堵住吴王他们顺灵溪河逃走的路，其他人已经隐藏在龙潭城外的山林里，只等我们在宫里起事，他们就会迅速向王宫攻击！"

"好，好！"士愁笑起来，心中一块石头放下地，他擦擦额上的汗水，全身轻松若无其事地往王宫里走去。

努巴可刺杀驸马士愁的计划失手之后，心里更是气愤，总是耿耿于怀，很不甘心，一直想再找机会将驸马除掉，这天他对叔父惹巴冲说："叔，你看这事怎么办？"

惹巴冲道："怎么办？我也没办法，慢慢来吧！"

努巴可说："不行，你看这些天，驸马在宫中越来越猖狂，他自以为当了宫廷总管，就不把别人放在眼里，为所欲为，四处都在安插他的人，势力一天天大起来了！"

惹巴冲瞪着眼道："他是驸马，是吴王的女婿，有吴王做他的靠山，你能把他怎样？"

努巴可狠狠地说："我想来想去，事不宜迟，只有乘他如今羽翼还未丰满，杀了他！王位绝不能让他夺了去。"

惹巴冲沉稳地慢慢说："不要乱来，明目张胆杀他，吴王能饶过你吗？要动动脑子！"

努巴可很气愤地想了一阵说："叔，这次吴王祝寿，可不可以找个机会下手啊？"

"祝寿时怎么下手？"惹巴冲瞪大眼望着努巴可，眼睛一转，"这倒也是个机会，人多手杂有空子可钻！"

努巴可点头："人多手杂，乘乱杀了他，嫁祸给他人，我们就脱了干系！"

惹巴冲点头："好，好，好，先斩后奏，杀了驸马，吴王又能怎样？你杀驸马，我给你顶着，这倒是个很聪明的办法！不过，你可要计划好，莫不要羊肉没得吃，弄得一身骚！让他们抓了把柄，不好收场。"

努巴可道："我发现这个驸马很狡猾，他身手不错，要悄悄下手杀掉他也是不容易的，这几天祝寿，王宫里一定很乱，我会派人秘密跟踪他，多安排些杀手找准时机……"

"行，行，行，你大胆搞，杀了驸马，只要事情搞成，叔就为你撑腰！这个王位绝不能落入他的手中。如果吴王要与我们翻脸，索性一不做，二不休，连同吴王都一起做了，这溪州就是我们的天下了。"

"好，好，好！"努巴可高兴极了。

这些日子，努巴可加强了宫廷里的防守，派人秘密地盯着士愁，对他的一举一动都有人监视着，千方百计地寻找着下手的机会。努巴可对手下几个心腹高手下了死命令："你们紧盯着驸马，寿诞开始后，只要有机会，你们就可趁乱杀了驸马，务必要在这次寿诞上将驸马杀掉！每人奖五百两银子！"

重赏之下有勇夫，几个亡命之徒得令，暗地里做好了开始刺杀驸马的准备。

彦昭发现了有人跟踪士愁，便暗地里提醒他注意有人要谋害他。士愁微笑着说："我早就知道了，那是努巴可的人，他时刻都想要我的命，他是想在寿诞宴会上下手，我会防备的！"

彦昭道："派几个人跟着你！"

　　"没必要，装做不知道，这样可以麻痹他们！"

　　"那你千万要小心！"

　　"不必担心，凭他们那点功夫，想要我的命，还没那么容易！接应大军夺王宫才是大事，耽误不得！"

第 33 章

寿诞上里应外合夺王宫

十月十八日这天，早饭后王宫外的操坪上、河坝场的戏台土台上，各种锣鼓队，摆手舞队，唢呐队，唱歌队，艺堂的武艺表演队就开始了紧张而热烈的演出，成千上万的百姓围着观看。

王宫外热闹的表演，那震天响的锣鼓声呐喊声一阵阵传进宫来，惹得宫里等待拜寿的人一个个心急如焚，坐立不安。只巴望着拜寿快些进行，大家好出去观看热闹。

中午时分，盼望期许了很久的吴王六十大寿终于开始在王宫的大殿里开始了。

这时吴红玉在驸马士愁陪同下，挺着怀孕的肚子前往王宫大殿。

努巴可手下的几个杀手，一次次想找机会靠近士愁下手，只是殿上人多防守森严，彦昭戏班子的人守在殿门口，虎视眈眈，盯得太紧，几次把他们往外赶，不让靠近，他们只能远远地干瞪着眼。

士愁抱着一个红漆木盒，里面装着吴红玉亲手给父王做的一双寿鞋，士愁一路叮嘱着吴红玉："不要怕，要沉着，爹的大军已经来了，就在龙潭城外隐藏着，很快就会前来接应！我保护着你！"

吴红玉拍着胸道："不知怎的，我这心里就卟扑通咚地乱跳，压也压不住！"

"我知道，你紧张！一切有我，别害怕！"

"怎不紧张害怕？我是父王最痛爱的宝贝女儿，现在就要去亲手毒害他，要取他的命，我，我……"吴红玉站不住脚，险些跌倒了，驸马赶忙一手扶住她问："公主，你怎么啦？"

吴红玉摇摇晃晃站住脚："我，我心里痛！我做这种大逆不道的事，别人会要指着脊梁骨骂我不忠不孝不仁不义，忘恩负义啊！"说着她流出了泪水。此时她的心里确实很痛，很难过，一边是生我养我对我恩重如山的老父亲，一边是自己的亲密夫君，如今却要帮着夫君是毒杀父亲，这么伤天害理的事情，自己却要去做，怎么能下得了手呢！她心里有如刀割般地疼痛，一脚一步难提，似有千斤沉重。

驸马士愁立即给她揩擦泪水，此时此刻，整个计谋全系于吴红玉一身，如果吴红玉不按计划实行，里应外合夺取王宫，有可能消灭吴著冲就会破产，功亏一篑啊！士愁见吴红玉如此伤感，心里吃了一大惊，不由紧张得额上都冒出了汗水。他只好耐心地劝着她："公主，你还是要为溪州黎民百姓着想啊，要把他们从父王的残暴统治下拯救出来啊！救百姓于水火，救他们出苦海，人们会说你是大恩大德大仁大慈的观世音菩萨啊，不能以私人之情，舍天下百姓于不顾啊！"

吴红玉擦着泪水道："放心，驸马，我明白事理，心里虽痛，但是事情我还是会去做的，不会犹豫，绝对义无反顾，走，去大殿给父王祝寿！"说着，便鼓起勇气往前走去。

大殿里两边早已站满了各地来的舍把、小蛮头、老蛮头、部落头人，还有王宫里的文武官员。

殿上正中坐着今日寿星吴王吴著冲，他端坐在虎皮椅子中，一脸流光溢彩，兴致勃勃的样子，显得十分兴奋，今日的大寿是驸马彦晞亲手安排，比往年都隆重又闹热，他很满意，公主能嫁给这样一位能文能武办事的驸马，他实在是太满意了，今后自己百年归世，将王位传给驸马他放一百个心。今天给他祝大寿，他心里乐陶陶，看着满殿上下的祝寿宾客，他心里真是比吃蜜糖还甜！

吴王左边坐着惹巴冲，右边坐着向老官人，他们二人陪着寿星。宫中卫队长努巴可站在身后警惕地往大殿四周望着，一双虎虎大眼瞪得如铜铃，一手紧握着宝剑，随手都可拔剑而出。他早已命令卫士在大殿四周各处严密地防范着，他眼往殿下威严地巡视着，四处寻找驸马与公主，他终于看见了。驸马与吴红玉已走进大殿，选个角落悄悄地站在一边。他的杀手呢？怎么不见身影？他四处看，却没看见，心里暗骂：他娘的，真是一帮饭桶！怎不过来杀驸马呢？他心里很焦急，暗地骂道：这帮混蛋，为何不按自己的布置行事呢？

士愁往大殿四处一望，只见努巴可早已安排好了自己的卫队。驸马不经意地冷笑了一声，实际上他早已布置好了一切，将努力嘎巴与科洞毛人两员大将安在殿中，戏班子的人在殿门口侍候，艺堂的人在各门守着，他身上也藏了一把短剑，所以心里很坦然，一点也不怕努巴可的杀手。

良辰吉时已到。今日殿中的主事宫廷副总管彦昭走进殿中，站在台前不慌不忙大声宣布道："吴王六十大寿祝寿典礼现在开始！第一项奏乐！"

大殿上早已准备好的锣鼓队唢呐队齐鸣起来。演奏毕,彦昭宣布:"第二项,众人给吴王祝寿!"

殿上所有的人全部跪下。

彦昭道:"祝吴王寿比南山不老松,福如东海长流水,大家向寿星吴王一叩首,二叩首,三叩首!"

众人不停地叩首。

吴王喜滋嗞地乐得合不拢嘴。

彦昭大声宣布道:"第三项,敬上寿礼!"早有收礼部门的人将寿礼簿送了上来,彦昭接过道:"吴王今日六十大寿,各处舍把,小蛮头,老蛮头,宫中文武官员均送上寿礼,现已收进宫中保管,此是寿礼簿,请吴王笑纳!"

彦昭双手呈到吴王面前,吴王笑着连连点头:"好,好,好!"接过寿礼簿置于桌上,双手打一拱对殿上祝寿人道,"谢谢各位了!"

彦昭对士愁望一眼,接着又宣布道:"下面进行第四项,由吴王最宝贵的女儿,吴红玉公主给吴王献上她亲手一针一线做的寿鞋!"

大殿上所有人的眼光刷的一下全部集中在公主吴红玉的身上。一睹公主风采,好好地饱一下眼福,难得呀,宫中的公主,你能得瞧几眼?

公主美丽漂亮,能文能武,是多少人所景仰爱慕的啊!引得不少人想入非非,自打吴王在溪州贴出招聘驸马的告示后,溪州上下多少青年后生无不跃跃欲试,自古来,"窈窕淑女,君子好逑"呀,更何况如果有幸当上了驸马,莫说享不尽的荣华富贵,吴王无儿,只有这一个宝贵公主,今后老吴王百年归天,溪州的王位也是驸马的啊!这种一举两得的大好事,谁不想呢?就是傻子也知道做啊!癞蛤蟆想吃天鹅肉,世上也许就真有这种事呢!只不过,这个吴红玉公主真还是一块难吃得到口的天鹅肉,她的招亲在溪州有史以来,还真是刁钻又古怪,设了几道关卡,考文又考武,试想芸芸众生中,有几人能文能武,文武双全呢?那真是凤毛麟角啊!成百上千的应招者失败了,只有戏班子的班主士愁有幸成为这千里挑一的佼佼者,令多人少为他羡慕不已啊!

大殿上静谧无声,祝寿人群自觉地屏住呼吸,一双双贼眼睛,像被磁铁紧紧吸住一般,牢牢地粘在走过来的公主身上,在那里肆无忌惮地掠来扫去。公主穿着鹅黄的绸缎拖地裙,头戴金银插花,一闪一闪,从大殿门边走了过来,众人觉得眼前一亮,一道眩目的光彩使大殿蓬筚生辉,众人惊叹不已,目不转睛地看向公主,确实如仙女一般漂亮,人们传说的一点不假,吴红玉公主真是貌美如花,世上无人能比，她的肚子明显地拱起来，肯定是怀孕了，一个个都看得眼发直，人发呆，好半天大家才回过神来。她身后跟着驸马士愁，也是一表人才，高大俊伟，英豪之气溢满全身，真是郎才女貌，英雄配美女，绝佳的一对，这个驸马真他娘的太有福气了。众人忌妒得要命！

二人走到殿中台前，跪下，吴红玉驸马对着吴王三叩首，吴红玉士愁道："今天是父王六十大寿，女儿女婿给父王拜寿，敬祝父王福如东海长流水，寿比南山不老松！"

"好，好！"吴王乐得直摸下巴，满脸笑得成了一朵花，"女儿驸马给我拜寿，父王高兴，高兴啊！"

众人看见驸马打开一个红木盒，吴红玉从盒中取出一双布鞋，双手奉上道："父王，这是女儿给父王送上的生日礼物，虽是一双布鞋，却是女儿亲手做的，一针一钱都是女儿的一片孝心，请父亲今日就穿上！"

吴王点头直夸："好，好，父王收下穿上，这些年来，女儿年年在父王生日时，献上一双自己做的布鞋，真是难得的一片好孝心！"吴王接过布鞋便往脚上穿。

吴红玉驸马士愁还有彦昭都紧张地注视着穿鞋的吴王，身上捏着一把汗。吴红玉的心嘭嘭地跳个不停，她知道殿上马上就会发生大事，她的心几乎就要跳出胸膛了。

殿上祝寿人，有的悄悄说起了话，有的两眼还在望漂亮公主，尽情享受，有的夸公主好孝心，也有的望着吴王穿寿鞋，大殿上呈现出一派轻松快乐的气氛。

吴王拿鞋穿了几下，脚都没穿进去，便问女儿："公主，这是怎么一回事，穿不进去？"

吴红玉道："父王，今年女儿做鞋稍微做紧了一点，父王用力把鞋穿进去，站起来走几步就行了！"

吴王点点头："还是公主想得周到！"于是吴王使力将脚穿进鞋里，"好，好，这鞋很好！"站起来脚用力跺了几下，又在台上走着，突然吴王感到脚下不舒服好像脚被鞋底针刺着，一阵毒药从脚底往身上流来，立即全身不舒服，头晕眼花，天旋地转，身子往旁边倒了下去。

一旁坐着的惹巴冲大喊着："吴王，吴王！怎么啦？"

向老官人也吓坏了喊着："吴王，刚刚还好好的，怎么一下就出了事？"

吴王倒在虎皮椅上有气无力地道："不好，我脚中毒了！"

宫廷卫队长努巴可立即冲上前扶着吴王，用身子护着。

不知是谁大喊了一声："吴王中毒了！"

突如其来的事，大殿上马上混乱起来，祝寿人开始四散奔逃。

驸马士愁拉着公主吴红玉在戏班子成员保护下，乘乱马上溜出了大殿。努巴可的杀手几次扑过去下手，都被戏班子的人与科洞毛人挡开了，出了门，又被努力嘎巴的人护着，很快就不见了身影。努巴可的杀手大失所望，垂头丧气。

这时殿上有人大喊起来："公主，驸马呢？快，快抓住他们！"

众人一看殿上早已不见了公主与驸马，便知道事情不妙。

努巴可大喊一声："有刺客，有刺客，保护好吴王！快抓公主与驸马！"

一群宫廷卫士拥过来，马上保护着吴王，惹巴冲。

努巴可瞪着眼狠狠地问杀手们："怎么不下手？"

杀手们摇头道："队长，他们有准备，无法下手！"

努巴可大声怒骂着："滚，滚，一群废物！快去追！"

彭珹按照约定，率领大军向吴王城扑去。

龙门峡他已派了两千兵马占了隘口牢牢守住，吴王的人马无法沿灵溪河逃走，他要来个关门打狗，与儿子士愁在宫里的人马里应外合，将吴王的人马团团围在吴王城，一举歼灭。中午时分，他的人马就悄悄到了王城附近，眼看今天就可实现筹划几年的大计了，溪州已是囊中取物探手可得了，他很高兴。便指挥大军迅速向吴王城进发，很快就冲到了王城。

吴王宫外看热闹的百姓，突然看见蜂拥而来的楚军攻打吴王宫，成千上万的百姓便吓得四散奔逃，谁也顾不得看戏了，保命是大事，山山岭岭，沟沟坎坎四处都是逃跑人群，呼爹唤娘，哭喊声不断，到处都是乱糟糟一片，一些人还大喊着："快逃呀，楚军杀来了！"

这时，田好汉率领几个兵丁冲进王宫大殿急慌慌禀报道："大王，大事不好了！"

吴王问："慌慌张张的，出了什么大事？"

田好汉道："大王，真是出了大事，楚军大队人马往王宫打过来了！"

吴王一下吓呆了："这……这是怎么一回事？"

惹巴冲发怒道："昔枯热其不是说楚军大队还被堵在西溪潭镇与绿溪口镇么，怎么一下子就打到了王宫？"

吴王惊问道："从天上飞来的？"

田好汉摇摇头道："吴王，我也不明白，不知怎么一下从龙潭城四周就冒出了大批楚军，他们眼下已封锁了龙门峡，大军已来到王宫外了，我的人正在与他们撕杀。"

惹巴冲恼怒了急得乱吼着："这不是关门打狗了？"

吴王慌忙道："快传努力嘎巴与科洞毛人两位大将前来！"

努巴可匆匆跑进来大声喊道："吴王，我们中奸计了，我的人将一切情况都弄明白了。努力嘎巴与科洞毛人带领他们的手下兵马投降了驸马，驸马是楚王派来的内奸，他是辰州刺史彭瑊的儿子，他们以戏班子为掩护，打进我们的溪州，如今他已控制了宫廷的东门南门，楚王大军已从龙潭城冲过来，将王宫包围了！"

吴王一听，吓丢了魂魄，又一下跌倒在椅上，众人将他扶起，吴王气喘吁吁地说："天，怎么是这样？真是瞎了眼啊，引狼入室呀！被这个驸马害苦了，如今该怎么办？"

惹巴冲怒火冲天道："吴王，楚王大兵来了，火烧眉毛了，这个王宫是住不得了，三十六计，只有赶快走为上计！"

"快，快，"吴王吼着，"田好汉，努巴可，你们快带人将宫中金银财宝都带上，率领兵马从官渡方向往灵溪河上游撤走！"

田好汉对努巴可道："努队长，你带人保护吴王等人从北门先走，我率大队兵丁殿后！"

第 34 章

仓皇保命吴王逃出宫

王宫里，吴王双脚中毒，痛得很厉害，行动十分艰难，站也站不稳，躺在轿子上，吴王痛苦万分地对惹巴冲道："义弟，你先带人走吧，不要管我，我这样子是走不动了，死就死吧！"

惹巴冲扶着他说："不行，我们兄弟喝过鸡血酒盟过誓，同生共死，危难时刻，我不能丢下你自己去逃命，那还算是人吗？要走一起走！"他立即命令卫队兵丁，"快，快抬起吴王跑！"

慌乱中几个兵丁上前，背的背，抬的抬，将吴王抬起，惹巴冲命令努巴可等人在前面开路，慌忙中率领宫廷卫队冲出吴王宫。努巴可召集来手下宫廷卫队千多人，押送着金银财宝与寿礼，护卫着吴王等一行出了王宫北门，匆匆如丧家之犬，沿灵溪河而上，往大山里奔去。

宫中已乱成了一锅粥，听说楚军打过来了，王宫里的家眷哭喊声一片，这个时候，谁还来管他们？兵丁们都夹起尾巴自己逃命去了，他们这些人，老的老小的小一群女人孩子，谁也顾不上他们，他们哭喊着赶快卷起金银财宝衣物慌忙中夺路奔逃，在王宫里大呼小叫哭喊着，跑着爬着，昔日的快乐窝，今天一下就成了灾难的苦海，这从天而降的突如其来的灾难是他们万万想不到的，仓皇中，逃命是第一大事呀！求生是人的本能，跑，快跑吧，不论男女老少，都只得拼命往王宫外逃生。

"楚军大部队打来了！"

"楚军已攻破了东门！"

士愁的手下四处大喊着。这真是一道道催命符，吓得人们胆肝俱裂。

王宫内外已乱成一团，吴王的军队被这突如其来的事变，惊得六神无主，吴王惹巴冲等人逃跑了，丢下部队无人管了，溃乱不成军，不攻自破，兵丁们听说楚军大部队打了过来，一个个都成了无头苍蝇，无人指挥调度，四处抱头乱窜，军不成军，队不成队，大将田好汉见势不好赶忙派手下四处召集兵丁，好好歹歹召来了三千多人。他见吴王惹巴冲等人已从王宫北门逃走，听说楚军已占东门南门，知道大势已去，无法抵挡楚军，便立即率领三千兵马尾随吴王出北门往灵溪河上游逃去。

士愁早已派人去迎接爹的部队。

彭瑊率领部队从龙潭城一路攻向吴王宫，吴王的兵丁不攻自破，听说楚军攻来便如潮水般溃退，四散奔逃了。

士愁已派努力嘎巴科洞毛人带领手下守住王宫的东门南门迎接彭瑊大军入城。

彭瑊骑着高头大马，在众人簇拥下，从王城东门进入城内。他骑着马从东城到西城，又前往北门。一路走来，四处是一片狼藉，不见吴王兵丁，此时吴王的兵丁都已从王城逃跑，彭瑊率大军几乎是不动刀枪不费吹灰之力就夺取了吴王城，他下令楚军立即四散开来在各处把守着。

彭瑊在士愁与彦昭带领下走进王宫，心里大吃一惊，真没想到这山莽之中的吴王宫，修得还是很有些气派呢！他来到王宫的大殿中，望着吴王的座椅，哈哈大笑起来，对身边的士愁彦昭道："世世代代在这里称王称霸的吴王，不会想到，有朝一日，他的王位被我推翻了，哈哈哈！这把椅子该我来坐了！"彭瑊在虎皮椅上坐下后又道，"这一次，你们二人与戏班子立了头功，功劳大得很，没有你们，吴王不会这么快在匆忙中败得一塌糊涂的！"

士愁上前拜道："都是爹爹策划得英明！"

彦昭也道："叔真是用计如神！"

彭瑊望着他们道："你们吃苦了受累了，没有你们提着脑袋带着戏班子来溪州，这高的计谋也无法施行啊！"

左右送上茶来，彭瑊喝着茶道："当初你们进溪州来，楚王也曾犹豫过，他提醒我不要拿你们的生命开玩笑，确实当时我想了很久，难下决心，后来我还是让你们来了，因为不入虎穴焉得虎子，我相信你们有智谋能在溪州立足，果不其然，你们成功了！士愁彦昭，你们长大了，能干大事了！"

士愁说："爹，我都是二十多岁的人了，当然长大了！"

彭瑊哈哈大笑。

彦晞说："爹，这次我们能成功，得力于吴王手下的两位大将归顺我们，他们是努力嘎巴与科洞毛人！"

"快请他们进来！"彭瑊吩咐道。

士愁道："好，我马上派人去传！"

不一会儿，努力嘎巴与科洞毛人大踏步走了进来，一下就拜倒在彭瑊面前。他们说："末将努力嘎巴科洞毛人参见辰州刺史彭大人！"

彭瑊走下堂来，亲手扶起他们道："二位将军辛苦了，起来，不必太多礼节！"

二人双手打拱："谢刺史大人！"

彭瑊对他们说："你们这次归顺为我大军夺取溪州立下了大功，我很感谢你们！"

努力嘎巴道："刺史大人，区区小事，不足挂齿，是我们应该做的！"

彭瑊点头："好，好，识时务者为俊杰，你们立了功就应该奖励，努将军，听小儿说，你还率兵救过他的命！"

努力嘎巴道："彭大人，我与科将军和令公子是结拜兄弟，兄弟有难赴汤蹈火舍掉性命相救都是自己的本分！"

彭瑊道："你们二位将军真是讲义气，好，我喜欢，今日奖励你们银子一百两！"

努力嘎巴科洞毛人相视一眼，立即拜道："谢太守大人，末将不敢受！"

"哈哈哈……"彭瑊大笑起来，"赏罚分明，这是自古来治军的好传统，有功就该奖，有过就得罚，你们此次有功，理当受奖，请受吧！"

随即就有人托上银两来。

二人再拜道："谢谢彭大人！"

彭瑊又道："如今我大军虽然占领了王城，但是吴著冲与他的部将仍然带着人马逃走了，不把他们消灭掉，溪州难安，所以说今后仍得与吴著冲交战！"

努力嘎巴道："只要刺史大人下令，我二人坚决前去剿灭他们！"

"好！"彭瑊很高兴，"你们是溪州人，本领又高强，今后打仗少不得要你们出力！"

科洞毛人道："为刺史大人出力效劳是应该的！"

彭瑊点头："好，现在我任命你们二人为带兵统领！"

二人跪拜道："谢刺史大人！"

士愁上前道："爹，这次成功，多亏你媳妇吴红玉，没有她的帮助，我们就无法在吴王宫立足，很难打入王宫，实现里应外合夺取王宫的计划！"

彭瑊点头道："我知道，吴红玉身为公主，能够大义灭亲支持你们起事，难能可贵，真难为她了，她人呢？"

"刚才宫里混乱，她又身怀有孕，我将她送到后宫，派人保护着！我去叫她来拜见父亲大人！"

彭珹连连摇手："不，不，她这次立了大功，是有功之臣，如今又有身孕，怀着我们彭家的后代，行动不便，你陪爹去看望她！"

"这……"士愁犹豫起来，"爹，这合适吗？"

"有什么不合适的？"彭珹道，"她是公主，能做到这样，实在是太难为她了，爹应该去看望她，感谢她才是！"

彭珹士愁一行便前往后宫看望公主吴红玉。

吴红玉正在房中哭泣。侍女田茵茵给她擦泪水劝道："公主，不哭了，你是有身孕的人，哭会伤害身子的，对肚子里的小孩不好！"

吴红玉道："我能不哭吗？我今天亲手害了父王，害他中毒，一下子就丢了王宫，现在还不知逃到哪里去了，是生是死都不知道呢！"

田茵茵说："这都是吴王残暴无道应有自得的，你不是说，他残害百姓，会遭到惩罚的吗？"

吴红玉哭着："我是说过，父王对百姓残暴，我痛恨他这些，可他毕竟是我父亲，我亲手害他，想起来，我心里就痛，有愧，于心不忍呢！"

田茵茵劝道："吴王罪有应得，你不惩罚他，别人也会惩罚他的，公主，你替百姓除害，做得很对，不需要自责，我支持你！"

"吴王是我爹，这些年的养育之恩我是不能忘掉的！"

士愁一下走了进来，说道："公主，我爹来看你了！"

吴红玉一惊，立即擦泪水。

士愁看着她说："你又哭了？"

彭珹走了进来，一见房中的吴红玉是个非常漂亮的姑娘。

士愁拿一个凳请爹坐下。士愁对吴红玉道："公主，这是我爹！"

吴红玉立即跪地叩头道："儿媳拜见公爹！"

彭珹道："免礼！"伸手将她扶起来，"公主，你身怀六甲，不必行此大礼，快坐！"

吴红玉道："谢公爹！"

彭珹关切地问："你身体怎样，好不好？"

"很好，谢公爹！"

"你哭了？"

"嗯！"吴红玉的眼泪忍不住又漱漱流起来。

"哭吧，你想哭就哭吧！"彭瑊望着她，"我知道，这是人之常情么，毕竟吴王他是你的亲爹，对你有养育之恩，又非常疼爱你，我体谅你此时此刻的心情，不过事已至此，也不必太难过太伤心太自责了，这都是天意，天意难违呀！"

"爹，我知道！"吴红玉擦着泪，"我不哭了！"

彭瑊道："我今天来是要谢谢你，感谢你为我们这次替天行道立下了汗马功劳！"

吴红玉道："爹，儿媳不敢当，受不了爹的感谢，我是士愁的夫人，为他做点事是应该的！"

彭瑊哈哈笑起来："我的好儿媳，你不是为士愁一人做事，你是为溪州百姓做了一件大好事，大家都会感谢你的，所以你的心里不应该内疚，没有什么感到惭愧的，你应该自豪，不要哭了，好好养着吧，我想看到孙子平平安安地降生呢！"

"谢谢爹！"

第 35 章

灵溪河畔吴王再逃命

吴王从王宫里匆匆忙忙逃出来，被人抬在轿子上，中毒的双脚钻心地痛，很快脚就肿了起来，不停地哼哼着，一肚子的怒火，嘴里不停地骂着："真想不到，我最心爱的女儿竟对爹下毒，啊，啊，天哪，我的宝贝女儿啊，你还是人吗……"他一路骂骂咧咧，可又有什么用呢？手下抬着他不要命地一阵狂跑，沿着灵溪河上行前往上溪州，不知翻越了几座山，大家都累得直喘气，口吐白沫，一个个直喊哎哟，深怕楚军追了过来，只恨爹娘少生了两条腿，不要命地往前逃，逃着逃着，后面不见了追兵的呐喊声，大家便都一屁股坐在地下，喊着叫着。

吴王的双脚火辣辣的痛得直咬牙，卫队长努巴可令轿夫将他放下来休息，吴王痛苦地站起来，一瘸一拐刚走了几步，便痛得呲牙咧嘴，一屁股倒在地下。努巴可等人立即将他扶起来坐好。吴王咬牙切齿地骂起来："天杀的，怎么养了这么一个报应女，竟然害爹！"

站在一旁的努巴可道："吴王，这时讲这些话，悔之晚了，当初下官求你将公主嫁给我，你却不答应，却将公主嫁给一个敌人，如今才有这种报应！"

田好汉道："这都是后话，如今讲也没用，人都有糊涂时。"

吴王捶打着自己的胸脯后悔道："哎，都怪我老糊涂了，黄铜金子都分不清，那时也不知道他是楚王派来的暗探啊。"

努巴可说："吴王，我早就怀疑驸马了，也提过，只是没有证据，也曾想在宫中将他杀死，可惜未能实现，被努力嘎巴将他救了，如今中了他的奸计，害得我们将王宫都丢了！"

吴王悔恨万分，现在事实很清楚，驸马是辰州刺史彭瑊的儿子，戏班子就是他派到溪州来的内奸，自己真是瞎了眼，还把敌人的儿子招成了驸马，真是他娘的大糊涂，养了一只老虎在身边，还当宝贝，将宫中大权交给他，让他办艺馆，培植自己的势力，将自己的女儿也搭了进去做他的帮凶，更为可恨的是这个驸马还暗中收买拉拢了自己手下两位得力干将努力嘎巴与科洞毛人投奔了他，处处帮他反对自己，唉，自己真是有眼无珠，错把黄铜当真金，害得自己赔了女儿又折兵，丢了王宫丢江山，一败涂地，不可收拾，如今连家都没有了，仓皇出逃真像丧家之犬。身边这个卫队长努巴可，对自己忠心耿耿，危难时刻，不计前嫌，依然对自己不离不弃，可我却把这块金子当黄铜，当初要是把公主嫁给他，怎会有如今这个悲惨下场呢！想到这些他心里内疚不已，痛苦万分。只是世界上从来就没有后悔药吃，吴王两眼不由流起了眼泪，他摇摇头，对努巴可道："本王真是一万个对不起你！"

努巴可扶着吴王道："吴王，没有什么对不起的，我是卫队长，保护大王是我的职责，做这些都是应该的。"

吴王说："努队长，你扶我去水边把这脚洗洗！"

努巴可田好汉与几个侍从扶着吴王来到河边，为吴王洗着脚，中毒的脚已经肿得很大了，吴王将中毒的脚放进水里，吴王是鲤鱼精所变，鲤鱼得了水才有生命，此刻他运动身上的真气，将毒一点点地往外排。

不知是谁大喊了一声："快跑，楚军追过来了！"

这一喊，吴王手下数千逃兵又吓得丢了魂，一个个抱着头，慌慌张张逃命了。努巴可等人赶快将吴王扶上轿子，抬着他拼命跑起来。

田好汉道："努队长，你们与吴王先走，我来断后！"

彭瑊率大军入驻老司城吴王宫后，吴王的手下早已作鸟兽散，东奔西逃了。彭瑊在士愁彦昭陪同下，骑着马出了王宫，在王城外四处巡视了一番，刚刚经历战乱，四处都是硝烟与遗弃的刀枪，不见一个溪州兵，老百姓家家户户都关门闭户，害怕得无人敢出门，彭瑊回到宫里，立即号令三军：任何人不得在王宫内外进行抢劫，杀戮欺压百姓，违令者，斩！并四处张贴告示安民！

彭瑊对士愁彦昭道："如今我们攻占了吴王宫，吴王虽然兵败逃跑了，但他手下还有大量兵丁没有被消灭，我们还没有完全占领溪州。不能让他们有喘息之机，如今必须乘胜追击，趁着吴王中毒之机，狠打落水狗，将他们尽快消灭。"

士愁道："爹，吴王手下还有四五千兵马，惹巴冲也有两三千人，加上其他蛮头的兵马，有一万多兵马，绝不能小看，不能让他们联合起来，对付我们，一定要乘着我们现在取胜的机会，将他们各个击破，一举歼灭，溪州才得安宁！"

"好，正合我意！士愁彦昭听令！本府令你们为正副先锋统领兵丁，进剿吴著冲的人马！"

士愁彦昭上前领令应道："是！"

彭瑊又道："努将军毛将军听令！"

努力嘎巴，科洞毛人上前听令。

彭瑊道："本府命你们为正副统兵，率领本部兵马随同先锋前去征剿吴王，不得违令！"

努力嘎巴科洞毛人应道："是！遵命！"

吴王与他的手下沿着灵溪河往上逃，一气逃到了洛塔坪，不见追兵赶来，才驻扎下来。吴王抓紧时间将自己的毒脚进行了治疗，伤势有所减轻，努巴可给他端来一碗饭道："吴王，一天没吃东西了，请用饭吧！"

吴王将饭碗推开，摇着头道："吃不下！"

"吃吧，吃吧，人是铁，饭是钢，不吃饭怎么行呢！"

吴王叹气："我怎么吃得下呢，心里痛啊！"

惹巴冲劝道："吴王，心痛也无用了，只怪这个驸马太狡猾了，我们大家都被他骗了。事已至此，也无办法挽救了，看起来，王宫我们是无法回去了，楚兵人多势众，听说辰州刺史彭瑊率了十万之众分两路杀进溪州，昔枯热其兵败，辰州兵攻了进来，西溪上下都被他们占领了，昔枯热其带着残兵败将逃回来了。"

"唉，都怪我，"吴王拍着脑壳自责，"都怪我麻痹大意，轻看了彭瑊，没有识破他的奸计，上了他们的大当，被他们里应外合将王宫夺走了。"

田好汉道："吴王，据我手下报告，彭瑊正在王宫里调遣各部兵丁，准备追剿我们！"

吴王道："如今之计，下溪州已经被彭瑊占领，我们只能依靠上溪州了。"

"对，"惹巴冲道，"不怕他们，他们虽然兵多势众，我们占着上溪州，这里山高林密，地势险要，我们人熟地熟，与他们在山林里周旋，他们想要夺取我们溪州地盘，没那么容易！"

田好汉道："大王放心，昔枯热其的人马也回来了，我们的人马不少，只要把各处人马集中起来，还有一两万人，怕什么？"

努巴可道："对，不怕他们。"

吴王一下鼓起了信心："好，不怕他们，我们只要占住上溪州，以洛塔坪为中心，就可以与他们斗。"他对惹巴冲道，"义弟，你快去把你的人马收拢来，前来增援！"

惹巴冲应道："好，我手下有四千多人马，明天我就带过来！"

吴王对田好汉吩咐道："田将军，你赶快派人去联系昔枯热其将军，令他率领人马立即向洛塔坪靠过来！"

田好汉应道："是，我马上就派人去！"

吴王又道："田将军，龙山方向，你马上派人去联络，做好接应准备，看他们能派多少人马来帮助我们，要他们多准备一些粮草送来。"

田好汉点头："大王放心，我这就去安排。"

士愁彦昭率领大军出了王宫，路上，努力嘎巴对士愁道："驸马爷，据探子来报，如今吴王率领手下正驻扎在上溪州洛塔坪。"

士愁问："沿灵溪河上，从这里到洛塔坪有多远？"

"不远，只有百来里路吧！"努力嘎巴回应道。

士愁又问："他们有多少人马？"

努力嘎巴道："如今只有四千多人！"

"好，他们人马不多，我们正可以一鼓作气将他们消灭！"

努力嘎巴又说："吴王已下令，各路人马都在紧张地往洛塔坪赶！"

彦昭道："现在正是极好机会，我们要乘他们各路部队还没有集结，先将吴王的人马消灭，打乱他们的计划。然后各个击破！"

士愁赞同："这样好，现在我们大家马上加速行军，半天时间就要赶到洛塔坪，要乘吴王人马立脚未稳，将这四千人马一举消灭！"

彦昭大声命令道："传令各部队火速前进！"

吴王的手下，仓皇逃到洛塔坪，人疲马乏，埋锅造饭吃饱以后，大家就和着衣服躺在地下呼呼大睡了。

老百姓的木房屋都被吴王年年取乐烧光了，洛塔坪到处只有一些茅草房子，有的百姓甚至还住在山间的石头洞里，没有房子让吴王住。田好汉匆匆跑了过来道："大王，真抱歉，实在对不起，想给你找间木房子住，满村都找遍了，四处无一间，只得委屈你了，就在茅草屋里住了！"

吴王摇头叹气挥手道："报应，都是报应，是我自作孽，寻欢作乐，年年烧百姓房子，害得百姓如今都没有房子住，我罪有应得啊！算了，茅屋也不住了，就住在村外这棵大树下吧！"

吴王躺在大树下，脚中了剧毒，他虽然尽力往外排毒，一时半会儿也排不完，只能咬着牙一瘸一拐地走着，全身直冒汗，也只得忍着。他看见身边只带出来很少的一点金银财宝担子，心里便一阵阵疼痛，王宫里该有多少宝物，多少好吃的东西啊，仅这次拜寿，财宝食物就堆满了两大间屋子，可惜这些东西都没有带出来，更让他痛心还有那成群的妻妾，一个都没有跟来，不知现在她们怎样了，可惜现在都落入了彭琬的手中，生死只能由天了，想着这一切，突如其来的变化，使他一天之间，由一个呼风唤雨的大王一下变成一无所有的逃命者，越想越凄惨，越想越悲伤，不由得泪流满面。

"大王，你哭了？"

吴王一抬头，见是卫队长努巴可站在身边，他想到自己如今这个狼狈窝囊样子真是丢人。努巴可递过来一只鸡腿道："大王，你把这个吃了吧！"

吴王看了一眼："你从哪里弄来的？"接过鸡腿半天说不出话，想过去，自己在王宫里，餐餐都是鸡鸭鱼肉山珍野味吃不完，如今吃个鸡腿都难上又难，真是落毛的凤凰不如鸡啊！

努巴可叹气："大王，现在不比在王宫里，将就着吃吧！"

吴王和着眼泪咬起来。

吴王做梦也没有想到，下午时分，士愁率领着大军，就突如其来地杀到了洛塔坪。真是宜将剩勇追穷寇，赶尽杀绝下手急啊！大军一到，士愁就马上指挥手下将洛塔坪团团包围了，并下命令道："不要放走吴王，一定要生擒活捉！"

辰州兵一个个奋勇当先，举着刀枪大声呐喊着往前冲去。

大树下躺着的吴王，刚刚迷糊过去，一下从睡梦中吓醒，立即一翻身坐起来，喊道："快，楚军打来了！"

吴王的兵马从疲劳熟睡中惊醒过来，马上就乱成了一团，幸得将军田好汉在慌乱中保持了镇定，立即指挥手下匆忙中赶快迎敌。

努巴可眼见楚兵如潮水般涌来，知道是无法抵抗了，便令手下背着吴王赶快撤退。田好汉一边指挥手下抵抗蜂拥而上的楚兵，一边对努巴可道："敌兵人多势众，我们难以抵挡，赶快掩护吴王突围，快，我来断后！"

努巴可点头便率领着少数人拥着吴王往外冲，努巴可在前面挥着大刀开路，吴王中毒，脚疼痛，无法行走，失去了战斗力，只得让兵丁背着走。努巴可一把大刀势不可挡，杀得楚军连连败退，只好让开一条大道。

正率队杀入吴兵中的士愁，突见前面不远处的楚兵不断往后败退，大吃一惊，发生了什么事？他立即催马前去。只见努巴可挥着一把大刀在前面杀开一条血路，后面的兵丁拥着吴王往外冲。田好汉带着人在吴王身后紧紧护卫着

"往哪里逃？"士愁大吼一声，立即挥剑拦着后退兵丁，"不准退，前边就是吴王，不能让他逃走了，冲上去活捉他有赏！杀呀！"后退的兵丁，见到先锋官亲自杀过来了，立即重新振奋起来，发一声喊"杀！"便又返身勇猛地冲了上去。田好汉一见势头不好，赶快带人迎头进行阻击，舍死拦住士愁的兵丁，情急之下，他拔起一株大树当兵器，朝溪州兵横扫而去，不少追赶的溪州兵被扫伤了，只得退下，田好汉争取了宝贵时间让吴王迅速逃跑。

努巴可率队且战且逃，与吴王一行逃到灵溪河边，一部分人已经逃过河，几位兵丁背着吴王正在渡河，眼看就要逃过河了，楚军的追兵也快速追到了河边，楚王兵中不少人拈弓搭箭，对着河中射去，背着楚王的兵丁身中箭矢，立即倒在河中，背上的吴王也掉入河水里，吴王因脚中毒，行走困难，只得在河水中奋力挣扎着，上了河对岸的努巴可见吴王有生命危险，很可能就要被河水冲走淹没，他没有丝毫犹豫，立即返身一纵跃入河水里，拼力往河中游去，又有几人跳进激流里。前面不远处就是一个激流漩水窝，眼看吴王就要被漩水窝吞没了，说时迟那时快，努巴可一伸手，死力抓住吴王，其他几人游过来，一齐用力拉的拉，拖的拖，推的推，经过一番与激流河水搏斗，冒着楚兵的箭雨，他们终于将吴王救上了对岸，脱离了危险。

这时候，惹巴冲率领自己的几千蛮兵及时赶来，护送着吴王赶快逃走了。隔河相望的士愁彦昭等人，没有办法，只能眼睁睁望着吴王又一次从自己的眼皮子底下逃跑了。

没有逃过河的吴王手下被士愁的兵马全部歼灭在洛塔坪。

第 36 章

伴湖对阵大拼杀

惹巴冲率领军队前来接应，与努巴可等人带着吴王急慌慌逃到伴湖。不久，田好汉、昔枯热其带着从酉水败退回来的部下也陆续赶到了。

伴湖位于上溪州，距吴王宫近一百里，是通往龙山的要道，四周都是高山峻岭，中间有一块小盆地，地势十分险要，是一个易守难攻之地。

吴王中毒的脚经过治疗，已逐步恢复了健康，这天他将大家召集在一起，商讨战事。吴王说："如今我们大军集结在伴湖，很快辰州军就会攻过来。免不了双方要进行一场大的决战，大家说这个仗怎么打？"

惹巴冲早已憋了一肚子气，自从王宫里逃出来以后，自己的队伍一路挨打，被辰州兵追赶得四散奔逃，没有认认真真打过一次仗，部队被追杀得七零八落，自己觉得十分窝囊，他气鼓鼓地说："大王，我们还有这么多人，不怕他们，要打，我们就要把他们打败打垮，我们还要把王宫夺回来！"

田好汉一下也来了劲："对，有什么怕的？我们有这么多兵，刀对刀枪对枪，要和辰州兵拼个你死我活！"

从前方归来的昔枯热其更是满腔怒火不愿服输，他指挥军队在西溪潭镇、绿溪口酉水沿线，与辰州兵对阵，多次将辰州兵打败，他心里根本就不怕辰州兵，谁知后方却燃起了大火，吴王宫里发生了内乱，辰州兵里应外合夺走了王宫，一下子使他陷入了腹背受敌的艰难处境，为此，他只得放弃了防守阵线，立即带着部队撤了回来。昔枯热其说："根据探子打探的消息，辰州刺史彭瑊兵分两路，一路从奖州富州秘密而来攻占了王宫，另一路大军从酉水攻了进来，下溪州已被他们占领，如今彭瑊在王宫里正调遣大部队前来，上溪州我们一定不能丢失了，没有了上溪州，大家就无立足之地了，依我看这一仗一定要打，要打好，要把辰州兵打败，守住上溪州，再把他们赶出下溪州。"

"好，一定要保住上溪州，上溪州是我们的立足生存之地，不能再丢了！"吴王知道自己手下的将领中，只有昔枯热其这个人打仗肯动脑筋，会排兵布阵，善用计谋，于是便问道："你说，这一仗怎么打？"

昔枯热其想了想说："大王，这个伴湖山高路险，地势对我非常有利，是易守难攻之地，我们要好好利用这个地形，撒下一张大网，将楚军消灭在大山里。"

吴王一下高兴起来："好，好，这一仗我们一定要打好！你说说，我们该怎么打？"

昔枯热其说："大王，我们要好好布阵排兵，伴湖这里三座大山，像三个手指伸着，我们将大兵排在伴湖三座大山上，形成一个大网，三支部队互相支持，捏成一个拳头，只等楚军钻进网里，就要把他们全部消灭！"

吴王道："好，好，军队就由你来调遣，这次一定叫楚军有来无回，要报这个血仇。"

众人摩拳擦掌，要拼个你死我活。

彭瑊在王宫里得到士愁等人从前方送回来的喜报：在洛塔坪大败吴王的军队，吴王败落水中，差点被淹死。

"好，好！"彭瑊连声叫好，他知道如今吴王的手下还溃散在各地，尚未全部集结，必须集中力量，尽快将吴王的人马消灭。

他派出一批探子前往伴湖打探吴王军队的消息，得知吴王将各处的部队全部集中在伴湖一带，准备与楚军决一死战。

彭瑊便将士愁彦昭，努力嘎巴科洞毛人等将领召集在宫中，商讨战事。

彭瑊说："如今吴王手下一万多人全部集中在伴湖一带，准备与我决一死战！"他望着大家说，"据探子说，吴王将军队分散占据着伴湖边的几座大山，摆成了一个品字形的战场，撒下一张大网，只等我们去钻。"

士愁说："吴王把军队集中是件好事，我们可以集中大兵将他们全部歼灭，这样就可以夺下上溪州。"

彦昭说："这是个好机会，一定要抓紧，不能错过。"

彭瑊说："我们现在有两万兵马，吴王在伴湖有一万多人，他还在陆续往伴湖调人，双方兵马相差无几，打起来，必是一场硬仗。"

士愁说："刺史大人，硬仗不怕，一定要打，吴王的人马虽多，但是经过前面的败仗，已被我们追得四散奔逃，成了惊弓之鸟，士气低落，粮草也不足，我军自进入溪州以来，多打胜仗，特别是夺了吴王宫以后，全军士气振奋，摩拳擦掌，对于彻底消灭吴军信心百倍！"

彦昭也很同意："我赞成这个说法，只要刺史下命令，我们就一定能够把吴王大军打败！"

"好，好。"彭琊连连点头，"只是从眼下看来，吴著冲在伴湖摆下了一张大网等我们去钻，如果真要钻了进去，这个仗就很难打赢！"

士愁问："刺史大人，这个仗该怎样打？"

彭琊在桌上摊开一张地图，指着地图说："大家看，如今吴著冲的兵马守着伴湖三座大山占据有利地形，摆下一张大网，进可攻，退可守，互相支援，我们如果强攻，损失很大，还难以取胜。我们不能往那个口袋里钻，那就是送死。"

众将问："怎么办？"

"我思虑了一个破敌之策！"彭琊手指地图，"伴湖三座大山之外，相邻的还有一些较低矮的山头，我们不妨在三座大山外再撒一张网，引蛇出洞，让他们失去有利地形，再给以歼灭，大家以为如何？"

众将说："好！"

彭琊说："但必须要一支部队前去将吴著冲的部队引出来！"

努力嘎巴挺身而出请战道："刺史大人，末将愿前往担此重任！"

士愁连忙上前阻拦道："不行，努将军，吴王与他手下已将你恨之入骨，你千万不能前去，还是让我前去为好！"

科洞毛人笑起来，对士愁道："大哥，我看就让努将军与我前去，正因为吴王及手下痛恨努将军与我，所以他们一见我们带兵去攻，便会马上率大军迎战，那时我们且战且走，假装抵挡不住，将他们引下山带到早已布好的网中来，就可以消灭他们了！"

"好，好，这是个好办法！"彭琊很高兴地赞同道，"就请努将军与科将军率本部人马前去，只准打输，不准打赢，边打边败逃，一定要把吴军引到我们布下的大网里来！"

努力嘎巴与科洞毛人同声应道："是，遵令！"

第二天，彭琊亲自统领大军来到伴湖附近，只见树木参天，四处都是山头，吴军果然占据了几个大山头，他于是立即下令部下按原定计划行事，占领了大山周围的一些小山，将部队隐藏下来，马上将各山沟的出处用树木拦死，以防吴兵逃走，另派一些兵丁在山头伐木安扎营寨。

正在山上的吴王得到消息，说是辰州刺史彭琊率领大兵前来伴湖，已在山外扎兵安营。吴王道："果然来了！"

田好汉道："他们的军队已占了四周一些低矮小山头！"

吴王道："不怕！走，出去看看！"吴王便带着大家往最高的山头走去。

大家站在最高山峰下，俯首往山下望去，登高望远，一览众山小，山下高低山上的情况都一目了然。远远望去，彭城率领的辰州兵正在小山上安营，四处都插着旗帜。昔枯热其道"吴王，我们占着大山，地势有利，进可攻，退可守，这一次定要把辰州兵消灭在这里！"

"好，好！"吴王非常高兴。

突然山沟传来一阵呐喊声。众人惊奇，都睁眼察看，原来一支辰州兵从山沟里杀了进来。

昔枯热其道："胆子真大啊，敢往网里钻，不怕死！"

吴王鼻子里重重地哼一声："叫他们有来无回！"

众人往山下走去。

一个将领匆匆跑过来大声禀报道："大王，叛将努力嘎巴与科洞毛人率队杀了进来！已冲破我们一道防线！"

吴王一听，鼻子眼睛都在冒火，狠狠地骂道："这两个该死的不要脸的家伙，卖祖求荣，还有脸前来！"

田好汉道："大王，今天一定不能让他们活着离开！"

"好，你带兵前去迎战！"吴王立即命令道。

田好汉带兵走了。

昔枯热其："吴王，我们刚才看了，辰州兵刚刚来到伴湖，正在扎营安寨，我看，不如乘他们立脚未稳，我们出动大军打他们一个措手不及！"

"好，好！马上下令所有部队全线出击！"吴王下达了进攻命令。

田好汉昔枯热其率领大军从三个山头上冲下来，迎击努力嘎巴与科洞毛人的队伍。

田好汉一见他们二人便大喝一声："站住，不要脸的东西！"

努力嘎巴道："田将军，吴王大势已去，快些投降吧！"

"呸，你还好意思说，吴王待你们不薄，你们竟然背叛他投敌，做下如此不要脸的事情，比猪狗都不如，今天非要杀了你们不可！"说着便舞动大刀砍向努力嘎巴。

努力嘎巴与科洞毛人大怒，也挥动刀枪相迎，吴军人多势众，呐喊着冲了过来，努力嘎巴与科洞毛人抵挡不住，虚晃一枪，拍马便返身奔逃。田好汉昔枯热其率领大军在后追杀。田好汉大声喝道："今天看你们往哪里逃！"努力嘎巴与科洞毛人且战且退，沿着山沟将吴军引离了伴湖边的几座大山。吴王看见辰州军大败，往外逃走，十分高兴，认为这是击杀辰州兵最好的时机到了，于是倾其所有，亲自带领部队下山，一路追杀辰州兵。辰州兵大败而逃。

站在小山上的彭城见吴王果然中计了，心里很高兴，便对身边的士愁道："鱼儿上钩了！"

士愁兴奋地说道："刺史大人，该我们出击了！"

吴军已被努力嘎巴科洞毛人引进了辰州兵的埋伏圈，只听三声炮响，辰州兵听到全线出击的号令，便从各个山头冲向山沟里的吴兵。冲在最前面的田好汉昔枯热其见势不好，知道中了辰州兵的埋伏，想退也退不回去了，后退的路，已被辰州兵用树枝封死了，只得指挥兵丁与辰州兵在山谷里拼命厮杀起来。

辰州兵多，吴军兵少，眼看抵挡不住了，危险时刻，吴王亲率后续大兵增援上来，田好汉与昔枯热其一下又振奋起来，率领手下呐喊着再次冲向了辰州兵。

彭城的辰州兵与吴王的溪州兵在伴湖展开了一场生死大决战。

双方将兵在伴湖的大小山沟里搅合着混战，刀来枪往，勇猛拼杀，有时为了争夺一个小山头，双方轮番冲杀，尸阵遍野，在伴湖地区大战了三天，吴王部下死了四千多人，伤了一千多人，辰州兵也死伤四千多人，满山遍野到处是死尸，山坡山沟里躺满了伤兵，四处流淌着鲜血，真是惨不忍睹。

终究是辰州兵多，彭城又不断调来军队参战，吴王抵挡不住彭城大军的进攻，只得下令败退到大山上死守，眼见大势已去，如果继续顽抗下去，被辰州兵包围着就会全军覆没，昔枯热其对他说："吴王，辰州兵越打越多，我们的人越打越少，这样拼打下去就全完了！"

吴王问："怎么办？"

昔枯热其说："留得青山在，不怕没柴烧！"

"你是说，三十六计，走为上计！"

昔枯热其点头："大王，目前只有这一条路可走了，伴湖死守不得！"

吴王望望山下四处的楚军兵营道："下令撤吧！"

双方激战三天后，吴王便带着剩下的几千人，乘着夜黑掩护，急从伴湖的山沟里突围冲出去，往上溪州方向奔逃了。

伴湖大战结束，双方都付出了沉重代价。

第37章

两军相崤塔泥湖

　　吴王与惹巴冲等人率领着手下冲出彭珹大军的包围圈，沿途被截杀，因为地形熟悉，很快就像漏网之鱼溜走了。他们逃到上溪州南部与中溪州相交处的农车印家山一带，清点一下身边的人数，只有四千来人了，又得知另一蛮头春巴冲带出八百来人，已逃到了邻近的他沙方向，才长出一口气，这次战斗损失太大了，一看手下只有这么一点兵马，如何与彭珹的辰州兵继续斗下去呢？

　　吴王躺在靠椅上沉思苦想着，怎么办呢？真没想到这些辰州兵打起仗来有这么厉害，一个个都不怕死地往前冲，伴湖一仗，他亲眼目睹，双方的兵将，在战场上刀枪往拼杀得十分残酷，死伤了多少人，山坡上山沟里四处堆满了尸体，血流成河，几十年来，他在溪州为王，从来还没看见过经历过这么激烈的战斗，双方死伤如此多的人，他十分震惊！做梦也没有想到，楚王为了夺得溪州，这一次真是下了血本，令辰州刺史彭珹率领大军拼死来争抢，不夺得溪州决不罢休！真是来者不善，善者不来，这一次真是凶多吉少了。他心里十分焦急，眼下手边这点人手，哪里还经得起辰州大兵的围攻？他急得在屋里团团地打起转来。突然他眼睛一亮，脑壳里闪起一道光芒，一拍大腿："有了！"

　　惹巴冲抱着烟杆走了进来问："大王，有了，有了什么？"

　　吴王道："有了人！"

　　惹巴冲奇怪得很："有了什么人？"

　　"又有了兵马！"

　　"兵马？"惹巴冲摇头，"如今我们只有这么一点人，哪里又来了兵吗？"

　　吴王脸上露出了笑容，很神秘的样子对惹巴冲道："老弟，这溪州的天是我们的天，溪州的地是我们的地，溪州的人是我们的人，难道还愁没有兵马吗？"

　　惹巴冲一下想明白了，连忙点头道："对，对，对，我们要人有人，要粮有粮！"

吴王道："立即下令各处大小蛮头扩招兵马，我们的人不就多了！"

"好，好，这真是个好办法，大王这着棋真高！"

吴王一声令下，各位将领与各处的蛮头便紧急动员起来，在乡间四处扩充兵力抓人拉马要粮要草，不多时，吴王手下的兵将又增多到了五六千人。这一下吴王又高兴起来。他对惹巴冲等人道："不怕，我们要与彭瑊的辰州兵斗到底！"

伴湖大战以后，彭瑊率领的辰州兵马死伤损失也不少，特别是吴王与他的一些大将竟从网中逃出去了，这令彭瑊与士愁彦昭等人很伤脑筋，他们在伴湖全歼吴王的计划落空了，仗还得继续打下去！据前方探子打探得的消息，逃到农车一带的吴王又在招兵买马，扩充军队，已迅速达到了六七千人，真是不可以小看啊！

从前方回到吴王宫里的彭瑊，这几天日夜都睡不着觉，他没有想到，溪州吴著冲与手下是这样的棘手，难以对付，真像山间的野草，野火烧不尽，春风吹又生，眨眼之间，兵力又大大地扩充了，真是令他头痛不已！

彭瑊马上把手下将领与下溪州各处投诚的蛮头们都召集到吴王宫里来开会，大殿上彭瑊对大家说："我们占了王宫，但还没有全歼吴著冲与他手下的兵马，如今他们又在农车、他沙一带大肆招兵买马，我们不能养虎为患，给他们喘息之机等他们坐大，应该要趁热打铁，痛打落水狗，今天请大家来，就是一起商议全歼他们的办法！"

士愁走向前道："刺史大人，吴著冲与他手下，不会自动投降的，免不了还要有大战，他们如今依然占据着上溪州，在那里扩招兵马，我们也应该立即扩招兵马，伴湖大战，我们损失的人马也不少，要想打赢这场战争，只有加强我们的军队，准备粮草，以多对少，才能把吴著冲灭掉！"

"对，"彦昭赞同道，"我也是这样认为的，如今吴著冲大势已去，他拼凑的人马，战斗力不会很强，我们应该立即扩军，再从辰州与奖州富州等地调集一些军队前来，大兵压境，团团包围进剿，就一定能把他们灭掉！"

众将领与蛮头们都认为这是个好办法。

彭瑊道："好，大家都一致认为要扩兵，我们就马上行动，各处将领与蛮头在半月内要扩充兵马四千人，我下令再从辰州与富州奖州调五千人马前来，总计一万五六千人，扩编为一百五十营，分别到达前线，驻扎在农车、马蹄寨、他沙一线！士愁彦昭听令！"

士愁与彦昭上前："下官在！"

彭珹道："本刺史命你二人为征讨吴著冲的正副统帅！"

二人叩首："是！"

彭珹又道："努将军，科将军！"

努力嘎巴与科洞毛人出列道："末将在！"

彭珹道："令你二人率三千人为正副先锋！"

二位将军领命："是！"

彭珹一一下达命令，为了打好此次战役，他令人筹备银钱粮草，搜罗了五百多匹骡马为前线运送粮草，还令下溪州蛮头们从各寨子调集五百多人做挑夫，为前线运送物资到达马蹄寨一带，战时抬接伤病员，为大战做好一切准备。

士愁受命后回到后宫，公主吴红玉挺着大肚子相迎，依偎在他的怀中。

"又要走了？"

"要走了，明天就要上前线！"

吴红玉突然抬脸问："父王现在哪里？"

士愁一惊，松开吴红玉："你，你问这个干吗？"

吴红玉叹气，眼红了："他毕竟是我父王，生我养我的父王呀！他对我恩重如山，怎能不想他呢！我把他害成这个样子，心里好难过啊！"

士愁轻声道："是啊，养育之恩不能忘，你是应该想念他的，他对你这个女儿很好，视为掌上明珠，他爱你宠你。我也应该想念他，他对我这个驸马也很好，相信我，也有恩，而且给了我这么好一个妻子，这一切，都是他的好，我们都是不应该忘掉的，要永远记在心里！"

吴红玉眼泪汪汪道："父王，他好可怜啊……"

士愁给她擦着泪水。

"明天你就要去前线，消灭父王？"

士愁点头："身为军人，服从命令为天职，为了溪州百姓，我们必须去消灭他！"

吴红玉："你……"

士愁继续给吴红玉揩泪水："我知道你心里很痛苦，很矛盾，我与你一样，但是一想到你父王做了那么多残害百姓的事，杀害了那么多的百姓，我又全身有了胆气，为民除害，我这是做得应该的！只是现在，他肯定对我们充满仇恨，满腔怒火，已将我们恨透了。"

吴红玉点头，突然她一下跪在地上道："驸马，我求你一件事！"

士愁大吃一惊，连忙伸手将她扶起："公主，你身怀六甲，行动不方便，有什么大事，你只管说，夫妻间不要下跪！"

吴红玉哭泣道："我求你驸马，不管怎样，他都是父王，有朝一日，父王最后兵败了，请你不要亲手杀死父王！"

"行，行！"士愁马上点头，"我答应你，一定答应你，我，我是驸马，女婿半边子，怎能去杀岳父，我向你保证绝不会这么做的！"

吴红玉点头："好，我相信你！"

第二天，士愁从后宫出来，披挂出征上前线，彭珹叫住了他："儿子，爹有话说！"

士愁望着彭珹："爹，你说！"

彭珹道："爹知道，你心里有苦，有难！"

士愁不作声。

彭珹道："儿女情长，公主对你说了吧，吴王是她爹，也是你岳父，泰山大人，有恩于你们，人之感情，人非草木孰能无情？"

士愁眼圈有些发红。

彭珹道："儿啊，家国事，国为大，家为小，公主很不错，她是一个女流之辈，都能痛下狠心割舍丢掉父女情，丢一家父女情，换千万家百姓幸福，真了不起，你是爹的儿子，爹了解你，男子汉大丈夫，你该懂得孰轻孰重！"

士愁道："爹，你放心，儿子不是糊涂人，心中明白着呢！"

彭珹点头赞许道："好，去吧！爹相信你！"

第 38 章

喊话攻心吴兵大崩溃

士愁与彦昭统率一万五千多人的大军，浩浩荡荡前往上溪州塔泥湖一带，兵多粮足，士气正旺，他们满怀信心，要以绝对优势很快将吴著冲、惹巴冲的军队消灭掉。

公元 907 年十月底，辰州大军从农车出发，努力嘎巴与科洞毛人打先锋，途经打猎铺、八井、马驻岭、百五坡、蹋沟壑等地向吴王兵的驻地中心进行合围。

大山里一间破烂木房内，吴王与众头领聚在一块商讨战事，一个探子进来禀报消息："大王，大事不好，驸马爷士愁为统帅，率大军又围过来了！"

吴王气愤地说："我真是瞎了眼，将自己的女儿嫁给了这么一只吃人不吐骨头的老虎！成了老子的死对头，害得老子倾家荡产丢了王宫，把老子撵进了深山老林，如今还不甘休，要把老子斩尽杀绝，哼，哼，老子真恨不得将他千刀万剐！可怜我那宝贝女儿吴红玉，不知怎的，鬼迷心窍，死心塌地帮他，狠心背叛他爹我，帮着那只老虎算计我，唉，天，我一步走错，步步错，全盘都输了！"

惹巴冲劝着："吴王，世上没有后悔药吃，现在讲这些已没有一点作用了！"

吴王气恼地捶打自己的脑袋："唉，我走错一步棋，如今害得大家都跟着受苦受累！"

努巴可道："吴工，敌军来了，还是商讨军务大事吧！"

吴王无可奈何地点头："如今辰州兵一万五千多人来势汹汹，兵多粮足，我们只有四五千人，三股中只有他们的一股，人数上他比我们多，听说，他们运来了不少粮草，在农车一线的几个寨子里堆得满满的，还有几百匹马几百号人，日夜不停地沿着灵溪河往农车搬运粮草，看来，他们是下了决心要困死我们，消灭我们，这个仗怎么打呢？大家说说！"

众人相互望了望都不作声。大家心里都明白，敌我力量悬殊，硬碰硬，不要几天就会全军覆没，这仗还真没法打，一时大家都没了主意。

吴王拿眼望昔枯热其，众人的目光也投向了他，这种危难时刻，只有他才会想出办法来。

昔枯热其想了一阵才慢慢道："如今的情况，大家都清楚，敌众我寡，敌强我弱，打硬仗，我们肯定是打不赢的！"

田好汉道："这个我们都知道！"

昔枯热其说："所以打硬仗是不行的，我们只能来个软办法！"

努巴可问："怎么个软法？"

昔枯热其指着屋外无边无际的大山林说："你们看这里山大林密，高山峡谷山洞四处有，辰州兵一万多人，与这些大山密林相比算什么？我们就与他们捉迷藏，他们人多势众，大队兵马来了，我们就把人分散躲在深山里，不让他们找到，他们走累了休息了，我们就集中起来，乘机咬他们一口，让他们打我们找不着人，我们打他们一下就出来了，我们在深山密林里拖，也要把他们拖死！"

众人听了，一齐说好。

吴王高兴得很，称赞道："你这个办法太好了，士愁，老子这回就把你们拖死在深山密林里！"

吴王依计，很快就把手下几千兵分散在大山里了。

士愁指挥大军，一连好多天在大山里追来追去，眼看就要追上吴兵了，可是大军围过去，扑了空什么也没有，眼见前面山头有吴兵，大军悄悄进行包围，最后呢？吴兵就像狡猾的泥鳅一下又从密林中溜走了。部队天天在深山密林里爬山坡过悬崖，走得筋疲力尽，不少人都走得生病了，路都走不动了，官兵们不停地埋怨："这是打的什么仗？连敌人一根鸟毛都没见着，自己还累得要死！"

一些官兵疲累之极，干脆躺倒在山林里不肯动弹了。

这仗还怎么打？

士愁与彦昭大伤脑筋，望着层峦叠嶂的大山，一望无际的密密山林，无可奈何地叹气，士愁对彦昭说："兄弟，我们把这事想得太简单了！"

彦昭点头道："是啊，这仗还真难打呀！在这深山密林里，我们这一万多人去打吴兵，就是用拳头在石头缝里砸蚂蚁啊！"

"你说得对，他们人熟地熟，来得快，溜得快，山高林密又便于隐藏，要像这样打，我们永远也无法把他们消灭！"

彦昭道："是得想想其他的办法！"

二人思来想去，终究想不出什么良策。

彭珹在王宫里得知前线的战况，急了，坐不住了，立即带人奔到了农车前线。

在一间茅草屋里，彭珹紧急召集众将领们开会商讨对策。

努力嘎巴说："吴王惹巴冲是本地人，对当地的山山水水与地形道路都十分熟悉，他手下的兵丁，也都是这些山野之中土生土长的人，他们长年累月在这些大山沟里行走，来无影去无踪，合则很快，散则迅速，又善于在山中隐藏，如果像现在这样用大兵去包围追剿，是无法消灭吴王的。"

"这仗怎么打呢？"彭珹问，"大家好好想想办法！"

彦昭道："我有个想法，大家看可行不可行。近些日子，据我在前线观察，在深山密林里确实难以围剿吴军，我想，我们可以采用撒网包围的办法，一步步往中心区紧缩，在各村寨，各要道险隘处设卡拦关，堵死敌军逃窜之路，不让他们往外奔逃，让他们无粮草来源，最后将他们围在最小的地区消灭！"

彭珹说："好，这是个好办法！"

士愁与众将领都说好。

彭珹立即与士愁调整部署，将部队分成一百五十个营，以马驻岭为中心，开始步步为营，往吴王的兵马驻地，一步步紧逼，凡攻占一个村寨便留下一营军队，四处设关拦卡守得死死的，不让吴兵逃走，不让吴兵获得粮草，辰州兵很快就在汝池街、塔泥湖、印家山等险要之处设立营地，派兵守住了大山的进出口，切断了与山里的一切交通要道联系，任何人都不得进山。

这一步棋下得十分厉害！

虽然没有打仗，但吴王兵马的地盘一天天在缩小，粮草供给一天天困难紧张起来。

吴王与手下将领焦急地忧虑着：这怎么得了？辰州兵想要困死我们啊！兵马要吃要喝从哪里来？

田好汉与努巴可带着人马往外冲了几次，想要到山外夺取一些粮草，当他们率兵冲到村寨时，那里早已有辰州兵扎寨安营设了关隘，在大道小道上设置了重重障碍，做好了充分的防备，修筑了工事栅栏，当他们还未冲到工事前，辰州兵便用如雨的箭矢射向他们，不少人负伤倒地，根本无法靠近，只能望关兴叹，无功而返。

日子一天天过去，吴王的地盘一天天减少，一点点被辰州兵夺走，更为恼火的是吴兵四五千人被围在大山中，失去了粮草的来源，原来储备的粮草没有了，吴王带的一些金银财宝在大山里有什么用呢？有钱也买不到东西吃啊！山里的老百姓无法生活了，纷纷携儿带女丢了家往山外逃去了。

一日无粮千军散，长此下去，吴王的军队将会不战而败不攻自破，吴王忧心忡忡！

这天，守在隘口的辰州兵，在隘口对山里逃出来的百姓进行检查时，突然查出了三位吴王手下的兵丁，他们冒充百姓，混在逃难百姓中，还是被认了出来，押往统帅府。

农车辰州军大帐里彭珹与士愁对他们进行了审讯。

三位吴王兵丁讲述了山里吴王兵丁的情况。

士愁问："你们为什么要逃跑出来？"

一位兵丁说："长官，吴王下令不准兵丁跑的，谁逃跑就要杀头，现在我们在山里无吃无穿，只有死路一条，我想到家中还有妻儿老小，便冒死跑了。请官长不要杀我！"

另一兵丁说："官长，我已两天没吃到饭了，只吃了些野菜，在山里实在活不下去了，饿死也是死，不如逃出来，兴许还能保得条命！"

"长官，我家里还有七十岁老娘，我是被他们抓来当兵的，我不想为他们卖命，我要回家，请你们留我一条活命！"

彭珹挥手道："将他们押下去，给他们饭吃！"

三位吴王手下的逃兵千恩万谢走了。

彭珹望着他们离去的身影笑了。

士愁不解地问："爹，你笑什么？"

彭珹道："现在我们消灭吴王军队的好机会来了！"

士愁惊讶起来："好机会来了？哪里来的好机会？"

彭珹点头："你想想，吴军被困在山中，缺吃少穿，军心已乱！"

"是，他们军心已乱，兵丁都已开始逃跑了！不过他们躲在山林里，我们依然无法消灭他们。"

"错了，"彭珹道，"我们现在不是要靠刀枪来消灭他们。"

士愁更奇怪了，他望着爹，怎么讲起胡话来了，打仗不靠刀枪，又如何消灭敌人呢？他很不理解地摇头。

彭珹哈哈大笑起来，手指着士愁道："你呀，就不能好好动动脑子，现在吴王的人，饿得皮包骨，没有饭吃，我们就要采用攻心为上的办法了，用攻心术来瓦解敌军，让吴军不攻自破！"

"啊，啊！"士愁一下高兴得大叫起来，"好，爹，你这个计策太妙了，我们不用一刀一枪，不费吹灰之力就可以轻而易举将敌兵瓦解！这个办法太好了！"

彭珹吩咐道："你现在立即下令前方各营地对吴兵进行攻心战，派人到各山头进行喊话，告诉吴兵，我们这边有饭吃有衣穿，不挨饿不受冻，只要他们缴械投降，一律不杀，可以赏银子让他们回家。"

士愁兴奋地说："好，立即照办！"

彭珹想了想道："慢，你还可以发动一些百姓到前线指名道姓去喊他们当兵的家人，赶快回来，这样起的作用一定不小！"

"行，这是个好办法！"

"还有，"彭珹一掷千金指了指外面，"刚才那些逃兵也可以去喊话，他们一喊话，那作用就大着呢！"

"好，好，我马上就去安排。"

辰州兵的团团围剿，使吴王与他手下将领们坐立不安，惊惶万状，他们真没想到辰州兵会采取这种手段，如今将他们五千兵马，层层围困在大山中，无吃无穿，粮尽食绝，兵丁们在山上只靠采野菜，打野兽来勉强度命，不少人饿得路都走不动，冲也无法冲出去，长此下去，只有饿死在密林里一条路了，大家束手无策，真想不出一点办法。下面各处蛮头纷纷来报，四处都有兵丁饿得受不了，在夜里悄悄逃跑。

这怎么办呢？不能就这样眼睁睁困死在山里吧？

他们哪里知道，更为严重的事情还在后面呢！

这天，塔泥湖一带的丛山密林中，四处响起了辰州军与当地百姓向吴王兵丁的喊话声，

他们有的还敲着锣鼓，有的把洗脸用的铜盆当锣打，弄得四山八面都听到锣声来吸引吴王的兵丁来倾听喊话。

有的喊着："吴王手下的兵丁听着，你们好些天都没吃饭了，快过来吧，我们这里有饭吃，有肉吃，有酒喝，不能当饿死鬼了，你们要想活命就快过来吧！"

有的喊着："吴兵听清楚，只要你们放下武器，我们不杀，送银子让你们回家！"

老百姓在山上四处喊着，有的母喊儿子，有的妻喊丈夫，有的子女喊父亲，指名道姓，满山遍野四处喊着亲人名字，快些从山里逃出来投降，只要脱离吴王，

辰州兵就会宽待，还会赏银子让回家！

有的逃兵也在大喊："兄弟们听着，我们是从大山里逃出来吴王的兵，在山里好多天都饭吃，一逃出来，驸马爷就给我们饭吃，吃得饱饱的，我们要是想回家，他们还发银子，你们听着，快些逃出来吧，要不然，你们会饿死在山林里的！"

躲在山林里饿得皮包骨的吴兵，不少人很多天都没有见到粮食吃到饭了，都是用野菜充饥，这种日子实在熬不下去了，眼见躲在一起的人，一天天少了起来，有的饿死了，有的逃跑了，如今听见山山岭岭上响起的喊话声，让他们终于明白了一个理：跟着吴王在山林里隐藏下去，只有一条路：不是饿死就会是冻死。要想活，那就是赶快出去投降归顺辰州兵。听听，自己的家人或亲友都在山上喊话，想必辰州兵会开恩，只要出去交枪，就会放自己一条生路的。不少人听着听着，就落泪了，有不少人是被抓来当兵的，家中还有妻儿老小，他们要是饿死在山上，屋里一家人今后怎么活呀？他们的心动了，与其饿死在山林里，不如赶快逃出去，兴许还能有一线生机呢！

喊话以后，吴王的兵丁三三两两，或成五成十地从山林里洞子里，不论是白天或是黑夜就偷偷地往外溜，逃到辰州兵的关卡里来了，缴刀缴枪，他们第一句话就是："好多天没吃饭，快饿死了，要剐要杀，先送我们吃餐饱饭吧！"辰州兵早已做好饭菜等着，立即便让他们去吃饭。吃了饭，士愁并有没杀他们，却是要他们参加了喊话的队伍，让他们到山上这么现身说法一喊，还藏在深山老林里的那些熟人，听到他们的喊话，还能躲得下去吗？一个个一队队都离开了吴王逃往山外，吴王的部队就这样不战而散了许多，那些大小蛮头拦也拦不住，阻也无法阻，不多时间，一些蛮头们就成了光杆司令。

辰州兵营里可热闹了，官兵们在关卡上不停地接待着那些逃来的饥饿吴兵，吴兵饿得面黄肌瘦，人不像人，鬼不像鬼，穿着破衣烂衫，撑着棍子，摇摇晃晃，有的饿得路都走不动了，靠人搀扶着，比叫花子都不如。他们一到关卡，就像见到了救星一般。辰州兵丁立即给他们送上热气腾腾的饭菜，他们大口大口地吃着，不少人吃着饭竟然流起泪来。

吴王的手下将领与众多蛮头，一齐来找吴王诉苦，他们说："大王，辰州兵这一招太厉害了，我们的人快跑光了，都跑到辰州兵那边去了，大王，你快想个办法吧！"

吴王气啊，气啊，气得说不出话来。他有什么法？能要手下人不跑吗？腿长在别人身上，你这山里无吃无穿，好多天都没有饭吃了，活人还能饿死？他不逃跑,能在这山里等着自己活活饿死?世上能有这么愚蠢的人吗?吴王只得摇头,狠狠地骂:"狗日的,辰州兵这一招太歹毒了!"

吴王望望大家问:"我们还有多少人?"

昔枯热其说:"人都跑了一大半,现在不到两千人了!"

吴王说:"我们不能在山里等死,要想办法赶快逃出去,逃出去才有活路!"

众人说:"对,逃出去!"

吴王对昔枯热其与田好汉道:"你们二人赶快想办法,找一条路,让大家悄悄逃出去!"

二人应道:"是,我们马上就去想办法!"

第 39 章

吴王困死洛塔山

夜里，稀稀疏疏的星星在天上疲倦地眨着困顿的眼睛，忙碌热闹了一天的山间虫鸟们，再也经不起折腾了，也早早地进入了梦乡，漫山遍野的林子，停止了喧哗与骚动，静静地

躺着养精蓄锐，准备着第二天精彩的表演，大山安详而静谧！

这些天，士愁的部队战绩可嘉，他们采用的办法，不费一刀一枪，就将吴王的军队一一瓦解，前方将士们都很高兴，照此下去，不出半个月，吴王的军队就会悉数崩溃。士愁非常高兴，严令前方将士严守各个关口，并派出巡逻队伍四处巡查，一定要把吴军困死在山中，此一回万万是不能让吴王逃走的。

眼看进入夜半时分，在农车附近的山窝里，吴王对早已准备好的手下们发布了命令："出发！"

两千多人马悄无声息地在黑暗中一队队相互跟着往山外走起来。

他们谁也不说话，只发出很轻的脚步声，在大山中走了一段路，只听有人轻轻喊了一声："停住！"

大家抬眼往前一看，很快就明白了，前面有个据点，那里有辰州兵设的关卡，据探子报告：辰州兵设了三道防线，驻有一千多人，关卡上高高地挂着灯笼，把四周照得通亮，卡子上不少兵丁端着明晃晃的刀枪走来游去，莫说是人，就是一只鸟儿也休想飞过去。如今两千兵马能过去吗？

众人都停住了脚，一个个都不动了，十分紧张起来，辰州兵防范得如此严密，我们怎么能过关呢？今天不是要把命丢在这里吗？

正在大家猜疑的时刻，田好汉走到队前轻声说："大家勾着腰，跟我走，谁也不要出声。"

众人便把腰都弯着，一个跟一个随着田好汉走进寨子边一条溪沟里，这是水流冲出的一条小沟，从山里流来，经过寨子北头，真通寨外，平常时寨里人都不

注意，因为沟里没水，只在下大雨时，山沟里才有流水通过，沟两边长着很高的荆棘与茅草掩映着，寨里人可能都把这条山沟忘记了。人在沟里走着，寨子的关卡上根本看不见。田好汉指挥兵丁从沟里像狗一样弯腰驼背往前爬着。这条沟是昔枯热其派人从一个老人口中探知道，如今这秘密小溪沟成了吴王与他手下的逃命路！

关卡上的辰州兵们，两眼只死死地望着寨中的大路，是不是有人通过，他们还时不时地大声么喊几声："站住，站住！"实际上路上连个鬼影子都没看见。让他们做梦也想不到的是就在他们的眼皮底下，离关卡不到一百米的地方，一条隐蔽的小溪沟里，吴王手下两千多人，正在疾速地通过。吴王被人抬着，从小沟里经过，出了关卡，来到寨外，他才长长地出了一口气，望着还在从沟里往外走的兵丁，他满意地点点头便往前走了。

吴王的两千多人就这样神不知鬼不觉地逃出了辰州兵的包围圈，他们的身影很快就消失在了大山的夜幕里。

第二天，关卡上的辰州兵四处巡逻时，突然发现了关卡边那条隐蔽的小沟，夜里有人通过，把荆棘杂草都踏平了，看起来走过的人还不少，大家吃惊不小，立即上报，统帅士愁与彦昭立即前来现场查看，大家一商讨，便认定是被包围的吴王与部下，昨夜从这里逃出去了。

士愁便安排探子进山打探消息，下午探子回来禀报："山里已没有一个吴兵，没有吴王的影子了！"

坐在大帐中的统帅士愁顿脚叹道："唉，失策，失策啊，大意失荆州，煮熟的鸭子又飞了，让他们再次逃跑了！"

彦昭道："真没想到，寨子下有那么一条隐蔽的小沟！"

"哼，"士愁发怒道，"癞蛤蟆躲端午，躲得过初五，躲不过十五！"

吴王与惹巴冲等人庆幸死里逃生，再次逃离了辰州大兵的包围圈，从网中逃出的鱼儿，从笼中飞出的鸟儿，自由了，一个个都高兴得跳了起来。又像鱼儿跳进了大海，鸟儿飞上了蓝天。

逃出来，往何处去？他们疲惫地倒在林子地下躺着，坐着，走了大半夜的路，一个个又饥又饿，劳累不堪，呼呼地睡起来。

吴王靠着一棵树休息，望着身旁的惹巴冲，惹巴冲皱着眉不说话，他早已在心里打着小九九了：他知道眼下再跟着吴王逃，只有死路一条了，辰州兵肯定是死死追着吴王不放的，自己不能再跟着他把命搭上了。他想了想道："吴王，你看，如今我们的人越来越少了，就这点兵力实在无法与辰州兵相对抗了！"

吴王鼓大眼问："你说怎么办？"

惹巴冲说："吴王，你带着这些人先撤到洛塔山，我回去再召集些兵马来与你会合，人多力量大，一定能够斗过辰州兵！"

"好！"吴王大为高兴，"义弟回去多招些兵马，我去洛塔山再搞些兵马，我们又重整旗鼓，决不能让辰州兵占了上溪州！"

"行！"惹巴冲很兴奋起来，"我们重打锣鼓再开张，不服输，定要与辰州兵拼个你死我活！"

两人击掌："就这么说定了！"

惹巴冲带着努巴可等手下要离开了。

努巴可走到吴王面前辞行："吴王，我要走了！"

吴王挥手道："走吧，走吧，努将军，你忠心耿耿，我对你不住！"

努巴可说："大王，过去的事不提了，我走了，你自己要多保重！"

吴王点头："谢谢你！"

惹巴冲走过来说："大王，后会有期！"

"好，后会有期！"

吴王望着惹巴冲努巴可等人离开。

路上，努巴可问惹巴冲："叔，我们招兵买马，几时回到吴王身边？"

惹巴冲望望左右压低声音道："你傻呀，蠢得像头猪，不要命了？"

努巴可不解："叔，怎么不要命了？"

"还能跟着吴王跑？你不见辰州兵就是一心一意要灭掉吴王吗？我们跟着他一次次被围，险些丢掉性命。"

努巴可恍然大悟："对，对，叔讲得对，如今大难当头，管不了那么多！"

惹巴冲高兴地点头："这就对了，你脑子终于开窍了！我们回到自己的地盘，招兵买马，守住自己那点家当才是正事，何必去替吴王卖命！"

努巴可一拍大腿："行，一切都听叔的！"

惹巴冲等人走后，吴王一刻也不敢停留，便带着残兵败将，仓皇地逃往洛塔山界去了。

吴王宫里彭珹得到前线的禀报：吴王带着两千多人，乘着夜色逃出了包围圈，逃往洛塔山界去了。

彭瑊望着书信道："狡猾的狐狸又跑了！绝不放过你！"他略一沉思，便提笔给前线的统帅士愁写起信来。

士愁接信后，按照爹的指示，立即在大帐里召开军事会议，他对努力嘎巴与科洞毛人说："统帅部决定穷追猛打落水狗，二位将军地熟路熟，还是打先锋，马上前往洛塔山界包围吴王残部，不给他们喘息的机会，定要全部消灭！"

努力嘎巴科洞毛人领命。

士愁又说："其余将领随后出发，都前往洛塔山，消灭吴王！"

众将领："是！"

士愁统率大军，马不停蹄地往洛塔山界扑去。

吴王率领残兵败将逃到洛塔山界后，立即屯集粮草，修建防线，将粮草屯集于寨后一山洞里，妄图作垂死挣扎。他还做着美梦，等着惹巴冲招兵买马与他会合，扩大势力，占据上溪州，再做他的大王梦，与下溪州的辰州刺史彭瑊分庭抗礼！

岂知，吴王逃到洛塔山界没两天，脚没站稳，屁股还没坐热，士愁率领辰州大兵就漫山遍野围了过来，一下就紧紧将他们包围了。

坐在山洞里的吴王正在喝酒解愁，突然，田好汉几步就急急冲了进来，禀报道："大王，不好了，辰州兵赶过来了，里三层外三层，将我们团团围在洛塔山界了！"

吴王大吃一惊，一口酒喷了出来，一下站了起来："来得这么快！"

田好汉："快得很，他们咬着我们的尾巴不放，一路就追了过来，怎么办，大王？又落入了他们的包围圈。"

吴王呆呆地坐下："这，这，怎么办？我也不知怎么办？我们只有这两千来人，逃，逃不掉，打，打不赢，只有拼个鱼死网破了！"

田好汉摇头走了。

吴王望着屋外十分伤心地喃喃道："看起来，这一次是跑不掉了！"

努力嘎巴与科洞毛人率领三千兵马很快到达洛塔山界，安营扎寨。二人站在山头眺望吴王的兵营，努力嘎巴指着说："科将军，如今吴王只有这么一点兵力，看起来就是两千人吧！"

科洞毛人说："是呀，惹巴冲与努巴可都跑了，如今只有田好汉与昔枯热其在他身边。这一次，吴王是死定了。"

努力嘎巴点头："现在我们里三层，外三层将洛塔山界团团围住，吴王插翅也跑不脱了。"

科洞毛人说："可惜呀，田好汉与昔枯热其兄弟也要送命了！"

"你……替他们惋惜？"

"他们也是我们的好兄弟，过去我们很要好呢！"

"他们执迷不悟，死死跟着吴王。"

"各为其主！"

努力嘎巴说："这一次吴王死定了！"

科洞毛人说："我们要想办法救田将军，昔将军！"

努力嘎巴："怎么救？要他们放下武器可能吗？"

"试一试吧，我真不忍心看着他们陪着吴王去死！"

努力嘎巴点头："行，我们努力吧，尽一尽兄弟之情，拉他们一把！"

"好！"

努力嘎巴说："这是件大事，必须要报告元帅。"

"行，走！"二人便往元帅的大帐走去。

夜里，田好汉带人正在兵营外巡查，突然几个手下押着一个辰州兵走了过来。

辰州兵上前道："田将军，我奉努将军之令前来找你！"

田好汉吃了一惊："你……"

"不认得我了？"辰州兵丁说，"我是努将军身边的贴身小卒啊！"

"啊……"田好汉一下想起来了，"认得，认得，是努将军派你来的？"

"是的！"

田好汉便将这个辰州兵丁带到自己的帐中。

辰州兵见左右无人，便从身上取出一封信道："请田将军过目！"

田好汉看了便问："努将军与科将军都好？"

辰州兵答："好，好得很，他们在辰州兵营里，很得元帅与彭刺史的相信与重用，封他们为先锋，赐金赏银，风光得很！"

田好汉说："好，这就很好了！"

辰州兵说："努将军与科将军的信你也看了，他们说，只要你与昔将军离开吴王投向辰州兵，土愁元帅与彭刺史都欢迎，一样封你们为将军！"

"这个，让我好好想想，与昔将军相商一下！"

"不能犹豫了，田将军，你看如今吴王被辰州兵层层包围，还能逃出去吗？只有死路一条了，我们将军说了，识时务者为俊杰，他是想来救你们，帮你们一把，你们好好考虑一下，我就告辞了！"

田好汉对辰州兵道："你告诉二位将军，我会好好考虑的！"

辰州兵走了以后，田好汉将来信又仔细认真看了几遍，想了一阵，便站起来往昔枯热其的驻地走去。

昔枯热其看了信后，好一阵没有作声。

田好汉问："昔将军，你怎么看？"

昔枯热其把信拿起又放下道："他们的信有道理，说得一点不错，这一次吴王是完了，彻底地完蛋了！"

田好汉："吴王这些年来残害溪州百姓，罪孽深重，天怒人怨，被辰州兵灭掉，是罪有应得！"

昔枯热其点头："吴王自作自受，是应该受到惩罚！"

"昔将军，我们，我们能不能学学务将军与科将军？"

"这……"

"信上不是说了，土愁元帅与彭刺史都欢迎我们投诚过去呀！"

"这……我们要背叛吴王呀！"

"来信上不是讲得很明白吗？吴王残暴，害溪州百姓受苦受罪，当诛，我们不能再辅佐他了，应该弃暗投明呀！"

昔枯热其点头："理是这个理！"

"那就不要犹豫了！"

"再好好想想吧！"

这天早饭后，吴王将田好汉与昔枯热其叫到自己住的山洞里，喝着茶，吴王说："二位将军，如今辰州兵紧咬着我们不放，又追了过来，将我们围得铁桶一般！"

田好汉与昔枯热其点头："是这样！"

吴王有些气恼地说："惹巴冲说好了的，会招兵买马带人过来的，这么些日子过去了，一点动静也没有！"

昔枯热其说："大王，惹巴冲的话你也相信？他是不会来的。"

吴王惊："他不会来？他说话不算数？"

昔枯热其："他比泥鳅还滑，乘机溜走了，他还会来送死？"

吴王哭丧着脸："那怎么办？我们只有这两千兵，辰州兵几万人围着，鸡蛋碰石头呀！"

田好汉："大王，这一次，我们插翅也飞不出去了！"

吴王一下大怒起来："好，这个该死的驸马士愁硬要将老子往死路上逼，不赶尽杀绝不罢休，老子就与他拼个鱼死网破，你们传令下去，四处给我好好防守着，他们进来，大家就拼命！"

昔枯热其道："禀报大王，辰州兵四处将我们围了，我们粮草没有来源，这几天都断粮了，没饭吃，一些兵丁都偷偷逃走了！"

吴王骂："该死的，这一手太歹毒了！"

田好汉："大王，军中无粮千兵散，这仗怎么打呀！"

吴王吼着："打打打，就是饿死了也要与他们打到底！"

田好汉与昔枯热其望着吴王，不知如何是好，吴王在发怒，他们走了出去。

士愁发布了全面进攻的命令。

努力嘎巴与科洞毛人率领先锋营很快就杀到了洛塔山界吴兵阵前，田好汉与昔枯热其立刻出兵迎战，努力嘎巴打一拱手道："二位将军，现在你们已经被团团包围了，粮尽兵少，摆在你们面前只有两条路可供选择，一条是死，一条是生，你们要想好，自己选择！"

科洞毛人说："二位将军，昔日我们同在吴王宫里共事，都是好朋友，好兄弟，我们今天不愿看到你们再去为那个万恶不赦的吴王去陪葬，我奉劝你们一句，识时务者为俊杰，应该弃暗投明了！"

田好汉回应着："二位将军的好意，我领情了，你们的书信我看了，我想明白了，我今天愿意归顺！"

努力嘎巴与科洞毛人大声道："欢迎将军！"

田好汉便拍马来到辰州兵阵前。

昔枯热其见田好汉归顺了，觉得自己现在也只有这条路可走了，便道："我也愿意归顺！"

于是田好汉与昔枯热其便率领手下投诚了辰州兵。

元帅士愁率大军过来，见到投诚的田好汉与昔枯热其十分高兴，得知吴王躲在山洞里便下达了向洛塔山界发起最后攻击杀掉吴王的命令。辰州兵便漫山遍野吼叫着冲了过去。

吴王的残兵败将无法抵挡潮水般杀来的辰州兵，很快就被消灭干净了，吴王躲在山洞里，得知田好汉与昔枯热其投降了，知道一切都完了，今日死期必到，便坐在山洞里端起大碗喝起酒来，一碗一碗又一碗。

他身边的卫士一个个都被杀死了，一阵怒吼声传进洞来，士愁彦昭带着努力嘎巴、科洞毛人、田好汉、昔枯热其等将领一齐冲了进来，将他围住。

吴王一见将酒碗往地下狠狠一砸，哈哈大笑起来，手指着士愁道："你，你，本王的好——驸——马！"

士愁道："大王，你是我的岳父大人，这一点不错，我也感谢你把公主嫁给我，你的恩情我会记在心里，可是大王，这些年你作恶多端，残害溪州百姓，罪恶累累，这是不能原谅的，今天你的死期到了，还有何话好说？"

吴王点头："好，好，我的好驸马，本王真想不到，会死在我最亲爱的驸马手上，好，事已至此，我也无话说了，来杀我吧！"

士愁淡淡地道："吴王，我是在替天行道！"

吴王哈哈大笑："好一个替天行道！我罪孽深重，你今天亲手来杀我吧，我知道死期到了，最后本王只有一个请求！"

士愁道："吴王请说！"

吴王望士愁说："本王不怕死，最放心不下的是公主啊！"说着吴王眼湿了，"请求你要善待公主，善待我宝贵的女儿！"

士愁点头道："吴王，你放心，我向你发誓，我会善待公主的！"

"好吧，现在我没有挂念了，驸马，来杀我吧！"吴王拍着身子伸着头，"动刀吧，驸马！"

士愁挥起手中刀道："吴王，我曾答应过公主，不能亲手杀你！"便把刀放了下去。

吴王伸头："杀吧，杀吧，我自愿！"

士愁收回刀："我不能食言，答应公主的话，一定要做到！"

彦昭走上前去手起刀落，一刀就将吴王的头砍了下来！吴王身子倒下，血将山洞都溅红了！

第 40 章

双喜临门士愁又添贵子

"爹，不要，不要走啊！"吴红玉大叫起来。

守候在一旁的田茵茵立即站起来，急跑过去，叫喊道："公主，公主，怎么啦？"

躺在床上的吴红玉伸手乱挥着，脚已将被子蹬开，还在乱吼着："爹，爹，不要啊……"

田茵茵慌慌忙忙给公主盖被子："公主，公主，你是在做梦吧？"

吴红玉一下惊醒了，睁开眼问："我这是在哪里？"

"公主，这是后宫，你是睡在床上。"

"我刚才是在做梦？"吴红玉一下明白了。

"对，是在做梦，你在梦里肯定受了惊吓！"

吴红玉揉揉眼，想了想说："刚才我梦见了爹，他一身都是血，说自己要死了，要离开我了……"

"这……不会吧！"

吴红玉说："我记得清清楚楚的！"

田茵茵安慰着："公主，听人说，梦都是反的！"

吴红玉摇头："不会的，不会的，这一次，驸马他率大军去打父王了，父王那点兵马打不赢的，肯定凶多吉少！"

"这……"田茵茵说，"公主，你也没有办法呀！"

吴红玉哭起来："茵茵，这一次，父王肯定逃不掉的，呜呜呜……"

田茵茵上前抱住吴红玉劝道："公主，你不要哭，对身子不好，你快要生了，听话，不要哭！"

吴王宫里后宫，吴红玉这些天挺着大肚子不时站在门边往远处深情地望着，向天上企盼也没有用，连一只鸟儿都吓得不敢飞了，只能两眼呆呆地看着宫外的远山，一动也不动。她一时想着吴王老爹，中毒的脚是不是能走动了，逃出宫以后，天天被追得四处逃命，是不是有危险？一时脑海里又浮出男人驸马，这些天他一直率领大军，死死地围住吴王不放，一定要将吴王剿灭才罢休，两个男人都让他牵挂，他们的争斗，让她提心吊胆，又没有办法。

侍女田茵茵关切地道："公主，很久了，你在望什么呢？"她搬过一张凳子，"站累了，你还是坐着歇会吧！"

吴红玉不作声，望她一眼，慢慢地坐下来。

"公主，你快要生了，要小心些！"

吴红玉点点头。

田茵茵轻轻给公主按摩着肩："你心里想着驸马是吧？"

吴红玉不作声。

"驸马统兵出去一个多月了，没有一点信，公主，要不我去前面问问消息？"

吴红玉摇头："不必了，驸马是元帅，打起仗来他能有什么事？"

"对，对！"田茵茵附和道，"驸马是元帅，打仗不需要元帅亲自上阵，他绝对没事的！"

一个侍女端来一碗吃食道："公主，这是银耳红枣汤，请公主慢用！"

吴红玉叹气，望侍女一眼，叹一声气，没有伸手接。侍女道："公主，吃吧，一定要吃，你要为肚子里的孩子着想啊！"

吴红玉只好伸手接过，慢慢吃起来。

田茵茵道："公主，这就对了，你要多吃些，孩子生下来，长得壮壮的，驸马从前线回来，一定会很高兴的！"

吴红玉点头："好，我吃！"不多一会儿，吴红玉便吃完了，她站起身对田茵茵说，"你扶我走一走！"

"好！"田茵茵便扶着公主在屋里慢慢走起来。

走着，吴红玉突然停下脚道："茵茵，你在我身边有八年了吧？"

"对，是有八年了，公主突然为什么说这个？"

吴红玉望着田茵茵道："我把你当成了好姐妹！"

田茵茵感激地说："谢谢公主，这些年来，是公主给了我家的温暖！"田茵茵眼睛湿了，"我从小就没有家，不知道父母在哪里，是公主收养了我，公主的大恩大德，我永世不忘！你是我永远的好姐姐！"

吴红玉拉着田茵茵手眼也红了："你真可怜，从小就没有了父母，我从小失去母亲，如今我又要没有了父亲，我们的命相同，都很悲惨呢！"

"不，"田茵茵安慰道，"公主的命好，比我好一百倍，一千一万倍，你是公主命，我是个贱命，孤儿命，无法与公主相比！"

吴红玉流起泪来。

田茵茵安慰道："公主，不要哭，你还有驸马呢，你是大富大贵的命，今后驸马要当溪州王，你就是王后呀！"

吴红玉哭着说："茵茵，我不是人，我没有孝心，亲手杀了我的爹啊！"

田茵茵着急地说道："不，不，公主，你爹不是你杀的，你没有杀你爹！"

"是我杀的，是我这个不孝的女儿杀的！我帮了驸马，是我对爹下了毒……是我害了父王……"吴红玉大哭起来。

田茵茵赶忙劝着公主："不哭，不哭，不要哭伤身子，你肚里还有孩子，公主，你听我劝，吴王虽是你父亲，听人说，他残害溪州不少百姓，如今驸马统领辰州大兵要剿灭他，这是替天行道，我们能有什么办法呢？你一个女人，能管这些大事吗？"

吴红玉哭着："他，他是生我养我的爹啊！"

"不管是爹娘，人生死活各有命，都是上天安排的，我们管不了那么多，算了吧，公主，你还是管好肚里的孩子吧！"

"哎哟！"吴红玉喊起来，"我的肚子好痛呀，痛死我了！"

田茵茵吓了一大跳，连忙上前扶着："公主，不要乱动，是不是要生了？"说着她便大喊起来，"来人呀，快来人呀！"

人们奔进奔出，房子里立即乱成了一团。

吴王宫大殿里，辰州刺史彭瑊听着前方士愁传来的消息很高兴，吴王被围困在洛塔山界，这一次肯定是再也逃不脱了。他摸着下巴上的胡子，乐得直翘。他将士愁送来的信件放在桌上，心里激动不已！

两年多来，彭瑊自当了辰州刺史以后，就开始着手谋划夺取溪州的事情，经过精心密谋策划，历经艰辛，现在终于成功了，最后消灭吴王的日子已经到来，吴王一死，整个上下溪州就是自己的了！

突然一个卫兵匆匆跑了进来禀报道："刺史大人，谭州楚王派人来了，现正在门外！"

"快请他进来！"

不多一会儿，两个信使走了进来，跪在殿上道："刺史大人，我们奉楚王之令，特前来送信！"双手呈上信札。

彭瑊赶快接过打开，急急看了起来，越看越高兴，突然哈哈大笑起来。原来是楚王得到彭瑊攻下溪州夺取吴王宫的禀报，十分高兴，认为彭家父子立了大功，便马上下令任命彭瑊为溪州刺史！喜讯传来，彭瑊如今身为辰州、溪州两州刺史，他太兴奋了，便大声道："赏信使三两银子！"

正在这时，前线士愁派来的人也进了王宫，一下扑在殿前禀报道："彭大人，好消息，前方彭元帅他们在洛塔山界杀掉了吴王，这是捷报！"

彭瑊一下高兴得站起来，连声说："好啊，今天真是大喜日子，双喜临门，灭掉了吴著冲，从此溪州就会享太平了！好，好，好！"他一迭连声地说好，接过捷报看起来。

彭瑊正为楚王又任命他当了溪州刺史而高兴时，后宫便有人急急来到殿上大声道："禀报刺史大人，恭喜大人添了孙子！"

"什么？"彭瑊一下站了起来，"你说什么？"

来人道："恭喜老爷，你当了公公，添了孙子，公主给驸马爷生了个大胖小子！"

"好，好！"彭瑊一下乐得嘴都合不拢，"今天这日子太好了，三喜临门啊，我才当溪州刺史，前线杀掉吴王，媳妇就生了孙子，好，好！看看我的大孙子去！"

吴王宫里响起了一阵庆贺的鞭炮声。

几天后，士愁消灭吴王胜利班师回到吴王宫，溪州刺史彭瑊对有功将士一一进行赏封。

士愁回到后宫，看到公主为自己生了一个男孩，高兴地抱着儿子看了又看，亲了又亲，喜得抱着儿子蹦跳起来说："公主，你为我们彭家立了功！我要奖赏你！"

吴红玉笑着说："你怎么奖赏我？"

士愁笑道："现在我就奖赏你！"说着便用嘴在公主脸上深深地吻了起来。公主乐得紧紧地抱着士愁，心里像吃了蜜糖一样甜丝丝的。

欢乐过后，吴红玉问："事情完了？"

士愁脸上立即没了笑容，他抱着吴红玉很痛心地说："公主，我对不起你！"

　　"不怪你！"吴红玉低低地说，"我懂，爹他罪有应得！"

　　"是彦昭杀的，我们已经厚葬了他，放心吧！"

　　吴红玉眼睛红了："我没有父王了，真可怜他！"说着流出了泪水。士愁给她擦着，哄着说："不哭，事情都过去了，不要太难过悲伤！"

　　吴红玉道："他是我父王，我心里怎么不难过，我唯一的亲人没了，父王对我是很好的！"

　　士愁紧紧抱着吴红玉在他脸上轻轻吻着道："父王走了，我是你的亲人，还有我们的儿子也是你的亲人，你的亲人多着呢！"

　　吴红玉把头抬起来："驸马，你要对我好啊！"

　　士愁说："肯定的，对天发誓，我此生此世一定对公主好！"

　　吴红玉一下紧抱男人："这才是我的好老公！"

第 41 章

征剿惹巴冲卫队长自杀

吴王宫里，溪州刺史彭城大摆酒宴庆祝消灭吴王的胜利。

酒席上彭城举着酒杯对大家说："各位将领，几月来，你们风餐露宿，在外征战吴著冲，跟他的部下多次作战，生死相搏，吃苦受累，如今终于消灭了他，大家劳苦功高，今天我敬大家一杯辛苦酒！"

众将领一齐表示感谢！

彦昭道："刺史大人，能取得今天的胜利，全靠您的足智多谋运筹帷幄，您的功劳最大，各位将领你们说是不是？"

众将领齐道："是！"

彦昭道："我们共同敬刺史大人一杯酒！"

众人齐道："好！"便一起敬彭城的酒。

大家敬酒以后，彭城又道："要说论功行赏，各位将领都各有各的功劳，统兵元帅士愁应当是头功，大家说是不是？"

众人齐应道："是！"

彭城道："他自带戏班子冒着生命危险进入溪州，又凭着机智与勇敢进了王宫，还当上了驸马，逐步在宫中掌了大权，在吴著冲六十岁生日大宴时，与我辰州大兵里应外合一举夺下吴王宫，将吴著冲等人赶走，后来又率兵经历多次战斗，直至把吴著冲消灭，为我们夺取溪州立下了汗马功劳！"

众人道："是，士愁是头功！"

彭城道："还有彦昭，努力嘎巴，科洞毛人，向伯林等人都立了很大的功，本刺史将把各位的功劳上报楚王，请求一一按功进行封赏！"

众人说："谢刺史大人！"

在欢乐的祝酒声中，酒过数巡以后，士愁对大家说："各位将领，数月来的征战，你们立了很大的功，刚才刺史大人对大家进行了表扬，还要上报封赏，我们对刺史大人表示感谢！这里我还要说一件大事！"

众人一听有大事，立即停止了喧哗，纷纷放下了酒杯，伸头注视着。

士愁道："吴王现在是灭了，但是他的义弟惹巴冲还在，他与卫队长努巴可叔侄在上溪州一带，又纠集了几千人，我们能坐视不管吗？"

众人齐道："管，一定要管！"

士愁大声说："好！"他把手有力地一挥，"彭刺史大人要求我们趁热打铁，在消灭了吴著冲以后，立即集中大兵，对惹巴冲努巴可进行清剿！"

众人："好，大帅下令吧！"

惹巴冲与努巴可自从农车逃出包围圈以后，便很狡猾地溜了，没有与吴王一起去洛塔山界，他们回到上溪州与春巴冲等蛮头相互结合，在龙山一带很快招兵买马扩充实力，兵力一下发展到了三四千人，也没有按原来与吴王的约定带着兵力去与洛塔山界会合，他知道去了洛塔山界，必定是死路一条，吴王那点人马，肯定很快就会被辰州兵灭掉，他不想去送死，后来得知吴王被消灭，于是他便在龙山一带自己称起王来。又还派人联络游说四周的蛮头，归附于他，正精心地扩充地盘，想学着吴著冲的样子，正儿八经地当起大王来。四周的大小蛮头，眼见辰州大兵打来了，人心惶惶，不可终日，也不知今后前途如何，眼下惹巴冲派人来拉拢他们，他们慑于惹巴冲的威力，不敢不归附，为此，惹巴冲一天天势力便强大起来了。

吴王宫里，彭珹得到探子的报告，对惹巴冲的情况已经一清二楚，他绝不容许在溪州一带消灭了一个吴王，又再冒出一个惹巴冲当王，与自己为敌，他要乘惹巴冲眼下羽翼尚未丰满之际，一举将其消灭。他把士愁与彦昭叫到堂上道："吴王灭了，惹巴冲一下又坐大了，你们是怎么想的？"

士愁毫毫不犹豫地说道："把他也灭了！"

彦昭附和着："对，事不宜迟，尽快把他灭了，夺下上溪州。"

彭珹道点头："好，如今惹巴冲已有四千来人马，你们点上一万二千人马，我派人给你们押送粮草，你们二人各带一路，尽快将惹巴冲包围消灭！"

士愁彦昭应道："是！"

士愁彦昭便用努力嘎巴、科洞毛人、田好汉、昔枯热其等吴王手下大将为先锋，率领大军再次出征，前往上溪州龙山一线剿灭惹巴冲。

惹巴冲召集的兵马，都是些临时召来的百姓，从没有受过军事训练，实则不会打仗，没有战斗力，根本无法与士愁所统领的正规军队相比。在上溪州龙山的惹巴冲得到辰州兵大军前来围剿的消息，惹巴冲一下就坐立不安心惊胆战起来，他问春巴冲："怎么办？"

春巴冲也吓坏了："这，这怎么办？吴王那么多军队都被消灭了！"

努巴可两眼冒出凶光吼着："怎么办，怎么办，辰州兵来了，难道能投降？"

春巴冲怯怯地说："他们人多势众，鸡蛋能碰过石头？"

努巴可很不满意地望着春巴冲："胆小的怕死鬼，水来土掩，兵来将挡，辰州兵来了操起刀枪与他们拼就是了，大小就是个命！"

春巴冲说："努队长，你不怕死，别人还想活呢！"

努巴可火了："怕死就滚开！"

惹巴冲吼着："不要吼了，大敌当前，吵这些有什么用，大家还是好好想想如何迎敌吧？辰州兵一万两千多人，确实很多，兵分两路来围攻我们，我们只有四千来人，兵力是很少，这仗怎么打，硬拼硬，肯定是不行的！"

春巴冲望着惹巴冲道："硬拼不行，你说又怎么软打呢？"

"这个，我也没办法！"惹巴冲摇摇头，"如今辰州大兵压境，统帅士愁是个狠角色，是吴王的驸马，他连自己的岳父都敢灭，心狠手辣，还有吴王手下原来的四大金刚，努力嘎巴、科洞毛人、田好汉、昔枯热其，如今都归顺在士愁手下，这些勇将，无人能敌！"

努巴可很不满意叔叔的说法："叔，你尽长别人的志气，灭自己的威风！"

春巴冲："这是事实，又不夸大！"

努巴可瞪大眼："按你们的说法，这仗不要打了，他们来了，我们赶快投降！"

春巴冲说："努队长，你很能，你说，这仗怎么打？"

努巴可一下噎住了："这仗，这仗，我，我也不知怎么打，总之就得打！"

惹巴冲说："争，争什么，如今辰州兵都打来了，还不赶快带兵去抵抗！"

努巴可与春巴冲急匆匆走了。

春巴冲很气愤，路上边走边想："他娘的，跟老子吼，有本事，你们去打仗，要老子去送死，老子偏不！"春巴冲想，老子只有千把人，辰州兵万多人，自己这点人马哪里是他们的对手，只能是鸡蛋碰石头，吴王那么多人马都被他们灭了，老子又不想当王，我才不替你当炮灰呢！怎么办呢？眼看辰州兵就要围过来了，这仗无法打，只有送死，老子不能白白送死。想了一阵，他终于想出了一个聪明办法。

惹巴冲努巴可将自己的手下集合起来，在寨外修筑栅栏，准备抵敌，突然一个兵士急匆匆跑来禀报道："不好了，惹，惹大王，我奉令前去叫春大人，他和部队都不见了！"

惹巴冲一下急了："有这事？"

兵丁应道："有这事，我四处一打听，得到消息说是春巴冲不想打仗，带着他的人马逃回家去了！"

"狗惹巴冲大怒起来，"真不是个东西，关键时刻，竟放老子的脚腕筋！"

努巴可冷笑道："怕死鬼一个，胆小如鼠，不靠他！"

惹巴冲骂："看老子日后不杀了他！"惹巴冲怒火万丈又有什么办法呢？

努巴冲安慰道："叔，别气，与那种怕死鬼怄气不值得，我们还有三千人马，不怕，我领头拼，就是拼到最后一个人也要拼！"

"好，拼到最后一个人！"

士愁率领万人大军来到龙山，将惹巴冲所居住的寨子里三层外三层团团围住了，就是一只鸟儿也休想插翅飞出去。

惹巴冲与努巴可站在寨楼上，望着寨外数不清的兵营，默不作声。

努巴可说："叔，现在我们无路可走了！"

惹巴冲说："我知道这一天到了，吴王死了，驸马是不会让我们活下去的，他不夺了溪州是不会善罢甘休的。"

"叔，反正是个死，驸马夺了我心爱的女人，我也没盼头了，与他不共戴天，今日就拼个鱼死网破，死了，也就死了！"

惹巴冲道："叔也不是怕死的人，反正我也活了这一把年纪，好日子就算过到头了！"

寨外大坪里，努力嘎巴与科洞毛人早已率军冲了过来，在坪场里大吼着："惹巴冲，快些出来送死吧！"

惹巴冲与努巴可在寨楼上听到喊声，早已怒火冲天，便立即下楼带着人马冲出寨子。

惹巴冲一见努力嘎巴与科洞毛人便冷笑起来："大声道，你们这些吃里扒外当汉奸叛徒的走狗，还有脸来吼，吴王待你们不薄，你们竟敢背叛，真是白眼狼！"

努巴可也走上前骂起来："你们还有脸来？真不知人间有羞耻，吴王白养了你们这些年，你们竟认贼作父把自己的恩人吴王灭了，还是人吗？"

努力嘎巴哈哈大笑起来。

努巴可惊奇不已质问道："你笑，你笑什么？做了昧良心的事，还好意思笑？"

努力嘎巴停止笑道："我笑你们愚蠢，蠢得像头猪！"

惹巴冲火了："我们蠢得像猪？"

努力嘎巴说："这些年来，吴王杀了溪州多少百姓，万人坑还在王宫那边呢，你们眼睛都瞎了？没看见？"

科洞毛人说："吴王年年烧百姓的房子寻欢作乐，把溪州百姓害得无家可住，流离失所住茅棚山洞，你们都没看见？"

惹巴冲与努巴可不说话。

努力嘎巴说："惹巴冲，努巴可你们就是吴王的帮凶，你们也是残害溪州百姓的罪人，你们手上也沾满了溪州百姓的鲜血，驸马是来替天行道，帮溪州百姓脱苦海，事到如今你们还执迷不悟，真是可怜啊！"

科洞毛人说："我与努将军都是穷苦人出身，虽然承蒙吴王厚爱，享了荣华富贵，但是看到吴王与你们如此残害溪州百姓，我们心里很痛苦，很愤怒，很不满，谁对百姓好，我们就跟谁，所以我们投顺了驸马，你说我们错了吗？"

努巴可吼着："我不和你们讲这个，来吧，刀枪见高低吧！"

惹巴冲与努巴可挥着刀枪，努力嘎巴与科洞毛人举起刀枪，双方拼杀起来。

统帅士愁率领大军冲杀过来，努巴可与惹巴冲抵挡不住，只得败退寨中。

士愁在寨外对部将们说："现在大家马上准备木梯攻寨子！"

田好汉前来向士愁禀报："元帅大人，春巴冲派人来投降！"

士愁高兴地道："好，快将人带上来！"

不多一会儿，投降的人带到，跪在地上说："驸马大人，我是春巴冲的叔父，他派我前来向驸马大人投降，自愿接受驸马的统管……"

"好，好！"士愁说，"这很好，投降就好，免得我们前往征讨打仗死人！春巴冲手下有多少人马？"

春巴冲叔父回说："有一千来人马！"

士愁道："这些人马，你家主子留八十人看家护院，其余的人，愿回家种田过日子的，每人发二两银子，不愿回家的，就来部队。"他对田好汉道，"田将军，你立即带人去处置！"

田好汉应道："遵令！"

田好汉与春巴冲叔父走了。

不多久，士兵们便搬来了不少木梯。士愁发布了攻寨子的命令！

霎时，辰州兵竖起木楼梯梯大声呐喊着四处攀登寨子门楼，惹巴冲努巴可领着手下在寨楼上奋力抵抗，无奈兵力太少，辰州兵源源不断冲上寨楼，不多久就把寨子攻破了，上万辰州兵杀进了寨子，惹巴冲手下无法抵抗，死的死伤的伤，惹巴冲与努巴可且战且退，二人被冲散了，惹巴冲在混乱之中被杀死了。

努巴可挥着一把刀，奋力冲杀，努力嘎巴与士愁等人围了上去，将努巴可围在中央。

士愁大吼一声："放下武器！"

努巴可已经杀红了眼，双手举着刀望着士愁问："要我放下武器？"

士愁点头："你还要顽抗吗？"

"我要是不听呢？"

"我看你是一条汉子！想给你一条活路！"

"呸！"努巴可一口啐向士愁，"你抢了我心爱的公主，我与你誓不两立，我现在恨不得杀了你！"

士愁哈哈大笑起来。

努巴可一愣："你笑什么？"

士愁道："努巴可，我笑你自不量力，你算什么？也不撒泡尿照照自己，你何德何能，凭那一条能配上公主？"

努巴可无话可说，举起刀就向士愁砍来："我今天就杀了你。"

努力嘎巴见势不好，举刀就上前迎着。士愁伸手止住了他说："努将军，不需你动手，我自己来！"士愁挥刀上前，指着努巴可道，"你把我当成你的情敌，是吧？"

努巴可点头："是，今天我与你拼个你死我活吧！"

"好！"士愁道，说着便举起了刀。俩人就开始拼杀起来，两人大战了三十回合，不分上下，观战的人都暗暗称赞：好刀法！

三十回合以后，努巴可体力渐渐不支，手稍一松，士愁一刀挥去，努巴可手臂上立即划开一道血口子，鲜血直流。

士愁一下跳开喊着："努巴可，念你是条好汉，投降吧！"

努巴可望着士愁道："你要我投降？"

士愁说："投降吧，我不会亏待你的！"

努巴可恨恨地说："驸马，士可杀，不可辱，我宁愿死也不会投降的！你夺了我的女人，我已无想头。"说着努巴可举刀对着自己的颈子一刀挥去，人头一下掉到地上，一股热血直往天上冲去，努巴可的身子慢慢倒了下去！

围观者们长叹息。

士愁长叹一声，对身边人说道："可惜了，真是条汉子，厚葬他吧！"

第42章

抚平创伤安百姓

年迈的彭珹心力交瘁病倒在吴王宫里。

率兵在前线剿灭惹巴冲的元帅士愁得到了消息，心中大吃一惊，心里急了，他知道爹为了完成楚王的意愿，夺取溪州，这几年来呕心沥血，费尽心思谋划，从筹集钱粮，到训练部队，派戏班子入溪州，最后实现里应外合，夺取吴王宫，剿灭吴王的势力，那真是操尽的心思，如今年事已高，身体又不好，还担任着两个州的刺史，公务繁忙，如何受得了？他为爹担心起来！好在溪州战事已经结束，吴王惹巴冲努巴可都已死，春巴冲又投了诚，上溪州基本安宁，其他大小蛮头都表示愿意归顺，他决定胜利班师回吴王宫了，便将部队交给彦昭后面带回，自己带着护卫心急火燎地赶了回去。

彭珹这次病得确实不轻！他躺在床上，喝了医官弄的中药，才有了点起色只是依然咳嗽不止。

士愁从前线回来了，一进吴王宫就急奔爹的房间开口就问："爹，病怎么样了？"

彭珹看见儿子回来了，立即坐了起来，接过下人送上的开水喝了答道："现在好多了，前方战事如何？"

士愁道："爹放心，战事结束了，惹巴冲努巴可都剿灭了，其他蛮头都归顺了！"

"好，好！"彭珹点头，"这就好，战事没了，百姓可以过安身日子了！"

士愁说："溪州百姓被吴王害得很苦了！"

彭珹问："你有什么打算？"

士愁说："爹，我想了想，现在溪州大的战事结束了，最首要的是让百姓安心过太平日子，不能像吴王那样残害老百姓！"

"好！"彭珹一下高兴起来，"我儿不错，古人云，得人心者得天下，我们要想在溪州站住脚，把溪州治理好，第一条就是赢得溪州百姓的人心，你说怎样才能得民心？"

士愁回道："这个我还来不及细想！"

"要细想，一定要细想，爹老了，如今担任两个州的刺史，这身体来不及了，这些天爹想了又想，要上奏楚王，我只任辰州刺史，回辰州去，令你来担任溪州刺史！"

士愁吃了一惊，连连摇手："爹，这不行，儿不行，我才二十多岁，还没当过官呢！这么重的担子，挑不动。"

彭瑊望着儿子道："你坐，坐下来，听爹细细说！"

士愁坐下了。

彭瑊说："爹说你行，一定就行！"

士愁很高兴："真的？"

彭瑊点头："你要对自己有信心！爹考察你很久了，自从我在家乡起兵以来，你就参加了打仗，这些年你打了不少仗，从战争中学会了打仗，这次夺取溪州，你的仗就打得很不错，有勇有谋有计策，打得很漂亮。另外，爹看你读书很用功，明的道理很多，善思辨，你带戏班子进入溪州以后，凭你的大智大勇，独立地思考做事，知道获取人心，团结人利用人，这说明你很懂得理政的要道，如果你今后担任了刺史，一定能做好！"

士愁一下兴奋起来："爹，你这么相信我？"

"爹相信你，完全相信你，现在就把溪州治理战争创伤安定百姓这大事交给你！"

"好，爹，你安心养病，儿子一定把事情做好，不会就学着做，反正有爹给我把舵！"

"儿啊，爹送你一句话，人不管当多大的官，有一条不能忘，任何时候都要把百姓的痛苦放在心里，千万不能像吴王那样，残害百姓。"

士愁点头："爹，你的话，儿永远记在心里！"

向伯林住在吴王城外不远处的一个山坳里，他从外地辞官归来就在寨子里办起了一所学校。后来士愁被招为驸马办起艺堂，还聘向伯林当先生教学，他们关系很不错。辰州兵里应外合夺了吴王宫，后来经历几次战争把吴王的人马全都消灭了，向伯林没有参加战事，对于战争，打打杀杀的事，他不愿参加，所以才辞官归家，在家乡生活多年，吴王对他还是很看重的，让他办学堂，还请他到王宫议事，给他面子，不过他对吴王做的那些残害百姓的事却是很不赞同的，如今吴王与惹巴冲等人死了，他觉得这是一种报应。这些日子，因为打仗，他的学堂也关门了，闲下无事，他就坐在家中一杯清茶，养神看书消遣着。

这天上午，突然家人来报："老爷，外面有客人求见！"

向伯林一惊："这兵荒马乱的日子，我哪里来的客人？"他心里就有些不太安宁，想着自己这些年不参与政事，住在深山里，不会有什么客人吧？于是站起来便往门外走。

走到大门边，向伯林一下就愣住了，好一阵，他才说出话来："快，快，驸马爷，大驾光临，有失远迎，快请进屋！"

士愁哈哈大笑，随着向伯林进屋。

客堂坐下后，二人喝茶，向伯林道："驸马爷，你今天得空来寒舍一坐？"

士愁望着他道："向老，你好快活啊，坐在家里悠哉悠哉，过神仙日子呀！"

向伯林也哈哈笑起来："驸马爷，老朽一介书生，大事做不来，小事不会做，是个不中用的人，比不得驸马爷武能带兵打仗，文能安邦治国，我实是惭愧！"

"谁说向老是个不中用的人？我说向老的作用大得很呢！"

"我还有用？"向伯林哈哈大笑起来。

"有用，很有用的，我今天就是来向你请教的！"

"向我请教？"向伯林摇头，"驸马爷还要向我请教？这不是笑话吗？"

士愁道："真的，向老，你看如今溪州吴王的人马被我们消灭了，战争结束，百废待兴，古话说，打江山容易，坐江山难，我人还年轻，如何治理溪州，向老曾在外为官多年，还希望向老多多给我参谋，多出主意啊！"

向伯林一愣："驸马爷，这种事不是有你爹彭大人彭刺史管吗？"

士愁放下手中茶杯说："向大人，我爹正在生病，他把这大事交给我了，要我全权办理，何况他还担任辰州刺史，我该为爹分忧解难啊，这也是为溪州百姓做好事，就请向老帮点忙！"

"行！"向伯林很爽快地应道，"据我观察，驸马爷是个好人，那我就直说了！"

士愁就很有兴趣地听起来。

向伯林道："驸马，为官之道，要以亲民爱民为本！"

士愁点头。

"如今战争过后，百姓最希望安定，要安居乐业，如今不少百姓都是住茅屋，房子都没有，他们最缺的就是房子！"

"对，向老说的对，第一条就是要让百姓修房子！"

"还有，溪州百姓穷，打仗死了不少人，如今百姓哪里有钱交赋税？"

士愁抬头问："向老的意思是不交赋税？"

向老说："不交是不可能的，我是说，如今战乱后百姓苦，可不可以减轻百姓一些负担，或是减免一些赋税，你好好想一想，不要像吴王那样苛捐杂税多如牛毛！"

"有理，有理，我好好想一想！"

…………

彭瑊在病中仍想着溪州的事情，他来溪州有一段时间了，耳闻目睹，觉得溪州百姓日子真是十分贫苦，经过这一场战乱，死伤人数不少，这些年吴著冲百般残害百姓，百姓们连房子都没有，有的住草屋，有的住山洞，这里山高坡陡，田地稀少，粮食少，百姓缺吃少穿，长年累月在饥饿中苦熬，他要向楚王禀报这里的实情，请求楚王减免溪州百姓税赋，给溪州府拨些钱粮。另外，他认为如今溪州战事已平，自己一人身任辰州溪州两州刺史，年事已高，体弱多病，实是顾不过来，便要举荐自己的儿子士愁担任溪州刺史，因为平溪州的事实已经证明士愁人虽年轻，但他文武双全，能力很强，完全可以担任溪州刺史一职，举贤不避亲，只要是贤才良将都可举荐呀！心里主意一定，他就爬起来撑着身子，抱病在桌上向楚王写了一个禀报帖子，令人火速送往谭州城的楚王。

不久，楚王回信，同意彭瑊的禀报，任命彭士愁为溪州刺史，彭瑊依然任辰州刺史，鉴于溪州实情，百姓免一年赋税，楚王府给溪州拨了一万两银钱。

彭瑊一颗悬着的心放下了：如今溪州终于落进了彭氏的手中！自己的儿子掌管溪州，他放一百个心，彭氏有了自己一块地盘！

他把儿子士愁叫到身边说："你现在是溪州刺史了，要知道溪州这块地得来实在不容易！"

士愁道："爹，孩儿知道，一是楚王的支持，二是爹的谋划，三是众人的努力！"

彭瑊道："你说得很对，你与戏班子的人也出了很大的力，公主的支持也很大，所以爹要告诉你，如今你当上溪州刺史，绝不能像吴著冲那样，一定要好好对待百姓！"

"是！爹，你就放心！"士愁应道。

"这就好，爹就放心，爹病好了，过几天我就回辰州府去，这里一切就交给你了！"

士愁上任，很快就令人在溪州王城及四周张贴了安民告示，百姓们争先恐后地看着，有识得字的人便看着告示大声念起来：

一、溪州军民百姓等，皆可以自己修建房屋，做到住有所居自己的房子，任何人不得毁坏百姓房屋，毁坏百姓房屋者，斩！凡无房户自己修建房屋者，州府资助一两银子。

围观旁听者立即大喊起来："好，好！"

有的说："真是青天大老爷到了！"

人们欢呼着，有的高兴得跳了起来。

念告示的人又往下念：

二、溪州百姓今年免赋税。

围观者又高兴得欢呼起来。

人们四处奔走相告："新来的彭士愁刺史好，不像吴王残害百姓，真是为百姓的好官！"

第43章

彭刺史朝廷叙职得恩赐

彭瑊父子等人消灭了溪州吴著冲等人的势力，这是一件特大的事件，千百年来，溪州这些蛮地，从来就没有被皇朝真正征服管理过，如今溪州这一大片地方的蛮族归顺朝廷，怎不引起轰动呢？

谭城楚王马殷高兴得不得了，马上书信士愁请他立即来谭城商议上奏朝廷的事情。

公元908年底，大雪隆冬的寒冷日子，士愁冒着严寒带着随从风尘仆仆先到辰州府见了爹，随后就来到谭城进了楚王府。

士愁立即拜见了自己的堂姐彭玉。

她是楚王二儿子马希范的夫人，彭玉自嫁进了楚王府，因她贤淑聪慧，多才多艺又十分能干，还很会操持家务理事，不久就获得了楚王全家上下的充分信任与爱戴，逐步在楚家有了很高的地位，俨然成了楚府的大管家，马希范对她也是有些敬畏，楚王马殷也很看重这个儿媳妇。

楚王马殷与士愁一家是亲戚，以前士愁就在楚王府生活过，与楚王的儿子们都是朋友，如今年纪轻轻的士愁又在溪州立了很大功劳，楚王自然对士愁是越加喜爱看重了。他真没想到士愁年纪轻轻与自己儿子差不多大，转眼间就在溪州做出了这么一件惊天动地的大事，真是了不起啊！初生牛犊不怕虎，后生可畏，后生可畏啊！所以彭瑊提出让士愁担任溪州刺史的请求时，楚王马殷毫不犹豫就应承了，他认为凭士愁的大智大勇完全有能力担当此重任！

楚王是个很爱才的人，他设宴隆重地招待了士愁。酒席上楚王说："彭刺史，现在溪州战事已息，四方归顺，本王想将溪州的事还有众人的功劳上奏朝廷，请求朝廷加封，你有什么想法，可一一道来！"

士愁说："大王，你如此看重与信赖臣，并委以臣为溪州刺史之重职，臣在大王麾下，肝脑涂地亦在所不辞，收归溪州，完全是大王一手谋划，运筹帷幄，臣只是做了一点自己应该做的事，说不上什么功劳苦劳！"

楚王哈哈笑："彭刺史，你年纪轻轻，就能为国家立下这么大的功劳，非寻常人所能做到，说句实在话，你当时带戏班子潜入溪州，本王曾经犹豫过，这是拿着自己的生命在赌啊，弄不好命都丢了，还是你爹坚持要让你去，可见你们父子都是忠心为国之人。本王赏罚分明，有功就要受赏，有过就要受罚，你立了大功，本王上奏朝廷请赏是应该的，你不必谦虚推诿了！"

士愁只好一笑了之："大王，受楚王之重任，臣如今治理溪州，身为溪州刺史，臣就要为溪州百姓说点话！"

楚王笑："难得你一片为民之心，好，你说！"

于是士愁便说了起来："溪州是高山峻岭之地，田地甚少，地薄民穷，加之战争，吴王多年来对百姓的残害，民在水深火热之中生活，实是太苦了，有哪个地方，百姓连房子都没有住的？这溪州的百姓住房连年被吴著冲放火烧，走进溪州，几乎很少看见木房子，百姓都住在茅草屋或是岩洞里，太苦了。所以我想请求大王上奏朝廷，给溪州减免五十年赋税！"

"五十年？"楚王一惊。

"是呀！"士愁道，"楚王，你没到溪州去看，那里自然条件十分恶劣，有些地方吃水都相当困难，百姓很难生存，不要他们交税，他们能自己活下去就很不容易了！"

楚王不作声了，一阵他才说："本王没到过溪州，不知那里的实际情况，你才有发言权，只是五十年太长了，好吧，我相信你说的是事实，就按你说的上奏吧！"

士愁高兴地道："谢楚王一番爱民之心！"

楚王笑道："彭刺史，有你在溪州治理，相信溪州一定会繁荣兴旺起来！"

数日后，士愁带着手下一行人进京呈送楚王的奏章。

大雪纷飞，天气寒冷，士愁一行在风雪中徒步前行，走了十多天终于来到京师。在驿馆住下后，先把奏章送给朝廷。

皇上得知楚王派溪州刺史彭士愁进京来了，十分高兴，拿过奏章看了，便哈哈笑起来道："真不错，不错！明日宣溪州刺史彭士愁上殿朝见！"

第二天，一大早，士愁早早收拾完毕就急急进朝。百官上殿早朝毕，恭立两旁，宫门官进殿禀报道："皇上，楚地溪州刺史彭士愁在殿外恭候，请求朝见！"

皇上道："宣进来！"

不多一会儿，士愁便随着宫门官走进金殿来。

殿两旁恭立的百官一个个瞪大眼望着这位溪州刺史，不免都有些吃惊，真没想到这位传奇似的人物竟是这样一位小年轻，看起来不过就是二十岁出头的毛头小伙子，竟然做出了这等大事！

皇上看着气宇轩昂走进来的士愁，也不由瞪大眼紧紧地望着，他心里很有些不解，就是这样一位乳臭未干的年轻人，带着一个戏班子，潜入溪州，还当上了吴著冲的驸马，最后夺取了溪州，将吴著冲的势力一点点铲平，平定了溪州，干成了千百年来别人没干成的一件大事。他身上究竟有一股什么大的力量？皇上两眼上下打量着走上殿来的士愁，对他产生了浓厚的兴趣。

士愁走到殿中央，不慌不忙上前跪下叩首道："臣溪州刺史彭士愁叩见皇上，吾皇万岁万万岁！"

皇上道："爱卿平身，免礼！"

士愁回道："谢皇上！"

皇上拿起御案上的奏章道："彭爱卿，你的奏章朕已看过，你今年多少庚岁？"

士愁回道："皇上，臣今年二十四岁！"

皇上点头："不错，不错，年少有为，青年才俊，难得呀！"

众人看大堂上挺立的彭士愁，确实英俊潇洒，全身洋溢着威武之气，真是难得的人才。

士愁再叩首道："谢皇上夸奖，臣实不敢当！"

"当之无愧，当之无愧！英雄出少年，朕看了你的奏章，也看了楚王马殷的上奏，知道你小小年纪，文韬武略，有胆有识，智勇双全，在溪州干了一惊天动地的大事，实是了不起。人才难得呀！"皇上夸奖着，"你的手下，凡有功之臣，朕都论功行赏，给以奖赏与提升，给你一个什么奖赏呢？你要官几品，银子多少？"

"皇上，臣不需要奖赏？"

皇上吃一惊："彭爱卿，你这人真怪，别人无功都要来朝讨奖要封，你这么大的功劳却不要，真有些怪啊？"

"皇上，别人是别人，臣是臣！"彭士愁双手打拱说。

皇上惊讶地望着彭士愁，因为他是不要讨封，是想要更大的官位，便说："你年纪轻轻，才华出众，是难得人才，你就留在朝廷吧，朕封你当一品宰相，在朕身边为朝廷做事，如何？"

士愁一听，立即全身吓得直冒冷汗，伏在地上，连连磕头道："谢皇上龙恩，这万万不可，臣何德何能，不当皇上委以如此重任！臣乃山野匹夫，才疏学浅，岂能理朝纲大事，不能误国误民，请皇上明辨，此事臣万万不能受！"

朝堂之上，便有不少人愤愤不平起来，瞪圆了红红的眼睛，这么一个年轻人，有何德何能，值得皇上如此青睐，要封他一品大员，我们这些人，多少年在朝中累死累活，有的还是四品五品，连三品都不敢想，何况是一品，那真是做梦都不敢想的事。有的人便对他愤怒起来。但是谁都不敢发声。

"那……"皇上犹豫了一下，又说，"朕就封你个三品或四品，在兵部、吏部、或是礼部就职如何？"

"谢皇上龙恩，"彭士愁又向皇上叩首道，"臣乃在楚地溪州高山密林中生活之人，心中想的，眼里看的，都是山林野莽、溪州百姓，与朝廷生活不能适应，臣以为自己还是在溪州为好，这些三品四品大官还是留给那些需要之人吧！"

皇上哈哈大笑起来，不由得摇头："彭爱卿，你真是个特立独行不一般的人才！一品二品你不愿，三品四品你不要，你要多少品？"皇上也不理解他了。

彭士愁道："皇上，臣这次进京，不是来邀功请赏要官位的！"

皇上见他表明了态度，也不好强求，便道："既然这样，你还是愿在溪州主事，彭爱卿，朕就正式册封你为正五品溪州刺史吧！"

士愁叩首："谢皇上龙恩！"

皇上想了想："这不行，彭爱卿为朝廷立了这么大的功，朕还是要给你奖赏，只是呢，你一不要官，二不要钱，朕怎么奖赏呢……好，你如今在溪州蛮地为官，那里也无多少人愿意去，朕就格外册封你一字并肩蛮王，世袭相传如何？"

彭士愁大喜过望立即磕头："好，谢皇上龙恩！"

皇上看见彭士愁高兴的样子就感叹起来："彭爱卿，朕真想不明白，别人都只想进京当大官，你却放着京城大官不当，只想在溪州那高山密林里当个刺史，朕不知你在想什么？"

"皇上，"彭士愁伏在地上道，"臣当不当大官无所谓，臣今天只想为溪州百姓向皇上提一个恳求！"

皇上道："你有一番为民之心，难得，奏来！"

士愁立即奏道："皇上，溪州乃蛮地，尽是高山密林，溪涧众多，田地甚少，地贫山穷，民无以生计，臣恳请皇上给溪州百姓一条生路，免赋税五十年！"

皇上听毕哈哈大笑起来。

士愁大惊，丈二和尚摸不着头脑，不知自己奏错了还是奏对了，他知道如果奏错了皇上不高兴，有可能就犯了杀头之罪，不由得全身冒起汗来，他不知皇上大笑是什么原因，只得跪在殿上，诚惶诚恐不停地说："皇上臣如果奏错了，请皇上恕罪！"

皇上停了大笑："彭爱卿，何罪之有？你这是为民请愿啊！像你这种真心为民的官，难得啊！"

士愁明白了，皇上滑有怪罪自己，不会治自己的罪，他悬着的心放下了。

皇上道："朕看了楚王的奏章，也提到溪州贫穷，请求免赋，好，朕就恩准你的请求，溪州免五十年赋税！"

士愁一听，喜在心头，立即磕头："谢皇上，臣替溪州百姓谢皇上龙恩浩荡，像春风春雨沐浴溪州，吾皇万岁万万岁！"

皇上笑起来："彭爱卿，朕知道你是个好官，不为自己着想，心里想着溪州百姓，溪州那地方实在偏僻又穷困，朕现在就赏你溪州白银两百万两修筑城坊救济百姓！"

士愁一听高兴极了，连连磕头道："谢皇上龙恩！"

皇上道："彭爱卿，溪州虽然贫瘠，你很喜欢，朕就把那里交给你了，你要把溪州治理好，让溪州百姓安居乐业，过上好日子！"

士愁伏地奏："遵旨！谢龙恩！"

第 44 章

彭珹亡归马公坪

士愁率领侍从们高高兴兴地从京城回到谭城楚王府，楚王马殷热情地设酒宴款待，听了他的禀报，便道："彭刺史呀，本王实在为你惋惜啊，皇上留你在朝，给你那么大的官，你为何推辞而不受呢？太可惜，人生能有几次这样的好机会，也许就只有一次，有的人连一次也没有啊！"

士愁放下酒杯笑起来："楚王大人，你看我才是个二十四岁的毛头小伙子，哪里像个当官的样子，怎能去当那什么宰相，侍郎，根本不配啊！人贵有自知之明，我就是个山野中人，这些年虽然打过仗，在大王麾下做了点事，要在朝廷做大官，就不是那块料，不要误国误民啊！"

楚王放下酒杯："士愁贤侄，你说的也不无道理，不过，据本王所察，你人虽年轻，却是文武双全，很有本领，如果真要是在朝廷为官，相信你也一定能做好的，只是人各有志，你自己不愿不想，别人也不好强求你了！"

"正是这样！大王，臣这人不是在朝为大官的料，在山野中放荡惯了，还是到溪州去当刺史，做个蛮地的蛮王为好！"

楚王哈哈大笑起来："好，好，人各有志，不能强求，溪州好，你就在溪州吧！有什么难处，本王给你解决。"

士愁道："臣是大王部下，大树下面好乘凉，臣就依傍着楚王这棵大树遮风避雨了！"

"行，行，行！"

士愁又拜会了堂姐彭玉，堂姐夫马希范等人，与他们进行了亲切友好交谈。马希范摆酒款待士愁道："老弟，几年之中，你就飞到半空中去了，哥对你都要仰视了！"

士愁连连摆手道："姐夫，快别这么说了，真折煞老弟了，我也没做什么，承蒙大王抬爱，皇上恩宠，当个溪州刺史，那种穷地方，穷山恶水，民穷地薄，鸟都不去拉屎的地方，谁愿去呀？就说你呀，你难道愿去那里吃苦？我比不得你大富大贵，今后就是要坐大王那个位置的人，多高贵呀！日后做了大王，对我溪州要多多关顾啊！"

马希范哈哈笑起来："你说的也是，父王年老了，多次说过要把王位让出来了，只不过我前面还有个哥哥马希声呀！"

士愁低声说："我听说，你哥哥希声不听众人相劝，这些年纵溺声色犬马之中，身子都淘空了，疾病缠身，可能时日不多了吧？"

马希范摇头："可惜呀，多好的人才，就这么自取灭亡！"

士愁道："他可惜了，对你不是一件好事吗？"

马希范叹一声："他必然是我哥，我为他惋惜，昨天我去看过他了，他躺在病床上骨瘦如柴，不是前几年我们在一起快乐的样子了，真可惜！"

士愁道："我们兄弟一场，明天我去看看他！人呀，不能像无笼头的野马，太放纵自己，只能把自己毁了。"

"是这样。"马希范点头，"看见哥哥这样，我心酸也心痛，他这样做真是不值得！父王很生气，骂他是无用之子。"

士愁喝了一口酒叹道："生在王侯家，如果不爱惜自己，为人做事不检点，不修身养性，洁身自爱，纨袴子弟又有何出息呢？"

马希范点头。

士愁道："姐夫，你以后要当大王的，你不会像希声哥这样吧？"

马希范四处一看，压低声音说："老弟，我哪里敢，有你姐这只母老虎压着，我头都不敢乱抬，哪里敢去沾花惹草，她要知道了，我有好日子过吗？"

士愁笑起来："姐夫，你这话就言重了，我姐怎么就成了母老虎，你们是恩爱夫妻呀！"

"好好好，恩爱夫妻，你是帮你姐说话的，我说不过，认输了还不行？"

二人哈哈笑起来："喝酒，喝酒！"

彭玉走过来笑着说："你们在说我的坏话？"

马希范马上故作正经道："夫人放一百个心，在你弟弟面前，我岂敢说夫人坏话，不是自讨没趣！"

彭玉给他们斟酒笑道："谅你也不敢，你要好好向弟弟学习，他才多大年纪，就做出了这么一番惊天动地的事情！"

士愁连连摇手："姐，弟怎能与姐夫相提并论？我是地上的兵马卒，他是天上飞翔的雄鹰，是当王的君主……"

士愁来到辰州府，拜见父亲。

彭瑊还在病中，听说儿子从京城回来了，立即撑着生病的身子起床，来到客堂。

士愁看见父亲年老病衰的样子，心中着实疼痛不已，立即上前扶住父亲坐下，关切地问："爹，你的病怎样了？"

彭瑊猛地咳嗽一阵道："儿啊，爹这是老病了！"

士愁问："爹，你这脸色很难看，吃药都不见效吗？"

彭瑊道："不说爹的病，说说你上京城的事吧！"

士愁便详细地讲起来。

"好，好！"彭瑊很高兴，"皇上如此看重你，难能可贵啊！你不愿在朝为官，自愿在溪州，爹还是那句老话，古往今来得民心者得天下，溪州的百姓苦，你身为溪州刺史，该有仁爱之心，以民为本，多多关心百姓疾苦啊！"

士愁点头："爹的教诲，儿牢记在心！"

"这就好，这就好！"

"爹，儿看你身体病重，母亲又不在身边，无人料理你，儿送你回马公坪家里休息调理一下，你看如何？"

彭瑊想了一下道："行，我把府里的事情安排托付一下，就回马公坪去吧！"

几天后，父子二人便离开辰州府打道前往马公坪家里。

母亲与妻子见到父子二人回家，都十分高兴，只是看见老爷彭瑊病重的样子，又十分担心起来。士愁见自己的大儿子已能四处走动，并一声声喊爹，还伏在爷爷身上撒娇，不停地喊着爷爷，逗得彭瑊哈哈笑。看见爷孙开心的样子，他心里便十分喜欢，妻子肚子又大了，另一个孩子又要出生了，公主在溪州吴王宫里给他也生了一个儿子，转眼间，他就是三个孩子的父亲了，人丁兴旺起来，本是很值得欣慰的事，只是他一见爹那病重的样了，便又隐约为爹的病情担心，立即四处为爹寻找郎中。

士愁找来几个郎中给爹治病，都不见起色。一天他将一个老郎中叫到一边，轻声问爹的病情，老郎中叹道："少主，老爷的病情实不相瞒，他多年在外劳碌，积劳成疾，病入膏肓，就是神仙用药也难救他的命了！时日已经不多了。"

闻言，士愁便暗暗伤心起来。他想起父亲这一生，虽然读书中进士为官，却都是在战乱中颠沛流离，后来弃官归家，与伯父在地方混战中举旗起兵，任吉州刺史又投奔楚王，寄人篱下，有家难归，幸得楚王马殷赏识，才一步步起来，当上辰州刺史，为了夺取溪州，真是心血耗尽，如今大业成就，爹这灯油也耗尽了，几十年来却没好好过几天舒心日子，想到爹就这样要走了，他的心里真是如刀割一般地痛。他决定在爹最后的日子里，一定要好好陪爹度过。

太阳出来了，他便令人用轿子抬着爹前往马公坪的河边，看滚滚东去的舞水河，看船夫摇桨，纤夫拉船，爹的心情很好，哈哈笑道："儿啊，你说这河会流到我们江西老家去吧？"

士愁对这条河水没有研究，他只知这条舞水河往下流入了辰州府，入洞庭湖，是否与江西相连，他不得而知，为了安慰爹的思乡之情，他只好答道："爹，应该会吧，人们说，天下的河水都与故乡的土地相连！"

爹频频点头："说得对，说得好，人行千里万里，思乡之情永远都割舍不了的，那就是根。"

这个时候，爹一定是想起了老家江西的吉州，人老了思乡之情更浓，不过现在呀，马公坪就是他们的故土了，他们在这里安家落户好些年了，彦晞已在这里生儿育女了，马公坪就是又一块故土了。

轿子又把爹抬到昔日的校场坪，下了轿子，彭瑊在校场坪里走着，这几年不在这里练兵了，坪里都长了一些草，彭瑊望着校场坪神色凝重地道："都长草了！"

士愁轻声说："爹，不打仗了，不在这里练兵了！"

彭瑊点头："儿啊，这里是我们夺取溪州的起步地啊，不能荒废，以后还是会有用场的！"

"儿知道！"

彭瑊指着校场坪边不远处的山头浮草塘虎形山道："儿啊，爹知道自己的病一日比一日重，不久将不会于人世，爹去世后，你就让爹睡在那里吧，这里就是彭家落根的故土！"

士愁一下眼泪泗流，伤心极了，望着浮草塘不高的山坡，那里长着茂密的树林，郁郁葱葱，一些鸟儿欢叫着飞来飞去，确也是个好去处，只得点头应承道："爹，你放心，儿会按你说的办！"

彭瑊笑起来，安慰着彦晞道："儿子，不必伤心了，人都有一死，谁也免不了要走那条路，从秦始皇开始，自古来不少皇帝都梦想长生不老，四处炼丹，寻求长生不老的药，只盼能常享荣华富贵。结果呢，谁也没有长生不老。爹是看透了，在生时，名呀利呀官呀，争呀夺呀抢呀，两眼一闭，四脚一伸，什么都没有了。爹现在很欣慰的是我有了两个孙儿，儿媳又要生了，我彭家人丁兴旺，我死了也心满意足了！"

士愁不由得眼热流泪："爹，你不能走，儿会想办法找郎中给你治病的，爹，你要挺住啊！"

彭瑊无事似地说："儿啊，你真傻，郎中只能治病，治不了命，爹的气数已尽，爹心中自明，此病已无药可医了！你就陪爹，在马公坪一带好好转转，让爹多看看这里的一草一木，爹就心满意足了！"

"是，爹，我陪你多转转！"士愁流着泪。

彭瑊指着四周的青山绿水道："你看这马公坪，有河，有溪，有青幽幽的山，有大块田垅，真是个好地方啊！这里住着真好！就像我们江西老家一般让人喜爱。"

"只要爹喜欢就好！"

"我走了，家就交给你了，你母亲老了，体弱多病，还是让她就住在马公坪吧，你的媳妇李氏与小儿子就不去溪州吴王宫了，让他们陪着你母亲吧！溪州那边还有公主与孩子呢！"

士愁点头："一切都按爹说的办！"

彭瑊站在舞水河边，望着缓缓流淌的河水出神，粼粼的水波，银光闪闪，直耀人眼目。缓缓的河水，甚是爱人。

彭瑊说："儿啊，这河水源源不断往前方流去，如果河水静静地流，灌溉田地农庄，百姓就喜欢，要是洪水泛滥，淹没田地乡村，给人民带来灾难，那就是祸害了。"说着他就停了下来，手指着河水道。"古往今来，为官者，历朝历代，官场河水里不知有多少人流过，是为民，还是害民，爹希望你做个为民的好官！"

士愁听了爹的话，深受感慨道："爹，你的话，儿一定牢记在心！"

数日后，彭瑊静静地走了。他走得很安详，心满意足，就好像一个疲惫的老人走了一辈子的路累了，该躺下休息一样，悄悄地睡着了。他从江西一路走来，走到马公坪，脚迈不动了，停下脚步永久地住下了。

士愁忍着悲痛，依照爹生前的嘱咐，将爹葬在他自己选定的那个地方——芷江马公坪浮草塘虎形山。青山处处埋忠骨，这里前临舞水听涛声，背靠青山染翠色，眼观校场看练兵，面对故居心舒坦。彭瑊躺在那里心满意足地欣赏着故居马公坪的好景致。

人的两脚走到哪里，哪里都可以成为故土，只要你全力以赴一心去呵护它，热爱它，它就会伸出温暖的双臂拥抱你！

马公坪的青山绿水将刺史大人彭瑊紧紧地拥抱在怀中！

第45章

休养生息给溪州白云蓝天

爹走了，永远地走了！士愁静静地站在爹的墓前，一腔痛苦地怀念着爹，可是现在听不到爹的说话声了，爹走了，躺在面前的土堆里，什么也不知道了，儿子说的话，他永远也无法听到了。士愁觉得自己的靠山没有了，爹将一个大家交给了他，他还有一个溪州刺史的重担挑在肩上，今后这一切都得靠自己一肩来挑啊！

今后的路，得靠自己一脚一步地走！也许，爹走了，靠山没有了，他可能成熟得更快了。

他抬眼往远处望去，天上有一只山鹰在空中展翅盘过，他想，自己也如这只山鹰一样，爹走了，自己应该要独立地飞翔了，他长长地舒了一口气，仿佛二十四岁的他，一下子就长大了不少！他对着爹说："爹，你放心吧，儿子已经二十四岁了，应该是顶天立地的男子汉了！"

没过数天，士愁的妻子李氏又生下了一个儿子，全家人立即就高兴起来，从彭城逝世的悲痛阴影中走了出来，沉浸在一片欢乐之中。士愁的母亲更是乐得合不拢嘴，抱着刚生不久的孙子来到堂屋里供奉的彭城牌位前，跪着道："老爷，你快看看，又添了一个大胖孙子，你该高兴吧！"站在一旁的士愁直流眼泪，心中说：真可惜呀，爹没有看见自己的又一个孙子！

屈指算来，士愁离开吴王府已有四个多月的时间了，公主吴红玉早已望眼欲穿，急切地盼望驸马归来。她天天带着儿子与田茵茵等人来到宫门前，眼巴巴地望着宫外的大路，怎么还不见驸马归来呢？

田茵茵劝道："公主，不急，驸马要去京城，路途遥远，在京城里还要上奏朝廷，不知道皇上那天有空才能接见，反正，一时半会儿是不能回家的，你慢慢耐心等待吧！"

"你说的也对！"公主望了望田茵茵，"你这个鬼机灵，懂的还真不少！"

田茵茵笑起来："我在公主身边多年，都是跟公主学的！"

儿子伸头问："娘，你是在等爹？"

公主一愣："是呀，你爹出去四个月了，该回来了！"

儿子拉着公主的手："娘，我也想爹了！"

公主劝着儿子："不急，你爹就要回来了！"

没过几天，士愁果真就回来了。一家人欢天喜地迎接着。

晚上，孩子睡着了，床上，公主温柔地躺在士愁的怀里问："看你样子，有些悲伤，出了事？"

士愁点头，一下喉头哽咽起来："真出事了，爹过世了！"

公主一怔，立即坐了起来："什么，公爹过世了？"

士愁道："是的，我去马公坪将老爹安葬了才来的！"

公主眼红了："你怎么不告诉我，我也好去送爹一程！"

"这么远的路，交通不方便，怎么送信？算了，事情都过去了。"

公主流泪了："爹是个好人，他走了，得的什么病，就无法医治？"

士愁叹气说："老病，这些年在外劳碌累得的病，又没有好好治过，年老体衰无法治了，人总是要死的，谁也没办法！"

"家里怎样？"

"娘就在马公坪老家，李氏妻与儿子就陪着娘，有她照顾娘，我也放心！"

公主说："这就好！"

士愁回到溪州，皇上已封他"一字并肩蛮王"，他便心安理得在昔日的吴王宫里名正言顺地当起了溪州土司王。

这天，士愁将向伯林昔枯热其等人召到王宫殿上。

士愁坐在殿中，向伯林等人伏在殿前拜道："臣等叩见大王！"

士愁笑着伸手："免礼，赐座！"

士愁平定溪州当上刺史进京朝见皇上后，回到溪州自己便理所当然地当上了溪州土司王。

众人落座后，士愁说："如今溪州战事已平，让百姓休养生息安居乐业是头等大事，今天请大家来，商讨一下，我们今后应该怎么办？"

众人一听都高兴起来，不过这些武将们过去只知带兵打仗，对治理国家这些事情，不是他们所考虑的，心就不在这上面，懂得也不多，大家不约而同便将目光一齐对着向伯林，谁都知道，向伯林在溪州威望甚高，他读过书，中过进士，在朝为过官，出过远门，在外见多识广，以前吴王就很看重他，他对为官之道治国理政这些是很熟很懂的。

向伯林也知道众人的意思，喝了一口茶便道："大王如此看重我们，礼贤下士，想倾听下属的意见，真是难能可贵，今天我们来了，也就说说自己一些看法，供大王参考！"

士愁点头："向老的学识有目共睹，又在外为官多年，归家后，对溪州实情又非常了解，是很有发言权的，请向老坦率地讲！"

"好，我讲！"向伯林说起来，"大王，我想说，为政者，首要一条，要施行仁政，不要暴政，像吴王那样的暴政是不行的，迟早是要垮台的。我曾对他多次进言，不要暴政要仁政，他不听，结果就把自己弄垮台了。得民心者得天下，只有仁政才能得民心。"

"好，说得好！"士愁不停地点头，"向老，怎样施仁政，你说说？"

向伯林与士愁一起办艺堂时就对他有所了解，今日又见士愁如此重视自己的发言，并很有兴趣，当然就会毫无保留地说起来："仁政者，就是要对百姓有仁爱之心，亲民爱民，爱民如子，百姓就是你的儿女，他们没有房住，没有饭吃，你就要想办法给他们房子住，让他有饭吃，让他们安居乐业，不能随便处罚自己的儿女，把他们不当人，随心所欲就把他们杀掉！"

"是，是，是这样！"士愁赞同道，"向老讲得对，讲得好！如今百姓，还没有房住，他们因为穷困，一时也修建不起木房子，不少人住在茅棚里，岩洞里，现在军队也不打仗，眼下无事干，我想干脆就派军队去帮百姓修房子，你们大家说怎么样？"

"好，好，好！"众人齐说好。

向伯林道："大王，只此一条，你就会得百姓的心，当年吴王烧百姓的房子，你却帮百姓修房子，百姓能不爱你欢喜你吗？"

士愁说："百姓修木房子，原来告示上公告每家每户给一两银子，如今朝廷给了我银子，我说再给每家补一两银子做工钱！"

向伯林："好，大王，你这一举实在高！没有那个百姓不拥护你的！"

士愁道："还有朝廷下旨免我溪州五十年税赋，百姓种田不须交粮赋，得了粮食自己吃，我想溪州这块地方田地很少，山坡很多，不论山坡以前是谁的，本王就下道命令，从今往后百姓都可以自己开垦山坡种粮，谁开垦就是谁的地，任何人都不得干涉，这样百姓就会有饭吃了，你们说行不行？"

"行，行！"众人都说行。

向伯林太兴奋了："大王，你这道命令好，没田地的百姓，有了山坡耕种，也就有饭吃了，不会饿肚子！你这真是救了百姓！"

昔枯热其说："百姓有房住，有饭吃，日子就好过了，溪州也就太平了！"

向伯林说："大王，溪州还要办学堂，历朝历代，教化百姓，学堂都是不可少的。"

士愁问："向老，学堂怎么办？"

向伯林说："州府要办，各大小蛮头在寨子里也要办，办不了大学堂，可办小的，在庙里、祠堂等处办学堂都可。"

"好，好，就依向老说的办！"

向伯林笑起来。

乡间路上，士愁与努力嘎巴等人骑马走着，不久来到一个寨子停下，只听见寨里咚咚的鼓声传来，还有人和着鼓声高腔大嗓地唱着歌：

　　　　山里岩板开了花
　　　　乌鸦变成喜鹊妈
　　　　溪里河水流上山
　　　　穷苦百姓修新家

大家一下笑了起来。

他们一行下马进寨，朝着歌声处走去，寨里非常热闹，不少人家都在修建房屋，坪里的木工们，刨柱子，锯房梁，忙得不亦乐乎，寨子里还有一些兵丁在帮助搬运树木。屋坪里有一些人在打鼓添乐，一见土司王士愁等人走来，大家纷纷放下手中的活围了过来。寨里的蛮头得信，急急忙忙赶来，跪在地上道："拜见大王！"

士愁伸手将蛮头拉起来笑道："不要这么多礼！"

蛮头道："大王，去我家堂上小坐，喝杯擂茶！"

溪州人家家户户都爱打擂茶喝，他们将山上的茶叶采来洗净，晾干，与生姜、生米仁，碾粉，混和一起煮，再加些佐料，花生，泡米花，芝麻，黄豆胡椒粉等混在一起，又香又好喝。

士愁笑：“不打扰了，我问你，寨子有多少户人家在修木房子？”

蛮头道：“有十五户人家在修，还有几户在准备修！”

“这就好，要让百姓都有房子住，修房子的人家每户补二两银子，你要去王宫给他们领来！”

“是，谢大王关心！”

士愁问帮忙修房的兵头道：“你们有多少人在这里帮忙修房？”

兵头道：“禀大王，这个寨子里，有我们十五个兄弟。”

“你们辛苦了，要好好帮百姓修房子。”

兵头道：“大王放心，我们一定做好！”

士愁又问蛮头道：“今年的阳春做得怎样了？”

蛮头笑起来：“大王，今年的阳春做得很好，百姓们都感谢大王出了告示，让他们可以四处开荒种地，还给大家免税，大家可高兴了！”他指着对面的山坡上道，“乡亲们家家户户都在山上种包谷，种麦子，种小米，今年收成以后，应该都会有饭吃！”

“这就好，这就好！”士愁很高兴，“有房住，有饭吃，不挨冻，不受饿，安居乐业就好！”

蛮头突然又说道：“大王，我们寨子里还办起了学堂，让孩子们又读书，又习武！”

士愁频频点头：“能文能武，溪州人就要这样！”

第 46 章

修王城楚王去世很悲伤

吴王宫外，灵溪河边原来有一条短短的小街，住的百姓不多，不长的一截街上铺着石板，街两边也不上百十户人家。

这些天，士愁很忙，成日里都在王宫外的街上、附近的河边，土坝坪里，山上打着转，并与手下田好汉、昔枯热其等人商讨着，计划要修一座王城街。他指着街说："街太小了，要把这条街修大修长，起码要有里把路长，可以修前后两重街，有了街，百姓买卖东西做生意搞交换就方便了！街外的河边还要好好修建一些石码头，让河中上下船只停靠。"他指着山坡那边说，"在那里修建一所学校，学校旁边的山头开块坪，修建一个校场坪，做为军队练武之地，河边那个山湾，应该建个鱼坪，我们灵溪河鱼很多，渔民们可以在鱼场坪卖鱼赶集搞交换……"

听着士愁的规划，跟随在身边的向伯林等人都很兴奋。向伯林道："大王，你的规划很好，只是修城建街道学校都是要钱的，如今溪州很穷，钱从哪里来？"

"是呀，"昔枯热其也道，"大王，缺钱呀！"

"说得对，兵马未动粮草先行，做事没钱是不行的，钱的事，本王也早就在合计了，朝廷奖励我们一百万两银子，百姓修房用去一点，剩下的全部用来做这些事！"

努力嘎巴吃惊地问道："大王，宫里不用了？"

士愁道："宫里要节约俭省，把钱用来修街道建城池办学校，做大事！如今不打仗了，军队就是好劳力，他们修街建房办学校都行。"

向伯林吃了一惊，怔怔地望着士愁，在心里默默地想：士愁这个大王，人年轻，只二十多岁，真看不出，他刚在溪州当上刺史，当了大王，朝廷奖励的钱，不是用来个人享受，或是在王宫里用，却要用来修城池建街道办学校，真是了不起，他从心底里佩服！这个大王与吴王相比，真是两重天！他心里暗暗高兴，溪州百姓有救了，得了一个好大王！

三天后，宫里贴出告示：

一、宫里一切衣物装饰都要简单朴素大方，不得豪华；

二、饭食不得奢华铺张浪费

……

凡有违令者，必须重惩！

士愁还派出昔枯热其带着人，在宫里内外四处巡视检查，如有违犯者，便根据宫中条款处罚。

自此以后，宫中内外之人，便都按条规办事，慢慢地便养成了节俭之风。

努力嘎巴与昔枯热其掌管修建街道的事情，军队官兵从河边山上抬来一块块石板铺设着街面，街两边一栋栋新木房耸起来，新街道一天天往外延伸着，士愁天天都要来街道上走走看看，与努力嘎巴等人商讨修建街道的事情。

科洞毛人负责在河边修建码头与渔场，向伯林很高兴地受领了修建学校的差事，田好汉则带着一些官兵挖山头修建校场坪，大家都各自忙碌着。

新街修起来，来街上住的百姓一天天增多了，小摊小贩多起来，河边码头停靠上百只船，鱼场坪里卖鱼做生意的人川流不息，王宫外变得很热闹了。

士愁不时要走出王宫，前往街上溜溜，这天他在街上走着，突然想起了一件事，便立即回到王宫，将原来戏班子里的江西手下喊来道："交给你们一个任务，快回江西老家，看看我们彭氏家族和家乡的百姓们，有谁愿来溪州居家落户的，如果愿来，就请他们来王城街上住，特别是那些铁匠、补锅匠、泥瓦匠、理发匠、鞋匠、纺纱织布者的手艺人，还有读书人可来当先生，多多益善，溪州很缺这些人，他们来溪州，大有用武之地，愿来者，每个家庭补二两银子！"

从此后，士愁老家江西吉州的手艺人与彭氏家族及乡亲们纷纷来到溪州安家落户。

溪州变了，一天天变得繁华起来了。

这一日，士愁在王宫里正与向伯林商讨办学的事情，突然一信使匆匆跑进来，呈上一书札，士愁打开一看，立即惊得全身冒汗：楚王马殷去世了！士愁的头嗡的一声响，心里咚的一下就疼痛不已，极度悲伤起来，差点从椅上倒了！向伯林慌了，大声喊道："大王，你怎么了？"连忙上前一把扶住士愁，几个侍从赶快奔过来，帮忙扶着。好一阵他才缓过神来。

向伯林问："大王，出什么大事了？"

士愁痛苦地指着书札："楚王去世了！"

向伯林也大吃一惊："楚王去世了？"连忙拿起书札一看，楚王府的书札写得很清楚，楚王已去世，果真如此！

这个消息对士愁是一个沉重的打击，他双手抱着头，痛苦不堪，一句话也不说，士愁舍不得楚王走啊，他对楚王马殷的感情确实很深！自他与爹从江西来到楚地谭城投奔楚王后，几年间都住在楚王宫里，楚王马殷对他视如己出，当成自己的儿子一样关心，让他与自己的儿子们一起读书习武，一起生活，培养了他，后来爹当了辰州刺史，要谋夺溪州，楚王又千方百计支持他们，给钱给粮给军队，夺取溪州后，楚王又任命自己这个二十几岁的年轻人当溪州刺史，还为自己在朝廷请功邀赏，对溪州多方支持，多年来，楚王对伯伯，对爹，对自己都是有大恩的，是彭氏家族的大恩人啊！没有楚王，就没有彭氏家族的今天！想着这些事情，士愁泪如泉涌，为人啊，知恩图报，楚王啊，你的大恩大德，我士愁还来不及报恩，你就这么不辞而别了，叫我这个小辈怎不肝肠痛断啊！

士愁回到后宫，饭不吃茶不饮，一个劲不停地流泪，口里喃喃道："楚王啊，你怎么就悄悄走了，连声招呼也不打就走了？他想起自己从朝廷回来，在谭城楚王宫，楚王还设宴招待自己，那就是最后一次见面了，那个时候楚王身体还很好啊，为何一下就走了呢！爹走了，如今楚王又走了，唉，他越想越伤心！

公主吴红玉见驸马如此伤心，也跟着流泪，她劝着："人死不能复生，驸马，不要伤心悲泪了，楚王的大恩大德我们记在心里就是了！"

士愁一把抱住公主哭着："夫人，楚王对我们一家太好了，我们还无以为报，他就走了，想起来我怎能不伤心呢？"

吴红玉道："快做准备吧，你快去谭城！"

士愁抹抹泪水道："是，我得赶快走！"

士愁带着人立即匆匆奔往谭城而去。

不几日，士愁一行就急急赶到了谭城，楚王还没有出殡，这时楚王的大儿子马希声依照父王的遗嘱已经接替了楚王位。士愁拜见了新的楚王，便前往吊唁楚王马殷，他一下就扑在楚王棺椁前放声大哭起来，他多么伤心啊！楚王就像他的爹，比他爹对自己还好，这大恩大德永世难报，自己还来不及报答，楚王就走了，他怎不伤心啊！他的哭声让好友楚王二儿子士愁的堂姐夫马希范也垂泪不止，他走上前抱着士愁道："老弟，你也不要太伤心了，要保重自己身子，父王走了，他临走前拉着我的手道：儿啊，我真想还见见士愁啊，我想他呢！我说，爹，士愁他远在溪州，如今溪州刚刚平息战乱，有很多事情需要他去做，况且溪州那么远，他一下也赶不过来啊！爹说，我知道，我就是想他啊！士愁，我想你啊！"

士愁听了这一番话，更加伤心，嚎啕大哭："楚王啊，楚王，我对不起你呀！"那撕心裂肺的悲哭声真令人肝肠碎断！

新登位的楚王马希声走了过来劝道："彭刺史，节哀吧，父王走了我们每个人都很悲伤，本王知道，你对父王感情很深，父王也特别喜欢你，他临终前还叨念着你，不过现在事已至此，父王走了，这也是没有办法的事情！"

士愁在众人的劝说下，停止了大声悲哭，他跪在地上想起楚王对自己的种种好处，依然无法停止悲泣！

楚王马希声道："彭刺史，父王临终前交代说，我们与你就像亲兄弟一样，今后一定好好团结，和睦相处！"

士愁抽泣着道："下官记住了，我不会辜负楚王的！"马希范上前拉起他道："兄弟，你跪了这么久，腿也跪酸了，父王在天之灵，一定知道你这番孝心的，快起来吧！"士愁连磕三个响头才慢慢起身。

士愁又去楚王府里拜望堂姐彭玉，彦昭马希范也在座，说起楚王士愁不由又流起了眼泪。他说道："姐，楚王对我们彭家的大恩大德，永世都无法报答！"

彭玉道："弟弟，姐知道，心里明白，楚王是好人，对我们彭家恩重如山，楚王临走时，希望你们弟兄要团结！"

士愁点头："我知道！"

彭玉问："弟弟，如今你年纪轻轻就在溪州当土司王，好当吗？"

士愁对彭玉马希范道："姐，姐夫，这全都是仰仗楚王，才有弟的今天，现在溪州已经安定了，只是那里自然环境条件很差，百姓很苦，慢慢治理吧，最近我在土司王府前扩修王城街，这是楚王在生时对我讲过的事，我一定办好。"

彭玉点头："好，姐相信弟弟一定能把溪州治理好的！"

马希范道："老弟呀，父王在世时，常常说，为官者，定要以民为本，把天下百姓的疾苦放在第一位！"

"我会记住楚王的教导！"

彭玉道："这就好，我相信弟弟会让楚王放心的！"

第 47 章

威扫四方统领二十二州

士愁坐在土司王宫里殿上，今天他召来向伯林、努力嘎巴、田好汉等一班文武谋臣，商讨事情。

士愁看着大家道："近年来，各位大人都在民间为治理溪州出力，本王想听听你们对溪州的事情，有何见教？"

众人一愣，你望我，我望你都不出声。他们中不少人都曾在吴王手下做过事，那时吴王行事根本就没有征询大家的意见，吴王就是个独断专行的人，没想到士愁当了大王后，还能时常听取部下意见。大家不免想到，也许大王觉得自己还是年轻吧，听听属下的话应该是有好处的。

向伯林是个进士出身，在朝为过官，见多识广，以前吴王就很相信他，如今大王士愁也很看重他，他在众官员中威望极高，士愁将眼光投向他。

向伯林放下手中茶盏，开始说起来："大王，臣这些天，一直在为办学操劳，据臣所知，自大王平定溪州以来，溪州已无战事，百姓安居乐业，造房的造房，种地的种地，捕鱼的捕鱼，打猎的打猎，都能心安理得地做自己想做的事，百姓们很高兴，特别是大王发布了很多好措施，帮百姓修房补助银子，派兵丁帮百姓修房子，让百姓自由开垦种地，在各个寨子办学校，还减免赋税等，这一切都深得百姓拥护。大王真是爱民如子，溪州百姓有了大王，真是百姓的洪福啊！大王如日月，光照溪州！"

众谋臣们齐道："大王如日月，光照溪州！"

士愁乐在眉头喜在心，自他带戏班子进入溪州，只不过短短的四五年时光，他消灭了吴王的势力，使溪州百姓摆脱了痛苦的深渊，成了一个清平的世界，他心里由衷地感到欣慰！部属们的称赞，他觉得自己所作所为当之无愧！便道："本王知道，溪州确实已发生了天翻地覆的大变化，这里也有众位大人功劳！"士愁说完望着大家道，"你们说，我们溪州今后应该怎么办？"

士愁这一问，真还把众人问住了，大眼瞪小眼不知怎样回答了，他们从来就没有想过这事，因为在他们眼里，溪州的事情是大王的事情，怎么办是大王拿主意想办法，大王要他们怎么做，他们按大王的指令办就是了，大家都答不上来。

努力嘎巴道："大王，臣是个粗人，只会打仗，溪州今后怎么办，臣真还想不出来，大王你说怎么办，我们照着做就行了。"

众人都笑，他说的是实话，大家也是这样想的。

士愁笑起来。

田好汉道："大王，这个问题我们真还没想过，大王心里一定谋划过了，你说出来，我们做就是了！"

众人都说："大王，你说吧！"

士愁道："各位大人，本王心里也没什么谋划，今天就是想听听大家的想法！"

众人都不作声了。

士愁道："大家想一想，我们溪州山高坡陡田地少，自然条件极差，百姓谋生都很困难，本王生在江西吉州，那里田地甚多，田土肥沃，百姓的日子就要好过得多。楚地谭城等处，也比我们溪州强多了，只有溪州是最差的了！"

向伯林马上道："大王说得极是，臣曾在外多年为官，去过苏浙一带，那些地方不像我溪州，一望无边的田，农人有田耕种，我溪州百姓，住在高山峡谷，地无三尺平，田无一丘，地无一垅，确实难度光阴！"

科洞毛人道："那该怎么办？难道我们搬出溪州？"

田好汉说："搬是不可能的，往那里搬，别人要吗？"

科洞毛人道："不搬，就在溪州这穷山恶水里受穷吗？"

士愁说："这是桩大事，大家费心好好想一想！"

士愁回到后宫，公主见他眉头不展便问道："大王，你有心思？"

士愁在公主身边坐下来拉着她的手道："公主，唉！"

公主："你已得了溪州，现在把溪州治理得比父王那时好，还有什么不满足呢？"

"不错，本王是得了溪州，公主，你没到过外面，不知外面的世界，这溪州山高坡陡，地贫民穷，是个穷地方，哪有外面的世界好？"

公主一惊："你还不满足？人心不足蛇吞象，你还有更大野心？"

士愁望望公主点点头："是的，我不甘心只守着溪州这个穷地方！"

"你，你还想往外扩展？"

士愁道："我正在谋划，人就该有些眼光，我现在有了溪州，有了立足之地，手上也有一两万军队，怕什么呢？"

"你要去打仗？"公主吃惊不小。

"这带兵打仗是男人的事，我又不是没打过仗，你不要担惊受怕的！"

公主摸着自己突起的肚子，有些羞涩地说："你又要做爹了！"

士愁一笑，用手摸公主隆起的肚子："哈哈，公主你真行，又要给我生儿子了。好，本王快要有四个儿子了！"说着他把公主拢在怀里。

夜晚，士愁坐在灯下，在桌上摊开一张地图，他细细地看着图，用手在溪州四周轻轻摸着，根据派往四方打探消息回来的探子们禀报，如今溪州四方，除南方的楚地外，东西北三方的蛮地，基本上都是蛮族首领统治着，朝廷根本管不了他们，这些地方的大小蛮头们，势力都不强大，各据一方，互不相让，经常为争夺地盘血拼，打得头破血流。这应该是个极好的机会，本王有这么强大的军队，去把他们统统征服了，纳到自己的麾下来。将手按在图上他越想心里越兴奋，哈哈，老子就是真正的土司王了，想到这里，士愁不由得飘飘然起来！

王宫里，士愁对将领们下着命令："努将军、科将军你二人带五千人马，向北征讨！"

努力嘎巴科洞毛人领命："是！"

士愁又命令道："昔将军！"

昔枯热其上前领命。

"你领兵五千，向东北方向征讨！"

士愁又对田好汉道："田将军，你领八千人马向西方征讨！"

——部署完毕，士愁对众将领们道："各位将军所到之处，只要各地大小蛮头愿意归顺，称臣就可，好好安抚，对个别顽固不化，不愿归顺者当可杀之，不须大肆杀戮，更不得伤害掳掠当地无辜百姓，望各位将军谨记！"

众位将领齐道："是，遵命！"

士愁派出三支大军，在数月内，如风卷残云，迅速往溪州附近的蛮地扫去。蛮地各大小相聚部落，有的只有蛮头，并无军队，有的大部落，也只有几十上百个看家护院的人，没有正规军队，怎经得起溪州上千部队的迅猛打击，军队所到之处，蛮头们根本无力抵抗，只得率领百姓老实归顺。

捷报频频传进王宫，士愁高兴得合不拢嘴，直言道："好，好，好。"

北方，努将军毛将军大军所到之处，来风，秀山，酉阳等地大小蛮头无一不归顺。

东北方，昔枯热其的部队征服了龙赐、天赐、忠顺、保靖、感化、永顺等州。

西方，田好汉经过征讨，大军所向披靡，占领了懿州、安州、新州、远州、洽州、富州、来州、宁州、南州、顺州、高州等十一州。

楚地谭城的楚王马希声得到禀报："大王，近数月内，溪州刺史土司王彭士愁出动大军往外征讨，占领了蛮地很多地方，地盘扩大，势力一天天在增强！如何是好？"

楚王马希声闻报吃了一惊，急忙问："彭刺史的军队打到楚地来了没有？"

探子禀报道："没有，只是攻占那些蛮地！"

马希声道："这就好，想来彭刺史还是讲感情的，不管他，那些蛮地，任他去占，反正我们也管不着！不必大惊小怪，只要他不来攻我楚地就行了。"

朝廷得报：溪州刺史彭士愁攻占了蛮地大小二十二州，统领了西南蛮地很大一片地方。

皇上看了上奏，心中甚喜，言道："这个彭刺史小小年纪，真还不简单，他真有三头六臂，在令人头痛的蛮地，征服了那么多蛮人，了不起，了不起！我大朝无法管，只能以夷治夷，加封他为都誓主，好好统领二十二州，只要归顺我皇朝就行。"皇上立即下了圣旨。

第48章

马希范继承楚王之位

楚王府里，楚王马希声躺在病榻上，虽然年纪轻轻却瘦得皮包骨，有气无力，脸色灰白，像死人一般，不停地咳嗽，上气不接下气地喘着，他知道自己时日不长久了。宫女端来一碗参汤，慢慢地喂着，他喝了一口，只觉得一阵恶心，随即便卟的一下全部吐了出来，左右的人全都吓了一大跳，手忙脚乱赶忙整理打扫起来。一个宫女赶快扶着楚王，另一宫女走上前轻轻给楚王捶背。

"快，快去叫御医！"

不一会儿，御医急急惶惶地奔过来，边走边抹头上的汗水，赶快伸手把脉。御医的心卟卟地跳。

这时楚王的大弟马希范也飞快奔了过来，问御医道："楚王的病怎样？"

御医放下把脉的手，久久没有出声。他怎好说呢？楚王多年来沉醉在酒色之中，人虽年轻，但是身体却被酒色这条凶涌的大河天天冲涮，身子已全部淘空了，病入膏肓，实在是没有办法挽救了，就是神仙圣手，也无能为力了。他也不好言说，只得淡淡地道："开个药方子，快去抓药吧！"

御医要离开了，马希范跟了出来，在门口一把抓住御医轻声道："说实话，楚王的病怎样了？"

御医摇头苦笑："无药医了！臣实在是无力回天。"

马希范痛苦地道："他才三十三岁，真没办法了？"

御医依然摇头。

马希范走到楚王病床前安慰道："大王，我会想办法把你治好的！"

马希声吃力地伸出手，马希范赶快伸手上前，两兄弟相握，马希声眼睛流出泪水："谢你了，弟，哥明白，无药可救了，我是自己作孽，咎由自取！"

马希范安慰道："大王，话不要这么说，自古来，哪个男儿不贪酒色，唉！"

马希声痛苦道："哥这几十年就是贪这个，不听你与父王劝说，年纪轻轻就要送命了！"

马希范也流泪了："大王，弟一定想法救你！"

马希声摇手道："弟弟，哥要是走了。这个楚王大位就是你的！"

"这……"

马希声道："你把其他兄弟们都叫来，本王有话对他们说！"

马希范点头。

楚王马殷妻妾有好几个，生了马希声、马希范等七八个儿子，马希声是长子，马希范是次子。不多一会儿，兄弟们便都聚在了楚王马希声的病榻前。

马希声在宫女的扶持下，使力撑起身子坐在床上，吃力地对众位兄弟道："今天请各位王兄弟来，有话要说，本王已病入膏肓，不久将不于人世，依照父王生前所传的遗言，此王位应该传给大弟希范！"

马希范一听，立即跪倒在地："大王！"

马希声道："大弟，这是父亲生前遗言，本王不得违犯，诸位王弟，请你们体谅！"

众位王弟全都跪下道："依大王所言即是！"

不几日，马希声故世，大弟马希范继承楚王位。马希声在位仅一年多时间。

溪州王宫里，庆贺酒宴十分热闹。众将领谋臣频频举杯庆贺大王彭士愁被朝廷封为都誓主，统领二十二州。

突然一位信使急匆匆奔进来，将一封信呈给彭士愁，他放下酒杯，打开一看，立即脸变颜色，两眼就眼泪汪汪了。

"出了什么事？"酒宴上欢快的人群立即就停止了喊叫，一个个都放下酒杯，往大王那里放去。

向伯林拿过信札一看，悲声道："楚王马希声去世了！"

众人心中一惊都不语。

士愁流着泪说："他是我要好的朋友和兄弟！"

士愁心里很是悲痛，立即出发日夜兼程赶往谭城。

几天后士愁匆匆奔到谭城楚王府，马希声早已躺在棺材里了，年纪轻轻的好友已是阴阳两隔了，想起这些，士愁扑在棺木前悲恸不已，失声痛哭！

人死不能复生啊！

马希范已经继位，士愁忍着悲痛拜见了新的楚王。

马希范道："都誓主，节哀吧，这是没办法的事，他不听大家的规劝，才有如此结果！"

士愁叹气："可惜，太可惜了！"人生可悲可叹。

马希范问："你溪州那边如今怎样了？"

士愁伏地道："禀报大王，溪州现在已经很安宁，没有战事了！"

"好，好，这就好！听说你又征服了一大片蛮地，现在已有二十二州，真不简单呀！"马希范连连夸奖道，"本王知道，都誓主是难得的治国理政好人才！"

士愁叩首道："谢大王夸奖，那都是些蛮荒之地，山高林密，地薄民穷，臣一定想法治理好，不负大王期望！"

马希范点头："好，本王相信都誓主，你姐已在王府备好了家宴，请你前去！"

士愁回道："好，我一定前去拜见姐！"

楚王府里，士愁去后宫拜见堂姐彭玉，彭玉设家宴款待他。

酒席开始，士愁端着酒敬楚王马希范与彭玉。

酒过三巡说起了家常。

士愁道："姐，伯伯过世时，我都未能前去，真是遗憾，甚觉惭愧！"

彭玉道："弟啊，姐知道你是身不由己！"

郴州刺史彭玕去世时，侄儿彭士愁正统兵在前线围剿吴王吴著冲，战事激烈，根本不可能离开战场。士愁道："那时弟正带兵打仗，无分身之术，请姐宽谅啊！"

"姐知道，弟弟不必将此事挂在怀，事过去了就过去了！听说你在溪州做得很好，如今又当了都誓主。"

士愁道："姐，弟能当上都誓主，都是托楚王与姐的福，以后还靠楚王多多关照啊！我再敬楚王与姐一杯酒！"

楚王马希范笑起来："都誓主不必自谦，这都是你自己努力的结果！"

彭玉也笑："弟弟啊，今后楚王肯定会关照你的，你们是兄弟啊，楚王，你说是吧？"

楚王马希范连连点头："是，是，我们是兄弟！"

士愁知道，自己的堂姐是位厉害的女子，做事强势的女人，姐夫马希范很有些惧内，姐夫以前有个爱好，他喜欢做些木工活，不太喜欢读书，自姐姐嫁进楚王府以后，姐姐便将姐夫管起来了，每天陪着姐夫读书，逼着他去听老师讲课，姐夫感到有些头痛，久而久之，姐夫也就服从了姐姐的管教，把主要心思都放在读书学习上来了，楚王马殷见此十分高兴，他看见二儿子走上了正道，全都是因为这个好儿媳，便很看重彭玉，慢慢地彭玉在后宫里的威信与权势一天天就大起来了。如今马希范接位当了楚王，他对姐姐依然是相当尊重的。

彭玉道："弟弟啊，你姐夫现在当了楚王，你也是都督主，都在治国理政，我是一个女流之辈，不管国家大事，我有一句话给你们：希望不要祸害老百姓，要爱民如子！"

士愁道："姐，这话我记住了！"

楚王也说："夫人的话，本王已记在心，你对我说过多次了，我不会忘记的！"

彭玉道："夫君，你现在是楚王，我只是提醒一下，治国之道，以民为本……"

第 49 章

边界起冲突士愁实头痛

士愁从谭城归来，回到马公坪彭府。

爹不在了，老母身体不好，经常生病，妻子李氏维持这个家。李氏已生了三个儿子，大儿子已经十来岁了，二儿子也长大了，三儿子也牙牙学语摇摇晃晃走路了，大儿子，二儿子已经进学堂读书了。士愁对李氏说："辛苦你了，这个家全靠你撑着！"

李氏望望丈夫道："你在溪州当大王，也很累很辛苦，回家一趟也不易，只是母亲老了身体多病，有时间来看看她吧，她也很想你！"

士愁点头："我知道！"他一把抱住妻子，心里有很多话想说，但又不知从何开口。妻子一人撑着这个家太苦了，他也曾想过，自己如今已是溪州土司王了，掌管着二十二个州，要人有人，要钱有钱，享不尽的荣华富贵，家室还在千里之外的马公坪，来来往往十分不方便，也动过心想把家都搬到溪州王府去。但他仔细一想，还是否定了。这里是爹选中的地方，爹从谭城来到辰州府当刺史就把家安在这里，这里是当年谋划溪州的落脚点、大本营，如今爹的墓葬也在这里，这里就是我彭家的根，怎么能搬走呢？不能违背了爹的心愿，况且溪州那边还有公主吴氏与几个孩子，不搬也罢！

这天，他带着大儿子二儿子又来到府外不远处的浮草塘虎形山爹的墓前，给爹的墓燃香焚纸。他跪在墓前磕头道："爹，儿与孙子来看你了！"

躺在地下的彭瑊早已不会说话了。

"爹，你走后，娘一直想着你呢，她老人家身子不太好，儿会好好照顾她，你就放心吧！爹，你不知道，现在你已有了五个孙子了，李氏媳妇生了三个孙子，吴氏媳妇生了两个，儿子是家发人兴，你该高兴吧？"士愁焚着纸对爹说着话，他相信爹一定听到了自己的话，"爹，你走后的这些年，儿把溪州地盘扩大了，现在儿手里掌管着二十二个州，朝廷封儿为都誓主，一字并肩蛮王，儿如今是溪州王呢！你要是高兴有空，你就去溪州王宫走走看看吧，儿把王城修好了，街道上什么东西都有卖的。现在溪州的百姓修起了木房子住，不像过去住茅草棚山洞子，啊，我还要告诉你，楚王马殷去世了，接位的马希声一年后也走了，如今是姐夫马希范任楚王呢！我才从谭城回来，去拜见了楚王与姐姐，爹，你与伯伯他们在那边都还好吗？"

士愁与爹有说不完的话，他知道，自己如今所得的这一切，能当上溪州土司王，都是爹给他谋划来的，他要感谢爹！

回到府上，士愁又去马公坪学堂看了一下，这个学堂是他家出钱办的，就在他府上不远处，教书先生也是士愁从江西老家请来的彭氏家人，附近的孩子们只要愿来读书，是不要交学费的。士愁到学校与先生交谈了一阵，又给先生每年加十两银子，先生千恩万谢。士愁叮嘱道："十年树木，百年树人，你要把学生教好！"

士愁来到校场坪，管家正带着一些年轻人操练武术。士愁走了过去，站在一边望着，连声叫好！管家一挥手，大家停下来，站成几排。

士愁对他们说："练武术，一来是强身健体，二来是日后如果要打仗，你们就可以上战场！"

管家点头道："老爷，是！"

士愁道："本王在溪州建了个艺堂，学生读书还要操练武术，你们今后可以教学校的学生练一些武术，练武从小就开始效果会好一些！"

管家应道："是，按老爷吩咐办！"

士愁这次回溪州土司王府时，将大儿子彭师裕从马公坪带走了。

他对母亲与妻子李氏说："师裕现在已经有十多岁了，过几年就长成大人了，以后他要接我的王位，如今该让他去王宫那边学习历练一下！"

母亲点头道："说的是，师裕今后要做大事，没本领不行，那边学校好，让他多读点书，明道理，懂得治国理政的事情！"

妻子李氏说："大王怎么说就怎么做吧！"

士愁说："他去溪州，还要学习带兵打仗的事，以后治国理政，不会用兵是不行的！"

母亲说："现在我们将师裕交给你了，你自己去安排吧！"

"娘，你放心，我会安排好的！"

楚王府里后宫，楚王夫人彭玉生病斜躺在床上，几个侍女正在给夫人喂药。

一侍女进来禀报："夫人，王舅来了！"

"请他进来吧！"

彦昭帮助叔叔彭瑊与堂哥士愁夺得溪州后，便回到了父亲身边郴州为官，父亲故世后，彦昭便当上郴州刺史，如今得到姐姐病重的消息，便连忙赶了过来，不多一会儿，彦昭急急走了进来施礼道："王后，你的病好些了吧？"

彭玉喝完药，在侍女相扶下，吃力地下床坐好道："弟弟，你从郴州来？"

彦昭答道："是的，母亲听说你生病，很着急，令我马上来看你！"

彭玉喘着气说："姐这病一天比一天重了！"

"医官都没办法？"

彭玉摇头："药天天吃，这病不见好！"

彦昭担忧地说："就没一点办法了？"

"士愁前些日子派人给姐送来了一些溪州的好药，姐吃了，有些见效！"

彦昭一惊："士愁也知道你生病？"

"知道，他来看过我一次！姐这病怕是……"

彦昭眼睛红了："姐，你一定要挺住，我们彭家就靠你，你是顶梁柱啊！"

彭玉点头："弟呀，姐知道，莫说是我们彭家，就是楚王，家国大事姐也能帮他呢！"

"这，这，姐，我一定去给你找最好的医官来治病！"

天意难违，每个人寿命长短，都是命中注定的。

没过多久，彭玉的病终究无法医治撒手而逝去了。

楚王府上下都十分哀痛。

不知为何，楚王马希范却没有把这一消息告诉远在溪州府的彭士愁。

半年以后，士愁才从远在郴州彦昭的来信中得知堂姐彭玉逝世的消息，士愁捧着信件痛哭流涕，非常悲伤！他与堂姐彭玉的关系相当好，这些年来姐姐对他相当关心，每次去楚王府姐姐都会热情款待他，有姐姐在楚王府联姻，他们彭氏一家才与楚王保持了友好关系，如今姐姐走了，真是令人痛惜啊！为何楚王马希范不将姐姐去世的消息告诉自己呢？自己应该去楚王府悼念姐姐，送姐姐一程才对呀！昔日自己与姐姐好，与楚王马希范相处也很好，楚王为何这么做呢？他实在有些想不通，莫非姐姐在世对楚王管得严，楚王痛恨姐姐也痛恨彭家吗？士愁想不通，心中对楚王马希范有了些不满！

顺贤夫人彭玉去世后，楚王马希范高兴了，他好像终于得到了解脱一样，现在没有了顺贤夫人的严格制约，像一匹无笼头的野马可以随心所欲为所欲为了。楚王马希范开始终日沉迷在酒色之中，怀抱美女喝酒唱歌看舞蹈取乐，不问朝中政事，任手下胡作非为，不管不问！楚王府与溪州彭士愁之间的联系慢慢减少，一天天淡漠，几乎没有多少交往了。

　　辰州府与溪州交界之处，有一个名叫朗溪口的地方，在酉水右岸，归溪州管辖，是一个较大集镇。河左岸山势较陡，田地很少，属辰州府，驻有辰州府官兵。

　　河右岸溪州府的地盘，这里地势平坦，人口稠密田乡富足，河边有大码头，河中上下的船只都停靠在码头上，这里便形成了一道街市，人来人往物资较多，比较繁华。一河之隔，却属两个州府管辖，左边穷困，右边富裕。左边守卫的辰州府官兵过着穷困日子，右边溪州府的官兵在码头收税就足够过上富裕的日子了。辰州府的官兵看得眼红心急，他们不服气：我们怎么就该过这种笋子煮清汤没油水的苦日子呢？天长日久，他们不平衡的心里就愤怒起来，一愤怒就有怒火燃烧，就像吃了豹子胆，天大的事情他们也就敢干了。他们手中有刀枪啊，怕什么呢？辰州府的兵丁，开始时是三五个人过河抢老百姓的东西。因为多年来，两边相安无事，溪州府朗溪口的守兵也放松了警惕，他们天天有好酒好肉吃，沉迷在酒醉中，没想到会有什么事情发生，没有做一些防备。辰州府的兵过河到溪州这边的朗溪口镇抢东西得手了，回去以后将抢到的鸡鸭鱼肉弄得香喷喷，大家吃肉喝酒，万分高兴，觉得这种事情好啊，很划算呀，于是天长日久，效仿的官兵越来越多，大家不约而同都会抓个机会过河到溪州那边抢老百姓，有时为了抢东西，还要放火烧屋伤害人。事情闹多了闹大了，溪州这边的百姓便要找官兵保护自己了。

　　"这还行，无王法了？欺到老子头上来了，这成何体统？"溪州这边的守军也绝不是任人捏的柿子蛋？老子手中的刀枪不是吃素的！

　　冲突就不可避免地发生了，有冲突就会产生悲剧！

　　辰州府的兵丁经常过河来抢，溪州的兵丁便要拿起刀枪守卫，双方就打了起来，有时几十人相打，有时则是上百人拼杀，死死伤伤，伤伤死死，互不相让，互不服气。冲突越来越多，死伤人员也在不断增加。

　　酉溪沿线，凡是两府相交之地，不少地方都发生辰州府兵丁越界进行抢劫骚扰的事情，弄得边界上的百姓日子不得安宁，在惊惶中过日子。

　　边界守兵便将情况往上禀报。

　　溪州土司王府里的土司王彭士愁得到边关之报，十分头痛。这种事情怎么办呢？管吧，怎么管？派兵去打辰州兵，这显然不行，放任不管，听之任之，事情只会越演越烈，最后将爆发成为大规模的冲突战争。

他想来想去，觉得很头痛，也想不出一个好办法来。以前溪州属于楚王管辖，后来他一统了二十二州，朝廷对他册封，地广人多，势力一天天大了，楚王不过问溪州了，士愁也就自己独立当起了溪州王。边界之事，还是要慎重处理，最好还是不要用兵。他便将手下文臣武将们都召集在大殿上，让大家来商讨此事。

科洞毛人发怒道："大王，这是辰州兵欺侮我们，怕什么，让我领兵去打他们！"

努力嘎巴也挺身而出："大王，下令吧，我们已经忍让他们多回了，我也愿领兵前去，不怕他们，水来土掩，兵来将挡！他们来侵犯，我们就把他灭了！"

田好汉说："大王，这几年来，楚王贪恋酒色，不理政事，各地混乱不堪，辰州府兵根本无人约制，才做出如此荒唐混乱的事情，如果我们派兵去边界打他们，事情就会闹大，还是要慎重小心些！"

向伯林道："大王，田将军说得对，边界冲突之事还是要冷静对待，千万切忌乱用兵，臣以为还是先礼后兵为好！"

士愁望着向伯林："先礼后兵，有道理。你说，怎样做？"

向伯林说："这些年来，我们溪州与楚王一向都很好，也得到他们不少帮助与关心，大王与楚王还是姻亲，关系很不错的，只是这几年双方交往少了，关系有些冷淡，边界发生了令人不愉快的事情，冤家宜解不宜结，边界的事情还是宜于双方谈判和解，不能动刀枪，打下去，对双方都没有好处！"

"说得对，有道理！"士愁赞成。

向伯林道："还是先给楚王写信去吧，将边界之事说清楚，希望他下令约束辰州官兵，不要再侵犯我溪州为好！"

第 50 章

朗溪镇上战火烽烟起

楚王府里楚王马希范整日迷恋在女色中，在歌舞升平中过着快活日子。溪州彭士愁送去的书信他根本不当一回事，看都没看便丢到一旁去了。

几个月过去了，彭士愁不见楚王府回音，他一连送去了几次书信，都没有一点动静，他感到十分奇怪，这是怎么一回事啊？辰州兵在边界之地侵犯抢夺杀伤人的事件不减反增，这实在是令他恼火不已，边界守将满腔怒火，屡屡上奏，希望大王赶快采取措施。

他闷闷不乐回到后宫，见公主正与儿子们逗着玩耍，便默默坐下不作声。公主吴红玉见了，便要田茵茵将孩子们带开，问道："大王，你一定有什么不开心的事情了？"

士愁一下将公主抱在怀里道："知我者公主呀，我是有了烦心事！"

"什么事呀，说出来我也许能帮你！"

士愁哈哈笑："你能帮我？"

吴红玉在他胸脯上轻轻捶打一下，瞪着漂亮的脸道："你不相信我？"

"好，我说，亲爱的公主，看你能帮我想出什么办法来！"

…………

士愁最后说："我已给楚王写了三封信，都不见他回信，还派了人去，也不见辰州兵采取任何措施，反而在边界之地越闹越凶，侵我边界抢夺杀人放火无所不为，真叫人头痛！"

吴红玉道："自从姐姐去世后，没有人能够约束楚王，他就变了，不理朝政，荒淫无度，任由手下胡来，如今边界闹事，他不闻不问不管，这事发展下去确实不好收场！"

"本来么，我想双方交谈协商一下，互相约束自己的部下，边界就熄火了，可是他现在不管，你看怎么办？"

吴红玉道："大王，此事千万不能闹大，不能打起来。楚王向来对你不薄，有恩于彭家，你能当溪州王有今天，都得力于楚王一家对你的帮助啊！"

士愁点头："我知道，楚王一家对我彭氏恩重如山，我不会忘记的，所以如今辰州兵在边界闹事，我都一忍再忍！只想大事化小，小事化了，不想挑起战事，对我们两家都是不利的！"

"是呀，"吴红玉说道，"还是忍一忍吧！"

士愁痛苦地抱着头道："忍，忍，忍也是有个限度的呀，我能忍，我的手下不能忍，百姓痛苦不堪不能忍啊！他们在受苦受难，我不能不管百姓的痛苦啊！"

士愁想来想去便派田好汉前往边关之地去视察。

那天，田好汉一行来到朗溪口镇，守兵将领迎他刚入大帐坐下喝茶，突然便有兵丁前来禀报："对河辰州兵约有一百多人，正在村里抢劫，怎么办？"

田好汉问："经常有这事吗？"

守兵将领道："几乎天天都发生！如今他们还侵占了我们三个村子！百姓都逃走了，我们已经一忍再忍了，上面下令我们不要动刀枪对付辰州兵，他们就一而再再而三地欺侮我们，将军，我们不能再忍了！"

田好汉大怒："这么放肆，太大胆了！走！看看去！"

田好汉火了，手下兵丁便都跟着他往村子走去。

前面村子里哭喊声一片，辰州兵在村里捉鸡抓猪抢牛羊，有的还强抢女人，一把火烧起来，村子里的房子被埋在烈焰中，悲惨凄厉的哀嚎声令河水呜咽。

田好汉忍无可忍，对手下大喊一声："杀！"他挥着剑带头冲了过去。

溪州兵数百人一下就冲进了村子，将辰州兵团团围住。突如其来这么多的溪州兵将辰州兵吓坏了，他们猝不及防，还没有惊醒过来，便已人头落地了。

田好汉怒吼道："杀，杀，杀过干净！"

溪州兵早已憋了一肚子怒火，对辰州兵多日来的仇恨今天终于发泄出来了，他们一个个咬牙切齿，怒火满腔，挥着刀枪勇猛地杀上前去，不多一会儿，一百多抢劫的辰州兵便被他们全部杀光了，不留一个活口！

田好汉大声对守边将士道："好，杀得好！看他们以后还敢不敢来，不怕死的就来，来了，你们就把他们全部杀掉！"

左岸辰州兵守军将领得知自己部下一百多人，全部在朗溪口镇上的村子里被溪州兵杀害，大发雷霆，火冒三丈，大吼着："他们胆子真大，敢杀老子的人，老子要报仇雪恨！"立即点起手下一千多兵马，气势汹汹地杀过河来！

田好汉帐前，守边将领来前来禀报："田将军，辰州兵一千多人杀过河来了，怎么办？事情闹大了？"

田好汉吃一惊，没想到，边界上的事情越闹越大，真还不好收场了。将在外，军令有所不受！辰州兵欺到老子头上拉屎拉尿来了，老子不还手，还算人吗？他心中的怒火一下就冒了起来："打，水来土掩，兵来将挡，快给点兵马！"

朗溪口镇溪州守兵迅速集聚了一千多人马，由田好汉带领马上去迎敌。

溪州兵在朗溪口镇与辰州兵大战起来。经过半天激烈战斗，溪州兵终于将辰州兵打败了，赶出了朗溪口镇，辰州兵败退过河去了。

辰州刺史将朗溪口大战的情况禀报楚王，楚王正抱着几个嫔妃喝酒唱歌看宫女跳舞。

"什么？打仗？在朗溪口打仗？"楚王瞪大迷迷糊糊的眼睛问，"好好的，为何打仗？"

辰州刺史道："大王，边关将士与溪州兵在朗溪口镇打仗，我方死伤五六百人！"

楚王怒："真是吃饱饭没事做，打什么仗？"

辰州刺史道："大王，溪州兵太猖狂了，他们杀伤我们五六百人，此仇不能不报吧？"

楚王吃了一惊："要报仇？"

辰州刺史唯恐天下不乱，便添油加醋地煽动起来："大王，你家有恩于溪州彭士愁，是大王一家将他扶上溪州刺史这个宝座的，如今他又当上了溪州土司王，就无法无天了。就恩将仇报了，眼里就不认你这个楚王了，就派军队来打大王的部下了，今天敢打辰州兵，明天他就敢来谭州打大王了，这就是农夫与蛇，大王对这种恩将仇报的东西，你心不能太软，要打，要狠狠地打，把这个忘恩负义的蛇消灭了！"

楚王已被酒灌得昏头昏脑，要清醒不清醒的样子，听了刺史的话，也感到事情有些闹得不可开交，这个彭士愁做得有些太过分了，便吃惊地问："彭士愁是蛇？"

辰州刺史答："他就是蛇，忘恩负义的蛇，要咬救它的农夫，大王，你好好想想，下官的话有没有说错？"

楚王不语了。

范、彭两家的深交友好他怎么能忘记？过去彭士愁一家在江西无立脚之地，投奔楚王，楚王让他们当辰州刺史，帮他们攻打溪州，后来彭士愁当上了溪州刺史，逐步在溪州立脚，慢慢征服了周边二十二个州，势力一天天强大起来，成为了声名显赫的溪州土司王，这一切，如果没有楚王府对他的帮助，士愁根本就不可能有今天这样的辉煌，可是如今，强大起来的溪州彭士愁却把刀枪对准了昔日的恩人，一下就打伤了自己手下五六百人，这真是恩将仇报啊！这士愁是怎么搞的啊？楚王马希范想不通，搞不明白，昔日的好朋友好兄弟，为何今天要刀枪相向呢！这个士愁也太不像话了，真是目中无人，不将我这个大王放在眼中了！楚王仔细一想，便有些气愤起来，他愣怔了一下："你说怎么办？"

辰州刺史道："大王，他无情，我无义，他打我们，我们不能示弱，必然要以牙还牙，派兵去攻打他们！"

楚王瞪眼问："要派兵去攻打他们？"

辰州刺史答道："是，要狠狠地教训他们！"

第51章

出其不易先下手夺辰州

溪州王府里，彭士愁心里非常焦急，坐立不安。他收到了田好汉从边界传回来的消息：溪州兵与辰州兵发生了大规模的冲突，双方都死伤了五六百人，溪州兵将辰州兵赶过了酉水河！田好汉如今正在边界调动军队，准备迎接更大的战斗！

他一次次地看着信，拿起又放下，放下又拿起，怎么会是这样呢？他知道，边界之地，一场暴风骤雨马上就会来到！辰州兵是不会善罢甘休的，必定会派大军来攻打的，从此后，战火将绝不会停熄！他很不愿意看到这一幕发生。

士愁心里很痛苦，他真想不到事情会发展到这一步，这是他所不愿看到的结果！他不想与楚王交兵，他怎么能与楚王交兵呢？如果他的爹彭瑊还健在，是绝对不容许他这么做的，一定会痛骂他是一个忘恩负义，不仁不义不忠不信的小人，爹，儿子怎么办呢？他知道自己能当上溪州土司王，得到了楚王一家的大力支持，自己应该感恩图报，只是辰州兵屡犯边界，欺压百姓，百姓有苦有难，自己已忍无可忍了，退无退路了，如今楚王肯定要发兵来攻打溪州了，如果还手，自己就要背上恩将仇报的罪名，如不反击，百姓就将受更大的罪，溪州也会很危险，怎么办呢？依溪州目前的实力，那是远远比不上楚国的，那么自己难道就这样束手就擒吗？他又心里不甘。彦晞的心里乱成了一锅粥，不知下一步棋该怎么走了？要是爹还在该多好啊！爹一定会给自己出主意的，唉，爹，你为何就走了，丢下儿子不管了？

正在士愁焦急如焚，不知如何举措时，从谭州城传来探子的禀报：楚王已下令廖匡齐将军率三万大军，从谭州城出发，再调集辰州澧州两府军队配合，总共五万多人气势汹汹前来攻打溪州！

士愁一下惊呆了，晴天霹雳，震得士愁头都炸了，如坐针毡！

得到消息，将领们纷纷都来到殿上。

士愁惊醒过来，抹抹额头上的汗珠道："你们都来了？"

众将领道："大王，不怕，打！"

士愁望着他们说："我这不是恩将仇报吧？"

努力嘎巴一下冲上前说道："大王，这个时候，还说什么恩将仇报，楚国又不是原来那个楚王，老楚王对你有恩，现在这个新楚王对你有什么恩？他要派兵来打我们，他无情，我们就无义！不能等着挨他们的打！"

昔枯热其也劝道："大王，如今都生死一线悬了，你还讲什么报恩，楚王要来灭溪州了，我们只有迎战一条路可走了！"

"大王，"向伯林缓缓地说，"这不是恩将仇报的事情，这是楚王来打我们，我们被迫还击，如果我们不还击，溪州就将不存在了，你愿屈服于楚王还是在溪州称王，何去何从，两条路摆在面前，别无选择了！"

"打，大王！"科洞毛人说，"你愿屈服，我们不愿，宁愿战死，也不怕他们！"

众将领齐声喊道："大王，不怕，打！"

王宫殿上一片喊打声。

彭士愁望着众将领犹豫不定："我将背一个恩将仇报、不仁不义的声名啊！"

向伯林劝道："大王，溪州已处于生死存亡之危急关头，还顾及什么声誉？不要太迂腐了。"

"打，打！"众将领一齐请打。

彭士愁被众将领鼓动起来了，只觉全身热血在沸腾，恩将仇报的顾虑被打消了，想了想便说道："好，为了溪州，为了百姓，本王听大家的，打！要是不打，辰州兵几万大军一来，我们溪州就不存在了，谁也不愿把溪州丢了，怎么打，你们说一说！"

昔枯热其说："大王，这事情我想了，十个字，先下手为强，后下手遭殃！"

彭士愁眼睛一亮："你细细一说！"

昔枯热其望着大家说："如今，楚王正在调集军队准备进攻我们溪州，他们的部队还没有集结好，最少要半个月二十多天才能到达溪州，我们就要抓住这个机会，先就下手，马上派军队出其不意攻打辰州，再下澧州，打他们一个出其不意！"

"好，好！"众将领齐说。

"这个办法好，以攻为守，我们要占主动！"彭士愁非常高兴地称赞道，"我们军队少，兵力不多，如果与楚军硬拼是不行的，先出兵打他个出其不意，就把他们进攻溪州的计划打乱了，就能保住我们溪州！"

向伯林有些担心地道："这个办法好是好，把战场摆在楚国，只是离开溪州打仗，这大部队在外，路途遥远，粮草供给要好好想个办法！"

努力嘎巴也道："向老官人说得对，军中一日无粮千兵散，兵马未动，粮草先行，大王，这粮草的事是得要好好想一想！"

"行，本王会好好安排的！令王子师裕、师呆去筹备粮草。"

说动兵就雷厉风行，第二天，土司王宫外大操坪里集结着上万部队，土司王彭士愁举行三军出征仪式。

士愁与众将领站在高台上，台前挺立一根桅杆，杆上挂着一面"彭"字大旗，他大声宣布道："祭旗！"

台下早已站着了一位身披红袍的卦师，卦师喊一声："拉上来！"随着声落，就有几位武士牵着一头大水牯走了过来，水牯身上覆盖着一匹红布，牛牵到台下站定。

卦师便围着水牛转圈，边转边念了起来："黄道吉日，大王出征，旗开得胜，一帆风顺，大吉大利，黄天照应，逢山开路，遇水搭桥，杀敌斩猷，所向披靡……"卦师念完以后，便对着东南西北四个方向长长躬身弯腰低头施礼，口中念念有辞："一拜天，二拜地，三拜神仙，四拜五皇六帝，保我大王出征顺利，杀得敌军丢盔弃甲败下阵去！"

这时站在牛身边的一位身高体壮的武士，便在牛头边高高地举起身中亮闪闪锋利无比的大刀。

卦师念完以后，大喊一声："杀……"

全场所有将士都早已屏住呼吸，心不跳，血不流，上万双眼睛一齐注视着那牛头。

武士手起刀落，只见一道白光闪过，呼地一下，一股鲜红的血喷起来，飞向空中，像天女散花一般，四散开来，一颗硕大的牛头掉在地下，眼睛都还睁得大大的！没有了头的水牛还定定地站着。

卦师对着牛身子喊道："畜牲，快往前跪下去！"

站在台上的士愁这时全身十分紧张，他身边的将领们都不敢出声，一个个都捏着一身汗，心里暗暗道：菩萨保佑，无头的牛快往前倒吧！

场上所有的将士们也目不转睛地望着这无头牛的身子往何处倒，如果是往前跪下倒地，那就是表明这次出征打仗，一定会取得胜利；假若向旁边倒下，则表明此次出征不会顺利；要是往后倒下，就说明出征一定会失败。

牛呀牛，你的倒下牵动着上万颗心呢！

卦师站在牛前用手招着，口里喊着："听话，往前跪下！"

说奇也奇，道怪也怪！

人们看见，那没有了头的水牯牛，突然间两只前脚一弯就跪了下去，不多一会儿庞大的牛身子就往前一冲，扑倒在地了！

"好，好！"操场上突然间爆发出了震天动地的呐喊声。

山呼海啸般的狂欢声停下来以后，土司王士愁大喊一声："出征！"

鼓角齐鸣，鞭炮响起，红旗招展，三军出动！溪州土司王的军队开始出征了。

努力嘎巴与昔枯热其打先锋，率领五千人马雄赳赳地走过司令台，台上土司王彦晞向他们挥着手，其余出征大军源源不断地走了过来！

先锋努力嘎巴与昔枯热其，是溪州通，他们知道酉水沿线驻有不少辰州兵，如果溪州兵沿酉水而下，辰州兵应该有所防范，双方纠缠打起来，就会要耽误时间，辰州府得到消息就要调兵遣将，做好防备，自己就不能迅速攻占辰州府，所以他们一商量，决定不走水路，而是走旱路避开辰州府大兵的防范，悄悄去偷袭辰州府。

多年来，辰州府的官员将领们也是非常注重沿着酉水沿线驻兵，在一些重要集镇上都派有驻军，因为当时古代没有公路，水路行船是最重要的通道，辰州的官员在辰州到溪州的酉水沿线设置了三道防线，如果溪州兵沿酉水而下突破辰州兵这三道防线，不说要一个月时间，最少也要十天半个月，因为酉水沿线，山高河岸陡，设防置卡，难攻易守，打起仗来，那些关卡，大有一夫当关，万夫莫开之势。

努力嘎巴与昔枯热其率领兵丁，避开水路走旱路，绕过辰州兵防线，人不知鬼不觉地急急往辰州府扑去，在酉水沿线防守的辰州兵根本不知道。溪州兵行动迅速，日夜兼程，行军走路不停息，只有四天时间就出现在了辰州城外。兵丁们疲惫不堪地倒在城外的山沟里，呼呼地睡起来。

探子赶来向努力嘎巴与昔枯热其报告军情："将军，辰州府并没有发觉我们到来，如今辰州城只有三千守军，他们并没有做好战斗准备，现在应该是我们出兵的最好时机！"

努力嘎巴望着躺在地下呼呼睡大觉的兵丁，十分为难，这些天大家一个劲没命地往辰州奔来，一个个累得筋疲力尽，谁都想好好休息一下啊！他不尽皱起了眉头。

昔枯热其说："努将军，将士们是很疲累了，你我都知道，但现在是极好机遇，如果拖延时间，一旦辰州府有所察觉，布防起来，我们要打他们，那时攻城就难了！不能犹豫，错过这个好时机！"

努力嘎巴点头："行，坐失良机，无法挽回！就是大家舍了命，也要马上攻下辰州府！"

"好，立即进攻！"昔枯热其点头，"你带三千人从北门攻城，我率两千人从西门而入，两面夹击，一举夺下辰州府！"

"行！越快越好！"

二人迅速集结好部队，飞速地往辰州城攻去。

辰州多年无战事，辰州府大堂上，辰州刺史正与守城将领商讨着楚王的来信，楚王要求辰州府集结一万部队配合廖匡齐的大部队攻打溪州。刺史说："廖将军的部队十天或是半月后到达辰州，我们要做好准备！"

守城统领说："刺史大人，还早着呢，我们的人，都在酉水沿线防备着，城里有三千兵马，不需要准备！"

刺史说："统领大人，这事就交给你办了！"

统领道："刺史大人，这粮草的事，你看怎么办？"

"粮草事，你放心，我已派人在筹划了！"

"行，这我就放心了！"

二人无事就喝起茶来。

不多久，溪州兵呐喊着攻到辰州城下，几个辰州守城兵丁吓坏了，不知从哪里冒出来大部队攻城，手中的刀都吓得丢了，急急忙忙奔到大堂上禀报，辰州刺史与守城将领们根本没有想到，这真是天兵天将从天而降，大家一下都惊呆了，溪州兵与辰州相距几千里，为何神不知鬼不觉一下就攻到了辰州府，怎么没得到一点消息呢？

刺史吓了一大跳："不可能吧？溪州兵是飞过来的，你们是不是搞错了？"

守城兵丁急忙道："刺史大人，一点没错，肯定是溪州兵，他们已攻到了城门边。"

刺史吓坏了："这怎么办？"

统领道："刺史大人，不要慌，我这就去领兵应战！"统领一下跳起来，奔

出大堂，赶快去率领守城官兵慌忙应战，

辰州府的兵丁没有一点防备，几个城门都大开着，各个城门都只有几个兵丁守着门，他们根本想不到会有溪州兵来攻城，慌乱中，辰州兵丁们还不知道是怎么一回事，刚想去关城门，昔枯热其与努力嘎巴就举着刀枪一下把他们打倒了，溪州兵呐喊着一拥而上冲进了城内。

城内已乱成一团，四面八方都是喊杀声。

辰州刺史见势不好，仓皇中丢了家眷，赶快只身一人溜出了衙门，逃往河边奔上船，急急开船逃命。

努力嘎巴与昔枯热其率领五千人马从两个方向冲进辰州城，来势凶猛，守城官兵没有防备，有的在兵营赌博，有的在街上玩耍，只得急忙应战，官不成官兵不成兵，乱成一团，辰州府统领根本集结不了部队，身边只有百十来人，无法抵挡溪州兵的猛烈冲杀，只得四散奔逃，不到一个时辰，溪州兵就完全攻下了辰州府，守城的辰州府统领在混战中被击杀，刺史逃跑，辰州府沦陷了，落入溪州兵手中。

第52章

溪州兵打死廖匡齐

士愁要亲自出征，在后宫里与公主告别。

公主吴红玉抱着士愁久久舍不得松开。

士愁吻了她一下说："公主，孩儿还小，你不能离开，好好在家，不要惦挂着我！"

吴红玉生了第二个儿子还不满一岁，正需喂奶，需要母亲照料，她怎么能离开呢？

吴红玉用手在士愁脸上摸着，又把他衣服拉扯一下："大王一个人在外，身边无女人照料，我怎能放心，这样吧，你将田茵茵带走！"

士愁吃了一大惊："这……你能够离开她？"连连摇手，"这不行，不行，你们需要她！"

吴红玉要士愁坐下道："大王出征也不知要多少天，我不能陪在你身边，你也要人照看，带上田茵茵我就放心了！"

"这……"士愁犹豫着，"她还是留在宫中好。"

"放心吧！"吴红玉笑着，"田茵茵人大了，她的心思我知道，她一直就喜欢你，我也把她当妹妹看待，让她服侍你吧！"

"这……你……"士愁有些吃惊，急忙摇手，"这不好。"

吴红玉说："我已与她说好了！"她对内室喊了一声，"茵茵！"

田茵茵随声应着，一身戎装而出："公主！"

吴红玉道："茵茵，大王今天要出征，身边不能没有女人，你就跟着他去吧，要好好服侍保护好大王！"

田茵茵含羞地应答着："是，遵命！公主放心，我会做好的！"

突如其来的事情让士愁愣住了，两个女人商量好的事情，他还蒙在鼓里，事已至此，公主一番好意关心他，他也只能领情接受，心里苦笑着。这些女人呀，真是难以搞懂！说句心里话，对田茵茵他心里也是很喜欢的，这些年田茵茵在公主身边，确实也就像妹妹一样，对公主关怀备至，对公主生的孩子也爱戴有加，田茵茵人长得漂亮，做事能干，天天在公主身边，读书识字，还练得一身武功，真还是女中豪杰，难得的人才！今日公主把她交给自己，就认了吧！

公主对田茵茵一再嘱咐，田茵茵羞涩地望了一下士愁道："大王，公主要我随你出征，我……"

士愁点点头："好，就依公主所说吧！"

田茵茵一下高兴起来，心里扑通扑通地乱跳，低了头，脸红得像山中的石榴。她真是万万想不到，自己一个孤儿，竟然有幸成为大王的人，这几年她在公主身边，天长日久，对大王也有了感情，心里暗暗喜欢，只是自己是一个侍女，怎敢有非分之想，只能将自己心里那种萌发的爱恋情愫，使力地压抑着，不让它滋长，昨天晚上公主与她谈这事，她好像就在梦里一样，一夜都睡不着，今天果然就成了真，她压住心头的激荡施礼道："谢谢大王，谢谢公主！"

吴红玉道："快些收拾衣物，跟随大王走吧！"

田茵茵兴奋地应道："是！我早就收拾好了。"

士愁带着田茵茵随着科洞毛人田好汉等人与大部队一同出征了。

谭州城里，楚王马希范得到辰州府被溪州兵马攻陷的消息，大吃一惊："怎么会是这样呢？"

这时，辰州刺史也急惶惶逃了过来，趴在殿上对楚王禀报道："楚王，溪州彭士愁真是天大胆子，竟敢冒犯大王，恩将仇报，派兵奇袭辰州，他们没走酉水水路，却是从旱路偷偷来的，我们兵少，抵挡不住，统领已经战死，臣有罪，望大王恕罪！"

楚王马希范也不知说什么好，望着辰州刺史半天无语。

辰州刺史见楚王没有作声，知道自己这次丢了辰州府，罪不可恕，恐怕大王要把自己处死，他确实不想死啊！他还想活命，于是眼珠子一转，有了办法，便说："大王派廖将军前往辰州府与我们一道攻打溪州兵，为何我们久等不到？要是廖将军的大部队早到辰州，溪州兵也不会攻下辰州府，这个廖将军是怎么搞的？大王的命令也敢拖拖拉拉不执行……"

听话听音，楚王马希范听明白了，辰州刺史说了，辰州府丢了，被溪州彭士愁攻下了，这个责任，不是他一人的，廖将军也该负很大一部分，不能全怪他这个刺史啊！

楚王马希范沉思了一下，觉得这话也有一定道理，廖匡齐的大军真要是早日到达辰州府，城池怎会丢呢？仅靠辰州城里那三千兵马，哪里能够抵挡住溪州大军的进攻呢？说起来这廖将军的大兵没有按时到达辰州府，自己这个当大王的也难逃干系，自己虽然下令要廖将军出征溪州，可是却迟迟没有调动好粮草，一拖再拖，拖了好多天以后，廖将军才慢慢发兵，辰州被溪州兵攻破时，廖将军的兵马才从谭州城出发一天，离辰州府还远着呢！这责任谁来承担？要辰州刺史一人来承担，显然也不太妥当。算了，城池丢了就丢了，把它夺回来就是了。楚王马希范道："刺史大人，起来吧，坐一边休息去！"

辰州刺史伏在殿上，早已吓出了一身大汗，他怕楚王一声喊："拉出去砍了！"一直跪在殿上心惊肉跳，现在听到楚王如此一说，悬着的心终于放下了，他知道楚王是不会杀他的了。便磕头道："谢大王！"

彭士愁率大军，走到半路，突然前方先锋部队送来喜报：努力嘎巴与昔枯热其两将军率领先锋队旗开得胜，已攻下辰州府！

大家高兴极了：马到成功，打下了辰州府，真是特大喜讯啊！

天黑了，大家就地宿营。埋锅造饭，吃了饭天黑了，大家睡觉，准备明天赶路尽快到达辰州府城。

第二天，彭士愁率大军就进了辰州府，努力嘎巴与昔枯热其早早就出到城外相迎，他们进了辰州府城安息下来。

几天后，师裕押送着大批粮草来到辰州府，彭士愁一见非常高兴，连夸师裕做得不错。

师裕报告说："父王，二弟师呆未前来，正在奖州、富州、洽州等地筹集粮草，征集军队！"

"好，你们兄弟干得不错！上阵就靠父子兵，你不回去了，就随在本王身边，进攻澧州吧！"

师裕高兴地应道："是！"他也很想去前方打仗。因为他平时习武练兵，长到二十多岁，还从未上过战场，也想到战场上练一练自己。

彭士愁在辰州府发布了攻打澧州的命令！

经过数天休整的努力嘎巴与昔枯热其又率领先锋营数千人，乘着胜利之威向澧州扑去！

师裕自告奋勇向父王要求随着先锋营去打冲锋，士愁想了想便答应了，他觉得师裕是个年轻人，一天天长大成人了，还没有经过战火锻炼，今后这个王位迟早是要传给他的，不如让他跟在先锋营好好学习一下打仗，也是个很好的机会。于是他便将儿子师裕交给了努力嘎巴与昔枯热其。努力嘎巴说："大王放心，我们一定会保证王子安全的！"

谭州城里楚王马希范得到禀报：澧州城危急！他一下就有些惊呆了。完全没有想到，这个溪州彭士愁有这么大的实力，动作如此之快，攻下了辰州府，如今又大胆攻澧州，眼看离谭州城就不远了，这怎么得了？这个彭士愁怎么一点不讲旧日情谊？说起来我们是旧日好友，而且本王还是他的堂姐夫，想当初我们关系是多么友好，彭士愁每次来谭城，我与他姐都要设家宴招待他，怎么一下翻脸就不认人了？楚王越想越气愤。他左右一想，也怪自己，自打他姐去世，自己也有很多地方做得不对，他姐顺贤夫人去世，自己不知是怎么胡里糊涂的，就没有通知士愁来谭城奔丧，士愁在心里肯定有气，后来自己在楚地横征暴敛，增加百姓税赋，又派兵攻占溪州的地方，在溪州那边抢掠，彭士愁更是不满，他多次派人送信来，想和自己谈一谈边界的事，自己都没有回信搭理，这次还派大军去围攻溪州，想要灭掉彭士愁，人家怎能一而再再而三地容忍呢？如今两边撕破脸皮，要拼个你死我活了，好吧，既然到了这个地步，那就打吧，不是你死就是我亡！马希范下了决心，要把仗打下去！立即下令廖匡齐马上率大军前去澧州迎敌，又在殿上点了殿中校尉刘勍为元帅，率三万大军急速前去增援，务必要把溪州彭士愁的大军打败，挡在澧州，不得进入谭州！

廖匡齐率领一万兵马急急赶往澧州迎敌！

彭士愁得到前方报来的消息，知道战况紧急，也赶快率领溪州大军前往澧州准备迎战！

当时，努力嘎巴与昔枯热其的先锋营刚攻下了澧州城，谁知第二天，楚兵廖匡齐率领一万多兵马赶到了城外，就把澧州城团团围住了。

努力嘎巴与昔枯热其、师裕在城墙上巡视一周，看见楚兵来势凶猛，在城外连营扎寨，后面还有源源不断的军队到来，人数上远远超过自己这五千人马，自己如今身陷包围，处于孤城之中，后续大军未到，粮草没有接济，如果死守城池，必然难以坚持，他们一合计决定放弃澧州，乘着敌人刚到，立脚未稳，夜晚准备突出城去，再做打算。

那天夜里，午夜时分，溪州兵五千人马在努力嘎巴与昔枯热其、师裕的率领下，从澧州城东西两门突然向楚兵发起猛烈进攻，楚兵没有想到溪州兵才占城池，夜晚就突围，没有做好战斗准备，睡梦中经过溪州兵一阵冲锋，兵营自乱，没有堵住溪州兵，溪州兵乘乱便冲出了楚兵的包围。第二天，楚兵便重新占领了澧州城。

努力嘎巴他们冲出澧州城，在城外二十里地选择了一处好地形便安营扎寨，等待溪州大军到来，再做打算。

第二天，士愁率领溪州大军来到澧州城外，与先锋营会合，听取努力嘎巴等将领禀报战情，士愁便带着众将领骑马前往澧州城外观察战况。

他们一行站在城外一个不大的山坡上，凭着树木的隐蔽，观看澧州城。廖匡齐进了澧州城后，立即下令加固城防工事，在城外加修壕沟鹿岩，防守很严。

看完城池以后，士愁便带着众将领回到大营商议战事。

士愁问：“大家说，这个仗怎么打，你们有些什么想法？”

科洞毛人说：“大王，澧州城防守很严，攻城很难！”

昔枯热其说：“据我们侦探得知，廖匡齐如今城内有一万多人马，殿中校尉刘勍的三万大军从谭州出发，三日后必将到达，如果要攻打澧州城，也只有这一两天的时间了！”

师裕道：“父王，我们先锋营已经攻下了澧州城，没办法守城，随后只好放弃了，如今难道还要去攻城？”

努力嘎巴：“王子，攻城是必须的，不攻城，我们大家从几千里路外的溪州跑到这里来做什么？”

众将领都笑起来。

师裕有些发懵，他真还搞不清楚了，如今敌军一万多人守着澧州城，城池坚固，防守严密，三万多援军几天后就会赶到，我们自己才两万来人，这城怎么攻？他真想不通，便道：“父王，这还真要攻城呀？”

士愁点头：“真还要攻城！”

一些将领听了大王的话，不免都暗暗吃惊，一脸疑惑地望着大王，心中也纳闷：眼下分明是敌强我弱，形势对我不利，大王为何还要强行攻打澧州城？

田好汉忍不住提醒道：“大王，这城不能攻，我们也很难攻下，敌军援兵一到，我们会吃大亏的！”

大王士愁点头道：“田将军，你说的这些情况，本王都知道！”

努力嘎巴也很惊奇，为何今天大王固执起来了，这明明是打不赢的仗，还要去硬打，便道：“大王，你是不是要好好思考一下！”

士愁道："我们既然来了，哪有不打仗之理，明天就攻城！"

众将领只得应声："是！"

第二天早饭以后，溪州兵在大王士愁指挥下，向澧州城发起了一次次猛烈进攻，楚兵守将廖匡齐指挥兵丁在城墙上进行顽强的防守。

溪州兵一次次凶猛地攻到城下，搭起云梯攀城，楚兵在城墙上挥着刀枪拼死砍杀，双方在城墙上反复撕杀，下午溪州兵终于没有攻进城里，只好鸣鼓收兵，放弃了进攻。廖匡齐站在城楼上望着败退的溪州兵哈哈大笑起来。

次日，溪州兵又来攻城，楚兵越战越勇，溪州兵的进攻被打败了，丢盔弃甲狼狈而逃。

站在门楼上督战的廖匡齐得意洋洋道："溪州兵真是一群废物，想攻进澧州城，没门！"

这时，一位营官跑来禀报说："将军，统帅刘勋的大军先锋已到达澧州城外！"

"好！"廖匡齐对着城外逃跑的溪州兵说："看你们还往哪里逃！"他大吼一声，"来得容易回去难，追！杀他们个片甲不留，活捉彭士愁！"

"活捉彭士愁！"

"活捉彭士愁！"

澧州城大开城门，廖匡齐率领楚兵从城里呐喊着杀出了城，吼声动地，向溃败的溪州兵追去。

骑在马上的廖匡齐挥着大刀对着疯狂追赶的兵丁们喊道："捉住彭士愁者奖银子一千两！"

楚兵们呐喊着，像一股浩荡洪流，势无可挡滚滚向前冲去。

彭士愁在站在山头上，望着远远败退而逃来的溪州兵，默不出声。站在身边的师裕急着道："爹，这是打的什么仗，我们败了！"

大王士愁不作声。不一会儿，田好汉奔过来禀报说："大王，廖匡齐率大军真的追过来了！"

士愁一听，两眼立即亮了："果然来了！好，好，好！传令努力嘎巴、科洞毛人依计而行！"

田好汉道："是！"立即走了。

师裕不解地望着："父王，你葫芦里卖的什么药？"

彭士愁哈哈大笑："走，前面去捉廖将军！"

师裕大吃一惊："捉廖将军？"

"是呀，走！"士愁已经翻身上马，"驾"的一鞭，飞马而去。师裕愣了一下，赶快上马急急追去。

廖匡齐率大军一路追赶，溪州兵沿途丢盔弃甲，没命地狼狈逃窜。兵败如山倒，廖匡齐心中万分高兴，这次一定要活捉了彭士愁，立下头功。他率领手下兵丁奋勇争先，冲在队伍前面，一定要活捉了彭士愁。

廖匡齐率队追进一个山间峡谷时，站在不远处山坡上的彭士愁哈哈大笑起来，对身边的努力嘎巴与科洞毛人说："二位将军，你们大显身手的时候到了！"

努力嘎巴与科洞毛人飞奔而去，不一会儿，他们来到山间，努力嘎巴顺手拔起一株大树，嘿的一声连根带树抱到山间路上堵着，科洞毛人两手一抱，将很大的一块石头抱起来，堆到路上，不多一会儿，他们二人就用树与大石头将山间的路堵断了，正在追赶溪州兵的楚兵被拦腰截成两段，首尾不能相顾。在前面正在追赶的廖匡齐大声喊着："快，追上去，活捉彭士愁！"喊声还没完，有几个兵丁奔跑过来，慌张地禀报道："将军，大事不好了，我们的部队被溪州兵拦腰截断了！"

廖匡齐大吃一惊："怎么一回事？"

报告兵丁说："不知为何，我们的后队兵丁在山间行走的路被大树与石块堵住，不能前进了！"

这时廖匡齐才猛地清醒过来，痛苦地喊道："不好，我们中计了，快撤！"

兵丁说："将军，无法后撤，已经没路了！"

话没说完，突然间，左右两边山坡上一声炮响，随后呐喊声震天，溪州伏兵漫山遍野喊叫着包围过来，廖匡齐与他身边的两三千人被包围在狭小的山谷里，往山上冲，山上的擂木滚石与箭矢如雨点落下，不少兵丁被打死受伤，躲在山谷里，又无藏身之地，刹那间，廖匡齐的手下兵丁就死伤大半。

楚兵的后续部队被大树石块拦住了后路，无法前进，与廖匡齐的前面部队失去了联系，正在仓皇间，田好汉努力嘎巴率溪州兵从四周杀了过来，没有了指挥将帅的楚兵乱成一团，溪州兵喊杀震天，楚兵无力抵抗，只好拼命往回逃跑，努力嘎巴等人率领溪州兵一路追杀，楚兵大败，死伤数千人，余者逃回了澧州城，紧闭城门不敢出。

被包围在山间的廖匡齐知道没有了后续部队，现在陷入溪州兵的重重包围之中，今日是没有活路了，于是只得指挥手下所剩兵丁做垂死挣扎，拼死一搏。

彭士愁在山头上下达了进剿命令，昔枯热其与师裕科洞毛人等将领举着刀枪，带着兵丁呐喊着从山上冲下了山谷，与楚兵展开了肉搏，楚兵人少，岂是溪州兵的对手，没有多久的混战，廖匡齐的手下便被杀光了。廖匡齐身中十多支箭，被砍杀多刀，全身流血不止，倚在一块岩石边，眼见手下没了，自己又身负重伤，是没有活路了。这时昔枯热其与师裕等人冲了过来将他包围着并大声命令道："快些投降！"

廖匡齐举着剑瞪大眼睛道："要我投降？"

"是，你现在无路可走，只有投降！"昔枯热其道，"你看，还能逃出去吗？"

士愁在众人簇拥下走了过来，站在廖匡齐面前，"廖将军，你不是口口声声要活捉我吗？我来了，现在不是你活捉我，而是我活捉你呀！"

廖匡齐狠狠地骂："真卑鄙，小人，用奸计！"

士愁哈哈大笑："这叫奸计吗？这叫智谋，你现在还有什么话说，快些投降。念你是条好汉，只要投降了依然当将军！"

廖匡齐也哈哈大笑："要我投降，真是笑话，我怎能投降？身为楚王麾下大将，岂能投降于你！一身不事二主。"他打了一辈子的仗，跟着老楚王打天下，什么枪林弹雨没经历过，什么血战拼命都冲锋过，他还从来吃过败仗，谁想到自己年老了，现在却败在一个年轻人彭士愁手下，被他围困在山中，手下被斩尽杀绝，只剩他孤身一人，真是羞愧难当啊，英雄一世，今日却走了麦城，真是无颜再见江东父老了，好不伤心，活着还有什么意思，便举起手中剑，一挥就刺向自己心窝！

众人都吃一惊。

血流出来，廖匡齐倚着树死了。

彭士愁望着叹道："真是一条好汉！"说着，走上前将廖匡齐圆睁着的两眼抹闭了，轻声说："老将军，好好走吧！"

第53章

楚王急调刘勍当统帅

楚兵统帅刘勍率领大军赶到澧州城外时，得到了廖匡齐兵败身亡的消息，他大吃一惊，为廖将军的战死悲痛万分，又对溪州土司王彭士愁恨之入骨，发誓要为廖将军报仇雪恨。他率大军进了澧州城安抚了失败的官兵，立即将战况上报楚王。

正在王宫大殿上的楚王得知廖匡齐战死的消息，整个王宫都震动了，沉浸在悲伤哀痛之中，文武官员都吓得不敢出声，楚王气得好半天都没有说话，皱着眉头，心里伤痛不已。

廖将军是跟着父王南征北战打天下的战将，什么硬仗大仗没打过，几十年来打了多少胜仗，是楚王父子很倚重看好的将军啊！真没想到这次去征剿溪州，却败死在彭士愁的手中，在阴沟里翻了船，彭士愁呀彭士愁，你也真太毒了，竟敢杀掉我手下一员心腹大将，楚王好恨啊，恨得咬牙切齿，恨不得狠狠地咬彭士愁几口，把他也杀掉，才能为廖将军雪恨！

楚王坐在殿上呆呆地想着，为何彭士愁一下就变得如此心狠手辣啊？想过去，我们曾是多么友好的朋友与兄弟，多年前的事情历历在目啊……士愁、彦昭，马希声、马希范……他们在楚王府里一起读书习武练剑，坐在花园亭子间，喝茶论道，大家还邀约着去谭州大街上，进茶馆出酒楼……那时是多么亲密友好！可是这些年过去了，怎么忽然间就成了生死对头仇敌呢？这个彭士愁竟然带军队来攻占我辰州府，澧州，还杀掉我的爱将啊！想起这一切，楚王马希范心里就疼痛无比，他只得沉重地道："厚葬廖将军！赐家属三千两银子！"

殿上便有人应答去办理此事。

楚王想了一下又道："殿前护卫王大将军！"

王子才出列："臣在！"

"命你为副统帅，立即点上两万兵马，去澧州与刘勍统帅一齐攻打溪州，务必将彭士愁剿平！"

"是，大王！"

楚王又厉声道："要兵本王给兵，要粮本王给粮，你们在前线一定要好好打仗，这次一定要为廖将军报仇雪恨，将彭士愁消灭，踏平溪州！"

王子才大声应道："是，请大王放心！"

辰州府城大衙内，热闹非凡，大排酒宴，彭士愁与众将领正在庆贺澧州大捷，打败了楚军近万人，杀死楚军副帅廖匡齐将军，这是天大的胜仗，众将领无不兴高采烈，一个个举杯相贺。

田好汉举杯道："诸位将领，我们这次给楚军一个下马威，能在澧州城外打败楚军万人，并杀死楚将副统帅廖匡齐，完全是大王的计策用得好，我提议，我们大家共同来敬大王一杯！"

众将领齐声响应，共同举杯敬彭士愁的酒！

干杯以后，士愁道："各位将领，此次能取得大胜，主要还是依靠大家的力量，没有诸将领齐心协力互相配合，就不能获得大胜，我敬各位将领们一杯！"

大家一齐干杯。

酒宴毕，彭士愁回到后堂，田茵茵笑脸相迎，给士愁洗漱一番，堂上坐下。田茵茵给士愁送上热茶道："大王，打了胜仗，大家都很高兴！"

士愁笑着道："应该高兴，这一仗打得好，杀了廖匡齐，对楚国一定震动很大，不能让楚王他们小看了我们溪州，就是要让他们知道，我们溪州是不好欺侮的！"

"大王说得很对，"田茵茵道，"要让楚王知道，我们溪州是不好欺侮的！"

士愁放下茶盏低声道："刚才得到消息，楚王又派殿前大将军王子才为副帅，点两万大军，与刘勃的三万军队，一齐来攻打我们！"

田茵茵一惊："大王，楚军这么多人，怎么办？"

士愁也有些担忧："从人数上看，楚军兵力是我们的几倍，要是硬拼，这仗就很难打了！"

"大王，你快想想办法！"

"水来土掩，兵来将挡，不怕，既然楚军来攻，来者不善，我们也要想办法对付他们！"

田茵茵道："楚军五万多人，人数不少啊！"

士愁沉思一阵道："这个刘勍不比廖匡齐，实是有些难对付，廖匡齐有勇缺谋略，所以中了我的计，刘勍很狡猾，我在楚王府好几年，知道刘勍，他打仗善用计谋，大将军王子才也是很会用兵的人，这两个人联手来攻溪州，我们的日子就要难过了！"

"这……怎么办？"田茵茵担心起来。

士愁想了想说："我们溪州没有楚地富，百姓穷困，打起仗来，必然缺乏粮草，溪州人员也少，兵源不足，没有楚地兵多，这仗真还难打，不过难打也得打！"

田茵茵给士愁送上一杯茶。

士愁喝了一口慢慢道："收拾好行装吧！"

田茵茵一怔，抬头望着士愁，没有出声，走开去打点东西了。她知道，很快就要离开辰州了。

澧州的刘勍得知楚王又派大将军王子才率两万兵丁前来相助的消息，胆子更大气也更足，十分有信心，他知道眼下溪州彭士愁虽然才打了个胜仗，部队士气很足，但是他们军队不多，才两万人，从人数上来说，楚军还是占有绝对优势，他要吸取廖匡齐求胜心切，盲目冒进的教训，采用稳打稳扎步步推进的策略，一点点地逼迫溪州军后退，最后将溪州军包围在很小的地方一举歼灭，他相信，只要坚持长期围剿，溪州兵是拖不下去的，取得胜利是有十足把握的。想好以后，他便下令三军出澧州往辰州府推进，要求王子才的大军随后跟进，互相呼应！

驻在辰州府的彭士愁得到探子报来的消息：楚军大部队正从澧州杀过来！这是他早就在意料中的事，不觉得吃惊，他现在想的是敌军五万多人，气势汹汹杀过来，敌军人数多正欲来寻仇，我们人数少寡不敌众，应该避其锋芒！何况刘勍是楚军中老奸巨猾的统帅，很不好对付，怎么办呢？辰州府能守住吗？

辰州府城里溪州兵众将领们还沉浸在胜利的喜悦中，突然就得到了楚兵五万多人来进攻辰州府的消息，大家的心不由都紧张起来，怎么还不见大王一点动静，这仗该怎么打呢？大家你一言我一语就讨论起来，这辰州城怎么个守法？

努力嘎巴说："怕什么，楚兵来了，我们就打！"

"对，打！"科洞毛人支持道，"在辰州府再打一个胜仗，把刘勍那老贼也杀了。"

有人就笑起来。

昔枯热其说："这次楚兵五万多人，辰州这小城我们能守得住吗？"

田好汉担忧着:"是呀,五万多人将辰州城里三层外三层围起来,还有多的呢,我们只一万多人!"

努力嘎巴白他一眼:"田将军,你怎么长他人志气,灭自己威风?"

田好汉回敬道:"这是事实,他们人多,我们人少,这辰州城我们守得住吗?"

士愁早已走了过来,站在一边听他们议论。这时便上前道:"你们争得很好!"

众将领一愣:"大王,你来了?"

士愁道:"你们急,本王也急,楚王大军杀来了,最多还有两天就杀到辰州城了。"

众将领:"大王,怎么办?"

士愁沉默了一下,望望大家说:"楚兵五万多人,如洪水猛兽扑了过来,我只一万多众,如何能守住区区辰州城,众人都清楚,我们不能白白在这里送死,何况这个辰州府原本就是他们的!我们守着也无用。"说完他轻轻地一摇手,"撤吧,撤!"

不知是谁惊愕地问了一句:"撤?不要辰州府了?不打就这么撤了?"

努力嘎巴:"放弃辰州府,太可惜!"

士愁道:"不放弃不行,辰州府是他们的,他们志在必得,楚军大兵一到,我们想守也守不住,死伤很多官兵,不值得!"

众将领不作声,大家心中明白,敌强我弱,辰州城根本是守不住的。。

士愁叮嘱众人道:"把粮食、盐巴吃食衣物都带上,撤吧,回溪州去等他们!"

第54章

刘勍用计夺了朗溪口镇

刘勍率领五万大军气势汹汹扑到辰州城，见到的是一座空城，溪州兵早已撤得一干二净，影子都没见一个。

刘勍骑着马从街上走过，街上冷冷清清寂静无声，长长的石板街上不见一人，老百姓关门闭户，胆小的百姓早已逃到城外远远地躲起来了。谁不怕打仗，打仗吃亏的是百姓，遭殃的也是百姓。

刘勍一行来到辰州府衙前，下了马，看着完好无损的府衙，刘勍望着辰州府高大的府门说："彭士愁识相，这房子还好好留着！"

一个军校走过来禀报道："元帅，刚才下官骑马打街，四处转望一圈，街巷房屋完好无损，并没有焚烧损坏之状，也没有抢劫百姓，秋毫无犯。"

刘勍点头："好，好，彭士愁这个土司王真还有点仁爱之心，不错，不错！超出本帅的想象！"

身边督军道："元帅，听说这个彭士愁当溪州土司王，建王城，还挺爱属下子民的！"

军校说："元帅，据查，百姓说，溪州兵没有抢老百姓，只是用钱买走了不少粮食盐巴与衣物！"

"得民心者得天下，彭士愁真还有帝王气魄，进府堂吧！"说完，刘勍自顾自往府内走去。

两天后，谭州城楚王马希范接到前方统帅来信：大军已收复辰州城，一切皆好，休整后即将向溪州进发！

楚王马希范立即高兴起来："好，太好了！收复辰州府，攻打溪州，彭士愁呀彭士愁，看你还能蹦跶几天！"言毕，便提起桌上的笔给前方统帅刘勍写起信来。

彭士愁率领溪州大兵，恋恋不舍地退出辰州府。

一万多人，有的沿河边走路，有的乘船沿河上行，一个个走得懒洋洋，有气无力地拖着脚，很艰难很不甘心地走往溪州。从溪州出来，在外打了几个月的仗，这澧州、辰州多好啊，我们不是接连打了胜仗，为何现在又要返回溪州那大山里去？不少人都想不通。军人以服从命令为天职，长官下了令，他们只得服从，很不情愿地拖了脚，一脚一脚，每走一步，都有千斤重，一步一回头，那辰州城慢慢地远远地被抛到身后，渐渐地模糊了，看不见了，只能留在记忆里。眼里，溪州的山水倒是一点点地近了。

一个兵丁问："努将军，辰州城多好，比我们溪州王城还大，我们非要走吗？"

另一个士兵也道："努将军，楚兵还没来，我们为何急急就撤走了？真是舍不得走啊！"

骑在马上的努力嘎巴道："蠢货，不走，能在城里等死吗？"

兵丁道："楚兵有什么可怕的，还不是被我们打败了！"

努力嘎巴哈哈大笑："你们这些蠢货，不懂，不懂，走吧，走吧，这些事不是你们想的，只管走路！"努力嘎巴对马加一鞭，催马往前跑了。

兵丁们望着努力嘎巴远去的身影叹气。一个兵丁说："要不走多好，想起在辰州城那日子才好过呢！"

另一个兵丁道："做梦去吧！"

长长的行军队伍，被丢在沅水两岸的山间峡谷里，像一条蠕动的蛇！

辰州府里，楚军统帅刘勍与副帅王子才、督军等人坐在府堂上。

刘勍拿起桌上的信道："楚王的信大家都看了，楚王要我们尽快向溪州兵发起进攻！"

王子才道："就按大王的办吧！我们有五万多人马，不怕！"

督军道："这仗怎么打，元帅，你就发命令吧！"

刘勍将信放下："仗是要打的，这个溪州土司王彭士愁也太狂妄自大了，这一次，竟敢出兵犯我辰州、澧州，大王很气恼，令我们一定要把他们剿灭！"

众人："是！"

刘勍望着大家："这个彭士愁，你们都看到了，他很狡猾，不是个愚蠢的角色，他是行伍出身，打过多年的仗，溪州的天下就是他一刀一枪打下来的，他行兵打仗、排兵布阵足智多谋，廖匡齐将军就死在他手里，我们不可以轻视他！"

王子才不满地望了他一眼："元帅，今天你为何长他人志气，灭自己威风？"

刘勍摆摆手："不，不，王大人，知己知彼，百战不殆，我们要好好了解这个彭士愁，把他琢磨透，打起仗来才不会上当吃亏，重蹈廖将军的覆辙！"

督军点头："刘元帅讲得很在理，不要小看这个彭士愁，你看他主动撤离放弃辰州府城，这一着棋就走得很好，如果他死守辰州城与我们硬拼，就会得不偿失，要吃大亏，如今他主动放弃撤离，保存有生力量，他是经过深思熟虑的！他们的优势在溪州……"

刘勍将一幅图打开铺在桌上，指着道："大家都知道，溪州那边的情况，不像谭州、澧州等地，地势平坦，山丘不高，利于大军集结，行军打仗善于调动，相反，溪州地区，山高林密，地势险要，江河溪涧纵横，行路难，难于上青天，不少地方两山相隔，山山呼应可见人，只是要行走起来，下山又上山，往往要走大半天甚至一天，这样的地方，如何行军打仗？况且那里是彭士愁的地盘，这些年他在那里苦心经营，他的兵都是溪州人，地形熟悉，又善走山路，我们这五万多兵，要是撒在那崇山岭岭中，就是一撮胡椒粉撒在大锅里了……"

王子才不吭声了，元帅讲得有道理，这个道理他懂，这仗还真的有些难打呢！他一时半会儿也想不出好主意，便不作声了。

督军说："刘元帅，你是一军统帅，你说这仗怎么打，我们都听你的，你就发令吧！"

王子才也道："元帅，你发令吧！"

刘勍点点头，想了想说："令是要发的，现在还不着急，我们要先把进攻办法想好，找出个稳妥的打仗办法来！"

众人都不作声，打仗就是要死人，有失败也有胜利，谁也不能说自己打仗就很稳妥不失败，当常胜将军，谁敢说这个大话？廖匡齐将军打了一辈子仗，算得上是楚王手下赫赫有名的战将，他打了多少胜仗？可是最后竟然败在彭士愁手下，连命都丢了。所以战场上的事，真是一言难尽，你有勇，他有谋，你有智，他有才，谁都不是吃素长大的！何况现在楚军的对手是足智多谋的彭士愁，他手下还有不少勇猛无比的战将，要想把他们打败，要征服溪州，恐怕也不是一件非常容易的事情啊！

士愁率领溪州大军退到西水边的朗溪口镇，他下令部队驻下。

前军将军努力嘎巴问："大王，不走了？"

士愁道："走，再走就要到王宫了！"

昔枯热其说："不能再退了，我们已撤到溪州地盘了，如果楚兵追来，我们就打，不怕他们！"

众将领都同意。

部队驻扎下来后，众将领都来到中军大帐。

士愁望着大家说："我们不可能再后退了，后退就没有溪州了！"

众将领不作声，大家都知道，楚州五万多大军紧跟在身后追过来了，如果再退，溪州王城就不保了。

士愁道："众位大人，我们要在这里与楚兵决一死战！"

"打！"众将领齐吼起来，"大王，你发令吧！"

士愁道："大家都知道，朗溪口镇是我们溪州的大门，地理位置对于我们防守是很有利的！我们要力争将楚军抗拒在大门外。"

士愁带着众将领爬上朗溪口镇的后山，望着河对岸的楚军兵营，计谋着打仗方略。

刘勍与王子才亲自来到朗溪口镇视察军情，在河左岸一间大房子里，他们与部将商讨着战事。

刘勍道："彭士愁在这里要准备与我们大打一仗，这几天我们已弄清了他们的部防，溪州兵两万人的主力就在朗溪口一带，他们是想将我们阻挡在溪州门外，不让我们大军进入溪州，这不可能，我们一定要打破他们这道封锁。经过谋划，决定分兵三路突破酉水，中路由副帅王子才将军统领一万精兵过河为主力，左右两翼各七千人马，后续部队两万人做增援……必须要一鼓作气突过河去，一举将彭士愁的主力消灭在朗溪口镇，我们才能迅速打到彭士愁的土司王城！"

楚州兵在酉水左岸做好一切渡河准备，河边集中了大量船只竹筏木排，酉水河不宽，在朗溪口镇一带，最宽不过两三百米，只是水流湍急，两岸悬崖峭壁，人难攀登。

右岸溪州兵早已把左岸楚兵的动态摸得一清二楚。彭士愁站在山上望着河对岸楚兵的渡河船只排筏，知道楚兵一定会兵分三路大举进攻，采取两翼牵制，中路突破的战略。从地形上观看，右岸楚军过河来攻左岸溪州兵阵地，左岸防守地形险要，有一定优势，但是彭士愁心里还是在担忧，楚军人多，溪州兵少，这一次，楚军是溪州兵人数的三倍之多，如何能抵住他们的轮番进攻呢？

彭士愁夜晚睡不着，久久地坐在账前想着。

田茵茵一次次走过来为他续茶道："大王，夜深了，你该歇息了！"

彭士愁喝着茶，望她一眼："你睡吧！"

"大王不睡，妾也不睡！"田茵茵拿来一件衣披在士愁身上。

突然昔枯热其走进帐中，士愁一怔："昔将军，你还没睡？"

昔枯热其说："我带人巡查，见大王帐中亮着灯，便走了过来。"

彭士愁手指凳子："坐！"

田茵茵送上茶来。

士愁问："昔将军，你对战事有何看法？"

昔枯热其放下茶杯道："大王，此一战，非同小可！"

"是呀，关乎我溪州生死存亡！"

"河对岸楚兵如今已有五万多人，刘勍还在增兵，我们不到两万人！"

"他们人多，我们人少，这河防朗溪口镇如何守得住……"

昔枯热其："大王，你还有其他想法吗？"

彭士愁一愣："其他想法？这个我正在想此事……"

"大王，万一我们守不住朗溪口镇，楚兵不是要长驱直入攻向溪州王城吗？"

"这个，这个……"士愁直抓头发，"是呀，这，这怎么办呢，本王正为此事心焦，夜不能寐呢！朗溪镇一旦攻破，溪州就难保啊，不怕一万，只怕万一！"

"大王，我们要想法拖住楚兵，不让他们进兵溪州！"

"难，难，怎么拖得住，我们溪州兵力太少，无法与楚兵相抗衡！"士愁摇头，两眼有些发呆。

"人少有人少的搞法！"

士愁眼睛一亮："你有办法？"

昔枯热其道："大王，这些天，我也想了很久，如今楚兵人多势众，朗溪镇他们志在必得！"

"是呀，我们拼了死命，也不一定保得住！"士愁很担心。

"所以我们要多做几手准备。"

"怎么准备，丢了朗溪镇，还如何防守？"

"大王，我们丢了河，溪州还有的是大山呀，这就是我们的宝贝，在水吃水，在山靠山！"

"山，这山有何用？"士愁抓着脑壳，不作声了，突然灵光一闪，忽然开了窍，"啊，对，你说对了，我们溪州到处是大山，朗溪口镇如果不保，我们就把兵撤到山里，依托溪州的大山，与楚兵在大山里捉迷藏，节节抗击，将他们拖在大山里，不让他们前进！"

昔枯热其点头："对，大王，就是这个搞法，拖，也要把他们拖死在山里，我们只有这条办法，才能保住溪州！"

"好，好！"士愁转忧为喜，"真没想到，你还让我这脑壳开窍了！"

昔枯热其笑起来。

二人在灯下看着地图，用手指点商讨着。

士愁道："你会动脑，这事由你管，明天你就去安排布防，朗溪口镇打仗你不要参加了！"

昔枯热其点头："行！大王放心！这下你可以去睡觉了。"他领命而走了。

几天后，酉水朗溪口镇，左岸楚军向右岸的溪州兵发起了猛烈进攻，几万楚军乘船驾筏强渡酉水，酉水河上一片喊杀冲锋声震天动地。

右岸的溪州兵在河岸边修筑了层层工事，依据河岸峭壁做好了充分的防备。擂木滚石，弓箭甚至还备了燃烧火把，来对付进攻的楚军。

进攻的楚军冒着箭雨将船与筏子往右岸开去，不少兵丁受伤掉进河里，有的船翻了，筏毁了，但是楚军仍是源源不断往前冲，双方军队在绝壁上河岸边展开了生死相搏，战斗从早上开始，直打到下午，楚军死伤不少，遭到溪州兵的顽强抵抗，仍未能突破溪州兵河边的防守阵地，酉水河被血水染红了，河上到处漂浮着死伤官兵。

右岸，彭士愁亲自提着剑在阵前杀敌。溪州军官兵为了保卫自己的领土与家园，无不舍生忘死地与楚兵拼杀着。中路进攻的楚兵副统帅王子才指挥发起了三次大冲击都失败了，他气得捶胸顿足大声地骂娘。左右两路也攻击失利。

第一天，楚军攻击失败，死伤几千官兵！

酉水河左岸楚军统帅刘勍大伤脑筋，他站在河岸边望着对河的溪州阵地，真没想到会遭遇彭士愁溪州兵如此顽强的抵抗，他出动了两万多人攻击一个小小的朗溪镇，死伤六七千人，一天都没能拿下，太出乎他的意料了。

第二天，他下令停止了进攻。又与王子才等将领来到前线，沿着河岸走着，仔细观察河对岸溪州兵的防守阵地，想着新的进攻方略。

河右岸的溪州兵第一天打了大胜仗，官兵们都很高兴，彭士愁知道，楚兵不会善罢甘休，更大更残酷的战斗还会在后面，他立即吩咐各将领马上修补工事，准备武器，迎接新的战斗。

第三天，楚兵调整了战斗部局，早饭后，开始了新的攻击。河对岸严阵以待的溪州兵便进行反击。

今天，狡猾的楚军统帅刘勍制定了新的进攻策略，他把主攻方向选择在左翼，中路与右翼只是配合。第一天的战斗表明，溪州兵的重点防守在中路的主战场，左右两翼防守力量较薄弱，特别是左翼，因为河岸边石壁陡峭，易守难攻，溪州兵防守兵力较少，刘勍认为，如果从这里集中大量兵力进攻，一鼓作气，定会打溪州兵一个措手不及。

战斗开始以后，楚兵仍是分三路同时大举进攻。只是今天的进攻，左翼却由副帅王子才亲自指挥带着上万人轮番进攻。这里防守的溪州兵将领是科洞毛人，他只带领三千兵马，前天的战斗已死伤几百人，如今只有两千多人。酉水河上的船只筏排源源不断将楚兵运到峭壁下，楚兵不怕死亡，用绳索，搭人梯，冒死攀援而上。科洞毛人率两千多官兵在峭壁上奋勇杀敌，无奈楚兵人数众多，上万人蜂拥而上来，不怕伤亡，前仆后继，勇敢冲锋，溪州兵寡不敌众，难以抵挡，科洞毛人赶快派人向大王报告，请求派兵增援。

今天的战斗，真是打得令人出乎意料，士愁觉得十分奇怪，中路与右路的楚军虽然也在拼死进攻，却没有左路激烈，当他接到科洞毛人的求援信后，心中一震，知道情况不妙，就立即派儿子帅裕率领两千人马前去增援。可是已经晚了。科洞毛人与他的两千多兵丁在激烈的搏杀战斗中，大部分都死伤了，只剩下几百人苦苦地坚守着，楚兵成千上万从峭壁上攀上来，溪州兵几百人如何能抵挡，经过三个多小时的战斗，楚兵终于冲上峭壁，占领了阵地，后续楚兵如潮水般涌过来，将科洞毛人与剩下的几十人逼得步步后退，幸好，师裕领着援兵赶来，才将他们救下。只是王子才率领的楚兵突破了溪州兵左路防线，楚军大军压了过来，溪州兵难以抵挡，全线崩溃，彭士愁眼见大势已去，无法守住朗溪口镇了，只得下令溪州兵全线撤退。

朗溪镇失守了。刘勍的计谋得逞了，楚军几万人杀过河，攻占了溪州的前线阵地，强行打开了溪州大门。

楚军首战告捷！

第 55 章

攻山不下一把大火烧

　　大山，连绵不断的大山，山高坡陡，直耸云霄，像一道道屏风护卫着溪州；更像千万匹奔腾的野马，撒开四蹄，争先恐后往东方升起太阳的地方蜂拥而去……

　　士愁站在一座高山之巅的大树下，头顶骄阳似火，金光普洒在群山，往四周望去，山下远处那条酉水河，像一条玉带子，在山间忽隐忽现地闪着银光，河边黑黑的小点朗溪镇已落入了楚兵的手中，这已成为他心中永远的痛。自己身上一块肉被人生生地割走了，鲜血淋淋的疼痛，刻骨铭心的疼痛，可是又有什么办法呢？五尺多高的汉子，竟然眼睛湿润了。虽然这事已在他的意料之中，但真正把朗溪镇丢掉，他心里仍是压上了块沉甸甸的石头，仿佛疼痛得出不了气。敌军攻进了溪州，他无法保障百姓的安宁，将要陷在生离死别的战火中，他恨自己无能为力，可是又有什么办法，只能尽力而为拼死命抵抗下去。

　　如今，他的中军大帐就设在山头这株大树下，他要依凭这座大山，还有手下近一万人的官兵，来抵挡楚军数万人的进攻。

　　"大王，你……"形影不离士愁左右的田茵茵递上一块手绢。

　　士愁接过擦了一下眼睛："没，没什么！"

　　田茵茵道："大王，不要伤心，我们会夺回来的！"

　　士愁长长叹了一口气，在一块石头上坐了下来。一路走来，不论打了胜仗或是失败，身边都有田茵茵陪伴，不时安慰，给自己苦闷的心一些安慰与温暖，他从心里感谢公主的安排。

　　这山是昔枯热其选定的，如今从朗溪镇败退下来的几千溪州兵，全都撤到附近这些山上安营扎寨，修筑工事，这是昔枯热其布下的第二道堵截楚兵进攻溪州的防线。士愁心中明白，溪州无法与楚国相比，人力物力兵力远远不及，楚王的兵力是拳头，他可怜的这点兵力只是一个小指头。兵力少，溪州也要生存呀，不能让楚王站在头上拉屎拉尿，随意宰割，他也要以鸡蛋碰石头，拼死一搏，拼到一兵一卒，也要保住溪州。他遥望山下，知道几天后，楚王大军就会攻过来，一场你死我活的战斗又会在这里打响，血流成河，尸横遍野！

努力嘎巴与大儿子师裕走了过来。

努力嘎巴道："大王，我们第一道关卡已布防好了！"

士愁抬头望望他们："这里不是朗溪镇，无险可守，楚兵从山下往上攻，我们要多准备擂木滚石，大量杀伤敌人！"

师裕道："父王，孩儿已令石匠打开了一座石山，兵丁们正在日夜运送石头，只要楚兵来进攻，我们就用石块叫他们有来无回！"

"好，好！"士愁夸道，手指着远近的山，"要想保住溪州，就靠这些山了，每一座山头就是一个战场，我们要让楚兵在这些山中寸步难行！把他们挡在山前。"

努力嘎巴："是！擂木滚石是最好的武器。"

士愁叮嘱道："你们是楚军首当其攻的第一线，快去多准备些石块吧！"

二人走了。昔枯热其与田好汉走了过来，士愁对他们说："走，去各个关卡看看！"

刘勋渡过酉水河，坐在轿子上，前呼后拥地进了朗溪镇，虽然损失了上万官兵，终究还是将彭士愁赶出朗溪镇，夺得了溪州的门户重镇，旗开得胜，高兴万分，便在朗溪镇里大摆酒宴庆贺。部将们都恭贺刘统帅善于用兵。刘勋举杯接受部将们的恭贺酒，洋洋得意地说："本帅也只用了小小的计谋，改变一下攻略方法，就将彭士愁打得屁滚尿流，狼狈逃窜，他也只不过徒有虚名，哈哈！"

众部将们一阵恭维。

酒过数巡之后，刘勋又道："据探子消息，彭士愁率溪州败兵，在前方三十里的地方，依据山头又摆下第二道防线，阻挡我们进攻溪州王府，三天后，我们将乘胜追击，将他们全部击溃在大山中！"

早上，楚兵副统帅王子才率领官兵向山上发起进攻。楚兵在朗溪镇打了胜仗，很有些不把溪州兵放在眼里，不少人大声吼着："攻上山去吃中饭！"

楚兵在山脚摆开阵势吼叫着蜂拥往山上攻击。

山腰里，努力嘎巴与师裕早已在前线严阵以待，他们修筑了层层壕沟，准备了大量擂木滚石，楚兵快要冲到阵地前了，努力嘎巴一声吼："放！"

阵地上早就拈弓搭箭的溪州兵一齐往山下的楚兵射箭，立即进攻的楚兵不少人就被射中倒下，不怕死的仍然吼喊着往上冲。

师裕大喊着："擂木滚石，放！"

怒火满腔的溪州兵立即将早就摆放在壕沟边的巨大擂木纷纷往山下滚去，山坡上滚动的巨大擂木，顺山势凶猛呼啸而下，挟雷霆万钧之势，像一条条长龙从山上席卷而下，撞着者死，遇着者伤，不少楚兵无法躲避，有的被碾死，有的受了伤，进攻的楚兵吓坏了。同时山上的大石头也乘机往进攻的楚兵滚去，楚兵死的死，伤的伤，呼天唤地，不多久就败退下去了。

山上的溪州兵看见死伤不少的楚兵夹着尾巴逃跑了，一个个哈哈大笑起来。

第一场战斗刚结束，努力嘎巴与师裕便指挥兵丁们紧张地准备着擂木滚石。

师裕道："弟兄们刚才都看见了，我们的擂木滚石，发出了神威，赶快多准备！"

兵丁们很兴奋，刚才的战斗打得太过瘾了，他们只将壕沟边的擂木滚石纷纷往山下放去，就能将成片进攻的楚兵打死杀伤，不费吹灰之力，多痛快啊！打败了敌人，自己却无一伤亡。现在兵丁们搬运擂木滚石的劲头更足，不多久，阵前的擂木滚石便又堆成了小山。

不久，大王彭士愁带着人送来了饭与水，他对兵丁们说："今天打得好，你们旗开得胜！"

努力嘎巴说："大王，这仗打得痛快，我们不伤一兵一卒，楚兵死伤数百人！"

师裕道："不怕楚兵人多！"

士愁望着成堆的擂木滚石道："这些东西好，越多越好，抵得上千军万马！"

他要兵丁们吃饭喝水说："吃饱喝足，有劲杀敌！"

兵丁们说："谢大王！"

努力嘎巴一拍胸脯说："大王放心，我们绝不让楚兵攻上山来！"

士愁点头："你们这是第一关，一定要牢牢守住！"

山下楚军兵营，王子才大伤脑筋，刚才第一战他的手下就死伤四百多人，官兵们纷纷说："王将军，溪州兵的擂木滚石太厉害了！"

王子才站在军营前，远远地往山上望去，大山让他不寒而栗。楚兵从山下往山上攻，溪州兵从山上往下放擂木滚石，血肉之躯如何能抵挡？他刚才去看了死伤者，有的是被擂木碾死，有的被滚石砸伤，伤者痛得哭爹喊娘，死了的全身是伤，令人惨不忍睹。王子才满腔愤怒。

他打了一辈子的仗，大小征战数百次，还没打过如此狼狈的仗，官兵们还没面见敌军，就死伤几百人，败退下来，这是打的什么仗？真没想到这个彭士愁如此诡计多端，实难对付呢！

"不行，老子就不相信，这山攻不下，他就是火焰山，老子也要把他踏平！"

下午，王子才亲到前线督战，指挥五千多兵丁，分三路向山上再次发起攻击。

战斗越打越激烈。

楚兵不怕死，前面的倒下了，后面的呐喊着继续往山上冲。

努力嘎巴与师裕在阵前指挥兵丁，依然采用弓箭，擂木滚石来杀敌。远处，用弓箭射，近处放擂木滚石，杀得楚兵鬼哭狼嚎，呼爹喊娘。

溪州兵有了第一次的失败，也开始吸取教训，一些官兵开始学习避让擂木滚石的办法，他们运用山间树木的阻挡与地形，巧妙地躲让擂木滚石，一些人还是蜂拥地往山上冲去。

王子才严厉督战："凡是后退者，一律斩杀！"他亲自斩杀了一个逃回来的兵丁头目，楚兵无人不害怕！

只能进不能退，进是死，退被杀，所有楚兵只能往前冲杀，兴许还有一条活路。

楚兵终于冲到了溪州兵的阵地上，努力嘎巴与师裕挥着宝剑大声喊着："杀！"便带着兵丁冲出沟壕与楚兵拼杀起来。

楚兵人多，源源不断从山下冲上来，努力嘎巴与师裕杀得满身是血，手下兵丁越来越少，眼看难以抵敌了。

危急时刻，第二道防线的科洞毛人与田好汉奉令带着兵丁赶来支援，一阵冲杀，他们终于将冲上山来的溪州兵打败了，剩下的溪州兵只好赶快逃下山去。

王子才的再次大进攻又失败了，五千兵马几乎损失殆尽！

一连数日，楚兵攻山接二连三地失败，损伤了不少人马，被溪州兵拒在大山脚下，不能前进一步，前线不断失利的消息报到朗溪镇楚兵统帅刘勍那里，他气得吹胡子瞪眼睛，决定亲自到前方去指挥。

刘勍来到前方，四处一看，楚兵已损兵折将一万多人，攻了半个月，也拿不下山头。果不其然，溪州兵占据的大山，就像一堵铜墙铁壁一样挡在楚兵面前，楚兵要进入溪州，非得将这个大山攻下，否则不能前进一步。刘勍在王子才等将领陪同下骑着马，围着大山转了一圈，一个个灰头土脸地回到中军大帐坐下。

副帅王子才一脸丧气地道："刘元帅，这仗怎么打，你发令吧！"

众将领齐说："请元帅下令！"

刘勃望望众将领缓缓地冷冷地道："仗不打了！"

众将领一惊都不作声，元帅发话不打了，谁还敢多嘴？一阵，副帅王子才觉得奇怪，终于忍不住就说了："元帅，不打了，我们撤兵认输，不攻打溪州了？"

"谁说不攻打溪州了？"刘勃反问道。

王子才说："元帅刚才不是说不打仗了。"

刘勃哈哈大笑起来。他这一笑，中军帐里众将领更是莫名其妙，摸不着头脑，不知元帅葫芦里卖的什么药，大家都被搞糊涂了。

刘勃问王子才："你攻山攻了多少天？"

王子才答："攻了十三天。"

"损失了多少人马，死伤一万二千多人。"

"值吗？"

"没攻下山头，不值！"

刘勃道："他们守在山上，占据有利地形，有擂木滚石，我们从山下往上攻，无优势，难取胜，白白去送死，这种失败的仗还能继续打下去吗？"

王子才着急道："元帅，不攻下这座大山，就无法攻入溪州。"

"我知道。"刘勃摸着胡子说，"我们不攻山，也照样可以拿下这座大山！"

王子才与众将领无不惊奇，天下竟有这样的好事，大家都不懂刘元帅的意思。

王子才不解地问："元帅，难道溪州兵彭彦晞他愿意自动交出这座大山？"

刘勃又哈哈大笑起来："本帅相信他会交的，会自动双手交出，我们不须付一兵一卒！"

众将领都不相信，很多人摇头，望着元帅不作声，王子才问："元帅，有这等好事？"

刘勃回道："这就叫不战而屈人之兵！"

众将领都不解地望着他。他对着众将领挥手喊一声："众将听令！"

众将领一齐上前。

刘勃道："从现在起，我楚兵不须攻山，只须将大山团团围住，派兵断了溪州兵的水道、粮道，不准他们下山取水，在有水的地方投上毒物，不准他们运粮上山，封住各路口，不让任何溪州兵进出大山。不要数日，山上的溪州兵会自动投降，不战而败！"

"啊——"众将领恍然大悟，果不其然，元帅就是元帅，这锦囊妙计实在太高，不费一兵一卒，便将溪州兵困死在山上。

"好啊！"众将领高兴万分领命而去。这一计真毒呢！

山上的溪州兵感到十分奇怪，咦，为何这几天不见楚兵来攻山了？努力嘎巴与师裕不解，派人下山打探，弄明清况立即上山禀报："将军，楚兵刘勍统帅来了，改变了战法，山脚攻山楚军全撤了，他们现在围着大山四处扎营，修了工事，派兵守住水道与大山进出通道，要将我军困死在山上！"

师裕听了十分生气，连忙亲自到山顶大帐向父亲彭士愁禀报。

"这一招确实毒啊！"彭士愁站在山顶，往远远的山下望去，只见楚兵沿着山脚四处扎营安寨，连成一线，这是要困死溪州兵啊！他不作声，担心忧虑起来：溪州兵上万人住在山上，要吃水，要吃饭，没有水，没有粮食，莫说打仗，这……后果太严重了！他越想越可怕，刘勍来这一手真是要命啊！他知道，山上的存粮不多，饿着肚子，如何打仗呢！

田好汉急急走过来禀报："大王，不好了，兵丁们下山取不到水，路都被溪州兵封死了，我们抢得了几桶水上山，谁知他们在水里投了毒，兵丁喝了水，毒死了八个人。"

士愁愤愤地骂："这帮王八蛋，太没人性了，竟然下这样的毒手！"

昔枯热其走来道："大王，运粮的道路也被截断，二公子的运粮队被截在山外，上不了山，怎么办？"

士愁没有作声，眉头越皱越深，他知道情况一天比一天紧张。

大家都焦急起来。

士愁道："真没有想到楚兵会来这一招，确实太毒辣了，一日无粮千兵散，我们在大山上，无水无粮怎么坚持？现在你们马上派人在山里找水，山高必有水，先要找到水，没有水，一天都难熬！师裕，你赶快带人去寻水，看一看大山涧里是否有山泉水！"

"是！"师裕赶快带人走了。

田茵茵端着菜糊糊走进大帐，给每人盛了一碗，她说："没粮食了，只找到一些野菜，大家将就着吃吧！"

粮道被楚兵截断了，外面的粮草运不上山来，军中无粮了，大家心里都清楚，望着那菜糊糊，众人虽然都很饥饿，却吃不下去。

众将领道："大王，快想办法吧！"

士愁一时也有好办法，他到哪里弄粮食，想了想便道："人总不能被屎憋死，活活饿死在山上吧，如今只能是靠山吃山，大家赶快在山上想办法找吃的！先去找野菜野物充饥度命吧！"

众将领命而去。

王子才骑着马带着兵丁四处巡行着，对官兵们下着命令："看好水道，绝不准溪州兵下山来取走一滴水，守住粮道，不准溪州兵运一粒粮食上山，一只鸟儿都不准飞上山，要把他们困死在山上，违者杀头！"

官兵们恭敬地应着。

楚兵这些天确实防范很严，把山围得如铁桶一般。

夜里，努力嘎巴曾多次派人下山到河边取水，都被楚兵发现了，经过激战，溪州兵取不到一滴水，反而死伤了人，这让努力嘎巴十分恼怒。幸好师裕带人在山间发现了一处小山泉，有手指粗一股水从石洞里往处流，这就是救命水，山上一万多溪州兵就靠这点水维持生命，各营轮流着来打水，每人每天可喝到一杯水。

在外围的二公子师杲筹备了不少粮草，可是现在楚军大兵，将山围得不漏一丝风，四处都有大兵守着，师杲带人冲了几次，想把粮食运上山，可是都被楚兵打退了，要想运粮上山，根本是不可能的事，比登天还难！师杲急得没了主意。天，怎么办？难道能眼睁睁地看着父王与一万多官兵饿死在大山上？

师杲流泪了，但又有什么办法？

山上溪州兵已断粮好几天了，官兵们只好在山上找野菜野果，根根草草，打野物维持生命。

天黑了，士愁呆呆地坐在大帐里，他一天没吃东西了，只喝了两杯水，肚子里饿得叽哩咕噜地叫，疼痛得十分难受，现在全军上下都无吃的，怎么办呢？总不能在山上等死吧？他抱着头痛苦万分，想呀想，想什么办法呢？是冲出去还是继续坚守？他一时拿不定主意。

田茵茵悄悄走了进来，将一盘肉递到他面前："大王，快趁热吃了吧！"

士愁一惊："哪里来的肉？"

田茵茵笑起来："大王吃吧，你一天没吃东西了，饿坏了！"

"你……"士愁饿得眼花缭乱，肚子饥痛的实在难忍，正准备拿起吃，突地又放下了。

"大王快吃呀!"田茵茵催着。

士愁将肉往田茵茵道面前推:"你吃吧,你也一天没吃东西了,你不能饿肚子!"

田茵茵卟哧一笑,手摸着微微隆起的肚子道:"大王放心,我已吃了,不会让儿子饿肚子的!"

"真的?"

"真的,我已吃了。"

"好,我吃!"士愁赶快拿起,这烤肉很香,他狼吞虎咽地吃起来。

田茵茵道:"今天我去山后竹林里,突然发现一只竹老鼠,就把它活捉了,烧烤了!"

士愁一把将田茵茵抱在怀里,轻轻地说:"感谢你!来,为了肚子里的孩子,你再吃一块!"他夹起一块肉喂给田茵茵。

田茵茵摇头:"还是大王吃吧!这上上下下都靠着大王呢!"

士愁道:"茵茵,我对不起你,让你受苦了,你吃点吧,为我们的儿子吃点吧的!"

"好,我吃!谢谢大王!"田茵茵眼里噙着泪水,士愁给他喂了一块肉,她感到很是幸福。她被士愁抱着,一脸是笑地对他说道,"大王,公主把你交给我,要我好好照顾你,现在你天天饿肚子,饭都没吃的,我这心里实在太难过了,真对不起公主,对不起大王!我太没用了。"

士愁俯下脸,在田茵茵脸上吻了一下:"茵茵,这不能怪你,我太谢谢你了,这些天,你跟着我行军打仗吃了不少苦,怀着我的孩子,如今还挨饿,今天得点竹鼠肉都让我吃,你太好了!"

"大王,应该的!"

突然,田好汉跑来禀报道:"大王,不好了,楚兵在山下四周放起了大火烧山!"

"啊!"彭士愁大惊,披着衣就往外跑,跑出大帐一看,果然山下四处大火熊熊,烈焰腾空,红了半边天,整个大山都陷在大火的包围之中。

身边的田茵茵恨恨地说:"楚兵太毒了,他们这是要烧死我们啊!"

田好汉急问道:"大王,怎么办?是不是要冲出去?"

"冲出去,正好送死,楚军已在各路口布下口袋,正等着装我们!"士愁愤愤地说道。

"那在山上等着烧死？"

"不！"士愁愤愤地道："不能让他们的诡计得逞，他们想烧死我们，我们偏要好好活下去，马上传令各个营地，一部分人扑火，一部分人自己用刀，在营外砍山，砍一条宽宽的火路，不要让火烧到营地来，要快，大家连夜砍山扑火！"

"是！"田好汉急急跑了，去传达命令。

彭士愁田茵茵便带着身边人在营地四周砍起火路来。

黑夜里，满山上的溪州兵喊着叫着痛骂着，一边扑火，一边挥着大刀奋力砍山，砍火路，他们要自救，要保命，不能让大火烧死。

火越烧越大，满山遍野是大火，到处是浓浓烟雾呛人，溪州兵在火中烟雾中四处奔跑救火。

山下，楚兵元帅大帐外，众将领齐集在一起，望着山上四处燃起的熊熊烈火，刘勍元帅哈哈大笑道："这把火烧得好，不死也要烧脱他们三层皮！"

王子才道："元帅，你这个办法太好了，太妙了，根本就不用我们动手，这一下溪州兵肯定要烧死不少！不战而亡，不战而亡呀！"

刘勍哈哈笑："无毒不丈夫，打仗就是你死我活，不是你死就是我亡，他们已断水断粮七天了，只要死死困住他们，这过几天，他们不投降，就得全都饿死烧死在山上，哈哈……"

众将领都哈哈大笑起来。

山下四处都有兵丁拿着火把点火烧山，在各个下山的路口，站满了一排排拿着武器的楚兵，王子才骑马巡查着，他大声对兵丁们喊着："大家把眼睛瞪大些，如果山上有溪州兵逃下山来，统统消灭，不留活口！"

第 56 章

冲出包围才有活路

夜深了，不停砍火路的士愁累得坐在山顶大帐外一株大树下，不停地喘着气，紧锁眉头，望着远远近近的大火，听着吼喊声，他想站起来，一下又倒了下去，田茵茵扶着他坐好，端来一碗水轻声道："大王，喝点水休息一下吧！"士愁接过喝了。

田茵茵道："大王，你不要担心，好好休息一下吧！"

士愁摇头："这时怎能休息？我担心不知大火烧伤了多少兵丁？不知火路都砍好没有？"

这时，各营将领们都前来禀报扑火情况。

昔枯热其道："大王，据统计，楚军放的这把大火，我们丢失了营地五个，大家只好睡在露天里，烧伤了一百五十六个人，没有死亡！"

士愁听了松了一口气："没有丢命的就好，要医官找些草药给伤员好好救治一下！"

昔枯热其应道："大王放心，末将这就去安排。"

晚上，彭士愁在床上翻来覆去睡不着，躺在身边的田茵茵一把抱着他道："大王，夜深了，为何还不好好睡？"

士愁索性一下坐了起来："楚兵这一把火烧得我们焦头烂额，围山封路，断水断粮又投毒，把我们往死路上整，怎么能睡得着？"他心里又气又急又恨，真没想到，自己在溪州当了好些年的土司王，如今却落得如此一个下场，被楚王大兵围困在山上，走投无路，叫天天不应，喊地地无门，怎么办呢？继续围困下去，只有死路一条，莫非天真要绝的彭士愁？他想起了远远躺在马公坪浮草塘坡上的爹，不禁泪流满面，爹啊，儿太不争气了，辛辛苦苦打下的江山，在儿的手上，眼看就要败丢了，儿真对不起你啊！爹，你赶快给儿指一点解困之道吧……眼下，他真想不出一点好办法了，楚兵一把火烧得他焦头烂额，六神无主了。

田茵茵一下坐了起来："大王，心急也不能解决问题，还是要想办法，这么多人不能在山上等死啊！"

"想办法，有什么办法可想？"士愁坐起来抱着头，"有办法可想我早想了，如今山下楚军大兵围着，一只鸟儿也飞不进飞不出啊！我们只能在山上等死了。"

田茵茵突然道："大家都有几天没吃东西了，怎么办呢？大王，依我看，只有一条路！"

"什么路？"士愁眼睛一亮，"你有办法，快说！"

"冲出去！只有这条路才是活路。"

士愁口里喃喃着："冲出去，冲出去，这太难，谈何容易。"

田茵茵道："不容易也要冲，大家一起往山下冲，冲出去才有活路，呆在山上只有死路一条！"

"你说的有些对，冲出去好是好，我也想过，只是现在大家没吃东西，人都无力，山下楚兵又多，怎么冲出去，冲出去也会被他们杀了！"士愁担心着，他为自己手下这七八千人的生命担忧。

"不冲，在山上困着，就只有死路一条了，大王，你要想清楚。楚军更毒辣的办法还在后边！"

士愁将田茵茵紧紧抱在怀里："好，好，我听你的，要想办法冲出去救大家的命！"

田茵茵笑起来："大王，这就对了！"

第二天下午，士愁将师裕昔枯热其两人招到帐中，昔枯热其问："大王，有何吩咐？"

士愁道："昔将军，我们不能向楚军投降，也不能在山上被困死，要想办法活下去！"

"对，大王说得对！"昔枯热其说，"这几天，官兵们都在议论，困在山上不是办法。"

师裕也说："父王，有官兵们说，我们应该乘着晚上天黑往山下冲，兴许还有条活路。"

士愁道："我也正在想此事，只是我们不能乱往山下冲，山下楚军正摆下大口袋装我们，我们不能往火坑里跳，自己去送死！"

二人道："大王，那怎么办？"

士愁望着他二人道："现在山上八千多人的生命都系在你二人的身上！"

　　昔枯热其与师裕吃了一惊,不解地望着士愁。师裕问:"父王,怎系在我二人身上?"

　　士愁轻声道:"我想了很久,决定今天晚上,你们与田茵茵带着几十人,悄悄地冲出去,赶快去找师杲,带着他的三千人马,最好多带些兵马,前来接应,后天晚上午夜时分,我们准备从西南坡突围,你们在外围一边进攻掩护,一边接应我们。任务重大,山上这八千人的生命都系在你们身上。"

　　师裕道:"父王,拼了命,我也要完成!"

　　昔枯热其道:"大王,放心!"

　　士愁又叮道:"你们赶快去做准备吧!尽量想法让每个人都能吃点东西,晚上突围才有力气。"

　　夜里,田茵茵不肯走,对士愁道:"大王,我不走,要留在你身边,你不走,我也不走,公主交待要我好好照看你!"

　　士愁说:"不行,你必须先走,你有了我们的孩子,为了孩子,必须要走。出去后,在外围接应大家就是。"

　　田茵茵咬着嘴唇不作声,她实在舍不得离开士愁,几月来,她与士愁在战场上同命运共生死,休戚以共,已经成为了命运共同体,如今还怀着士愁的孩子,怎舍得分开呢?她一把抱着士愁,眼里流起了泪水:"大王!"

　　"听话,"士愁好言劝着,给她揩眼泪,"今晚你先走才好,你不走,留下来与大家一道突围,挺着个大肚子,你能跑吗,兴许还要打仗,很危险的,那个时候你怎么跑得出去,不是让我担心吗?"

　　田茵茵没有办法只好点头答应,依依不舍地离开士愁,与师裕等人一道下山。

　　晚上,月亮下山了,四周一片漆黑,天上只有稀疏的一些星星在眨眼,师裕昔枯热其与田茵茵带着几十人悄悄摸下了山,来到山脚。山脚,楚兵在那里围上了木栅栏,将路拦断,设了哨卡,并在哨卡边烧起一堆堆大火将四周照得通亮,一排兵丁手拿刀枪守卫着。深夜了,守哨的兵丁经不住如次煎熬,一个个呵欠连天,眼睛都睁不开,这些天来夜里他们守哨,不见溪州兵下山来偷袭,安全无事,所以大家习惯了,见月亮西沉,夜已深,四周都是静悄悄一片,很安全,于是守哨卡兵丁抱着刀枪就蹲在地上放心大胆打起了瞌睡。

　　谁知这时死神就在他们身边悄悄降临了。

　　师裕他们一行,人不知鬼不觉从地上一路爬行,已悄悄来到了哨卡边,师裕一挥手,昔枯热其等人影子一闪,从天而降,大刀早已将那些守哨兵丁的脖子抹断了。只见一线影子闪过，师裕他们几十人就飞速冲了出去，一下便隐没在黑夜里了。

巡哨的楚军走过来，发现哨卡上的哨兵全部死在地上，立即大喊起来，营地大乱，楚兵围过来，一下便明白了是怎么一回事，肯定是溪州兵有人偷袭，不是下山就是上山了。

统帅刘勍得知此事，大怒，严令部下在夜间加强防守，不得有误。于是楚军在各哨卡又增岗添人，加强巡查，防范得更加严密。

自从大山被楚兵围困以后，负责筹运粮草的师杲便与山上的父王和队伍失去了联系，粮草运不上山，又没有了父王与部队的信息，他十分着急，楚兵几万人将大山团团围住，他身边只有三千多人，根本不是楚兵对手，虽然人在外围，但势单力薄，他也没有办法解围，他急啊，愁啊！可又有什么办法呢？他天天派人打探消息，知道楚兵断了山上溪州兵的水道、粮道，投毒放火烧山，硬是要将父王困死在山上，他也曾带兵冲了几次，想上山送些粮食，因为人少都被楚兵打退了，无法解围，只能望山兴叹，他急啊！

这天夜里半夜时分，突然山上的兄长师裕与昔将军田茵茵一行，来到了他的驻地，真让他喜出望外，高兴万分，立即吩咐人给他们做饭吃，兄长他们饿坏了，十来天没吃过一顿饭，吃饭以后，将山上的情况讲了一番后，师裕便将突围计划说了出来。

师杲一听大为高兴，立即说：“好，我多去召集些兵马，合起来有五千来人，可以在外围好好接应！”

这天夜里，师裕师杲昔枯热其与田茵茵等人率领军队悄悄进发，来到大山脚下，按照计划分别埋伏起来。

昔枯热其带着两千多部队准备从东北方向进攻楚军，干扰与吸引楚军的注意力，便于山上的溪州兵突围，师裕师杲田茵茵等带着三千多兵马从西南方向接应山上突围的兵马。

山上，士愁得知师裕他们成功突围的消息后，便立即向将领们下达了突围的命令，要大家做好准备。白天各营兵丁都在山上尽力寻找野菜与食物，弄了些东西填在肚子里，下山突围奔跑才有力气。士愁还前往各营进行了检查，一切就绪后，他才回到大帐休息。

天黑了，士愁下达了出发的命令。

各营将士按照命令，有条不乱地纷纷下山，快要到大山西南山脚了，大家都停息下来，在原地隐蔽休息。

士愁看着夜空，天上一轮皎白的明月挂在空中，远远近近一眼就看得很分明，这时候突围，显然是不行的。山下围困的楚兵什么都能看清，他们能迅速调兵来包围，自己手下这几千兵饿了很多天，一个个面黄肌瘦，走路都摇晃，根本没有战斗力，无法抵抗楚兵的进攻，只有等到月亮落山时，才有希望逃出包围圈。士愁在心里默默地说：菩萨保佑我吧！

士愁站起来望大家，手下官兵都默不作声，他们知道，今天晚上就是关键时刻，如果逃出去了，大家才有活的希望，有的人眼望天空，只盼望那一轮明月快些往西边坠下去。慢慢地所有人的眼睛都望向了天空，仿佛那一轮明月就是他们的救命恩人！

万籁俱寂。下半夜了，月亮终于告别夜空沉寂下去休息了，大地上一切也都熟睡了，四周变得一片浑黑。

突然，东北方向的山脚下，爆发了震天动地的吼声，不知从何处冒出了几千溪州兵，向围困在山脚的楚兵军营发起了猛烈的进攻，他们一下子就凶猛地冲进兵营，将睡梦中的的楚兵随意砍杀，带头的昔枯热其像一头发怒的狮子，他手中的剑像切西瓜似地将那些楚兵的脑袋，任意地切割下来。

楚兵统帅刘勍在睡梦中被惊醒，立即一翻身从床上爬了起来，马上披衣出了大帐，副帅王子才也走了出来，得知溪州兵在东北方山脚发起猛烈进攻，并且占领了兵营，刘勍心里一惊大叫道："不好，山上的溪州兵要从那里突围了，快，快调动大兵增援，将那个口子堵住！"

王子才立即翻身上马，带着一伙兵丁消失在夜色里。

大山脚的西南方向，此时寂静无声。埋伏着的师裕师杲田茵茵等人早已按捺不住了，东南方向的杀喊声一起，他们立即向楚兵哨卡发起了进攻。深更半夜，守哨卡的楚兵大多疲倦地睡觉了，只有少量兵丁站岗，不少人还坐在地下打盹，当他们还来不及睁开眼睛时，师裕率领的溪州兵已冲了过来，一道道刀光闪光，哨卡溪州兵的人头就落地了，哨卡大门很快被打开。

山上突围的溪州兵早已心焦如焚了，急得双脚跳。一见山脚下的哨卡大门打开了，个个心头高兴万分，立即往山下跑起来，就像一股阻挡不住的洪流从山上倾泻下来，势不可挡。

师裕师呆田茵茵等人在哨卡边迎接着从山下突围下来的大军，当田茵茵一见士愁，便紧紧地将他抱住道："大王，大王，你终于来了！"

师裕大声喊着："快，大家快跑，不一会儿楚军大兵就会来的！"

溪州兵一个个加快脚步跑起来，身影隐没在黑暗中。

楚兵大帐里的统帅刘勍很高兴，手下人来禀报，山下东北方向进攻的溪州兵被王子才副统帅带兵打退了，突破的口子被迅速堵住了，山上没有溪州兵突围。他很高兴端起酒杯喝起来，哈哈大笑道："彭士愁呀，彭士愁，看老子不把你困死在山上！"

突然又有人跑进大帐，上气不接下气地禀报道："元帅，大事不好，山上的溪州兵从西南角山下全部突围出去了！"

"什么？"刘勍大吃一惊，站了起来，"你说什么？"

王子才奔了进来大叫道："元帅，不好，我们中了彭士愁的诡计，他玩了个声东击西，派人在东北方向进攻我们，山上被围的大军却从西南边悄悄突围出去了！"

"唉……"刘勍手中的酒杯一下掉到地上，叭地砸碎了，他无可奈何地叹气，"这下鱼入大海，放虎归山了！千算万算，我还是没有算过彭士愁，失算了，失算了！真没想到网中鱼笼中虎都逃脱了，彭士愁呀彭士愁，你还真厉害，狡猾得很呢！"

第 57 章

休战议和共同愿望

奖州与富州交界之地的武陵山脉中，有一道很大的山，叫做西晃山，它像一道横亘在溪州大门前的门槛，纵横上百里，山高林密，峰峦叠嶂，连绵不断，突围出来的彭士愁带着溪州兵很快隐进了这座大山里，进行休整，在这里又与楚兵摆开了战场，布了第三道防线。现在他手下虽然兵不多，但他绝不能够容许楚兵攻进溪州，他要以这座大山为据点，与楚兵相持，将楚兵据在溪州大门之外。

彭士愁立即下令师裕师杲在奖州懿州富州等地召集兵马，征集粮草，扩充实力。奖州懿州富州是士愁父子攻占溪州的起家之地，经过多年经营，他们父子在这里已扎下深厚的根基。在奖州的马公坪，在富州的锦河，他们都建有兵营训练场，振臂一呼，很快便会征集到兵丁。不到半月时间，他们便召集到了一万多兵丁，进行整训，这一下彭士愁劲头更加十足，手下有了两万之众，决心在西晃山一带利用大山与楚兵玩猫捉老鼠的游戏！

彭士愁在山上一个村落里召集部将开会，对大家道："诸位将领，楚军人多势众，我们人少，硬拼难以取胜。如今我们就依托西晃山，三千兵马为一营，四处分散隐蔽在大山里，各自为战，不与敌军大部队打硬仗，在山里与他们兜圈子，他们大部队来了我们就走开，晚上，他们疲倦了，累了，我们就杀出去，抓住他们的小股部队，一下包围吃掉，在这山里，拖也要把他们拖死！"

众将领都说好，各自领命而去。

楚军大兵第一次围山失利，统帅刘勍心中很是不甘心，率领着军队继续追击，一定要把彭士愁消灭。当他带三万军队来到西晃山下，便惊呆了："我的天，这不是山的海洋吗？在这里与溪州兵打仗，真是比大海里捞针还难啊！"

刘勍与王子才率领众将领骑着马，在西晃山脚下转了一阵，一个个累得筋疲力尽，回到大帐里，大家都不出声，心里在想：我的娘，这山又大，山高路陡，到哪里去找溪州兵打仗呀！莫说打仗，就是天天爬坡走路，官兵都会累死啊！

刘勍问大家："诸位将领，如今溪州兵躲进了西晃山大山中，这仗怎么打，你们说一说！"

众将领你望我，我望你，都不作声。

一个探子进来禀报道："元帅，据我们打探，彭士愁已在奖州富州征集了一万多兵丁，又在溪州等地召集了六七千人马，都在往西晃山一带集结，他们山里有兵，山外也有兵！现在也有了两万多兵马。"

"本帅知道了，下去吧！"刘勍挥挥手，心里很不痛快。谁知这仗打来打去，眼看快要被灭掉的彭士愁，势力又死灰复燃，不仅没被剿灭，相反一天天扩大起来，他怎么不心烦头痛。

探子走了后，王子才道："元帅，如今彭士愁的实力不仅得到了恢复，反而有了很大的扩展，从兵力上来看，不比我们少多少，他们的粮草也便于集结，这一点，比我们还强！"

一个将领说："元帅，现在看来，溪州兵依托西晃山，他们打我们容易，我们打他们难上加难！"

刘勍心中也在些无可奈何，想了想，一时也没了主意，只好望望大家道："让本帅再想想，散了吧！"

刘勍想了很久，虽然别人说他足智多谋，现在他也束手无策，觉得一拳打在棉花上，有力无处使。是不是还要请求楚王，再增添兵马？

面对连绵起伏的西晃大山，他手下这三万部队也奈何不得，他曾派部队进山清剿溪州兵，可是在山中转来转去，官兵累得死去活来，却连溪州兵的影子都不见，楚兵还未到，溪州兵的影子就早不见了，当晚上疲惫不堪的楚兵扎营休息进入梦乡时，溪州兵就好像天兵天将从天而降，挥着刀枪杀来，不少楚兵在梦中就当了无头鬼，杀得楚兵心惊胆战，望山而惶恐不安。

那天，楚州兵一千多人，在山里搜索溪州兵，走了半天，一个个又累又饿，两腿都迈不动了，只见山弯里有一个小寨子，他们便走过去，想弄点水喝，兵丁们刚进村，有的还在喝水。不知从哪里突然就冒出几千溪州兵，将他们团团包围，举刀挥枪一阵砍杀，不多时间，就全部杀光了，等到远处的援兵赶来，溪州兵早已打扫战场，跑得无影无踪了。

这令王子才刘勍大伤脑筋，不到半个月时间，就这样被溪州兵零打碎敲灭掉了五千多人马，仗要像这么打下去，不出两三个月，他这几万兵马，就会全部被溪州兵阴一点，阳一点尽数消灭在大山中，真是要命啊，这打的什么仗？刘勍气得咬牙切齿，又没有办法，最后只得下令将官兵从山中撤出，围在西晃山脚，不得出击，望山兴叹！他想，就是楚王派再多的兵来，面对西晃山这山的大海，也是无济于事，这仗还怎么打呢？

山上，彭士愁远远望着山下楚军兵营哈哈大笑道："刘勍，你有本事，就进山来吧，老子叫你有来无回！"

刘勍确实怕了。

前些日子，他派进山的一支兵丁两千多人，夜宿在一个寨子里，有乡民马上就去给彭士愁送了信。深更半夜，天黑得伸手不见五掌时，彭士愁率领五千多溪州兵，在乡民带领下，悄无声息摸进寨子，杀掉哨兵，他们举着大砍刀，一下就冲进了楚兵睡觉的房子，大砍刀就像切西瓜一样，楚兵还在梦中，人头就一个个滚落到地下去了，根本来不及反抗，便全军覆灭，只有三个人阴差阳错，从厕所里跑了出来，成了漏网之鱼，逃回山下，给刘勍报信，听了噩耗，刘勍心里疼痛了很久，说不出话，实在是太凄惨了。这种送死的仗，他无法再打下去了，只好在山下扎营不动。

楚军与溪州兵在西晃山又对峙起来！

彭士愁回到土司王宫，面容憔悴，身心疲惫不堪。吴红玉十分高兴，几月未见，她看见大王瘦了黑了老了许多，心里不由又很心痛，叮嘱下人给大王做了很多好吃的东西送上来。士愁看着满桌佳肴，想起被困在山上，许多天吃不上饭，只能用野菜充饥，心里不免特别悲伤，酸甜苦辣辛一齐涌上心头，哽在喉咙吃不下去。

"大王，不好吃吗？"吴红玉关切地问。

"不，不！"士愁尽力压住心头的悲哀，佯装笑脸说："好，好吃！"他知道，吴红玉没有体验过被困在山上度日如年的那种艰辛日子，体会不到那种在大山上被烈火包围绝处望生的滋味，那时，真是要走上绝路了，现在想来，还有些胆战心惊，事情都已经过去了，也没有必要再对公主说了，免得她为自己担忧，于是就大口吃起来。

吴红玉给士愁夹着好吃的菜道："大王，你出去打仗几个月，我在家里成天为你担心，站在宫门边往远处看望，只想着大王快一些回来，真是望眼欲穿啊！"

士愁也很感动："谢谢公主！"

晚上，公主像一只温顺的小鹿躺在士愁的怀抱里，几个月了，夫妻不在一起恩爱，今天终于相见了，这是多么幸福的事啊！

　　知夫莫若妻，吴红玉突然觉得士愁有心事，便撒娇地晃着他道："大王，怎么啦，有心事？"

　　士愁道："如今楚军大兵压境，还在西晃山一带，随时都会打进溪州来，本王怎不担忧呢！"

　　"是呀，"吴红玉也担心起来，"楚军已进攻溪州几个月了，战事还没结束，大王，千万不能让楚军打进来，溪州百姓就要遭罪了。"

　　士愁安慰道："不怕，你不要担心，本王正四处调集兵马，不会让楚军打进溪州来的！"

　　"这就好！"

　　士愁望着吴红玉道："还有一件事要说！"

　　"大王，什么事？"

　　"田茵茵的事！"

　　吴红玉睁大眼道："她……有什么事？她已回来了呀！你心里想着她？"

　　士愁哭笑不得道："我的好公主，不要吃醋了，这些日子，我在外打仗，也全靠田茵茵在鞍前马后，与我同生死共患难，她是个好女孩！"

　　吴红玉点头："知道，我吃什么醋，是我让她去服侍你的！"

　　"感谢你！告诉你，他已怀了本王的骨血！"

　　"啊……"吴红玉大吃一惊，"这么快就有了孩子？"吴红玉一下不作声了。

　　"你要好好善待她，她是你的好姐妹！"

　　"放心，大王，我一直把她当亲姐妹！"

　　士愁道："她是个孤儿，很可怜的，你要好好照顾她！"

　　吴红玉点头："我知道，还有什么秘密瞒着我？"

　　"唉，没有了，"士愁不由叹起气来，"你们女人，就计较这些鸡毛蒜皮的小事，本王在为大事担忧呢！"

　　"大王，你放心去忙大事，茵茵那里，我会照顾好她的！"

　　土司王宫殿上，士愁与向伯林商议着事情。

　　士愁问："向老倌大人，这仗打了大半年了，你说这仗还怎么打？"

　　向伯林皱着眉头想着，没有作声。

　　士愁忧心忡忡地说道："我们与楚军，从溪州打到辰州澧州，如今又打回到溪州来了，打来打去，互不胜负，你赢不了我，我也不会输给你，现在对峙在西晃山，你吃不了我，我吞不了你，怎么办？"

向伯林抬头望士愁："大王，你要我说真话还是假话？"

士愁望着他："向老倌人，难道我还要你说假话？"

"好，我说真话，真话就是仗不要再打了！"向伯林放下茶盏说。

"啊……"士愁一下也惊住了，"你是说要停战，不要打了？"

向老倌人点头："是的，停战。你看现在，两败俱伤，谁都没得好处。打仗就是劳民伤财，就是死人，给百姓增添痛苦，增添负担，我想这仗是不能再打了！"

士愁问："你说不打，楚军他们愿不打吗？"

"这，这……他们也没沾到半点便宜！"

"你是说，现在双方应该议和？我们愿，楚军愿吗？这个刘勃巴不得明天就打进溪州来，把我们灭了。"

向伯林摇头道："依我看，刘勃也没那个本事打进溪州来，大王你能服输吗？"

"肯定不服输，我就是拼了命，也要保住溪州百姓！"

"这就对了，他不能胜你，你眼下也赶不走他，龙虎相斗在西晃山下。说实在话，国家怕打仗，百姓怕打仗，打仗要死人，要花钱粮，长此以往，民怨沸腾，我相信，仗长期打下去，楚王也是不愿打的！"

"你有什么办法？"

向伯林缓缓道："办法是人想的！"

楚王府里，楚王正左拥右抱着一群王妃在喝酒取乐听歌看舞行欢快活。

楚王继位以来，特别是夫人彭玉去世后，他不以国事为重，成日里只知沉浸在酒色美女之中，上行下效宫中奢靡享乐成风，楚王不停地加重百姓的赋税，引得民怨沸腾，如今又发动大军向溪州进攻，打来打去，打成了僵局，久攻而又不能取胜，数万军队耗费大量银子，国库空虚，只得向百姓要银子，弄得百姓更是叫苦不迭，朝廷内外也议论纷纷，不少官员私下里对政事颇多微词，但又不敢公开上奏。

快乐的音乐声中，一宫人悄悄走了进来轻声道："大王，前方刘元帅有信来！"

楚王马希范接过信看了，越看越皱眉头："这，这，这仗怎么打的？打了这么久，也没打出个子丑寅卯来，还要加钱加粮加兵……"他的脸一下拉得很长，连忙挥手，"下去，都下去！"一见大王发了脾气，身边的女人与唱歌跳舞者全都赶快逃走了。

几个臣子走了进来，楚王将信递给他们："大家看看！"

臣子们互相传递着看了信，都不作声。

终于检校尚书李弘皋发了话："大王，前方怎么是这个样子，不是说打了大胜仗，已将溪州兵包围在大山上，要全歼了么？"

右司徒王大林撇撇嘴，冷嘲热讽道："李大人，我就知道刘元帅是个吹牛皮说大话的人，只是想讨大王开心，故意报些假情况，报喜不报忧，如今实在瞒不下去了。这倒好，现在仗没打赢，损兵折将，反而狮子大开口，又要增兵增粮增银子，好像朝廷是为他开的，哼！"

李弘皋乘时发难："大家看看，这仗打到何时才是个头？"

楚王望望大家。

司空方云道："后宫钱库已空了，大王，恐怕是难以拿出银子来了！"

"是呀，"李弘皋道，"大王，这几年赋税一加再加，百姓已叫苦不迭，无法生活了，再加下去，只怕百姓……。"

王大林道："大王，朝中对刘元帅的出征议论不少啊，黄金白银用了上百万两，仗没打胜，溪州也没拿下……哼，这个元帅，只怕也好大个本事！"

李弘皋说："大王，以下官之见，溪州那穷乡僻壤有什么好，就是争到手了，也无利可图，刘元帅那个仗打下去有何价值？"

方云立即附和："又不给朝廷增银子，反而消费大量银子，不能由着刘元帅瞎折腾。"

李弘皋："何况这个刘元帅又不能打赢溪州兵！"

楚王望着众臣子："你们的话有理，这事让本王再好好想想！"

众人："大王，还是收兵吧！"

谭州城里，向伯林带着几人在街上急急走着，前面街上一处住所上挂着"李府"二字，他们来到门前停步，上前向守门家人说着，家人入内。不一会儿，家人出来引他们入内。在客堂上坐定，喝着茶。主人李弘皋道："向大人，多年不见，听说你弃官不为，回了家乡溪州，在土司王府里做事，今日为何有闲空来我府上？"

向伯林哈哈一笑："李大人，怕我来高攀？"

李弘皋哈哈大笑起来："彼此，彼此！"

向伯林送上一些礼物："这些都是溪州的土特产，给李大人尝尝！"

李弘皋笑："谢谢向大人！"

向伯林道："李大人，今日老夫前来确实有一重大事情！"

"重大事情？"

向伯林点头："老夫想，只有李大人能帮上忙！"

李弘皋认真地望着向伯林："你就这么肯定相信我？"

"我不相信你还能相信谁？我们同年中进士，同朝为官相交多年，是多么要好的朋友知交，还能不相信？"

李弘皋点头："说的也是，这是没错，好，只要能帮的事，一定尽力而为！"

"这就好，我就相信李大人是个爽快人，也有这个能力！"

"说，什么事？"李弘皋突地又恍然大悟，"你是不是当说客来了？"

向伯林哈哈笑："这还让你说中了，我就是来当说客。"

李弘皋："我一猜就中，你是无事不登三宝殿。"

"不瞒你，打开天窗说亮话，仗不能再打了，双方议和！"

"议和？"

"议和。"

…………

向伯林道："仗再打下去，对楚王有什么好？真能占了溪州吗，我看不一定。溪州土司王彭士愁，也不是等闲之辈，文武双全，仗打了半年多，刘勍在他面前，也没沾到多少便宜，退一万步讲，就是占了溪州又能得到什么好处？你算个这笔账吗？这是不合算的买卖！"

李弘皋："有道理！"

向伯林："还有，如今楚王与溪州拼个你死我活，就不怕吴王来背后捅一刀？吴王早就对楚地虎视眈眈，只怕鹬蚌相争，渔翁得利。"

"是啊！"李弘皋心中一惊缓缓地说，"你说得很在道理，这个，确实也不得不防！"

"李大人是个明白人，我想请你去说服楚王停战！楚王派了那么多人打溪州，耗了多少真金白银，加重百姓负担，我知道楚王府内外如今也是怨声载道。"

李弘皋瞪大眼望向伯林："说得不错，为这事你就来找我？"

"不找你找谁，你是最适合的人选！"

李弘皋哈哈笑起来："我就知道，向大人，来者不善，善者不来，必有大事才来！”

向伯林："李大人，这对双方都是善事，何乐而不为？"

李弘皋："啊，善事，好，喝茶，喝茶，光说话，茶也是要喝的！"

"好，喝茶，李大人这茶好喝，我一定好好喝！"向伯林端起茶，大口喝起来，"真好喝！"

二人哈哈大笑。

楚王回到后宫，心里一直在想前方的战事。刘元帅来信要增兵增粮增钱，说是一定要把溪州兵消灭，夺取溪州。只是眼下两兵相峙在西晃山，溪州兵躲在西晃山的万山群中，要消灭溪州兵谈何容易，何况土愁那家伙，自己也深为了解，有勇有谋，这些年经营溪州实力不小，溪州兵勇猛强悍，不是轻易就能打败的，开仗已经半年多，耗银子上百万两，死伤一两万多官兵，得到了什么？什么也没得到，如今朝廷库房空虚，没有了银子，臣子们对前方战事议论纷纷，一致要求收兵停战，刘元帅又没有打什么胜仗，这仗还能打下去吗？还是和为贵，以善为邻最是好。他突然想到，要是楚国弱了，邻近的吴王，发兵来打，自己怎么抵抗呢？想到此，他不禁全身打了个冷战。

宫人进来禀报："大王，检校尚书李弘皋大人求见！"

楚王想：为何夜里求见，莫非有大事？想了一下便道："宣他进来！"

宫人道："是！"

不久，李弘皋进来，跪在地上。

楚王道："夜晚求见，有何大事？"

李弘皋道："大王，臣夜里斗胆前来，只为国是！"

楚王一惊："国是？"

"是，"李弘皋道，"臣左思右想，认为应该停战议和。"

"停战议和？朝廷上不是议过。"

"正是，这仗已打了四五个月，劳民伤财，得不偿失，这不能继续打下去了，臣冒罪前来再奏，如果大王认为臣上奏有罪，请治臣的罪！"

楚王默不作声。白天在朝堂上，不少大臣都提出不能再打仗了，认为害国害民，得不偿失，应该立即休战撤兵。

李弘皋偷看楚王没有发怒，便知楚王不会治罪，于是心里便大胆起来继续说道："大王，臣以为刘元帅不可能征服溪州，消灭彭彦晞，如今两军相据西晃山，对我楚军极大不利，白白消耗众多人力物力财力，如今国库空虚，连年赋税加重，百姓苦不堪言，如果长此下去，国家必然衰弱，北边的荆南、东边的吴、南面的南汉无不对我们虎视眈眈，都会乘机发兵来攻打我们，那时可就危险矣，大王，不能因小失大，为捡芝麻丢了西瓜，请大王一定要三思！"

楚王伸手："李爱卿，请起吧，何罪之有？"

李弘皋起身道："大王，臣斗胆再说一句，你与彭士愁本就是亲戚，又曾是好友，不必再继续动刀动枪，伤了和气，应该熄了战火，双方议和。"

楚王不作声了，他想起父王在世时，自己一家与彭家的种种友好相处，自己年少时与士愁彦昭等人的亲密友谊，自己的妻子还是他们的姐姐，为何父王不在了，自己当了大王，就要与士愁兄弟相残呢？自己这是在做什么事啊？

楚王道："说的对，本王心中明白，这仗是不能继续打下去了，你说议和，本王也有意，只是如何议和？"

"大王，如果真要议和，臣愿从中牵线搭桥。"

"你？"楚王迟疑地望着李弘皋，"莫非你有了打算？。"

李弘皋道："大王，臣与彭士愁身边的谋臣向伯林，曾是同年进士，一同为官多年，二人曾有交往，臣可通过他进行沟通！"

楚王点头："好吧，停战议和，你去操办！"

李弘皋爽快地答道："是！大王，臣还有一事要上奏！"

"准奏！"

"溪州已派向伯林来潭州，现正在臣的府上，大王是否可以一见？"

楚王一惊："啊，他们已派人来？"

"是！请大王一见！"

第 58 章

溪州铜柱名垂青史

西晃山下，楚军元帅大帐，刘勍正看着楚王来信。看毕，满脸不快地将信往旁边一递道："王将军，你看！"

副统帅王子才接过信一看惊奇道："停战，议和？不是开玩笑吧，这是楚王写来的？"

刘勍道："王将军，没有错，千真万确是楚王写来，令我们停战休和，不打仗了！"

王子才无可奈何地说："罢了，罢了，还有什么说的，反正这仗也打不赢，楚王有令，我们就停战吧！"

刘勍叹气道："我已经探得信息，朝廷有人要议和，对我们前方打仗发难，议论纷纷进行斥责，楚王也不想再打仗了，楚王不增兵不拨银两，我们这仗想打也无法打了！"

王子才有气无力道："这事我管不着，睡觉去了，这些天在山上东奔西跑与溪州兵捉迷藏，真累死人，这下好了，我去好好睡一觉！"

"去吧，去吧！"刘勍说，"不打就不打，我们都好好睡一觉，准备撤兵吧！"

王子才伸个懒腰走了。

溪州土司王宫里，彭士愁正与众将领商讨事情。

士愁对大家说："向老官人从谭州城回来了，带来好消息，楚王答应休战与我们议和。"

众人一听都高兴起来，连声说好。

士愁望着大家道："如今战场上，楚军与我溪州兵在西晃山一带形成了对峙，他们消灭不了我们，我们也无法打败他们，楚王有自知之明，就应该议和。"

众将领点头。

向老官人说："打仗对双方都没好处，还是议和好！楚王已亲口答应我休兵议和，这是大好事！"

士愁道："议和是一件好事，大事，众人今天商议一下！"

努力嘎巴大声道："大王，楚王答应，是真议和，还是假议和？"他这一说，众将领不免又都有些担心。

昔枯热其问："向老官人，楚王不是摆了一个鸿门宴骗我们吧？"

田好汉也道："莫不是楚王设下个陷阱，想害我们？"

师裕说："我们真还得小心提防，千万不能上当！"

众说纷纭。

这时向伯林急了，连忙对大家释解说："各位大人，楚王身边的检校尚书李大人是坚决主张休战议和，他在朝中说服了很多人支持议和，他也劝说了楚王，我拜见了楚王，楚王当面与我谈了，答应议和，要我们现在派代表去谭州城谈判议和，这可是千真万确的事！不会有假！"

昔枯热其说："人心难测，向老官人，你只是看到表面，不知他们私下坛子里装的什么祸水，我认为还是小心为好，不得不防！"

师裕道："昔将军说得对，小心为好，不得不防！"

士愁挥挥手道："本王相信向老官人讲的是真话，楚王一定想议和，议和对双方都有好处，本王决定亲去谭州与楚王谈判议和的事情！"

这一下殿上就更炸了锅，大家一致反对起来："不行，大王！"

师呆立即反对道："父王，我不同意你亲自去！"

师裕也反对。其他将领异口同声反对士愁亲去谭城议和。

昔枯热其说："大王，你千万不能去，如果楚王将你扣押当人质，逼你交出溪州怎么办？"

"是呀，大王！"田好汉道，"这一着棋千万不能动，溪州这二十二州靠大王治理管辖，你千万不能前去谭城，如今还不知楚王是真心还是假意，万万不能上他的当！"

众将领一齐跪下请求道："大王，你不能前去！"

士愁道："为了溪州的安宁，为了溪州二十二州百姓不打仗，过上好日子，本王舍命也值！我相信，楚王不是那种不讲信义的人。"

众将领再齐请求道："大王不能去！"

这时师裕挺身而出说："父王，不怕一万，只怕万一，还是让我去吧！我代替你去！"

众人一下都不作声了，一齐望着师裕。谁都知道，如今去谭城当谈判代表风险极大，也有可能就会被楚王扣下当人质，失去人生自由，永远都回不了溪州。究竟谁去当代表，最后还是要由大王决定。

士愁望师裕。师裕是大儿子，已经二十多岁了，这些年他从奖州马公坪离开母亲来到土司王宫，读书学习，操练武术，在宫中做事，近来又参加了辰州澧州打仗，在战场上身先士卒，奋勇杀敌，士愁也很有意识地将他推向打仗杀敌的第一线，让他带兵指挥作战，很得将领们的赞赏，与官兵们相处很好，关系十分融洽，士愁觉得自己一天天老了，今后这溪州土司王位还是要交给他的。士愁望着师裕没有作声，这个时候，儿子能够勇敢地站出来，替父亲担当，排忧解难，真是不容易呀！也让士愁感动欣慰。

"父王，让儿去吧！"师裕再次跪着恳求，"父王，你千万不能去，溪州还靠着你！"

众将领一齐跪下望着士愁，大声请求道："让大公子去吧！"

士愁望着大家，没有作声。

师裕又一次请求："父王，你就同意让我去吧！"

士愁心里还在犹豫，举棋难定。

突然二儿子师杲挺身而出道："父王，还是我去最恰当，让长兄留下来！"

突如其来的变化让众人又吃了一惊，大家一齐望着师杲。

师杲走上前道："父王，儿已长大了，今年已经二十三岁了，这些年读书明理，习武打仗，也可独当一面，儿自认为能担当起这个重任！"

士愁惊异地望着师杲："你——能行？"

师杲道："能行！父王，师裕不能去，他是长子，如今是溪州副史，要接替父王王位，溪州今后不能没有他，我去谭城就是当人质也不怕！"他全身上下透出一股赴汤蹈火，牺牲生命也在所不惜的昂然勇气。

士愁太感动了，心头不由一热，眼里涌起一股热泪模糊了双眼。他对自己两个年纪轻轻的儿子很满意。生死关头，都能挺身而出敢于牺牲自己，为他人着想，真好！他望着师杲一阵，想了一阵，然后点头道："好，师杲，你去吧！"

师杲立即回应道："谢父王！"

师裕走过来紧紧抱着弟弟师杲。

士愁道："师杲，你代父王去当谈判代表，为了表达我们的谈判诚意，父王愿意拿出奖州、锦州、溪州三州地盘给楚王，你把这三州的印信，地图都带上！"

师杲应道："是！"

"另外还带上三州的诸蛮酋长同往议和，表示归顺楚王！"

师杲应道："是！"

努力嘎巴很不解上前奏道："大王，议和为何还要献上三州土地？"

众将领都上前劝阻："大王，不可。"

士愁望着众将领道："只要能平息战火，双方议和，让百姓过上安生日子，本王做些牺牲让步，奉送三州地盘值得，这些地方，不少已被楚军占领，就是议和，我想，他们也不会从这些地方撤兵的，不如做个顺水人情，送给他们，我们还有十九州土地么，大家不要心痛！这是向楚王表示我们真心议和的诚意。"

事实已是如此，众将领只得道："一切听凭大王做主！"

后晋天福五年，公元940年正月，冒着严寒，师杲向伯林田好汉带着三州十多位蛮酋长一行，急急赶往谭州城。

第三天，楚王在王宫里接见了师杲一行，与他们进行议和谈判。

师杲上前施礼道："溪州刺史，都誓主彭士愁二公子彭师杲拜见楚王，吾王万岁万万岁！"

楚王很高兴地道："免礼，赐坐！"

随行的向伯林等人一一拜见楚王。

楚王笑着道："师公子很年轻啊！"

师杲道："禀楚王，下官今年已满二十三岁！"

楚王点头道："好，好，年轻有为。想当年，你父亲从江西来到楚地与本王一起在楚王府读书习武时，还不到二十岁呢，一晃几十年过去，他的儿子都二十多岁了，岁月匆匆，岁月匆匆呀！"

师杲立即道："楚王，我父亲永远记得在楚王府的生活，与楚王兄弟的友情，记得楚王父子的恩情！"

楚王哈哈大笑起来："几十年过去了，回想起当年的事情还历历在目呢！"

师杲又道："楚王，我们彭氏家族永远记得楚王一家的恩情，愿世代与楚王交好，自愿听命于楚王管辖，这次父亲派我来议和，一是向楚王请罪，二是请楚王谅解，能够给溪州百姓一个安宁平和的日子！"

楚王笑着："好，好！不打仗，议和好！我与你父亲本就是兄弟，是友好朋友，多年交往友谊深厚，怎能骨肉相残呢！想起来惭愧啊！"

师呆献上印信与地图道："楚王，这是父亲要我拿来奖州、锦州、溪州三州印信与地图，今献给楚王，我们愿将这三州土地献给楚王，三州的酋长也来了，大家愿臣服楚王管辖！"

三州酋长一齐跪在殿上道："愿臣服大王管辖！"

楚王又哈哈大笑起来。

一听楚王的大笑声，师呆心里就咚咚跳，莫非楚王还嫌土地少了，师呆想着，这个楚王也真太贪心了，怎么办呢？还要多献些地他才满意，师呆不知怎么办好了，转眼望向伯林，这个老头子此刻却装着不管他的事，低着头，师呆一下急得全身冒汗，脑子里急速打着转，该怎么办？突然他急中生智道："大王，如果您不满意，只要议和，献地的事，还可商谈！"

楚王望着师呆更加大笑起来。

师呆不知所措了："大王，我是不是年幼说错什么话了？"

楚王伸手指着师呆道："彭公子，你坐，众位都请起坐下，我们今天是议和，双方是平等的！"

师呆听了，只得忐忑不安地坐下。其他蛮头也坐了。

楚王看看桌案上的印信与地图道："师公子，你们大家都搞错了，今双方议和，本王并不是要你们贡奉土地，你父亲的心意我领了，打仗的事过去了，过去有些误会，发生一些不愉快的事，双方都不要计较追究了，毕竟我与你父亲是好友兄弟，是亲戚，现在双方议和，就是要结束战争，本王已令楚军从溪州撤兵，各归各位，回到原来的地方，从此以后双方都不要再打仗了，你这三州土地，本王也不要，我们还是好朋友，好邻居！你把这些收好吧！"

师呆心中大喜，出乎他的意料，楚王竟不要三州地盘。于是他赶快叩拜道："谢楚王！"

楚王又对检校尚书李弘皋道："李大人，与溪州代表议和的具体谈判事务由你来主持进行。一、原疆土不变，互不侵占；二、楚军与溪州兵，各守各土，今后双方永不得交战；三，按朝廷原圣旨办，我楚地不得向溪州征纳税赋；四、溪州事务，由溪州土司王自己处置，不得干预……"

"是，楚王放心，臣一定按大王旨意办理！"李弘皋应道。

很快，师呆向伯林等人便与楚王府检校尚书李弘皋等人缔结和平盟约，结束了战争，按照楚王旨令，楚军大兵很快从溪州撤退，将占领的朗溪镇等地方交回给溪州，撤到了辰州府原来的防线以内。

彭士愁非常高兴，对楚王马希范甚是感激，派人给楚王送去了很多溪州的土特产，并书信一封表示万分感谢，言道溪州今后将永世不会与楚兵交战。

公元 940 年七月，楚王奉朝廷之命下令铸一铜柱，将双方盟约铸于铜柱上，让子孙后代永远记住友好盟约，不得交战。八月开始铸铜柱，重五千斤，高四米，中空内置铜钱，直径四十厘米，外呈八边形，上刻盟约铭文。于十二月二十日将铜柱立于溪州酉水北岸永顺会溪坪。

立铜柱这天，天气晴朗，阳光灿烂温和，溪州辰州两边百姓官兵成千上万的人，赶到两州交界之地酉水岸边的会溪坪参加立柱仪式，比过年还要热闹，这是人民盼望已久的日子。

楚王马希范与溪州土司王彭士愁笑盈盈地携着手，来到坪场中央，在鞭炮声中，大声宣布："立柱！"

一十二位溪州兵与一十二位楚军兵丁早就做好了准备，他们有的用绳索拉，有的用棍子抬，在人们的喊笑声中，嗨的一下便将五千斤的铜柱高高地立了起来，并马上用锄铲将铜柱牢牢地固定好！

楚王马希范大声道："从此后，楚地与溪州永不会有战争，只有和平！"

楚王马希范与溪州土司王彭士愁紧紧地拥抱在一起。

人们围着溪州铜柱，呼喊着，奔跑着，欢笑着，庆祝和平永奠！

鼓打起来，唢呐吹起来，歌唱起来，舞跳起来，人们欢庆着溪州与楚地永结和平友好，从此后再没有战争。

不少人围着溪州铜柱上看，有那识字者就大声念了起来：

复溪州铜柱记

天策上将军，江南诸道都统，楚王马希范。

天策府学士、江南诸道都统、掌书记、通议大夫、检校尚书、左仆射兼御史大夫、上柱国、赐紫金鱼袋李弘皋撰。

粤以天福五年，岁在庚子，夏五月，楚王召天策府学士李弘皋谓曰："我列祖昭灵王，汉建武十八年，平征侧于龙编，树铜柱于象浦。其铭曰：'金人汗出，铁马蹄坚，子孙相连，九九百年'。是知吾祖宗之庆，胤绪绵远，则九九百年之运，昌于南夏者乎？今五溪初宁，群帅内附。

古者，天子铭德，诸侯计功，大夫称伐，必有刊勒，垂诸简编，将立标题，式昭恩信，敢继前烈，为吾记焉。"弘皋承教濡毫，载叙厥事：

盖闻牂牁接境，盘瓠遗风，因六子以分居，入五溪而聚族。上古以之要服，中古渐尔羁縻，洎帅号精夫，相名姎氏，汉则宋均置史，稍静溪山，唐则杨思兴师，遂开辰、锦。迩来豪右，时恣陆梁，去就在心，否臧由己。

溪州彭士愁，世传郡印，家总州兵，布惠立威，识恩知劝，故能历三四代，长千万夫。非德教之所加，岂简书而可畏，亦无辜于大国，亦不虐于小民，多自生知，因而善处。无何忽乘间隙，俄至动摇，我王每示含弘，尝加姑息。渐为边患，深入郊圻；剽掠耕桑，侵暴辰、澧；疆吏告逼，郡人失宁。非萌作孽之心，偶昧戢兵之法；焉知纵火，果至自焚。

时，晋天子肇丕基，倚注雄德，以文皇帝之徽号，继武穆王之令谟，册命我王开天策府。天人降止，备物在庭。方振声明，又当昭泰。眷言僻陋，可俟绥怀。而边鄙上言，各请效命。王乃以静江军指挥使刘勍，率诸部将，付以偏师。镇鼓之声，震动溪谷。彼乃弃州保险，结寨凭高，唯有鸟飞，谓无人到。而刘勍虔遵庙算，密运神机，跨壑披崖，临危下瞰。梯冲既合，水泉无汲引之门，樵采莫通，粮糗乏转输之路。固甘衽甲，岂暇投戈？彭师果为父输诚，束身纳款。我王愍其通变，受降招携。崇侯感德以归周，孟获畏威而事蜀。

王曰："古者叛而伐之，服而柔之，不夺其财，不贪其土。前王典故，后代蓍龟。吾伐叛怀柔，敢无师古；夺财贪地，实所不为。"乃依前奏，授彭士愁溪州刺史，就加检校太保。诸子将吏，咸复职员；锡赉有差，俾安其土，仍颁廪粟，大赈贫民。乃迁州城，下于平岸。溪之将佐，衔恩向化，请立柱以誓焉。

於戏！王者之师，贵谋贱战，兵不染锷，士无告劳。肃清五溪，震詟百越，底平疆理，保乂邦家。尔宜无忧耕桑，无焚庐舍，无害樵牧，无阻川途，勿矜激濑飞湍，勿恃悬崖绝壁。荷君亲之厚施，我不征求；感天地之至仁，尔怀宁抚。苟违诚誓，是昧神祇；垂于子孙，庇尔族类。铁碑可立，敢忘贤哲之踪；铜柱堪铭，愿奉祖宗之德。弘皋仰遵王命，谨作颂焉，其词曰：

昭灵铸柱垂英烈，

手执干戈征百越。

我王铸柱庇黔黎，

指画风雷开五溪。

五溪之险不足恃，

我旅争登若平地。

五溪之众不足凭，

我师轻蹑如春冰。

溪人畏威仍感惠，

纳贡归明求立誓。

誓山川兮告鬼神，

保子孙兮千万春。

推诚奉节弘义功臣，天策府都尉、武安军节度副使、判内外诸司事、永州团练使、光禄大夫、检校太傅、使持节永州诸军事、行永州刺史兼御使大夫、上柱国扶风县开国侯、食邑一千户马希范广奉敕监临铸造。

天福五年正月十九日，溪州刺史彭士愁与五姓归明，众具件状，歃血求誓。楚王略其词，镌于柱之一隅：

右据状，溪州静边都，自古以来，代无违背。天福四年九月，蒙王庭发军，收讨不顺之人，当都愿将本管诸团百姓、军人及父祖本分田场土产，归明王化。当州大乡、三亭两县，苦无税课，归顺之后，请祇依旧额供输。不许管界团保军人百姓，乱入诸州四界，劫掠兹盗，逃走户人。凡是王庭差纲，收买溪货，并都慕采伐土产，不许辄有庇占。其五姓主首州县，职掌有罪，本都申上科惩。如别无罪名，请不降官军攻讨。若有违誓约，甘请准前差发大军诛伐。一心归顺王化，永事明庭。上对三十三天明神，下将宣祇为证者。

王曰："尔能恭顺，我无科徭；本州赋租，自为供赡；本都兵士，亦不抽差。永无金革之虞，克保耕桑之业。皇天后土，山川鬼神，吾之推诚，可以玄鉴。"

静边都指挥使、金紫光禄大夫、检校太保使持节溪州诸军事、守溪州刺史兼御史大夫、上柱国陇西县开国男食邑三百户彭士愁。

　　武安军节度左押衙、开江都指挥使、知使防遏营、金紫光神禄大夫、检校司徒、前溪州诸军事、守溪州刺史、兼御使大夫、上柱国彭允滔。

　　…………

　　武安军节度左押衙、充金涧里指挥使、银青光禄大夫、检校尚书、左仆射、兼御使大夫、上柱国彭师裕。

　　…………

　　武安军节度左押衙、左义胜第三都部将、银青光禄大夫、检校刑部尚书、前守富州别驾、兼御使大夫、上柱国彭师果。

　　武安军节度讨击副使、左归义第三都部将、银青光禄大夫、检校左散骑常侍、兼御使大夫、上柱国彭师晃。

　　…………

　　大晋天福五年，岁庚子，七月甲子朔十八日辛巳铸。

　　八月甲午朔九月壬寅镌。十二月壬朔二十日辛亥立。

第59章

魂兮魂兮终归故里马公坪

士愁骑着马与师裕等人在乡间小道上行走。

师裕道:"父王,你年纪大了,身体又有病,还是回宫歇息吧,这下乡巡察的事,儿臣去办就行了!"

士愁哈哈一笑道:"父王是老了,身体也不好,如今边界安宁,没有战事,发展农桑,让百姓过上好日子,这是头等大事,父王怎能不放在心上呢!"

师裕道:"父王,从江西老家运来的新粮种到了,怎么分发?"

"有多少?"

"总共八千来斤。"

"新良种,好。溪州给两千斤,其余的分发到奖州、锦州、叙州,那边田乡好,宜于水稻栽种,老家马公坪给三百斤吧!"

"是,按父王说的办!"

他们来到田边,一些农人正在田里用牛耕田。士愁跳下马站在田边与农人说话:"老乡,做阳春了?"

老乡停了犁田道:"大王,百姓都感谢你,你治理溪州,让我们有木房子住了,这些年又不收税赋,还帮我们发展农桑事,四处寨子办起学堂,百姓过上了好日子。谢谢大王啊!"

士愁笑起来:"身为大王,就要让属下臣民过好日子。最近王宫里从外地运来新稻种,你想不想试种一下?"

老乡笑:"谢大王,你太关心百姓了,行,我今年就试种!"

士愁说:"这新谷种比本地种每亩田要多打一百多斤谷子!"

"好呀,太好了。我种!"

"你去王宫领吧!"

"好,好!"

士愁对师裕道："过几年，要将这新品种在各个州全面推广。"

这天，士愁将师裕召到后宫，父子二人坐定后，士愁不停地咳嗽着。师裕走上前轻轻给父王捶背。

士愁道："老毛病了，无法治了。"

师裕道："父王，看起来这病是严重了，我去外面再找找医官！"

士愁摇手："算了，没有多大用处，我自己感到这病是难治了。"

"不会的，父王，我一定好好想想办法！"

"不说这个病了，你坐，父王有大事要与你说！"

师裕重新坐下后，士愁望着他道："你是长子，长大了，这些年你在父王身边做了很多事情，父王都看在眼里记在心里！"

"孩儿做点事是应该的，这些全都是父王教育与栽培的结果！"

士愁道："如今父王年老了，身体病重得很，不可能陪你们一辈子，你是长子，按规矩父王把王位传给你！"

师裕一下慌了急得摇手推辞："父王，这不可，你还可以在位的！"

"不了，不了！"士愁道，"父王心意已决，把王位传给你，父王要回马公坪老家陪你母亲去了，你爷爷还在那边，他望着我回去！"说到这里，士愁眼睛都湿润了。

师裕道："父王，你还是留在土司王宫里吧！"

士愁摇头："儿啊，你不懂，奖州的马公坪是你爷爷与父王，取得溪州建立土司王朝得天下的起家立身根本之地，割舍不下，不能忘啊，如今你祖父守在那里，父王要去与他陪伴了！"

师裕跪在地上泣声道："父王，儿臣就依你吧！"

"好，这就好！"士愁又道，"你大弟师呆这些年也立下不少功劳，他不能继承王位，父王想好了，你就管北江，酉水北岸所有的州；酉水南岸那片地方，给师呆的封地，你意下如何？"

"好，好！"师裕点着头，"一切听凭父王安排。"

士愁又道："师晃就在朝跟在你身边，师富在奖州，守住马公坪老家，师廷占锦州，你身为溪州土司王，要对兄弟们多关照些！"

"父王，请放心！"

士愁望着师裕又叮嘱道："儿啊，身为溪州土司王，父王希望你一定要永保溪州之地的安宁，不要动刀动枪，打起仗来，那就是国家与人民的灾难，你要心系百姓，千万不能加重百姓赋税，要让他们过安居乐业的好日子。"

师裕点头："父王，儿臣将你的话一定牢记在心！"

彭士愁将王位传给长子彭师裕以后，抱着重病身子回到奖州马公坪老家过着隐居生活。

五代后周显德三年（956年）六月初八，彭士愁逝世于马公坪家中，家人遵照他的生前遗嘱，也葬于老土司王父亲彭珹墓处的浮草塘虎形山，伴着老父，日夜守着故土马公坪。

不是结局

    溪州铜柱历经千百年风雨，庇佑了溪州地区八百多年的社会安定，让溪州人民远离战火，享受着太平盛世。如今它仍耸立在溪州大地，成为和平历史的见证，是国家级历史文物，默默地述说着曾发生在五溪这块土地历史上那振动人心难忘的一幕幕历史悲喜剧！也像一部厚重的史书，展示着主人公溪州土司王彭瑊、彭士愁父子与楚王马殷、马希范父子的恩怨情仇……让世人久久地咀嚼那绵绵不息酸甜苦辣辛的种种人生世况滋味！

    溪州土司王朝起于五代后梁开平四年（910），彭瑊任溪州刺史起，彭氏子孙历任土司王三十四代，直至清朝雍正六年（1728），对西南少数民族实行"改土归流"，溪州彭氏土司政权才宣告结束。历经五代后梁、后唐、后晋、后汉、后周、宋、元、明、清等九个王朝，共计 819 年之久，在中国历史上算是一个奇迹，在世界历史上恐怕也是极少见的。为此，溪州土司王朝的旧址老司城已被列入世界文化遗产名录。

    芷江公坪（古奖州马公坪）土司开山王彭瑊、彭彦晞的旧居与墓葬也被人们参观朝圣，成为旅游观光之地。

作　者

初稿于 2016 年 6 月

最后修改于 2020 年 7 月

后　记

　　《溪州风云》一书终于完稿了，看着手中沉甸甸的书稿，我想现在终于可以回答身边朋友一直在问的问题："为什么会组织撰写一本记载土司历史故事的一本书？

　　2010年春天，我与家人朋友一同前往日本考察。在考察之余游览富士山时，我被山脚下一片美丽的花海触动了。有别于山顶"富士八峰"的雄奇壮丽，这一片随着阵阵微风荡漾着的静静花海，将她的涟漪慢慢地推进了我的心底。多年的商海拼搏，舍我其谁的豪迈之中，被那温柔舒缓的涟漪逐渐荡开，我感到了许久未有的心灵静逸。

　　那天之后，我开始四处寻找，踏遍了华夏的秀美大川，游遍了祖国的风情景区。可我发现，不管是莫干山下的裸心谷、亚龙湾中的鸟巢别墅、鼓浪屿上的百年洋楼，还是其他坐落于美景中的各式住所，均没有可以寄放我心灵的平静港湾。

　　兜兜转转三四年，2014年初夏，一个极其偶然的机会，我和朋友一起到了一个离怀化城区仅十几公里的小镇，我被小镇旁的山水田树草触动了。蓦然回首，那人却在灯火阑珊处。这就是公坪，我一直在寻找的地方！舞水蜿蜒，虎形山、浮草堂、马公坪……当这样的名字一个个从当地村民的口中传入我耳畔时，我好奇，我疑惑，到底这个秀美的地方还有着什么样的故事。秉烛夜谈，当土司王、彭瑊、彭彦晞、铜铸盟约……穿越千年的风尘，从酒后微醺的彭氏后人口中传入我的耳中时，一卷开疆拓土的壮美王朝画卷开始展露它的容颜。我沉默了，我感动了，我的内心告诉我，我不能让这段历史被埋没，我知道这就是这块土地可以触动我的真实原因。

　　我要用文字把它记录、传承！恰逢友人介绍我认识了正在研究整理湘西土司王历史的舒绍平先生，我与舒先生交谈之后，立有相见恨晚之情，我们决定一定要共同完成一本记录发生在这块土地上的一二代湘西土司王事迹的书籍。

　　历时年余，走访百人，五易其稿，现在终于完成了这项我认为具备历史使命和价值传承的编撰工作。我希望生活在湘西秀美大地上的人们，都可以通过此书来体味那一个激情澎湃的时代；我希望所有来到这块土地上游玩的人们，都可以通过此书了解到这片风景背后所蕴藏着的不一样的历史风情，将美景与感人的历史故事深深留在内心。

萧旭亮

公元二〇一七年九月